이상문학상 작품집

2019년 제43회 이상문학상 작품집
대상 수상작 윤이형의 〈그들의 첫 번째와 두 번째 고양이〉 외 5편

2019년 제43회 이상문학상 작품집

대상 수상작 윤이형의

그들의 첫 번째와
두 번째 고양이 외 5편

문학사상

제43회 이상문학상
대상 수상작 선정 이유

대상 수상자 : 윤이형

대상 수상작 : 중편소설 〈그들의 첫 번째와 두 번째 고양이〉

《문학사상》 이상문학상 심사위원회는 2019년 제43회 이상문학상 대상 수상작으로 윤이형 씨의 중편소설 〈그들의 첫 번째와 두 번째 고양이〉를 선정합니다.

윤이형 씨는 2005년 문단에 등단한 후 현실과 가상의 경계를 뛰어넘는 특유의 상상력으로 주목받은 많은 작품을 발표한 중견 작가입니다.

2019년 제43회 이상문학상 대상 수상작으로 선정한 윤이형 씨의 〈그들의 첫 번째와 두 번째 고양이〉는 부조리한 현실적 삶과 그 고통을 견뎌내는 방식을 중편소설이라는 서사적 틀에 어울리게 무게와 균형 갖춘 이야기로 형상화한 작품입니다. 이 소설의 중층적 서사 구조를 통해 형상화되고 있는, 모든 살아 있는 존재와 그 생명에 대한 따스한 사랑은 이야기의 격조를 높여주고 있습니다. 특히 섬세한 언어 감각과 인상적 묘사를 통해 거두고 있는 소설적 성취가 윤이형 씨의 작가적 미덕이라는 점을 주목하고자 합니다.

이상문학상 심사위원회는 윤이형 씨의 〈그들의 첫 번째와 두 번째 고양이〉에 나타나 있는 자기 주제를 해석하는 치밀한 서술 방식과 함께 그 소설적 감응력을 높이 평가하여 2019년 제43회 이상문학상 대상의 영예를 드립니다.

2019년 1월
이상문학상 심사위원회
권영민, 권택영, 김성곤, 정과리, 채호석

차례

1부

대상 수상작
그리고
작가로서의 윤이형

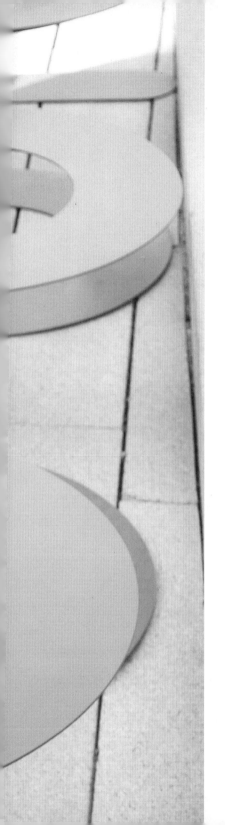

대상 수상작

윤이형
그들의 첫 번째와
두 번째 고양이

1976년 서울에서 태어나 연세대학교 영어영문학과를 졸업
했다. 2005년 단편소설 〈검은 불가사리〉로 중앙신인문학상
을 받으며 등단했다. 소설집 《셋을 위한 왈츠》《큰 늑대 파
랑》《러브 레플리카》, 중편소설 《개인적 기억》, 청소년소설
《졸업》, 로맨스소설 《설랑》 등을 펴냈다. 문학동네 젊은작
가상, 문지문학상을 받았다.

그들의 두 번째 고양이가 죽던 날, 그들은 오랜만에 함께 있었다.

비가 올 것처럼 흐린 날이었다. 늦은 오후 희은이 사무실에서 다음 날 회의 준비를 하고 있을 때 초록의 전화가 걸려왔다. 엄마, 지금 아빠한테서 전화 왔는데, 오늘 아침에 순무가 죽었대.

아, 희은은 생각했다. 아.

초록은 학원을 빠지고 아빠에게 가겠다고 했다. 정민이 장례식장에 데려갔다가 도로 집에 데려다줄 모양이었다. 희은은 탁상 달력을 보았다. 아이는 다음 주부터 중간고사였지만, 하루쯤은 괜찮을 것이었다. 순무라면, 순무가 세상을 떠났다면 가야 했다.

그래, 아빠 집에 도착하면 전화해, 출발할 때도 전화하고. 희은이 말하자 초록이 잠긴 목소리로 물었다. 엄마는 같이 안 가? 순무잖아.

엄마도 갈까?

아빠가, 엄마도 혹시 같이 올 건지 물어보라는데?

희은은 잠시 생각했다. 이제는 본 지 너무 오래된 순무의 하얀 목덜미가 떠올랐다. 그 부분을 보고 있으면 언제나 커피에 비해 우유를 너무 많이 넣은 아이스 카페라테가 생각나곤 했다. 하지만 순무에 대한 죄책감 때문에 바로 대답하지 못한 건 아니었다. 정민에게 다른 동행이 있을지도 모른다고 희은은 생각했다.

그랬구나. 그럼 엄마도 같이 갈까?

나는 그랬으면 좋겠어.

초록은 아까보다 목소리가 더 잠겨서 울먹이기 시작했다.

그래, 그럼 엄마 차로 가자. 아빠한테 한 시간쯤 뒤에 도착한다고 해.

알았어.

초록아, 슬퍼? 너무 많이 슬퍼하지 마. 순무 좋은 곳으로 갔을 거야. 그리고, 순무는 나이가 많았잖아.

응.

엄마가 금방 갈게.

희은은 사람들에게 사정을 설명하고 양해를 구한 뒤 일찍 퇴근했다. 집으로 운전해 가면서 희은은 문득 생각했다. 너무 많이 슬퍼하지 마, 라는 말은 얼마나 이상한가.

*

샴고양이인 순무의 원래 이름은 윌리엄이었다. 윌리엄이라니, 고양이 이름치고는…… 하고 희은은 생각했었다. 그 집의 다른 고양이 이름은 엘리자베스로, 러시안 블루였다. 원래 반려인 부부는 아내가 임신을 하자 품종묘 두 마리를 각각 다른 집에 탁묘 보냈다. 우울증을 앓고 있던 엘리자베스는 다른 집으로 갔다. 윌리엄은 다섯 살 때 희은의 집으로 왔다. 약속했던 1년이 지나고 2년이 지나도 연락이 없자 희은이 메일을 보냈다. 윌리엄은 잘 지내고 있어요. 예쁜

아가는 건강히 태어났겠지요?

부인이 찾아온 건 그다음 해가 되어서였다. 그때는 희은도 결혼을 하고 아기를 낳은 다음이었다. 이유식을 먹은 초록이 거실 매트 위를 기어다니고 있었다. 부인은 초록에게 줄 영국제 장난감 자동차 세트와 슈니발렌이라는 생소한 이름의 과자를 선물로 가지고 왔다. 윌리엄…… 하고 불렀지만 안아보지는 않았다. 한동안 서로의 아기 얘기를 하다가 부인이 그만 가보겠다고 일어나서야 희은은 자신이 뭔가 놓치고 있었음을 알았다. 그러니까, 그건 탁묘가 아니라 입양이었던 모양이었다. 자동차 세트와 슈니발렌은 '미안합니다. 잘 부탁합니다'라는 뜻이었다. 부인이 돌아간 뒤 희은은 둥그런 통에서 슈니발렌을 꺼냈다. 통에는 다음과 같은 설명이 씌어 있었다. '슈니발렌 매장에서 제공되는 원목의 나무망치[별매]를 이용하여 가볍게 제품을 깨뜨려 적당한 크기로 부숴줍니다. (나무망치가 없을 경우 그와 비슷한 용도의 단단한 물체를 사용하셔도 좋습니다. 다만, 반드시 깨뜨린 후 드셔야 한다는 점을 잊지 말아 주십시오.)' 나무망치[별매]가 없었으므로 희은은 집에 있던 쇠망치를 가져와 과자를 부쉈다. 무언가 사정이 있었을 거라고 생각했지만 '정상적', '주류' 같은 단어들이 자꾸만 떠올랐다. 보통은 다들 그러지……. 희은은 곰곰 생각하다가 고양이 이름을 바꾸기로 했다. 윌리엄은 그날 순무가 되었다.

순무라니, 상당히 괘씸해하는 것처럼 들리는데. 사람한테 화난 거 애한테 푸는 거 아니야? 정민은 말했고, 하지만 어울리잖아? 희은은 되물었다.

순무는 순하고 무르고 둥글둥글한 성격의 고양이였다. 희은은 순무를 어디에도 보내지 않았다. 초록이 태어났을 때, 자신도 모르게 막 새끼를 낳은 어미 짐승의 심정이 되어, 하지 마! 올라오지 말라고! 신경질적으로 소리치며 아기 침대를 막아서기는 했지만 말이다. 하지만 순무는 단 한 번도 아이를 발톱으로 긁거나 할퀸 적이 없었다. 초록이 신생아일 때부터 중학생이 된 지금까지 그랬다.

순무는 스물한 살까지 살았다. 스물한 살이라니, 어디 기네스북에 올라가야 하는 게 아닐까 싶어 검색해봤더니, 옛날에 서른여덟 살까지 살다 간 다른 고양이가 있었다.

미안해, 순무, 비교해서.

그래도 오래 살았지.

응. 짐작한 것보다는 상당히.

너무, 겁을 먹었던 것 같기도 해. 순무가 나이를 한 살 한 살 먹는다는 것에.

그랬지. 하지만 안 그럴 수 없었잖아.

그렇지.

어디가 아팠어?

복막염이었어.

병원에, 오래 있었어?

후…… 한 일주일? 그쯤 있다가 퇴원하라고 해서 했어. 기운을 차릴 듯 차릴 듯하다가도, 아무래도 나이가 있어서였는지 집에 오고 이틀 만에 그렇게 됐네. 그래도 마음의 준비를 조금은 했어, 입원해 있는 동안에.

뒷좌석에 앉은 정민이 한숨을 쉬었다. 희은은 음악이라도 좀 틀까 생각했다. 정민과 대화하는 것이 오랜만이라 어색했다. 하지만 음악을 트는 것도 어쩐지 불경스럽다는 생각이 들었다.

정민의 옆에 놓인 종이 상자에는 순무의 몸이 담겨 있었다. 초록은 조수석에 앉아 말없이 창밖을 보고 있었다. 희은이 곁눈으로 보니 눈에 눈물이 고여 있었다. 희은은 이제 완연한 사춘기에 접어든 아들의 마음속에 무엇이 들어 있을지 짐작해보려고 애썼지만 잘 되지 않았다. 아직 1년 반밖에 지나지 않았다. 괜찮을 거라고 믿고 싶었지만 알 수 없는 일이었다.

그들은 날이 저물어 장례식장에 도착했다. 7년 전에 갔던 곳과는 다른 업체였다. 장례지도사가 나와 그들을 맞았다. 절차를 간단히 안내한 그가 순무의 몸을 상자에서 꺼내 단 위에 올려놓았다. 흰색 조화로 장식된 단에는 미리 전송받은 순무의 사진을 깔아둔 태블릿이 세워져 있었다. 향이 피워지고, 낮은 볼륨으로 찬송가가 흘러나왔다.

초록은 결연한 표정으로 참고 있었다. 정민은 초록의 어깨를 감싸 안고 있었고, 희은은 조금 떨어진 곳에 서 있었다. 순무의 몸은 깨끗했다. 투실투실하던 옛날보다 살이 눈에 띄게 빠진 것이 낯설 뿐이었다. 녀석은 조금도 죽은 것처럼 보이지 않았다. 여전히 무르고 순해 보였다. 그들이 함께 살던 시절 거실 매트 위에 누워 태평하게 잠들어 있던 모습 그대로여서, 흔들어 깨우면 금방이라도 눈을 뜨고 배를 만져 달라고 자세를 바꿀 것만 같았다.

이제 순무가 먼 길 떠납니다.

장례지도사가 그렇게 말하고 순무의 몸을 운반대에 올려 소각로로 데려갔다. 희은은, 순무야 미안해, 속으로 몇 번이나 속삭였다. 그러려고 했던 건 아닌데, 너에게 마음만큼 잘해주지 못한 것 같아. 그렇게 생각하자 눈물이 쏟아지기 시작했다. 임신을 했다고 고양이를 다른 집으로 보내는 것이 책임을 방기하는 일이라면, 이혼을 했다고 다른 집으로 보내는 것은 책임 방기가 아닐까. 고양이는 사람이 아니라서 면접 교섭 같은 것은 할 수 없었다. 그러나 그 미안한 마음은 7년 전과 같으면서도 조금 달랐다. 미칠 듯한 죄책감이 예리한 유리 조각처럼 출렁거리며 몸속을 찔러대지는 않았다. 그보다는 더 뭉툭하고, 둥그렇고, 차분한 슬픔이 마음속에서 천천히 커져갔다.

초록은 참는 것을 포기하고 아빠에게 안겨 울었다. 정민도 안경을 벗고 손으로 눈을 닦아냈다. 세 사람은 나란히 서서 각자의 방식으로 눈물을 흘렸다. 아무도 아무 말도 하지 않았지만 모두 같은 생각을 하고 있다는 것을 알 수 있었다.

*

그들에게는 첫 번째 고양이가 있었다. 치커리. 남들이 보기엔 흔하디흔한 데다 다 똑같이 생긴 갈색 망토를 입은 코리안쇼트헤어종이었지만 희은은 비슷한 고양이 천 마리를 섞어놓아도 치커리를 찾아낼 수 있다는 확신이 있었다. 치커리는 연어를 좋아하고 닭가슴살을 싫어하는 확실한 취향을 지니고 있었고, 희은이 보기에는 아무래도 라디오헤드Radiohead, 영국의 얼터너티브 록 밴드의 톰 요크를 연상시키는 시니컬한 분위기가 있었다.

치커리는 희은의 첫 번째 고양이였다. 희은이 결혼을 하면서 치커리는 정민에게도 첫 번째 고양이가 되었다. 치커리는 자기보다 나이가 많지만 나중에 집에 들어온 순무와 그다지 잘 지내지는 못했다. 매일같이 발톱을 드러내고 할퀴어대며 싸우지는 않았으나 여자 중학생과 아저씨에게 함께 산책을 하라고 한 것처럼 한쪽은 아이고, 싫어, 하는 분위기로 도망 다녔고 다른 한쪽은 아니 왜 나를 싫어하니, 내가 뭘 했다고, 하는 분위기로 따라다녔다. 두 명 이상의 반려인이 두 마리 이상의 고양이를 기르면 고양이가 반려인을 선택하는 일이 가끔씩은 일어난다고 했다. 치커리는 희은을 선택했다. 순무는 정민을 선택했다. 각자 자기가 선택한 사람의 무릎에만 올라가고 간식을 달라고 비비고 애정을 표현했다. 어떤 기준이나 근거에서 그런 선택이 이루어졌는지는 알 수 없었다.

치커리는 7년 전 갑작스레 세상을 떠났다. 급성신부전이었다. 신부전이라도 관리를 잘 하면 완쾌하는 경우도 있다는데, 치커리는 병을 발견했을 때 이미 그러기 힘든 상태였다. 종양으로 보이는 덩어리들이 몸속에 가득했고 한쪽 신장이 제 기능을 못하고 있었으며 심한 빈혈도 있어 공격적으로 수액 치료를 할 수가 없었다.

희은은 그날을 기억했다. 그날 하루를 채우고 있던 모든 것을 시간이 오래 흘렀어도 여전히 또렷하게 기억했다. 자신이 얼마나 어리석었는지를, 얼마나 무력했는지를 기억했다.

그날 아침 하늘은 전에 없이 청명했고, 작은방 창문으로 들어오는 바람은 차가웠지만 무언가를 약속하는 것처럼 부드러운 기운이 섞여 있었다. 희은은 초록이 아침을 다 먹기를 기다려 이를 닦이고, 세수를 시키고, 옷을 입힌 후 집에서 5분 거리에 있는 어린이집에 데려다주고 돌아왔다. 그런 다음 잠시 쉬고 싶은 마음을 누른 채 식판을 설거지하고, 온몸에 힘을 넣어 청소기로 집 안 구석구석을 빠르게 민 다음 코트를 입고 집을 나섰다. 가방 속에는 치커리가 언제나 올라앉아 있기 좋아하던 털이 잔뜩 묻은 노란색 무릎 담요와 통조림 몇 개가 들어 있었다. 아이가 늘 가까이 두고 좋아하던 물건을 가져다주세요, 안정을 찾는 데 도움이 됩니다, 카페 회원 중 친절한 누군가가 해준 말을 희은은 기억했다.

전날 저녁 치커리를 입원시키면서 의사로부터 상태 설명을 들었지만 희은의 귀에는 그 모든 말들이 잘 들어오지 않았다. 희은은 그날, 늦어도 다음 날이면 고양이가 퇴원할 거라고 생각했다. 인터넷을 검색해 신장질환을 앓는 고양이들을 위한 카페를 찾아냈고 급하게 가입 신청을 했다. 그곳에는 기나긴 간병 생활을 하며 지식과 경험과 눈물과 희망을 강철처럼 단련한 수백 명의 사람들이 모여, 혈액검사표를 읽는 방법, 번BUN과 크레아틴creatine 수치의 의미, 시중에서는 구하기 힘든 수액을 대량으로 구하는 방법, 고양이가 괴롭지 않게 주사침을 찌르는 방법, 사료를 잘 먹지 않으려 할 때 좋은 대용식품 같은 전문적인 정보를 나누고, 피로와 절망으로 지친 사람들을 위로하며, 오직 같은 고통을 아는 사람들만이 할 수 있는 방식으로 서로를 단단하게 붙들고 있었다. 희은의 눈에 그들은, 물론 그럴 리야 없겠지만, 마치 언젠가 인생의 어느 시점에 신장질환을 앓는 고양이를 만나게 될 테니 그때가 되면 성심을 다해 돌보라는 사명을 받고 세상에 태어난 사람들처럼 보였다. 그만큼 강인하고 그 모든 일들에 능숙해 보였다. 그러니까 일단 병원에서 혈관 수액을 맞혀 낮춰야 할 수치들을 낮추고, 그다음에는 집에서 케어해야 한다는 거지. 희은은 우선 거기까지만 생각했다. 이제 자신도 카페의 그 숱한 사람들처럼 싸워야 한다는 것을 알았지만, 그들 중 한 사람이 되고 싶지 않았으며 될 자신도 없었다. 희은은 무구한 낙관으로 마음에 방비벽을 둘렀다. 병원에 가는 동안 수액과 주사침을 미리 주문해둘까 하는 생각까지 했다.

병원에 도착해 입원실 문턱을 넘으면서 모든 것이 달라졌다. 너무 많은 것이 잘못되어 있었는데, 그것들이 희은의 오감을 통해 한꺼번에 사방에서 쏟아져 들어왔다. 우선 개들이 있었다. 투명한 아크릴 문이 붙은 사물함처럼 생긴 수용 공간 곳곳에 개들이 들어가 있었는데 희은이 문을 들어서자마자 그 개들이 일제히 소리 높여 짖기 시작했다. 몸속 깊은 곳에서부터 올라오는, 허공을 쥐어뜯고 차내는 듯한 소리였다. 몇 마리는 실제로 앞다리를 허공에 차올리며 희은을 향해 눈을 부라리기도 했다. 귓가가 얼얼하고 턱이 뻐근했다. 어떻게 해도 그 소리를 멈추게 할 방법은 없어 보였다. 희은은 그 개들이 얼마나 불안하고 공포에 차 있는지, 또한 몸을 괴롭히는 통증 때문에 제각기 얼마나 불편한지 단번에 느낄 수 있었다. 그러나 곧이어 그 짐승들이 줄곧—희은이 치커리를 두고 집에 돌아간 전날 저녁부터 바로 그 순간까지 쉬지 않고, 혹은 아주 잠깐씩만 멈추면서— 짖어댔을 것이며, 적대로 가득한 그 끔찍한 소리들 한가운데에 자신의 고양이가 무방비하게 혼자 버려져 있었으리라는 사실에 생각이 미쳤다. 욕지기가 차올랐고 그건 희은 자신을 향한 것이었다. 후회가 시작되었다. 앞으로 몇 개월, 어쩌면 몇 년 동안 끊임없이 되풀이될 수많은 후회 가운데 첫 번째였다. 왜 입원실에 개들이 있을 거라는 생각을 하지 못했을까? 대체 왜?

전날 저녁, 희은은 입원실 환경을 확인해볼 생각조차 하지 않고 집으로 돌아왔다. 불과 열 몇 시간 전 그런 행동을 한 자신을 믿을 수 없었고 용서할 수 없었다. 그 순간 희은은 경황이 없었다. 고양이가 입원할 정도로 아픈 것은 처음이었고, 입원에 대해서는 아무것도 몰랐다. 그러나 그 경황없음이 눈앞의 상황에 대한 변명이 되어줄 수는 없었다. 희은은 자신이 달리 행동했어야 했음을 알았다. 스트레스는 고양이의 신장에 직접적인 치명타였다. 어렵더라도 수소문을 해서 고양이만을 위한 별도의 방이 있는 24시간 동물병원을 찾아내 옮기거나, 입원을 취소하고 치커리를 집으로 데려오거나, 그도 아니면 밤새 그 곁을 지켜주었어야 했다. 하지만 이제 그 모든 가능성들은 지나갔다.

치커리는 동물들을 위한 작은 아파트처럼 보이는 공간 한가운데쯤에 들어가 있었다. 외면하는 것처럼 고개를 틀어 벽을 보고 웅크려 앉은 자세였다. 수액관이 연결된 주사침을 찔러 넣고 부목으로 고정한 오른쪽 앞다리가 불편한 모양으로 꺾여 있었고, 몸 밑에는 펠렛 모래가 깔려 있었다. 밥그릇이 있었는데, 거기에는 처음 보는 물고기 모양의 사료와 아픈 고양이들도 잘 먹는다는 일본제 간식이 반씩 담겨 있었다. 입을 댄 흔적은 없었다. 최대한 성의 있게 준비한 것이겠으나 그 광경을 보는 순간 희은은 말하고 싶었다. 이건 우리

애가 먹는 사료가 아닌데요. 치커리는 흡수형 모래를 쓰지 않는단 말이에요. 그때 간호사가 와서 걱정스러운 얼굴로 말했다. 밥을 좀 먹여보시겠어요? 희은은 금속 숟가락을 들어 간식을 한술 떠서 치커리의 입가에 가져다 댔다. 반응이 전혀 없었다.

희은은 고양이를 쓰다듬었다. 치커리, 부르자 고양이는 몸을 움직여 좁은 공간 안쪽으로 옮겨 앉았다. 희은에게 얼굴을 보이고 싶지 않은 것처럼 안쪽으로만 파고들려 했다. 희은은 고양이를 꺼내 무릎 위에 올려놓았다. 전날 저녁까지만 해도 깨끗하던 입가에서 턱 밑에 이르는 털들이 짙은 갈색으로 더러워져 있었다. 신장이 나빠지면 필연적으로 뒤따르는 구내염 증상이었다. 치커리의 입 안은 상했고, 그 안쪽에 있는 것들도 함께 상해 조금씩 흘러나오는 중이었다. 두 눈은 크게 뜨여 있었는데, 촉촉한 한쪽 안구에는 가느다란 털 몇 가닥이 얼음에 달라붙은 티끌처럼 붙어 있었다. 희은은 직감적으로, 평생 단 한 번도 지저분한 모습을 보이는 것을 용납하지 않던 자신의 고양이가 더 이상 자기 힘으로 그것을 떼어낼 수 없는 상태이며, 나아가 더 이상 눈이 보이지 않는다는 사실을 알았다.

의사가 다가와 치커리의 머리 위쪽에 대고 손가락을 몇 번 튕겼다. 치커리는 눈을 깜빡이지도, 방어적인 행동을 보이지도 않았다. 반응이 없었다. 의사가 희은을 고양이에게서 떼어내 진료실로 데려갔다.

상황이 급격하게 나빠졌습니다, 그는 말했다. 어제 자정쯤에만 해도 입원실 밖으로 나오고 싶어 해서, 바닥에 내려놓아 주었더니 몇 걸음 걷기도 했고, 조금이지만 간식도 먹었거든요. 그때쯤 전화를 주셨죠? 희은은 멍하게 고개를 끄덕였다. 그 말들을 전해 듣고 안심하고 잠에 들었다. 그런데 오늘 아침부터 더 이상 아무것도 먹지 않았고, 혈액검사를 해본 결과 수치가 많이 나빠져 있었어요. 수혈을 생각할 수도 있겠지만 혈액을 구하려면 시간이 걸릴 텐데, 그때까지 아이가 버틸 수 있을 것 같지가 않습니다……. 선량하고 명민하며 침착한 얼굴을 한 의사는 열심히 설명해주었지만 희은의 귀에는 더 이상 말들이 들려오지 않았고, 어느 순간 안락사, 라는 한 단어가 스쳐가는 것을 간신히 알아차릴 수 있을 뿐이었다. 가망이 전혀 없나요? 희은이 물었다. 의사는 괴로운 표정으로 어렵겠다고 대답했다. 아이를 지금 보내주실 수 있고, 집으로 데려가실 수 있고, 아니면 병원에 함께 계실 수 있습니다. 희은의 얼굴을 보며 그가 말했다. 희은은 병원에 있겠다고 했다. 아무리 고통을 덜어주는 옳은 일이라 해도 자신의 손으로 그 작은 목숨을 끊을 용기는 도저히 없었고, 흔들리는 택시의 울렁거리는 시트 위에서 치커리가 마지막을 보내게 하고 싶지도 않았다.

꼭 말씀드리고 싶은 것은, 절대로 보호자분의 잘못이 아니라는 겁니다……. 고양이는 아픈 것을 드러내지 않는 동물이라 상태가 이 정도로 나빠질 때까지 필사적으로 숨깁니다. 말씀하신 것처럼 물을 너무 많이 마신다거나, 사람이 쓰는 화장실에 들어가 젖은 바닥에 주저앉는다거나, 평소에 하지 않던 그런 행동을 하며 증상을 드러낼 때는 이미 너무 늦은 상태인 거예요. 보호자가 미리 알 수 있는 방법은 없습니다. 사실은, 아이가 몇 시간 전쯤에 이미 숨이 끊어져도 이상할 게 없는 상태였어요. 그런데 보호자분을 기다리면서 최선을 다해 버틴 것으로 보입니다. ……지금 살아 있다는 것 자체가 기적입니다. 많이 힘들 텐데, 이제 아이가 최대한 편하게 갈 수 있도록 곁에 있어주시면 좋겠습니다.

희은은 간신히 목소리를 냈다. 알겠습니다…… 최선을, 다해주셔서, 감사합니다. 몸 전체가 살갗 안쪽에서부터 투명한 연기로 변해 입을 통해 조금씩 새어나가는 것 같았다. 의사의 입에서 나온 말들을 조금도 받아들일 수 없었다.

그때 의사가 희은을 보며 말했다.

죄송하지만 다시 한 번만 말씀해주실 수 있을까요.

희은은 조금 놀라 의사의 얼굴을 보았다. 곱슬거리는 머리카락 밑 그의 이마에는 땀이 배어나 있었고, 눈에는 간절함이 담겨 있었다. 희은은 방금 전까지 무심한 배경으로만 존재하던 이 젊은 의사에게도 삶이 있고 역사가 있으며, 그동안 그가 어떤 이유에서든 살려내지 못한 개와 고양이 들이 얼마나 많았는지, 그 역시 그 숱한 죽음들 앞에서 얼마나 위로가 필요한지, 그가 전하고 있는 것이 얼마나 잔인하고 혹독한 진실이든 간에 자신이 그 단순한 한 문장을 되풀이해 돌려주는 것이 그에게 얼마나 중요하고 필요한 일인지 알아보았다. 그와 동시에, 이토록 끔찍한 악의들로 가득 찬 세상에도 실은 그것이 당장 형체 없이 무너져 내리지는 않게 떠받치는 젓가락처럼 가느다란 의지들이 있음을, 그러므로 그것을 알게 된 이상 자신은 다른 누군가를 탓할 권리를 영원히 빼앗겼음을 깨달았다. 세상은 아무것도 안 하고 내내 손 놓은 채 놀다가 치커리가 죽게 만든 것이 아니었다. 마음을 쓰고 최선을 다해 도운 결과가 이것이었다. 이 병원,

이 입원실, 이 모든 검사들과 치료 과정이 최선이었다.

세상에는 아픈 동물이 수도 없이 많았고 그 동물들이 끊임없이 쏟아져 들어오는 이 병원에는 단지 몇 명의 의사와 간호사가 있을 뿐이었다. 그러니 그날 아침, 검사 결과가 나왔을 때 바로 전화해 알리며 당장 뛰어오세요, 빨리 오셔야 조금이라도 더 함께 계실 수 있습니다, 하고 다급한 목소리로 소리치지 않은 의사를 희은은 비난할 수 없었다. 또한 조금 전 희은이 젖은 눈을 들어 돌아보았을 때, 조금 떨어진 검사대 앞에서 자기들끼리 아마도 농담으로 보이는 무슨 말인가를 주고받으며 웃음을 교환하던 간호사들도, 그저 쉴 틈 없는 격무 한가운데 인간으로서 자연스레 필요로 하기 마련인 긴장 완화의 시간을 갖고 있었을 뿐, 치커리의 죽음에 특별히 무심하거나 잔혹한 심성을 보인 것일 리 없었으므로 희은은 그들 역시 증오할 수 없었다. 희은이 무엇을 할 수 있을까, 자신을 미워하는 것 외에.

최선을 다해주셔서 감사합니다.

희은은 다시 그 말을 했고 의사는 고개를 깊이 숙여 감사와 애도의 뜻을 표했다.

치커리는 진료실 옆에 따로 마련된 작은 방으로 옮겨졌다. 소파가 하나 있고, 선인장이 심어진 조그만 화분이 구석에 놓인, 반려인과 동물의 영원한 작별을 위해 마련된 공간이었다. 희은은 소파에 앉아 고양이를 무릎 위에 눕혔다. 산소가 새어나오는 튜브를 코에 대주자 치커리는 천천히 힘겹게 숨을 쉬었지만 희은이 속삭이는 그 어떤 말도 알아듣거나 느끼는 것 같지 않았다.

그래도 희은은 말을 했다. 소리가 끊기지 않도록 쉬지 않고 말을 하면서 정민에게 문자를 보냈다. 정민은 한동안 대답이 없더니 치커리의 모습을 보내달라고 했다. 희은은 사진을 찍어 보냈고 치커리의 귀에 입을 바짝 대고 속삭였다. 아빠가 너를 안고 베란다로 자꾸만 데려가려고 한 거, 너를 미워해서 그런 게 아니라 네가 너무 좋아서 장난을 치려고 했던 거란다. 아빠가 미안하다고 전해달래 치커리.

치커리는 시장 한복판에서 태어나 형제들 틈에서 가게 주인이 주는 눈칫밥을 먹던 고양이였다. 3개월이 된 녀석을 집으로 데려와 처음으로 통조림이라는 것을 맛보게 해준 사람이 희은이었다. 첫 통조림과 마지막 숨. 희은은 치커리의 삶에서 그 두 가지를 함께한 유일한 사람이 자신이라는 사실이 기뻤다. 고양이는 희은의 무릎 위에서 마지막으로 한 번 울음소리를 냈고, 몸을 떨면서 천천히 숨을 내쉬더니 조용해졌다.

의사가 들어와 숨이 멎은 고양이를 안고 검사실로 들어갔다. 심폐 소생술이 시도되었다. 부질없었다. 잠시 후 의사가 다시 한 번 희은을 향해 깊이 고개를 숙였다.

희은은 로비에 앉아 기다렸다. 치커리는 커다란 국화꽃 한 송이가 그려진 갈색 종이 상자에 담겨 나왔다. 희은은 안경에 묻은 눈물을 닦고, 가방을 메고, 상자를 두 손으로 안고 병원 밖으로 나와 택시를 잡았다. 병원에 도착한 지 한 시간 만이었다.

희은은 거실 식탁에 상자를 올려놓고 세 시간 동안 움직이지 않은 채 앉아 있었다. 그러다 정신을 차리고 장례식장을 검색해 예약

했다. 유례없는 한파가 몰아친 12월이었다. 집 안은 보일러의 열기로 더웠고 베란다는 얼어붙을 정도로 추웠다. 인간 가족 구성원의 쾌적함을 지키면서 동시에 치커리의 몸을 하룻밤 동안 둘 곳이 마땅하지 않았다. 그날 안으로 장례를 치러야 했다.

정민이 퇴근하면서 초록을 픽업해왔다. 분식집에서 간단한 요깃거리도 사 가지고 왔다. 집에 도착해 상자를 열어본 정민은 눈물을 흘렸다. 일곱 살배기 초록은 아직 죽음을 이해하지 못했고 그래서 치커리를 보자마자 이게 뭐야, 죽었어? 정말? 쳇! 시시하다! 하며 웃음을 터뜨렸다. 순무는 마치 치커리가 어디 있느냐고 묻는 것처럼 집 안 구석구석을 걸어 다니고 냄새 맡으며 울어댔다. 정민이 순무에게 통조림을 주었다. 포장을 풀어 분식집에서 사온 떡볶이와 어묵, 튀김을 아이에게 먹이고 자신도 먹었다. 희은은 그 광경을 옆에서 보다가 포크를 들고 억지로 몇 조각을 씹어 넘겼다. 단지 쓰러져서는 안 된다는 생각에서였다.

여섯 시가 되어 호출한 택시가 도착했고 그들은 출발했다. 경기도 외곽의 장례식장으로 가는 길은 멀었다. 해가 저물자 차창 밖 풍경은 도시의 불빛들에서 차츰 멀어졌고 그보다 시간이 더 지나자 택시는 편의와 위락을 위한 공간이라고는 없이 거리를 두고 선 가로등빛만 간간이 보이는 외지고 한적한 시골길로 접어들었다. 마침내 택시가 섰고 희은과 정민은 잠든 초록을 깨워 차에서 내렸다.

희은 씨, 이제 그만. 치커리는 벌써 좋은 곳으로 갔어. 정민이 무너져 내리는 희은의 몸을 붙잡아 일으켰다.

뼈가 소각로에서 나올 때 희은은 자신도 모르게 치킨, 이라는 말을 떠올렸다. 그 단어를 떠올린 자신이 너무나 낯설고 잔인하며 외람되게 느껴졌지만, 정말로 치킨을 먹고 남은 잔해 같았다. 시간이 치커리의 살을 남김없이 발라먹은 것처럼 보였다. 치커리는 살아 있을 때도 치킨 같았어, 하고 희은이 자신을 납득시킨 것은 시간이 흐른 뒤였다. 식빵을 굽는 자세로, 아니면 다른 어떤 집에서도 고양이가 그랬다는 얘기를 아직 들어 본 적이 없는 희한한 자세로 네 다리를 벌려 노트북을 껴안고 있을 때면. 그 토실토실한 엉덩이며, 잘 구워진 것 같은 갈색 몸이며. 희은은 그 죽음을 머릿속에 들어오게 놔둘 수 없었다. 그래서 온 힘을 다해 밀어냈다. '치킨'은 희은이 그렇게 밀어낸 자리에 맺힌 단어였다.

그런 반발은 또 있었다. 유골을 갈아 가루가 된 것을 볼 수가 없어서 희은은 치커리를 스톤으로 만들어달라고 했다. 뼈를 부수고 녹인 다음 굳혀서 엄지손톱만 한 돌로 만드는 것이었다. 나쁘게 생각하면 상술, 좋게 말하면 상징이었다. 어떤 사람들은 동물의 존재를 지상에 묶어두는 것 같아 싫어한다는 것도 알고 있었지만 희은에게는 재보다는 돌이 덜 기막힌 형태였다. 재라니. 재는 흩어지고 사라져버리지 않나. 가루로 변한 치커리를 습기가 스며드는 치욕 속에 놓아두고 싶지도 않았다. 물론 이성적으로 생각하면 모두 과도한 의미 부여였다. 하지만 막 반려동물을 잃어 희은처럼 울컥거리는 마음을 지닌 사람들이 조금이라도 숨을 가라앉히는 데 도움이 될 그런 기술이 정확히 그 자리에 존재했다. 자본주의가 내미는 친절한 애도의 손이었다. 희은은 그것을 붙잡았다.

치커리는 스물두 개의 스톤이 되었다. 단단하고 깨끗하며 매끄러운 담황색의 돌. 그 작업이 모두 끝나자 여덟시 반이었다. 그들은 다시 택시를 불렀고 집으로 돌아갔다.

*

그 죽음이 모든 것을 바꿔 놓았다.

희은은 그때까지 어떤 죽음도 그토록 가깝고 강렬하게 겪어본 적이 없었다. 친족의 죽음—조부와 조모, 외조부와 외조모의 죽음—은 유년기에 깊은 교류 없이 자라난 희은에게는 남의 일과 같았다. 하루 종일 검은 옷을 입고 부모 곁에 서서 조문객들에게 맞절을 하는 일이 벌을 받는 것처럼 느껴졌다. 희은은 매번 평소의 두 배로 밥을 먹었다. 육개장을 퍼먹는 동안은 앉을 수 있었고 끝없이 쏟아지는 잠을 쫓을 수 있었다. 장례식장을 가득 채운 그 특유의 무거운 분위기를 몰아낼 수 있었고 자신은 거기 속하지 않는다는 사실을 분명히 할 수 있었다. 죽음의 자리에 있으면 희은은 지독하게 살고 싶어졌다. 식욕이 짐승처럼 솟구쳤다.

부모는 살아 있었고, 친구나 그에 준하는 가까운 지인의 죽음은 접해본 적이 없었다. 가장 강하게 남은 기억은 희은이 이십 대 때 다니던 회사 대표의 모친상 자리였다. 동료들과 함께 흡연구역에 있는데 멀리서 울며 걸어오는 대표와 가족들의 모습이 보였다. 염하는 일을 지켜본 직후인 것 같았다. 대표의 얼굴은 시뻘겠고 누군가가 손바닥으로 마구 문질러놓은 것처럼 망가져 있었다. 나머지 사람들의 얼굴도 비슷했다. 몹시 큰 용기를 필요로 하는 일—닦이고 묶이는 어머니의 시신을 피하지 않고 보는 일—을 감당해야 했음은 알 수 있었지만, 희은은 그것이 정말로 어떤 것인지는 알 수 없었다.

진심이라 생각하며 애도한 수많은 사회적 죽음도 있었다. 분향소에 꽂았던 그 많은 향들. 그 많던 기도와 눈물방울들. 희은은 여러 날 가슴 아파했고 분노했고 비극이 잦은 사회의 다른 시민들처럼 그 죽음들의 영향을 받아 한동안 트라우마에 시달리기도 했다. 그것이 위선이라는 생각은 들지 않았다. 그러나 자신이 9년간 품어 키운 흔해빠진 생김새를 지닌 한 마리 고양이의 죽음은 그 죽음들과는 달랐다. 전혀 달랐다.

희은은 휘저어졌다. 극단적으로 슬픔에 집착했고 설탕 덩어리에 달라붙어 옴짝달싹할 수 없게 된 개미처럼 고통 속에서 허우적거렸다. 슬픔 다음에는 분노가 왔다.

치커리가 죽은 다음 날 늦게 번역 원고를 전송하면서 마지막에 희은은 몇 마디를 덧붙였다. 실은 저희 고양이가 어제 무지개다리를 건너서, 장례를 치르느라 늦어졌습니다. 죄송합니다. 다시 이런 일이 없도록 하겠습니다. 마감이 여러 날 지난 원고였다. 바쁜 일정으로 돌아가는 출판사 입장에서는 납품 기일을 어긴 희은 때문에 여러 사람의 스케줄에 차질이 생겼으니 괘씸한 마음이었을 테고 그러니 답장이 없어도 전혀 이상할 것이 없었다. 그런데 희은은 자신도 모르게 며칠을 기다리다가 견딜 수가 없게 되었다. 담당 편집자에게 전화를 걸어 소리치고 싶었다. 어째서 아무 말도 해주시지 않나요? 좋은 곳으로 갔을 거라는 그 형식적인 한마디를, 어째서 해주시지 않습니까? 딱 한마디면 되는데요. 왜요. 어째서인가요. 그렇게 말도 안 되는 갑질을 하는 자신을 상상하다 희은은 입을 틀어막고 울었다.

도서관에 가 아무 책장에서나 책 한 권을 뽑으면 거기에 치커리 이야기가 쓰여 있어야 옳았다. 그 작고 기적 같던 존재를 담은 사랑스러운 사진들로 한 권이 통째로 도배되어 있어야 했다. 그런데 그렇지 않았다. 희은은 이해할 수가 없었다.

치커리는 산책하는 고양이가 아니어서 평생을 집 안에서만 살았다. 동물병원 의사와 간호사들, 놀러왔던 몇몇 지인들, 이사를 위해 집을 보러 온 낯선 사람들, 수도 검침원과 누수 설비 기술자 같은 사람들이 치커리가 만난 사람의 전부였다. 희은은 몇 명의 친구에게 치커리의 죽음을 알렸다. 동물을 기르지 않는 친구들은 이해하지 못했고 기르는 친구들의 위로는 달콤했지만 부족했다.

희은의 친정과 시가에도 소식이 전해졌다. 사람 아이인 초록이 감기만 걸려도 하루에 몇 번이나 전화를 걸어 안부를 확인하던 양가 부모님은 고양이의 죽음에 대해서는 아무런 애도를 보내주지 않았다. 원래부터 동물을 탐탁지 않아 하던 분들이었다.

치커리를 아는 사람이 적었다. 치커리가 이 세상에 존재했었다는 사실을 아는 사람이 너무 적었다. 희은은 신장질환 고양이 카페에 글을 올렸다. 가지고 있는 모든 SNS 계정에 치커리의 사진을 올렸다. 낯선 이들이 보내는 댓글 하나하나를 꿀처럼 빨아먹었다.

치커리의 마지막을 지켜준 의사를 희은은 다시 떠올렸다. 개 짖는 소리의 기억 때문에 여전히 그 병원에 대해서는 약간의 의문과 반발심이 남아 있었다. 희은은 시내의 가장 큰 제과점으로 가 가장 고급스러운 케이크를 산 다음 장문의 편지와 함께 그에게 전하는 자신을 상상했다. 강하고 선하며 포용력 있는 사람으로 변신하여 그 의사를 다시 한 번 위로하는 자신을. 그것은 감당하기 힘든 일에 직면해 치유를 갈구하는 마음이 종종 만들어내는, 자신의 아픔은 물론 타인의 아픔까지 치료하는 구원자의 환상이었다. 그러나 희은은 잠시 후 그런다고 해서 치커리가 되살아날 리가 없다는 사실을 깨달았다. 결코 그럴 수가 없었다. 희은은 상상 속에서 만들어낸 자신의 모습을 흔들어 흩어버렸다. 가상의 케이크를 바닥에 던지고 발로 짓밟았다. 그러고 나자 자신이 미친 사람이라는 생각이, 그다음에는 몹시 저열하고 한심한 사람이라는 자각이 찾아왔다.

희은은 그 죽음을 객관화할 수 없었다. 그런 죽음이 실은 지상의 모든 생명에게 평등하게 일어나고, 특별할 것이 없으며, 타인의 애도는 언제나 충분하지 않고, 따라서 아무리 부족하다 한들 그 하나하나의 위로를 겸손하고 감사하게 받아들여야 한다는 당연한 이치를 떠올릴 수 없었다.

희은이 그 시간 내내 확신을 갖고 떠올릴 수 있던 유일한 단어는 '부질없다'였다. 희은이 그동안 해온 모든 일, 의지를 곤두세우고 땀을 흘려 마침내 손에 넣은 그 모든 성취와 삶의 기쁨들이 일관적으로 무의미하게 느껴졌다. 단 한 번도 자살을 생각해본 적이 없었고, 언제나 죽음의 반대편으로 있는 힘을 다해 내달렸으며, 어떤 순간에도 생존을 경멸해본 적이 없던 과거의 자신이 기이하고 생경하게 느껴졌다.

*

순무를 스톤으로 만들고 싶지는 않다고 정민은 생각했다. 그런 식의 팬시fancy함으로 순무의 마지막을 둘러싸고 싶지 않았다. 그는 재를 견딜 수 있었다. 유골 가루라는 형상이나 감정에 압도되지 않고 거리를 둔 상태로 순무를 기억할 수 있었다. 순무는 그들의 두 번째 고양이였으나 희은은 이혼하면서 암묵적으로 순무를 포기했다. 더 이상 돌보기가 싫었던 것인지, 일종의 균형을 맞추기 위해 호의를 베푼 것인지는 알 수 없었지만 어느 쪽이든 상관없었다. 순무의 유골을 어떻게 할지 정할 권리는 이제 정민에게 있었고 정민은 그것을 행사했다. 순무의 재는 장식 없이 심플한 갈색 유골함에 담겨 정민의 무릎 위에 놓여 있었고 그곳으로부터 따스하고 침착한 슬픔이 정민의 온몸으로 번져 나갔다. 정민이 오랫동안 원해온, 평온하고 고요한 애도였다.

음악 들을래?

희은이 물었다. 정민은 대답하지 않았고 초록은 가볍게 고개를 저었다. 침묵이 흘렀다. 희은의 중고차는 작고 깨끗했으며 가벼운 시트러스 향이 차 안을 흘러 다녔다. 방향감각이 제로에 가깝고 겁이 많은 탓에 자신은 면허를 딸 수 없을 것 같고, 차를 뽑는 바로 그날 길 위에서 사고로 죽을 것 같다고 입버릇처럼 말하던 희은은 제법 운전을 잘했으며 여유 있어 보였다. 정민은 넓어진 행동반경이 준 자신감을 싣고 조금씩 속도를 내는 희은을 보며 잘된 일이라고 생각했다. 그 광경은 다소 정민에 대한 시위로, 차 없이 정민과 살았던 시간들이 얼마나 넌덜머리나는 것이었는지를 전시하는 행위로 느껴지기도 했다. 그렇군, 정민은 생각했다. 그래서 어쩌라고, 마음대로 하세요, 같은 최소한의 적대감조차 느껴지지 않았다. 희은은 이제 정민에게 타인이었다. 차 없이 육아를 한 것은 조금 고생스러웠으나 참을 만했고 초록은 어느새 다 커버렸다. 그에 대해서는 사과할 기회를 놓친 것인지도 모른다는 생각이 들었지만 이제는 사과하지 않아도 된다는 사실이 주는 안도감이 더 컸다. 희은이 지금 어떤 사람이 되었지는 몰라도 정민은 그에 동조해줄 수 있는 사람이 아니었다. 그에게는 지구의 곳곳을 차로 달려 세계를 확장하고 싶다는 욕망이 없었다. 그의 세계는 공간이 아니라 시간을 통해 확장되었다. 오롯이 혼자일 수 있는 시간, 가까운 거리를 느리게 산책하며 보잘것없는 풍경들을 깊이 들여다보는 일, 동경을 불러일으키는 예술 작품들, 독서와 상상이면 충분했다. 모두 결혼 생활이 정민에게서 빼앗아간, 이제야 조금씩 되돌아오기 시작한 것들이었다. 정민은 뒷좌석 시트에 몸을 기대고 차창 밖으로 조금씩 가까워지는 도시의 불빛들을 바라보았다.

그들의 첫 번째 고양이가 죽던 날.

정민은 조금 다른 방식으로 그날을 기억했다.

극심한 슬픔이나 분노는 없었다. 그것은 정민에게는 허락되지 않는 감정들이었다. 이유는 모르지만 정신을 차려 보니 그렇게 되어 있었다. 그때 정민의 삶은 생존을 위한 행동, 행동, 그리고 또 다음 행동으로만 구성되어 있었다.

새벽 다섯 시 반에 일어나 여섯 시에 24시간 영업을 하는 맥도날드에 도착해 버거로 아침을 때웠다. 여섯 시 반에 지하철역 근처에서 통근버스를 탔고 일곱 시 오십 분쯤 일터에 도착했다. 작업은 여덟 시에 시작이었다. 작업복으로 갈아입고 자리에 앉아 1천 개가 조금 안 되는 부품을 쉬지 않고 조립하고 나자 점심시간이 되었다. 정민은 냅킨과 물컵, 수저로 자기 옆에 세 자리를 맡아놓고 배식 줄에 가서 섰다. 누군가는 믿을 수 없을지 모르지만 정민이 일하는 공장에서는 남자와 여자의 식사 시간이 달랐는데, 아무도 거기에 이의를 제기하지 않았다. 여자들의 점심시간은 남자들보다 15분 늦게 시작되었다. 식당에 자리가 부족하다는 이유였다. 그러나 15분이 지나도 자리는 좀처럼 나지 않았다. 별로 깨끗하지 않은 식당 구석에 식판을 들고 서서 자리가 나기를 불편하게 기다리는 같은 라인 여사님들— 그들은 그렇게 불렀다—의 모습을 며칠 보다가 정민은 그분들의 자리를 미리 맡아놓기 시작했다. 함께 일하는 중년의 사내들, 공장에서 밥을 먹은 지 오래된 사람들은 처음 며칠 그런 정민을 희한하다는 듯 쳐다보았지만 이내 신경 쓰기를 그만두고 말없이 밥을 먹었다.

점심 메뉴는 밥과 상추 여남은 장, 김치, 그리고 건더기가 없는 묽은 된장국이 전부였다. 가벼운 현기증을 느끼며 수저를 드는데 희은에게서 문자가 왔다. 치커리 무지개다리 건넜어.

그는 사진 속에 담긴 고양이의 마지막 모습을 보며 밥을 먹었다. 그런 다음 관리팀으로 가서 반차를 내야겠다고 말했다. 관리팀장은 불편한 심기를 드러내며 오늘은 오후 대체 인력이 없다고 중얼거렸다. 장부를 뒤져본 그는 정민이 이미 올해 연차를 다 사용했으므로 반차라 해도 더 이상 내줄 수 없다는 사실을 알려주었다. 미안해, 퇴근하는 대로 갈게. 정민은 희은에게 문자를 보냈다.

통근버스 안에서는 멀미가 나서 아무것도 보거나 읽을 수 없었다. 일주일에 사흘 특근을 해도 생활비는 항상 빠듯했다. 특근을 하고 집에 들어가면 밤 열한 시였다. 숨 돌릴 여유도 없이 샤워를 하고 나면 단 5분이라도 희은과 대화를 하고 싶었다. 그러나 희은은 대체로 육아와 가사 노동에 지쳐 아이를 재우다 잠들어 있었고 그렇지 않을 때에도 정민의 하루에는 관심이 없어 보였다.

그날 희은은 슬픔으로 정신이 없는 상태였으므로 정민이 초록을 챙겨야 했다. 정민은 퇴근하면서 에너지드링크를 한 병 사마시고 초록에게 먹일 저녁거리를 산 다음 아이를 픽업해 집으로 갔다. 어린이집 식판 설거지를 하고 초록과 희은과 순무를 먹이고 고양이 화장실을 치웠다. 택시를 타고 장례식장에 도착한 다음부터는 잘 기억이 나지 않았다. 슬픔이 아니라 피로 때문이었다. 소각로에서 치커리의 몸이 나오지 않고 조각난 뼈가 나오자 초록이 치커리 어디 갔어? 투명 고양이가 된 거야? 하고 물은 기억은 있었다. 그러고 보니 정민은 그날 치커리의 몸을 제대로 오래 들여다본 기억이 없었다. 눈물은 흘린 것 같은데, 분명히 무언가를 느끼기도 했을 텐데, 기억이 안 났다. 정민은 희은이 실신할까 봐 내내 마음을 졸이고 있었다. 희은이 쓰러지기라도 하면 정민은 다음 날 근무를 제대로 버텨낼 수 없을 것 같았다.

모든 것이 끝나고 집으로 돌아가자 밤 열 시였다. 희은은 무엇을 할 수 있는 상태가 아니었다. 정민은 초록의 이를 닦이고 옷을 갈아입혀 재우면서 까무러치듯 쓰러져 같이 잠들었다. 그는 여섯 시간 삼십 분을 자고 다음 날 다섯 시 반에 일어났다. 그런 다음 다시 열한 시간 동안 부품을 조립하기 위해 일터로 떠났다.

*

물론 그들에게도 태양처럼 찬란하던 날들이 있었다. 서로의 초록빛 잎사귀가 약속이나 희망 없이도 축복으로 다가오던 때가 있었다. 처음 만났을 때, 그들은 늙는다는 것이 무엇인지 몰랐다. 갈색으로 변한다는 것이 무엇인지 알지 못했다. 생기가 빠진다는 것, 말라비틀어진다는 것, 길에 나뒹군다는 것, 도로 위에 있으면 행인들이 안타까워하며 소중히 집어 드는 게 아니라 피하고 멀리 돌아가고 발로 밟으려고까지 하기 때문에 "밟지 마세요" 하고 굳이 비명을 질러 대야 한다는 것, 그들 역시 언젠가는 그렇게 막 대해지리라는 것을 몰랐다. 알 수도 없었으며 이해할 필요도 없었다. 가난에 대해서는 경험에서 나온 공통 감각이 있었다. 정민은 어려서부터 청빈함을 강요당하며 자랐고 희은은 월급이 나오지 않는다는 것, 몇 개월 동안 카드회사의 독촉이 지속된다는 것이 어떤 일인지 알고 있었다. 그러나 삶이 완전히 파괴될 만큼 절벽 끝으로 몰려 본 적은 없었다. 그들은 둘 다 젊었고 혼자였다. 가난을 향해 욕을 하며 따귀를 후려치거나 그 반대쪽으로 달아나는 대신 그것을 소박하고 편안한 셔츠처럼 각자의 몸에 걸치고 다녔다. 희은은 열정이 소진되는 것이 두려웠다. 정민은 꿈을 이룰 수 없게 되는 것이 무서웠다. 그런 것이 그들의 생에서 가장 큰 공포였다. 삶 자체, 일상 자체, 생활이라는 거대한 턱 자체가 그들을 입에 넣고 단번에 머리와 몸통, 사지로 토막 내 바닥에 침과 함께 뱉어버릴 수도 있다는 것을 상상하지 못했다.

젊은 그들은 때때로 거울 속에서 노인의 얼굴 같은 슬픔을 발견하고 자신이 낙엽이 되어버린 것이 아닐까 두려워했으며 그 사실을 고백하는 상대방의 얼굴에 난 눈물 자국 때문에 서로를 더 사랑했다. 그러나 그때 그들은 단지 조금 더 짙은 초록빛으로 변해 있었을 뿐이었다.

*

결혼을 피해 다녀야 한다는 사실은 그들 각자에게 너무 자명한 것이었기에 따로 시간을 내 대화를 나눠볼 필요도 없었다. 그들은 두 개인을 원래의 모양과 형질대로 온전히 놔두면서 지속되는 결혼의 모범 사례라는 것을 별로 보지 못했다. 결혼은 그들과는 다른 계급 사람들이 하는 것이었고, 남미의 오지 같은 곳으로 그들로서는 꿈꿔볼 수 없는 호화스러운 여행을 떠났다가 처음 보는 거대한 파충류에게 물려 신체의 일부를 잃고 돌아오는 일 이상도 이하도 아니었다. 세상의 어디선가 일어나지만 왜 일어나는지는 알 수 없는 일.

정민은 평생 독신으로 살 생각이었다. 정민에게는 평생 사이가 좋은, 가족의 성실한 사랑이라는 도그마dogma로 그를 질식시켜 온 부모가 있었고 그는 그들에게서 가장 멀리 떨어진 곳으로 길을 떠나기 위해 오랫동안 평범하지만 조용하게 단계를 밟아온 상태였다. 조그만 원룸으로 독립을 했고, 아르바이트를 해 당장의 생계를 해결하면서 시험을 준비했다. 중학교 교사라는 안정적인 직업에 둥지를 튼 다음 그는 아무에게도 말한 적 없는 진짜 꿈을 이룰 생각이었다. 교사는 다소 보수적이고 지루해 보이는 목표였으나 부모에 대한 복수라는 관점에서는 결코 나쁘지 않은 중간 기착지이기도 했다. 그는 아이들을 좋아했고 그 자신은 결코 가질 일이 없을 아이들이 이 갑갑한 세상에서 제대로 숨을 쉬며 살아갈 수 있도록 돕고 싶었다. 그의 부모가 그에게 준 것들, 하사관이 차렷 자세로 서 있는 이등병에게 베푸는 은혜나, 낫을 든 농부가 잘 자라지 못하는 농작물을 보며 중얼거리는 욕 속에 담긴 안타까운 애정과는 종류가 다른 것들을 자신보다 조금 어린 이 세상의 동료들에게 주고 싶었다. 그는 차근차근 교직과정을 이수했고 졸업 후 임용고사에 계속 떨어지기는 했으나 그것은 경쟁 과잉인 사회의 잘못이지 자신의 잘못은 아니라고 생각했다. 어쨌거나 그는 혼자였고 자유로웠으므로 시간이 자신의 편이라고 믿을 충분한 근거가 있었다.

희은은 자신의 어머니가 왜 주민등록등본에 '동거인'으로 표기되어 있는지 알게 된 뒤로 가족이라는 개념에 양가감정을 지니게 되었다. 희은이 중학생일 때 가족을 떠나 오랜 시민단체 활동 끝에 모 진보 진영 연구소의 이사장이 된 아버지는 어머니에게 제대로 양육비를 보내지도 연락을 취하지도 않았다. 약속을 깨뜨리고 책임을 방기하며 거짓말을 일삼는데도 세상의 추앙을 받는 아버지와 누군지 조차 알 수 없는 낯선 여성의 이름 밑에 딸려 있는 자신의 이름을 보며 희은은 자신이 어딘가에 잘못 끼워 넣어진 존재라고 생각했고, 그런 자신을 혼자 키워 낸 어머니에게 주어진 '동거인'이라는 호칭의 싸늘함에 충격을 받았다. 희은에게 결혼은 이해할 수 없는 방식으로 미성숙한 사람들을 승인해줌으로써 복잡한 문제들을 만들어내는 제도이기도 했지만, 어머니가 입어본 적 없는, 입어보았더라면 최소한 '모'라는 호칭은 선물해 존재를 인정해주었을 웨딩드레스이기도 했다. 희은은 아버지에게 복수하기 위해 제대로 된 어른이 되고 싶어 했다. 희은은 전혀 알지 못했으나 그것은 시간이 지나면서 제대로 된 부모가 되고 싶다는 욕망으로 변형되어 자라났고 희은의 무의식 속에 안전하게 숨겨진 채 때를 기다리고 있었다. 희은은 비교적 자유로운 분위기를 지닌 몇 군데의 직장을 거쳐 번역 일을 시작하면서 프리랜서로 재택근무를 하게 되었다. 사회생활 특유의 위계관계를 직접적으로는 경험할 일이 드물어졌고, 일을 하며 자연스럽게 문화예술 관계자들과 교류가 생기면서 자유로운 생활을 개인의 삶에 있어 최상의 가치로 자연스럽게 받아들이게 되었다. 결혼, 제도, 가족, 부모. 희은은 이 네 단어를 한 덩어리로 생각했고 자신이 그 단어들로부터 가장 먼 곳으로 걸어가고 있다고 느꼈다. 그러나 '결혼'과 '제도'에서 느껴지는 의문의 여지없는 실망과는 달리 '가족'과 '부모'에 대해서는 여전히 양가감정이 남아 있었으며, 그것이 자신의 내부에서 아무도 모르는 사이에 모종의 환상으로 자라나고 있음을 알아차리지 못했다.

희은은 느리기는 해도 꾸준히 자기 커리어를 쌓아갔고 어느 여름 날 자신이 작업한 외국 소설의 북토크 행사에 번역자 자격으로 참석하게 되었다. 그날 독자들과의 뒤풀이 자리에서 정민을 만났을 때 희은은 짧은 시간 내에 상당히 대화가 잘 통한다고 느꼈다. 그 소설이 부모와 자식 간의 애증을 주된 테마로 다루고 있었기 때문인지도 몰랐다. 국어 선생님을 꿈꾼다는 정민은 문학에 조예가 깊어 보였고 희은에게 그는 유럽 배낭여행 중에 기차에서 만난 흥미로운 여행자와 같은 이미지로 다가왔다. 목적지는 같지 않더라도 그들은 비슷한 곳들을 떠돌아다닐 것이고 어딘가에서 여러 번 마주치게 될 것 같았다. 희은은 자신이 들고 탄 배낭이며 침낭과는 달리 다소 고풍스러운 슈트 케이스를 지니고 단정한 정장을 입은 채 여행길에 오른 정민에게 호기심과 매혹을 느꼈다. 그들은 기차 6인실에 마주 보고 앉아 있었다. 다른 승객들은 없었고 기차는 마침내 천천히 출발했다. 희은은 기차가 달려가는 방향의 반대 방향으로 앉아 있었지만 그랬기 때문에 정민과 마주보고 있을 수 있었다. 순방향, 역방향, 그런 것이 문제가 되리라고는 생각하지 못했다.

*

초록이 생겼다는 사실을 알았을 때 정민은 도망치고 싶었지만 도망치지 않았다. 희은은 정민보다 나이가 많았다. 이번이 아니면 다음번은 언제가 될지 모른다는 생각이 먼저 들었다. 그는 자신이 그토록 멀어지고자 했던 부모와 다시 가까워져야 하리라는 사실을, 그리고 손을 벌려야 하리라는 사실을 알았다. 그는 자신이 해야 할 타협의 양을 가늠해보았다. 모든 것이 순조롭다 하더라도 부모됨이라는 고난의 본질이 결코 만만치 않으리라는 짐작을 했다. 그 모든 것이 지금 자신 앞에서 근심과 두려움으로 눈물을 흘리고 있는 희은의 동반자가 될 기회와, 희은의 몸속에서 눈물겨운 심장박동을 보내고 있을 어린 생명을 포기할 수 있을 만큼 중요한지 생각해보았다. 정민의 부모는 보수적이었다. 생부와 절연한 데다 음주가무를 좋아하고 어른들에게도 싹싹하게 대할 줄 모르는 희은을 탐탁지 않아할 게 뻔했다. 그러나 아이에게는 자원이 필요했다. 그들은 빈손이었고 제도에 속하지 않으면 그 자원을 얻어낼 수 없었다.

그는 육아라는 과정에 대한 구체적 지식이 전무했다. 갑작스레 돈을 마련해서 자신이 기대한 만큼의 지원을 해줄 방법이 부모에게는 없다는 사실을 몰랐고, 아직 인사도 드리기 전인 희은의 어머니가 건강 문제로 육아에 전혀 도움을 줄 수 없으리라는 사실도 알지 못했다. 그러나 정민의 마음에서 일어나고 있던 어마어마한 변화, 종교적으로 말하자면 개종에 가까운 변화가 이런 사실들을 서로 크로스 체크해야 한다는 기초적인 상식을 그의 뇌에서 지워버리고 감정을 가득 채워 넣었다. 그는 젊었다. 얼굴을 모르는 자신의 아이를 위해 젊은 자신, 자유로운 자신을 죽이기로 마음먹었고 단 몇 시간 만에 그 일을 혼자 묵묵히 치러냈다. 그는 그 제의의 결과가 무엇으로 돌아올지 알지 못했지만 그것 역시 받아들이기로 결심했다.

희은은 정민의 내면을 알아차릴 여유가 없었다. 희은은 자신의 몸이 자신의 것임을 알았고 자유를 빼앗기고 싶지도 않았으므로 눈물을 흘렸다. 희은은 결혼이 너무도 싫었지만, 결혼을 하지 않고 아이를 키울 수 있는 방법은 아무리 생각해봐도 없는 것 같았다.

그런데 이번은, 지난 몇 번의 연애에서 일어난 원치 않는 임신들과는 무언가 다르게 느껴졌다. 이번에는, 초음파를 본 뒤에 의사에게 다른 대답을 하고 싶었다. 너무나 비이성적이지만 그랬다. 정민은 희은이 만나본 모든 남성 가운데 무책임하지 않은 아버지가 될 자질을 갖춘 유일한 남성이었다. 희은은 정민의 모든 면모를 완벽하게 알지 못했지만 그 사실만은 확언할 수 있었다. 그는 책임을 질 것이었다. 자신을 포기하더라도 할 일을 할 것이었다. 그 사실을 깨달은 순간 희은의 무의식에서 오랜 시간 대기하고 있던 낯선 욕망이 풀려나며 온몸을 장악했다. 희은은 아버지와는 다른 사람이 되고 싶었다. 어린 자신에게 말끝마다 멍청이, 바보, 모자란 녀석이라는 말을 던져대던 그보다는 자신이 나은 사람, 더 존중받아도 되는 사람이라는 확신을 갈구하고 있었다. 그러나 그의 습관적인 폭언으로 유년기에 무너진 자존감이 놀랍게도 삼십 대 중반이 되도록 제 기능을 하지 못하고 있었기에, 사회적으로 많은 성취를 했음에도 희은은 좀처럼 그런 확신을 가질 수가 없었다. 그런 상황에서 '책임을 지는 부모'라는, 너무나 확실해 보이는 선택지가 신비로운 방식으로 손안에 들어온 것이었다. 낳아라. 낳아서 네가 받지 못한 사랑을 담뿍 주며 키워라. 너의 부모와는 다른 사람이 돼라. 그것은 사실에 부합하지도 않았고—희은은 어머니의 헌신적인 사랑을 받았으나 자신 또한 버림받은 어머니처럼 되지 않을까 하는 두려움 때문에 어머니를 단지 불쌍한 사람으로만 기억했고 그로부터 받은 따스한 애정을 기억하지 못했다― 이루기도 지극히 어려우며, 여성 개인의 삶에 있어서는 몹시 위험한 목표였으나 누구도 희은에게 그 점을 일깨워주지 않았다. 희은 자신도 자기 안에 그런 명령이 들어 있는 줄 몰랐으니 당연했다. 사실은, 희은의 지인들 가운데 몇몇이 어떤 신호를 알아본 적은 있었다. 희은이 치커리와 순무에게 쏟는 애정과 근심의 양이 보통 사람들과는 눈에 띄게 달랐던 것이다. 그들이 보기에 그것은 모성의 이상한 과잉과 다소 비슷해 보였다. 하지만 고양이에 대한 태도를 가지고 한 여성에게 앞으로 모성이 넘칠 것이라거나 헌신적인 엄마가 될 것 같다는 식의 예측을 하는 것은 몰상식이자 시대착오였다. 또한 고양이를 키우는 다른 사람들에게도 무례한 유추였다. 그들은 침묵을 택했다.

희은의 의식이 현실적인 걱정들―예컨대 태어난 아이가 만약 천재적인 음감을 가지고 있어서 음악을 전공하고자 하거나 축구에 재능을 드러내며 재정적 지원을 요청하더라도 그들은 선뜻 긍정적인 대답을 할 수 없을 것이라는―로 분주한 틈을 타, 무의식은 어떤 제지도 받지 않고 자신의 명령을 감각적 자극으로 바꾸어 희은의 몸 각 부분에 전달했다. 어지럽고 머리가 핑 돌고 힘이 빠지며 아무리 참으려 해도 눈물이 계속 쏟아지는 그 감각을, 희은은 아직 만난 적 없는 아이에 대한 사랑으로 번역해 받아들였다. 고통과 행복이라는 상반되는 의미를 한 몸에 지닌 단어가 '아이'라는 사실을 희은은 그때 이미 알고 있었으며 거기에 저항하지 않는 쪽을 기쁘게 선택했다.

결혼이 남미의 오지로 떠나는 위험한 여행이라면, 아이의 양육자가 되는 일은 우주선에 탑승해 미지의 행성에 정착하기 위해 떠나는 것과 같다. 앞서 간 여행자들의 데이터는 제대로 전송되어 오는 법이 없으며 우주선 안에서는 시간이 지구에서와 다르게 흐른다. 지구에 남겨두고 가는 것은 살아서 다시 보기 힘들 수 있으니 필요한 견본들은 모두 꼼꼼히 챙겨야 한다는 사실을 미리 기억하는 것이 정상이다. 우주선 자체도 정밀 검사를 거쳐야 하며, 아주 간단한 소지품 하나, 그것의 무게 0.000001그램까지 정확히 측량해 실어야 냉혹한 우주 공간에서 참사를 피할 수 있다. 그러나 희은과 정민은 사랑이라는 스케치북에 연필로 서툴게 우주선의 모양을 그려 넣은 다음 거기에 오르기로 결정했다. 필요한 것은 우주 공간에서 어떻게든(대체 어떻게?) 조달할 수 있으리라 여겼으며, 질량 체크를 건너뛰었고, 최소한의 물건을 싣고 남은 공간은 낭만에서 나온 낙관과 감동, 자부심 같은 기체들로 채워 넣었다. 고립되고 폐쇄된 우주선이라는 공간에서 한계가 찾아올 때까지 공동생활을 해야 하므로 비행사들은 인성 검사를 거쳐야 하며 개인으로서의 인내심뿐 아니라 다른 승무원들과의 단체생활에서 협력과 업무 분담과 배려를 제대로 해낼 수 있는지도 꼼꼼히 체크 받아야 한다. 그러나 희은과 정민은 신뢰라는 이름하에 엄격해야 하는 대인관계와 위기 대처 시뮬레이션 과정을 모두 생략했다.

대체 왜일까. 그들은 오랜 시간이 지난 후에 각자 곰곰이 생각했다. 왜 우주 생활에 필요한 모든 정보를 체계적으로 제공하고 비행사들을 훈련시키는 항공우주국은 있는데 부모되기에 관한 정보를 구체적으로 가르치고 훈련시키는 기관은 없는 것일까. 왜 국가는, 부모의 세계라는 우주가 환상적이고 아름다운 곳이니 모두 함께 가자는, 승무원이 되면 혜택을 주겠다는 모객 광고를 조잡한 팸플릿에 인쇄해 수없이 뿌려대면서 그 우주가 어떤 곳인지, 승무원 생활이라는 게 대체 무엇인지에 대해서는 함구하는 것일까.

왜 그 캠페인을 벌이는 사람들뿐 아니라 그 경험을 해본 사람들조차도, 우주에서의 생존에 꼭 필요한 산술적 계산을 냉철히 해보는 일, 해보고 합리적이지 않으면 그만두는 일, 중간 점검을 거치고 승무원 각자가 지닌 물리적·정신적 자원을 따져 적절한 방식으로 재분배를 하는 일, 선내 환경이 좋지 않아질 경우 탈출할 수 있는 셔틀선을 미리 마련해두는 일 모두를 금기이자 해악으로 치부할까. 우주선의 또 다른 승무원인 아이는 존중하고 사랑하고 보호받아 마땅한 존재이지만 선체의 어느 곳을 수리하고 선내 산소를 어떻게 보충하며 운항 속도와 방향을 어떻게 바꿀지 지시를 내려줄 수는 없었다. 그런데 왜 그 사실을 무시하고 모든 문제의 디테일을 아이를 위해서라는 종교적 대의에 맞춰 뭉개버림으로써 결국 모두의 고난을 초래하는가. 그리고 그것은 왜 부모만의 책임이 되는가. 문제 제기도 질문도 어려운 그런 종교적 분위기를 퍼뜨리는 것은 누구이고 어떤 목적에 의해서인가.

물론 그들이 그런 의문을 가질 수 있게 된 건 아주 오랜 시간이 지난 후의 이야기였다.

*

초록은 어떤 아이였는가 하면, 이 모든 것과는 또 아무런 상관없이 정민과 희은 둘 다에게 축복 같은 아이였다. 이혼하기 전에도, 후에도, 그들은 초록을 사랑했다. 처음처럼 사랑했고, 영원히 사랑할 것이었다. 그들은 언제든 초록 대신 죽을 각오가 되어 있었다. 그리고 그 사실을 어떻게 해도 초록에게 온전하게는 전할 수 없을 것 같아 각자 다른 시간 다른 장소에서 여러 번 오랫동안 울었다.

*

희은은 부서지는 몸을 느끼며 힘을 다해 육아를 했다. 친정어머니는 유도분만을 시도하는 희은 옆에서 손을 잡아주는 대신 냉랭한 표정으로 말했다. 그게 아파? 그게 뭐가 아프니? 너는 아직 한참 멀었어. 더 아파야 하고 아프다는 생각도 말아야 해. 산부인과 간호사는 제왕절개 후 통증으로 움직이지 못하고 누워 있는 희은에게, 아이를 생각해서 당장 두 발로 일어서고 걸어야지 대체 무얼 하고 있는 거냐고 화를 냈다. 양가 부모님은 모유가 부족한 희은이 돼지 족을 고아 먹었는지 매일 두세 번씩 확인했고, 아이가 작게 태어난 것, 황달이 생긴 것, 배앓이를 자주 하는 것 모두를 희은의 과오로 여겨 꾸짖었다. 산모들을 돕기 위해 조리원에 배치되어 있던 유방 마사지 전문가조차도 희은의 몸을 아이를 위해서만 존재하는 도구처럼 취급했다. 그는 마사지를 하다 희은의 한쪽 가슴에서 모유가 분수처럼 터지도록 쫙 짜냈는데, 그 순간 희은이 같은 공간에 있던 정민에게 느낄 수치심에 대해서는 아무런 배려가 없었다. 도시의 어디를 걸어 다녀도 수유할 공간, 아이와 갈 수 있는 공간은 부족했고, 면역체계에 생긴 변화 때문에 없던 비염이 생기고 손발의 피부가 자꾸 갈라진다고 말하자 산후 체크를 하던 가정의학과 의사는 그건 원래 그런 거고 무슨 엄마가 이렇게 살이 많이 쪘느냐며 희은을 타박했다.

*

정민은 희은보다 육아에 능숙했다. 그는 초록을 잘 재웠고 이유식을 손수 만들어 먹였으며 아기자기한 용품들에 아무런 거부감을 느끼지 않았다. 그는 아직 선생님이 아니었으므로 손에 닿는 대로 아르바이트를 하며 생활비를 벌었다. 그러나 희은에게 일할 시간을 확보해주어야 했으므로 정규직 일자리를 구할 수는 없었고, 육아를 하면서 시간을 이리저리 맞춰 돈을 버는 동시에 또 다른 짬을 만들어 임용고사 공부를 해야 했다. 불가능한 일임을 잘 알았지만 해내야 했다. 정민은 노력했다. 휴식을 포기하고, 여가라는 개념을 잊었다. 희은이 출판사에 다녀오거나 책과 관련된 행사에 패널이나 대화 손님으로 초대될 때, 정민은 박탈감을 느꼈으나 내색하지 않았다. 그런 자신을 용납할 수 없었다. 그는 그런 종류의 사회적 활동이 주는 활기와 여분의 자존감, 사회의 다른 남자들이 떵떵거리며 누리고 사는 것들이 필요하지 않다고 자신을 설득했다.

희은은 번역자로서의 커리어가 있었으므로 초록이 6개월이 되었을 때 일을 다시 시작하며 육아와 병행했다. 희은은 들어오는 일을 예전처럼 거절할 수 없었고 쓸 수 있는 시간에 비해 무리한 양의 일거리를 맡았다. 1분 1초가 아쉬웠고 마감은 매번 늦었다. 출산 전과는 달라진 몸 상태 때문에 집중력이 크게 떨어졌으나 희은은 최선을 다했다. 자신의 일을 정민이 하는 아르바이트보다 가치 있는 것으로 여기지도 않았다. 똑같은 노동이었고 그나마 정민의 벌이보다 아주 조금 나은 벌이일 뿐이었다. 버는 액수로 사람에게 가치를 매기고 그에 따라 권력을 분배하는 그런 종류의 천박함은 자신 안에 없다고 희은은 생각했다. 그러나 그들 둘이 버는 돈을 어떻게 합쳐봐도 3인 가족이 생활하기에는 크게 부족하다는 사실 때문에 자꾸만 불안해졌다. 희은은 정민에게 아르바이트는 그만두고, 임용고사 준비도 미안하지만 이젠 잠깐 접고, 당장 돈이 되는 다른 정규직 자리를 구해달라고 부탁해야 하리라는 사실을 알았으나 그러지 못했다. 자신이 정민을 망치는 것 같았고 그의 꿈을 포기하게 만드는 것 같았다. 희은은 자신의 시대착오적인 죄의식이 꼴 보기 싫었다. 그래서 밖에 나가 행사에 참석하는 날이면 뒤풀이 자리에서 가장 늦게 일어나는 사람이 되려고 노력하기 시작했다.

*

초록은 무럭무럭 자랐다. 그들은 부유하지 않았으므로 대신 정신적으로 아이를 풍족하게 해주려고 노력했다. 희은은 아이가 사달라고 하는 값싸고 자질구레한 장난감이 있으면 곧바로 사주었다. 큰 것은 해줄 수 없을 테니 작은 것들이라도 거절하지 않고 해주고 싶었다. 그러면서 자신의 기억에는 없는 유년의 기쁨을, 아이 버전의 소확행小確幸을 아이 대신 느꼈다. 저녁으로 카레를 만들어뒀는데 아이가 갑자기 볶음국수가 먹고 싶다고 해서 새우와 숙주를 다듬다가 그게 아니고 진짜는 떡볶이가 먹고 싶다고 아이가 다시 말하면, 희은은 바로 떡과 어묵을 사러 나갔다. 그게 잘못이라는 걸 알면서도 자꾸만 그렇게 되었다.

정민은 희은에게 말했다. 그렇게 하면 어린 가부장을 키워내게 돼. 초록이는 참을 줄 알아야 하고 자기 뜻대로 안 되는 것들도 있다는 걸 배워야 해. 희은은 고개를 끄덕였으나 아이에게 끝내 엄해지지 못했다. 정민은 희은이 하지 못하는 영역의 육아를 대신했다. 초록에게 규칙을 가르치고 패배를 받아들이는 법을 가르쳤다. 희은이 다 허용해주어서 아무렇게나 늘어나 있는 부분을 누르고 접어서 제자리에 집어넣었다. 아이 말을 다 들어주는 것보다 몇 배의 에너지가 들었다.

그들은 헌신적인 부모였다. 초록을 보며 웃었고 초록을 보며 눈물을 흘렸다. 그들은 아이의 미래에 대한 큰 그림을 그릴 수 없었으나 건강하고 그늘 없는 아이의 얼굴을 보면 행복했다.

*

초록이 네 살이 되었을 때 출판사에서 연락이 왔다. 희은이 작업한 책의 저자가 역자인 희은을 펜실베이니아로 초청해 행사를 열고 싶어 한다는 제안이었다. 행사는 일주일에 걸쳐 진행될 예정이라고 했다. 더 구체적인 내용을 듣기도 전에 사양하면서, 분명 이 일은 마음에 남게 될 거야, 희은은 생각했다. 그러나 대안이 없었다. 희은과 정민은 바로 다음 날의 일정도 서로 여러 번 맞춰봐야 확정할 수 있었다. 일주일이라니, 상상하기 힘든 시간이었다. 그리고…… 단 하루도 쉬지 못하는 정민을 생각하면 차마 갈 수 없었다.

육아를 하는 친구들의 사례는 희은에게 크게 도움이 되지 못했다. 그들 대부분이 독박육아로 심신이 무너질 지경에 이른 상태였다. 희은이 고민을 털어놓아도 그들은 부러워하기만 했다. 아이가 둘인 친구는 아이가 하나일 때는 몰랐는데 둘이 되자 훨씬 편하다고 했다. 희은은 놀라서 어째서? 하고 물었다. 친구는 '고민이 없어진다'고 했다. 이것만은 포기할 수 없어서, 어떻게든 계속하고 싶어서 힘든 것들, 그런 게 없어져. 가능성 자체가 차단되거든. 무얼 지키기 위해 죽도록 머리를 굴려서 이렇게 시간을 빼고 저렇게 맞추고, 그런 피곤함이 이젠 없어.

정민은 여섯 번째로 임용고사를 준비하고 있었다. 마지막이라고 생각했고 이번에는 자신도 있었다. 초록이 어린이집에 다니게 된 뒤로 손톱만 한 시간이 더 확보됐으니 어떻게든 될 거라고 믿었다.

*

시험일을 한 달 앞두고 그 일이 터졌다. 정민은 아르바이트를 하러 나갔고 희은은 어린이집 픽업 시간을 한 시간 남기고 초록의 저녁을 만들고 있었다. 어디선가 찢어지는 여자의 비명 소리가 들려왔다. 그리 멀지 않은 곳이었다.

희은은 작은방 창문으로 밖을 내다보았다. 오후 네 시밖에 되지 않았는데 이상하게도 지나다니는 사람이 아무도 없었다. 바로 건너편 건물은 아니었고, 그 옆의 옆 건물쯤 되는 듯했다. 희은의 빌라에서 대각선으로 쉰 걸음쯤 떨어진 건물. 건물의 입구는 옆에 나 있어서 희은이 있는 곳에서는 보이지 않았다.

잠시 후 또다시 비명이 들려왔다. 아까보다는 작았으나 끊어지지 않고 길게 계속되었다. 분명 무슨 일을 당하고 있는 사람의 목소리 같았다. 뭐야? 어떻게 해? 어떻게 이렇게 길에 아무도 없을 수가 있지, 희은은 생각했다. 그 순간 그 건물에서 나와 재빠르게 달려가는 사람의 형상이 보였다. 그 형상은 모퉁이를 돌아 큰길 쪽으로 순식간에 사라졌다.

주위의 공기가 차갑게 식으면서 팔에 소름이 돋았다. 비명이 한 번 더 들려왔다. 직감이 전류처럼 희은의 몸을 타고 흘렀다. 희은은 전화기를 찾아들고 겨우 119를 눌렀다. 나머지 한 시간을 어떻게 보냈는지, 초록을 어린이집에서 어떻게 데려왔는지 기억할 수가 없었다.

*

중태라고 했다. 뉴스에 그렇게 보도되었다. 어떤 흉기를 어떻게 휘둘렀는지, 대체 무슨 일이 생긴 건지는 알 수 없었다. 전형적인 이별 폭력이었다. 희은은 수사에 필요한 진술을 해달라는 연락을 받고 경찰서에 갔다. 피해자는 희은이 얼굴을 아는 사람이었다. 동네에서 여러 번 마주친 적이 있었다. 단발머리를 하고, 몸이 가냘플 정도로 마른 20대 여자. 편의점에서 본 적도 있고, 쓰레기를 버리러 나온 것도 보았고, 늦은 밤 동네 어귀에서 남자 친구로 보이는 사람과 다투는 모습을 본 적도 있었다. 여자가 울면서 큰 소리로 하소연을 하고 있어서, 희은은 본의 아니게 내용을 듣게 되었다. 남자가 화를 내며 말했다. 아, 노력하고 있다고 하잖아! 여자는 절규하듯 소리쳤다. 그러니까, 나한테는 노력을 해야 된다는 거잖아, 노력을? 걔한테는 아니고, 어? 걔한테 카톡하지 말라는 거, 그게 그렇게 어렵니?

신고할 때는 오히려 괜찮았는데, 경찰서에 앉아 있자니 몸이 덜덜 떨렸다. 그때 그 남자가 범인인지는 알 수 없었다. 생김새도 기억나지 않았다. 사건 현장에서 도망치던 남자의 생김새도 희미했다. 모자를 쓴 것 같기는 했고, 검은색인지 남색인지 모를 점퍼와, 바지…… 바지가 청바지였는지 면바지였는지, 그런 것도 기억나지 않았다. 희은은 자신이 아는 것은 그뿐이라고 말했다.

후속 보도는 없었다. 희은은 날마다 뉴스를 검색해보았다. 피해자가 살아 있는지, 아닌지는 더 이상 알 수 없었다. 희은은 그 건물 쪽으로 가지 않으려고 했다. 너무나 겁이 났다. 그러나 어느 날 이상한 호기심에 이끌려 천천히 걸어갔다. 건물 입구 현관에 거의 다 지워졌지만 완전히 지워지지는 않은, 희미한 갈색 자국이 넓게 퍼져 있었다. 희은은 놀라서 도망치듯 뒷걸음질 쳐 집으로 돌아왔다. 그 건물 사람들은 무서워서 어떻게 사는 것일까. 그날 이후 이사 차량이 몇 번 왔다 가긴 했다. 초록이 다니는 어린이집에서도 두 아이가 이사를 갔다. 그 사건 때문인지는 알 수 없었다. 동네 사람들은 조용했다. 이상한 일이었다. 소문이 돌 법도 한데, 아무도 그 사건을 언급하지 않았다.

희은은 다른 동네로 가고 싶었다. 잡히지 않은 범인이 밤마다 동네를 돌아다니고 있을 것 같았다. 누가 신고를 한 것이냐고, 집집마다 찾아다니며 문을 두들기고 있을 것 같았다. 생각만 해도 호흡이 가빠졌고 자꾸만 나쁜 상상이 떠올랐다. 겨우 쉰 걸음밖에 떨어지지 않은 곳에서 일어난 일이었다. 희은은 고민 끝에 정민에게 이사 얘기를 꺼냈다.

정민은 한동안 말이 없더니 숨을 길게 내쉬며 대답했다. 이사, 이사는 지금 힘들 텐데.

물론 그랬다. 부동산에 가고 집주인에게 연락하고 집을 알아보고 집이 빠지기를 기다려야 했다. 그 모든 절차가 길고 복잡하고 힘들 터였다. 이사를 가면 초록이 어린이집도 옮겨야 할 텐데, 지금 티오가 있는 곳이 있을까? 재원생 모집하는 시기도 아닌데…… 만약에 덜컥 이사부터 했다가 어린이집 자리가 없으면 어떻게 해? 누가 데리고 있어? 초록이 이제 겨우 친한 친구들도 생기고 정도 들었는데, 새로 가는 곳에 적응은 할 수 있을까?

정민의 말은 틀린 데가 없었다. 그러나 정민의 다음 말은 희은의 머릿속에 오래 남았다. 이 건물은 아니었잖아…… 내가 같이 있잖아. 그걸로는 안 될까?

그래, 하지만 정민 씨가 24시간 옆에 있어줄 수 있는 것도 아니고, 초록이랑 나 둘만 있을 때, 그리고 밤에 나 혼자 깨어 있을 때는 무서운데…… 희은은 그렇게 말하려다 말았다. 유난을 떤다는 말을 들을 것 같아서였다.

정신과에 가서 항불안제를 처방받아 오는 길에 우동을 먹었다. 분식집에는 초록 또래의 아이들이 보드라운 볼을 하고, 아무것도 모르는 무방비한 얼굴을 한 채 나란히 앉아 있었다. 희은은 그 아이들의 점퍼에 수놓인 피카츄 그림과 노랗고 파란 운동복 바지의 선들을 보며 자신이 너무 과한 것이 아닌가 생각했다. 사람들이 많은 곳에 가면 동네는 예전과 똑같았다. 여기 이 아이들이 특별히 강하거나, 영원히 안전하게 보호받을 대책이 있거나, 무서운 일이 없어서 평온한 표정을 짓고 있는 것은 아닐 것이다. 이렇게 모여서 따뜻한 음식을 먹고 집으로 돌아가고, 가족과 함께 여러 가지를 나름대로 견디면서 지내는 것이다. 그렇게 밤이 가고 다시 아침이 오고…… 그렇지만 그런 와중에 누군가가 둔기로 머리를 얻어맞고 의식을 잃는다. 칼에 찔린다. 가족 구성원이 자신뿐인 혼자 사는 여자들이 주로 그렇게 된다. 그러고는 없던 일이 되어버리는 것이다. 그 건물 현관에는 아마도 새로 단 것으로 보이는 도어 록이 붙어 있었다. 희은의 빌라 건물에 달린 것과 비슷한 종류였다. 그런데 그런 도어 록은 전에도 있었을 것이다. 그리고 그 남자는 비밀번호를 알고 있었을 것이다. 남자 친구니까. 피해자는 믿었을 것이다. 남자 친구니까. 희은은 자취 시절 겪은 일들을 소환해 떠올리고 있었다. 정민에게는 가닿지 않을 이야기였다. 어떤 일들이 일어나서, 상담을 받고, 자살 시도를 하고, 갑자기 교회에 나가게 된 친구들의 기억이 되살아났다.

얼빠진 얼굴로 길에 가만히 앉아 있거나 한숨을 쉬며 울고 있는 젊거나 나이 많은 여자들을 보면—그런 사람들은 동네 어디에나 있었다— 피해를 당한 여성의 가족이나 지인이 아닌가, 혹시 그 사람을 아는 사람이 아닌가 싶었다. 희은은 그날의 정황을 다시 떠올렸다. 분명히 곧바로 신고했다. 늦게 신고한 게 아니었다. 모른 척한 게 아니었다……. 하지만 다음 순간엔 그 비명이 사실은 더 오래 계속되고 있었던 게 아닌가, 두려워서 자신이 잘못 기억하고 있는 게 아닌가 하는 생각이 들었다. 그 사람은 어떻게 되었을까. 깨어났을까. 경찰서에서는 알고 있을 텐데. 희은은 알고 싶지만 알고 싶지 않았다. 더 나쁜 소식을 들으면 감당할 수 없을 것 같았다.

택배를 가져온 직원들이 문을 탕탕탕 두드리며 계세요! 하는 소리만 내도 희은은 깜짝깜짝 놀랐다. 아침에 일어나서 정신을 차려 보면 어째선지 저녁이었다. 병원에서는 뉴스를 보지 말라고 했다. 그 일을 연상시키는 자극적인 것은 당분간 피하라고 했다. 희은은 그러려고 노력했다.

*

시험일 하루 전날 아르바이트를 쉬었다. 정민은 늦게까지 잤다. 쌓여 있던 피로가 한꺼번에 쏟아진 탓이었다. 그러다 희은의 목소리에 깨어났다. 일어나 작은방으로 달려가 보니, 희은이 책상 앞에 앉아 격앙된 목소리로 전화를 받고 있었다. 네? 네? 누구세요? 누구시라고요? 잠깐만요, 무슨 말씀인지 잘 모르겠어요…… 제가요? 예? 다시 한 번만 말씀해주세요. 은행이요? 아뇨, 그런 일 없는데요. 제 계좌요? 대포통장? 네? ……아니 제가요, 지난여름에 주민등록증을 분실해서 재발급을 받은 일은 있는데요, 통장은……

정민은 전화기를 빼앗았다.

어디시라고요? 서울지검? 네, 성함이? 김, 민, 섭? 섭이요, 석이요? 네, 그럼 제가 그쪽으로 다시 걸 테니 얘기하시죠.

전화가 끊어졌다. 희은은 겁에 질린 얼굴로 정민을 바라보았다. 정민은 인터넷을 검색해 보여주었다.

보이스 피싱이야. 서울지검이라고 했지? 은행에서 개인정보가 유출돼서 대포통장이 개설됐다고. 흔한 수법이야. 여기 봐.

희은은 이해할 수 없다는 얼굴을 했다.

뭘 말했어?

아무 얘기도 안했어, 계좌번호랑 주민번호 물어보는데……

그렇다니까. 말해주면 안 돼.

하지만 정민 씨, 서울지검에 정말로 그런 사람 이름이 있어. 여기 봐……. 내 이름을 그 남자가 어떻게 알고 있어?

아 정말!

정민은 참지 못하고 소리쳤다. 머리가 깨질 것 같았다.

그것도 다 미리 조사해서 알아보고 하는 거라니까. 그런 사람이, 있는데, 그 사람이 그 사람이 아니라고, 진짜.

아니 왜 화를 내? 희은이 물었다. 왜 나한테 화를 내?

희은의 눈에 눈물이 고이기 시작했다. 정민은 아내의 얼굴을 들여다보았다. 머리카락은 산발에 가깝게 헝클어졌고, 눈은 붉게 충혈되어 있었다. 입고 있는 티셔츠는 이틀인가 사흘째 계속 같은 것이었다. 왜 그럴까. 왜 저러고 있는 걸까. 뭐가 그렇게 불안한 것일까. 내가 모자란 사람이어서? 정민은 더 말하고 싶지 않았다. 안방으로 들어가 문을 닫고 오후 내내 누워 있었다. 저녁때 초록을 픽업해 오려고 일어났더니, 희은은 여전히 작은방에 똑같은 자세로 앉아 있었다.

그날 밤 정민은 희은과 싸웠다. 다음 날이 되어 정민은 시험을 보러 갔다. 다행히 문제는 그렇게 어렵지 않았다.

*

초록이 아주 어릴 때, 그들은 전쟁터에 함께 던져진 전우였다. 하늘에서는 포탄이 쏟아졌고 땅에는 지뢰가 매설되어 있었다. 지원군은 오지 않았다. 그들은 남루해진 서로의 얼굴을, 제대로 전투복을 갖춰 입지도 씻지도 못한 채 애써 웃고 있는 서로의 얼굴을 들여다보았다. 약간의 시간이 흐르자 그들은 같은 사무소에 소속되어 육체노역을 하는 동료 노동자가 되었다. 그 사무소에서 그들은 서로 더 좋은 사람이 되려고 했다. 한 번 더 상대를 배려하고, 한 번 더 양보하고, 짐을 들어주려고 노력했다. 서로를 상하게 하지 않으려고 마음을 썼다. 말해야 할 것들을 말하지 않았다. 연민 때문이었다. 그들의 사랑은 연민이 되어 있었고 그것은 그렇게 나쁜 일은 아니었다. 그러나 다른 것도 있지 않았을까, 그들은 훗날 가끔 생각했다. 그렇게 고단하고 힘겨운 상황에서 악역까지 맡는 일을, 그들은 각자 감당할 수가 없었던 게 아닐까. 더 나쁜 사람, 가해자가 되는 일을, 희은도 정민도.

그러나 그런 상황에서 두 사람 안에 원래 내재해 있던 영혼의 좋은 부분, 선의와 호의, 배려심 들과 악당이 되기 싫다는 욕망을, 어떻게 구별할 수 있을까? 그것은 불가능하고 또 무의미한 일이었다. 그들은 각자 좋은 사람이었기 때문에, 나쁜 사람이 되는 법을 몰랐기 때문에, 또는 그저 서로를 사랑했기 때문에, 더 좋은 사람이 되고자 했다. 그들은 각자 가해자로 몰리기 싫었기에, 피해자가 되는 쪽이 더 유리했기에, 더는 견뎌낼 힘이 없어서, 혹은 정말로 피해자였기에, 피해자로 인정받고자 했다. 이 두 문장 사이에 건널 수 없는 심연이 놓여 있고, 이 모든 가능성이 제각기 설득력 있어 보인다 한들, 이 가운데 무엇이 진실이고 무엇이 거짓인지를, 어떻게 명확하게 가려낼 수 있을까? 그들은 침묵 속에서 은밀하게 고통의 경쟁을 시작했다.

희은은 주생계부양자로 지내는 일이 버거웠다. 그런 막중한 책임을 떠맡기 싫었고, 정민의 머릿속에는 없어 보이는 아이의 미래에 대한 근심을 혼자 해내야 하는 일이 힘들었다. 너에게는 정식 커리어가 있으니까, 말하며 희은에게 자꾸만 자기 시간을 양보하는 정민을 보는 일이 고통스러웠다. 더 받는다고 더 벌어 정민에게 돌려줄 수도 없었다. 사회는 빛 좋은 개살구나 다름없는 명예만 주었을 뿐, 3인 가족의 생존에 필요한 물적 대가를 줌으로써 희은의 직업을 정당하게 존중해주지 않았다. 그건 희은의 잘못이 아니었다. 아무리 생각해도 아니었다. 그런데 희은은 정민을 보면 자신이 가해자라는 생각이 들었다.

정민은 희은에게 안정감을 줄 수 없는 자신이 괴로웠다. 확실한 준비를 하지 않고 아버지가 된 일이 착오였으며, 이 모든 계획이 무리하고 잘못되어 있었다는 사실을 인정했다. 그는 점점 벌어져가는 희은과의 사회적 격차를 따라잡아야 한다는 것을 알았으나 그럴 수 없었다. 그래서 희은을 배려하는 것으로 그 부분을 메우고자 했다. 그는 마지막 한 방울의 시간까지 희은에게 내주었다. 어린 시절 부모로부터 받은 엄격한 청교도식 가르침 때문에 그는 자기 지분을 주장하는 일에 서툴렀다. 생활에 필요한 최소한의 윤기와 생기를 스스로 확보하는 법을 알지 못했고, 자신이 고갈되는 것을 막는 방법을 몰랐다. 그는 외로웠다. 그런데 희은을 보면 자신이 가해자라는 생각만 더해졌다.

*

정민은 공장에 취직했다. 희은이 더 이상 일을 할 수 없는 상태가 되어서였다. 희은은 더 이상 마감을 지키지 못했고, 할 일을 제때 해내지 못했다. 신경쇠약에 가벼운 공황 증세까지 나타났다. 그러니까 이사를 갔어야 하는 것인가. 그랬으면 됐던 것인가. 거기서 더 무리를 했어야 했단 말인가. 정민은 생각했다. 희은은 그 사건 이후 인터넷에만 매달려 있었다.

마지막이라고 여긴 시험에 떨어지자 선명한 열패감이 찾아왔다.

이전과는 차원이 다른 열패감이었다. 사회와 연결되어 있던 마지막 끈이 깨끗이 떨어져 나간 것 같았다. 정민은 정신을 차리려고 노력했다. 여기저기 이력서를 쓰고 새 정장을 사 입고 면접에 갔다. 정민을 승인해주는 곳은 없었다. 희은은 육아에 한 세월을 바쳤다고 생각하고 있을 것이었다. 하지만 그동안 정민의 시간 역시 흘렀다. 정민도 어느새 삼십 대가 훌쩍 넘어 있었다. 나의 시간은? 정민은 처음으로 '나'라는 단어를 떠올렸다. 그동안 정민의 생활에서 '나'는 없었다. 그러나 이제 그것은 오직 정민 자신의 과오이자 결격 사항이되어 있었다. 어디에나 학부나 대학원을 갓 졸업한 생기 넘치는 이십 대 남자들이 줄을 서 있었다. 정민은 그들의 경쟁 상대가 되지 못했다.

더 좋은 자리를 알아볼 수도 있었다. 하지만 통장 잔고가 떨어져 갔고, 언제까지나 여유만 부리고 있을 수가 없었다. 공장에서 부품을 조립하는 노동 자체는 그렇게 어렵지 않았다. 그러나 억압적인 분위기를 참기 어려웠고 사람들은 서로를 배려하지 않았으며 숨 쉴 시간과 공간이 없었다.

가끔씩 짬을 내어 희은의 SNS를 들여다보면, 희은은 늘 화를 내고 있었다. 희은이 쓸 거라고 한 번도 생각해보지 못한 낯선 단어들을 써가면서, 이제 무서워하는 대신 화를 내고 있었다. 정민은 희은이 다른 곳으로 가버렸다고 느꼈다. 정민이 아는 희은은 이제 없었다. 폭력과 살해, 약자에 대한 범죄와 혐오에 분노하는 희은만 있었다. 밤 열한 시에 정민이 집에 돌아가면 희은은 그날의 뉴스를 공유해주며 참을 수 없어 했다. 정민은 그런 얘기들을 듣고 싶지 않았다.

남자들에 대한 분노와 얼굴도 이름도 모르는 미지의 자매들에 대한 사랑 외에, 희은에게 아직 자신에 대한, 자신의 하루와 피로와 감정에 대한 일말의 관심이 남아 있기는 한지 정민은 궁금했다.

희은은 언젠가 침대에 누워, 결혼을 고발하고 싶어, 중얼거린 적이 있었다. 정민 씨, 결혼이라는 놈을 의인화할 수 있다면, 그렇게 해서 피고인석에 세우고 싶어. 원고는 우리 둘이고. 대체 우리에게 무슨 짓을 한 거냐고 하나하나 따져 묻고 싶어. 그런데 그 결혼이라는 작자는 우리 아기를 인질로 잡고 서 있지. 이게 뭔지 모르겠어. 법정인데 그 새끼는 어째서 우리 애를 안고 있을 수 있는 거지?

정민은 그때 불쾌감이 들었지만 묵묵히 참고 들었다. 그때는, 적어도 희은의 상상 속에서 정민은 희은과 같은 편에 서 있었으니까. 그런데 이제 희은은 정민을 피고인석에 세우려는 것 같았다. 남자들, 남자들은, 정민은 희은의 입버릇에 신물이 났다. 여자들, 여자들은, 여자가, 남자가. 정민은 묻고 싶었다. 희은은 그저 여자이고 정민은 그저 남자일 뿐인가? 그뿐인가? 그들이 함께했던 그 모든 역사, 함께 울고 웃으며 지나왔던 기쁨과 시련 들, 희은은 희은이고 정민은 정민이었던 시간, 그리고 둘이 만나 벅찬 마음으로 초록이 엄마와 아빠로 지내온 시간들은 그렇게 없는 것처럼 치부되어도 괜찮은가? 왜 갑자기 여자일 뿐인 사람이 되어, 남자와 여자로 모든 것을 환원해버리는가? 우리는 세상의 다른 사람들과는 조금 다르게, 우리만의 방식으로 살기로 약속했잖아. 왜 우리가 다르다는 것을 몰라, 희은 씨?

정민은 전화기에서 카톡 앱을 지워버렸다. 오래전 함께 임용고사를 준비하던 스터디 모임 멤버들의 단톡방이 있었는데, 거기서 계속 알림이 떴다. 탈퇴할까 탈퇴할까 생각하다 그래도 꿋꿋이 참고 보기만 했는데, 더 이상은 볼 수가 없었다.

*

희은은 아이패드의 일기 앱에서 정민의 문장들을 발견했다. 그것은 원래 희은이 정민의 생일 선물로 준 것이었다. 하지만 초록이 게임을 한다며 가져가서, 결국 초록의 것이 되었다. 거기에 정민은 적어놓았다. 죽고 싶다고. 꿈도, 사랑도, 미래도, 아무것도 없다고. 의무뿐이라고. 죽고 싶은데 죽을 수도 없으니 자신을 못 죽게 하는 모두를 없애고 자신도 죽고 싶다고.

희은은 그 문장들을 다르게 번역할 수 없었다. 얼마간의 시간이 흐른 뒤에는, 그것이 어쩌면 치료가 필요한 사람의 구조 요청, 궁지에 몰린 이의 비명, 혹은 단순한 수사적 표현이었을지도 모른다는 생각이 떠오르기도 했다—그 생각을 하면서도 희은은 미지의 사람들에 대한 배덕감을 느꼈으며, 그런 다음 그 배덕감이 너무 이기적인 것이 아닌가 하는 당혹감을, 다시 그 당혹감에 대한 수치심을, 그수치심이 잔인하다는 생각을, 그 잔인함이 진짜 잔인함인지에 대한의구심을, 그 의구심에 대한 의구심을, 차례로 품었다. 이런 식으로 희은은 한없이 분열되었고, 혼란에 빠졌다—. 그러나 그 순간에는 그렇게 복잡하게 해석하거나 자신을 의심할 여유가 없었다. 그렇게 되지가 않았다. 이제는 어느새 없던 일이 되어버렸으나 분명히 일어났던 건너편 건물의 사건을 겪은 희은에게, 그것은 실제적 살해 위협이었다. 정민은…… 언제나 말로는 힘들지 않다고, 괜찮다고 했지만 가끔씩 주먹을 꽉 쥐고 조금씩 떨면서 이를 악물기도 했다. 그럴 때 그는 완전히 낯선 사람 같았는데 희은은 그 모습이 무서워서, 또한 자신이 정민을 그렇게 만들었다는 생각을 하고 싶지 않아서 늘 모른 척만 했었다…….

희은은 몸이 덜덜 떨렸다. 자신과 초록이 위험하다고 느꼈다. 다른 누구도 아닌 그런 사건을 겪은 나에게, 어떻게 이럴 수가 있을까, 희은은 생각했다.

이해할 수 없었다. 이해해서는 안 된다고 생각했다. 그런 것을 누군가가 이해하기 때문에 또다른 사건이 일어난다. 화를 내야 했다. 그러나 무서웠다.

정민은 기억이 나지 않았다. 정말로, 기억이 나지 않았다. 그래서 그건 자신이 아니라고, 그저 스트레스일 뿐이라고, 잠깐 미쳐서 아무렇게나 그런 혼잣말을 끄적여놓은 것뿐이라고, 다시는 그런 일이 없을 것이니 제발 용서해달라고 엎드려 빌었다. 정민이 다가가 손을 잡으려 하자 희은은 소리를 지르면서 뒤로 물러났다. 두려움과 분노에 사로잡혀 울면서 소리쳤다. 여자들은 실제로 없어져! 남자들의 스트레스 때문에 실제로 없어진다고!

정민은 자신이 큰 실수를 했음을 알았으나 서러웠다. 그건 그냥 몇 줄짜리 일기였다. 아무도 보지 않는 곳에 쓰는 낙서에 불과했다. 그는 희은이 자신의 서러움을 영원히 이해할 수 없다는 걸 알았다. 그 역시 희은이 느끼는 불신과 공포의 크기를, 그 공포가 얼마나 구체적인 것인지를, 결코 이해할 수 없었다.

*

직접적인 공포를 떼어내고 본다면, 희은에게 그 일은 자신과 초록이 정민의 세계에서 분리되어 이물異物이 된 지 오래되었음을 의미했다. 그것은 거절, 거부, 모욕이면서 동시에 위협이었다. 정민의 입장에서는, 버려진 지 오래인 것이 희은이 아니라 정민 자신이었다. 희은과 정민과 초록의 집. 정민은 최선을 다해 그 작은 공간을 지키려고 했는데, 희은은 어느새 혼자서 바깥에, 시대에 속해 있었다. 몸의 반쯤이 우주선을 통과해 다른 곳으로 이어져 있었다. 그건 건너편 건물의 세계였고, 수많은 다른 사람들이 사는 우주선 외부의 세계였다.

정민은 희은의 폭언과 욕설을 들었고, 던져지는 물건들을 묵묵히 맞았다. 용서를 구했으나 굴욕감이 온몸을 가득 채웠고, 희은이 너무 심한 말들을 했기 때문에 마음에 상처가 났다. 그 모든 해소되지 않은 감정들과 분노와 적대가 구름처럼 뭉쳐 집 안 허공에 떠 있다가 치커리의 몸 위로 천천히 내려앉아 스며드는 동안 두 사람은 서로 전혀 다른 곳에 서 있었다. 그들이 서로의 눈에 여전히 보였다는 사실이 오히려 이상한 일이었다.

*

치커리가 세상을 떠난 것은 그 일이 있고 석 달이 지나서였다.

치커리의 죽음은 희은에게, 희은 역시 언젠가는 그렇듯 죽을 것이며, 다른 모든 사람들 역시 그러하리라는 사실을 새겨 놓았다. 희은은 죽을 것이었다. 그건 소문이 아니고 확정된 사실이라고, 그 장례식이 알려주었다. 억센 손으로 희은의 얼굴을 거머쥐고 똑똑히 보라고 치커리의 몸 쪽으로 돌려놓았다. 그래서 희은은 보았고 알게 되었다. 정민 역시 언젠가는 죽을 것이었다. 그 일은 일어날 것이고, 되돌릴 수 없고, 저항해봤자 아무런 의미도 소용도 없었다.

그러니 더 이상의 기만을 그만두고 정신을 차려야 하는 것이 아닐까?

죽음이 어느 순간 찾아올지 모르고, 언제든 찾아올 수 있다면, 우리 모두에게는 낭비할 시간이 더 이상 없고, 우리는 원하지만 결코 하지 못했던 바로 그 일을 지금 당장 해야 하는 것이 아닐까? 종양이 방치된 채 너무 오랜 시간이 지나고, 신장이 제 기능을 잃어 온몸에 독소를 퍼뜨리기 전에 말이다.

치커리의 죽음이 희은 안에 있던 것들을 무서운 기세로 태워버렸다. 울고, 화내고, 허공에 혼잣말을 하고, 잠을 자다 깨어나 가슴을 치며 며칠을, 몇 주를, 몇 달을 보내면서 그 뜨거운 죽음을 몸 안에 집어넣는 동안, 정민과 주고받은 말들, 꺼내지 않았더라면 좋았을 끝까지 간 감정들, 그 악몽 같던 악다구니들도 함께 하얗게 불타서 날아가버렸다. 전에는 무섭고 괴로웠는데, 이제 희은은 텅 비어 있었다. 의지도, 기력도, 용기도 말라버렸다. 희은은 정민과의 일을 잊기로 한 자신이 묘지의 일부가 되어버렸다고 느꼈다. 정민 역시 그렇게 생각하고 있을 것이었다. 그들은 뭘까? 죽은 것일까? 정말 완전히 죽어 나무로 만들어진 마리오네트가, 무감각한 기계가 되어버린 것일까?

희은은 머리 위에 손가락을 갖다 대고 튕겨도 반응이 없던 치커리의 눈동자를 떠올렸다. 그날 치커리는 아무것도 보지 못했다. 희은이 갔을 때 이미 어둠 속에 놓여 있었다. 소리는 들렸을까? 냄새는? 촉각은 남아 있었을까? 정확히 언제 시력을 잃었을까? 대체 몇 시간 동안이나 아무것도 보이지 않는 캄캄한 어둠 속에 있었던 걸까? 자신을 버려두고 간 희은이 돌아왔다는 것을, 너무 늦게 왔다는 사실을 깨닫고 울며 후회하고 있다는 것을 알았을까? 느낄 수는 있었을까?

치커리는 아는 것 같았다. 느낀 것처럼 보였다. 그래서 내가 도착하고 한 시간 만에 죽을 수 있었어, 오래 참고 있던 그 어둠을 놓아버릴 수 있었을 거야, 희은은 생각했다. 다시 자신을 생각하고, 정민을 생각했다. 그들은 아직 선택할 수 있었다. 아무 선택지도 없는 것이 아니었다. 다만 그 선택이 몹시 두렵고, 어렵고, 버거울 뿐이었다. 치커리가 들어간 입원실의 상태를 확인하지 않고 그냥 돌아와버렸던 날 저녁처럼, 희은은 불을 켜서 빛을 비춰 모든 것을 다시금 드러내는 일이 두려웠다.

*

치커리가 죽고 6개월이 지났을 때 희은은 정민에게 편지 한 장을 건넸다.

정민 씨,

우리가 함께한 시간을 소중하게 생각해. 행복했던 일들도 많았어. 우리는 함께 초록이를 건강하고 훌륭하게 키워낼 수 있었고, 그건 우리가 함께 해낸 일 중 가장 잘한 일이라고 나는 생각해. 하지만 이제 우리 사이에 신뢰의 시간은 끝난 것 같아.

우리는 잘못된 사람들이 아니야. 하지만 우리가 입고 있는 이 옷은 우리에게 맞지 않고, 서로를 점점 더 미워하라고 강요하고 있어. 우리는 예전에 사회의 잣대로 서로를 평가하지 않았어. 서로를 비교하지 않았어. 누가 무엇을 얼마나 더 가졌는지, 누가 더 벌고 더 못 버는지, 누가 사회에서 더 인정을 받는지, 저 사람의 집안은 어떻고 결혼이라는 성을 짓기 위해 무슨 벽돌을 얼마나 채워 넣어주었는지, 그런 건 생각조차 하지 않았어. 그런 기준을 비웃고 우습게 생각했잖아. 하지만 결국 우리도 그렇게 되었어.

우리는 이제 서로를 미워하지. 서로의 고통마저 미워서 상대의 입을 틀어막고 싶어 하잖아. 하지만 정민 씨, 우리는 결혼이 아니야. 결혼을 했을 뿐이지 정민 씨도, 나도 결혼이 아니잖아. 우리가 미워해야 하는 것은 서로가 아니고 제도야.

나는 우리가 우리 자신을 이 잘못된 틀에서 떼어냈으면 좋겠어. 한 사람이 가족의 모든 것을 책임지기 위해 끌고 갈 수도 없을 만큼 무거운 짐을 어깨에 짊어지고 비명을 지르고 비틀거리면서 걸어가는 동안 다른 사람은 고립되고 배려 받지 못한 채 묵묵히 시들어가야 하는 구조는 잘못이야. 내가 정민 씨의 자리에 있고, 정민 씨가 내 자리에 있었다면 달랐을까? 나는 그렇게 생각하지 않아. 우리가 어떻게 한들, 역할을 어떻게 바꿔본들, 본질은 변하지 않아. 우리 중 한 사람은 짐을 떠맡고, 다른 사람은 소외되게 되어 있어. 이 구조가 너무 힘이 세서, 우린 그 안에서 결코 버텨낼 수가 없어. 서로를 존중할 수 없고, 사람답게 대할 수 없어. 이건 우리 둘 다를 병들게 만들 뿐이야.

나는 정민 씨가 쓴 문장들이 무서웠어. 거기에 상처를 받았어. 정민 씨의 마음을 짐작해보았지만, 지금 이 편지를 쓰는 순간에도 나는 여전히 두려워. 헤어지자는 편지를 썼기 때문에 죽을 수도 있다는 생각을, 여전히 완전히 지우기가 어려워. 정민 씨를 믿지 못하는 내가 미친 것 같지만, 미안해, 못하겠어. 다시 노력해볼 수도 있겠지. 하지만 정민 씨, 더 노력할 수 있겠어? 이 무서움이 내게서 떨어져나갈 만큼, 신뢰를 회복할 만큼, 부당하다는 생각을 누르고, 자신을 수 없이 부정하면서, 그럴 수 있겠어?

정민 씨도 상처를 받았겠지. 나는 정민 씨 덕분에 내 일을 비교적 많이 지킬 수 있었다고 생각해. 고마웠어, 배려해줘서. 하지만 나는 그렇게 되돌려줄 수 없는 배려를 받고, 정민 씨는 계속 참고, 그러다가 정말로 더 나쁜 어떤 일이 일어날 것 같아. 정민 씨는 나와 함께 있는 동안 결코 꿈을 이룰 수 없을 거야. 정민 씨 자신으로 살려면 아마도 너무 긴 시간이 지나야 할 거야. 그 억울함을 없앨 수 있겠어? 나를 예전에 사랑했다는 마음 하나로, 그럴 수 있겠어?

우리는 각자 최선을 다했고, 잘해냈어. 더 이상 할 수 없을 만큼 했어. 그러니 이제 그만 서로를 놓아주었으면 해. 우리의 처음을 아직 기억한다면, 우리의 마지막에도 존엄을 지켜주었으면 좋겠어.

우리는 이미 좋은 곳으로 갔으니까.

*

초록이 초등학교에 입학하기 전부터 시작된 이혼 절차는 초등학교 마지막 겨울방학을 맞았을 때 모두 끝났다. 그들은 물리적으로도 법적으로도 분리되었다.

그들의 첫 번째 고양이의 몸이 변해서 된 스톤처럼 예쁘고 무해해 보이는 마지막은 없었다. 죽음이 닥쳐올 때, 사람들은 죽음 그 자체보다 그 앞에서 생을 끝까지 움켜쥐게 될 자신을 두려워한다고 희은은 생각했다. 모두가 깨끗하고 단정한 죽음을 열망한다. 짧고, 고통스럽지 않으며, 스위치를 내리듯 찾아오는 죽음을. 비굴하게 끌려가지 않고, 구차하게 애원하지 않는 죽음을. 그것을 위해 오랜 시간을 들여 대비를 하기도 한다. 희은도 그런 사람이었기에 치밀하게 준비를 했다. 하지만 모든 것이 수월하게 흘러가지는 않았다.

희은의 어머니와 정민의 부모는 두 사람이 이혼해 각자의 공간을 분리하고 평등하게 시간을 분배해 번갈아 가며 초록을 키우겠다는 희은의 말을 이해하지 못했다. 그런 이혼은 세상에 존재하지 않지 않나? 그건 그냥 별거가 아니냐고 그들은 물었다. 정 힘들면 집만 따로 마련해 각자 살아보되 부부의 연은 끊지 말라고 했다. 그러나 희은은 자신과 정민이 병든 상태에서 벗어나기 위해서는 제도라는 끈이 반드시 끊어져야 한다고 믿었고, 결심을 무르지 않았다. 결혼 안에 머물러 있으면 그들은 계속 서로에게 서로가 질 수 있는 것 이상의 책임을 강요하게 될 것이었다.

희은의 어머니는 제발 다시 생각해보라고 화내고 꾸짖고 빌고 또 빌었다. 정민의 부모는 아이의 양육권과 친권을 반씩 나눌 수는 없지 않느냐고 물었다. 평등한 이혼? 그런 게 어디 있는가. 아이는 두 사람에게 각자 반씩 속할 수 없었다. 누군가가 초록을 맡아야 했다. 초록은 아무 죄가 없지 않은가? 그 천진한 아이를 두고, 어떻게 이런 끔찍한 생각을 감히 다 해내는가? 그들은 이해할 수 없었다.

희은은 자신이 맡겠다고 했다. 아이를 위해서라고 말하지는 않았다. 가을이 오면 잎이 노랗게 물드는 것처럼 자연스럽게 스며 나오는 아이에 대한 사랑도 이제 와 어찌할 수 없었지만, 포기할 수 없는 희은 자신의 욕망, 아이를 키움으로써 책임을 지는 사람이 되고 싶은 욕망도 만만치 않았다. 희은은 자신 속에 있는 그 욕망을 이제 분명히 자각했고 더 이상 그것에 대해 거짓말을 하고 싶지 않았다. 희은에게는 자신의 자유만큼이나 그 일도 똑같이 중요했다.

자신에게도 그 일이 중요하다고 정민은 말했다.

다른 방식으로 책임을 지라고, 희은은 말했다.

희은이 물러서지 않자 정민의 부모는 법적인 절차를 밟겠다고 알렸다. 무슨 일을 해서라도 초록을 빼앗아오겠다고 했다. 결혼 생활 내내 며느리 역할 한 번 제대로 한 적 없는 버릇없는 아이에게, 잘못한 적도 없는 자신들이 손주를 내줄 수는 없다고 말했다.

정민이 못하게 했다. 정민은 처음으로 부모에게 반항했고, 싸움 끝에 결국 그들과 절연했다. 그는 비로소 어른이 되었다. 거절할 수 있는 사람이 되었다.

희은과 정민은 우선 초록을 희은이 맡되, 시간이 지나면 다시 만나 자신들의 부모로서의 자격을 냉정히 평가받고, 양육권과 친권을 유지할지 변경할지 결정하자는 데 합의했다. 그 결정을 내리면서 정민은 마지막으로 희은에게 말했다.

이게 최선일 거라고 너는 생각하겠지만, 초록이에게는 그렇지 않을 거라고. 너는 이렇게 하면서 아이가 제대로 자라날 수 있을 거라고 생각하지만, 너 역시 아버지가 곁에 없었기 때문에 결핍을 지니게 되지 않았느냐고. 그것 때문에 무리라는 걸 알면서도 가정을 만들고 싶어 했고, 결혼에 동의하지 않았느냐고. 초록이도 그렇게 된다면 어떻게 할 거냐고.

정민 씨, 내가 어떻게 할 수 있겠어? 희은은 천천히 대답했다. 초록이는 나보다 낫기를 바라는 수밖에. 내가 실패한 곳에서 실패하지 않을 거라고 생각할 수밖에.

초록이는 우리보다 나은 세상에서 살 거야. 그 애가 잘 자라게 노력할 거야. 정민 씨도 도와줬으면 해. 단지 엄마와 아빠 중에 한쪽이 없기 때문에 제대로 된 가족이 아니라는 생각은, 내 어린 시절에서, 우리한테서 끝날 거야. 초록이 세대엔 없을 거야. 아닐 수도 있겠지만, 만약 그 애가 커서 누군가와 남은 삶을 함께 보내고 싶어진다면, 아이를 낳아 키우고 싶어진다면, 딱 하나밖에 없어서 우리가 어쩔 수 없이 택하고 실패했던 그것 말고 다른 선택지들이 그 애 앞에는 있을 거야. 있을 수 있게 내가 애쓸 거야. 이상적으로 들리겠지만, 난 진심이야.

  정민은 이혼한 해에 임용고사에 합격했고, 목표하던 대로 중학교 국어 선생님이 되었으며, 그로부터 몇 개월 뒤에 시인이 되었다. 그는 희은과 결혼하기 전에 살던 자취방보다 아주 조금 더 넓은 원룸에서 순무와 함께 지내게 되었다. 낮잠을 자고 산을 내려가 보니 수백 년이 지나 있었다는 이야기 속의 사람처럼, 그는 길고 이상한 꿈을 꾼 것 같았다. 달콤하고 쓰라리며 행복했으나 괴로웠던, 기나긴 꿈이었다.

  정민은 아직 제도에서 자신을 떼어낼 수가 없었다. 아직 가족이라는 가치를 신뢰했기에, 희은이 어떻게 그럴 수 있는지 이해할 수가 없었다. 몇 년 동안 대화를 나누었고 설득을 했지만 희은의 마음은 달라지지 않았다. 그는 자신이 초록을 부당하게 빼앗겼다고 생각했다. 그래서 밤마다 생살을 뜯어내는 것처럼 아팠다. 모든 사정을 온전히는 전할 수 없어서 최대한 간략하게, 그리고 가장 끔찍한 부분들은 어쩔 수 없이 숨기고 모서리를 둥글린 상태로 설명해주고, 의사를 물었을 때 초록은 울었다. 엄마와 아빠가 헤어지는 것을 이해할 수 없어 했다. 엄마와 아빠는 똑같이 좋은 사람이고, 똑같이 자기를 사랑한다는 것을 알고, 자신 또한 두 사람을 다 사랑하는데, 왜 따로 살아야 하느냐고 물었다. 초록이 너의 잘못이 아니야, 엄마 아빠가 더 좋은 엄마 아빠가 되기 위해서는 이렇게 해야만 해서 그래, 희은이 대답했을 때, 정민은 희은이 냉정하다고 생각했다. 아이의 마음을 찢어놓고 자신들이 이기적인 일을 벌이고 있다고 생각했다. 아이가 울자 희은도 눈물을 흘렸다. 정민은 희은의 눈물이 미웠다. 희은의 모든 것이 위선적으로 보였다.

초록은 한참을 울면서 괴로워했고 망설이다가 엄마와 살겠다고 했다. 첫 면접 교섭이 있던 주말, 정민의 원룸에 와 잠들기 직전 초록은 아빠를 사랑하지 않아서 그런 대답을 한 것이 아니라고 말하며 다시 조금 울다가, 울음을 그쳤다. 정민은 아이를 안아주었다. 초록을 이해할 수 있었다. 초록에게 희은은 관용하는 사람이었고, 정민은 규칙을 부여하는 사람이었다. 초록에게는 정민의 노력보다는 희은의 따스함이 내내 훨씬 살갑게 와 닿았을 것이었다. 하지만 포기가 안 됐다. 그는 가슴이 답답했다. 자신이 한 실수에 비해 대가가 너무 크다고 생각했다. 정민은 반드시 이 아이를 되찾아오겠다고 생각했다.

가까운 친구들은 희은을 욕했다. 정민을 가엾게 생각했고, 그가 피해자라고 해주었으며, 보란 듯 잘 살라고, 꼭 초록을 되찾으라고 말해주었다. 그러나 희은과 함께 살 때는 그토록 불가능해 보이던 모든 일이 다시 혼자가 되자마자 너무도 쉽게 가능해졌다는 사실을, 정민은 어떻게 설명해야 할지 알 수 없었다. 희은을 떠나자 그의 꿈들은 쉽게 이루어졌다. 너무나 노골적으로 그렇게 되어서, 그 모든 것이 마치 코미디처럼 보였다. 그러나 그는 웃지 않았고 그 일의 의미에 대해 서글프게 생각했다. 희은이 옳았다. 거기서, 그들이 살던 그 집에서는 할 수 없었다. 그렇게 모든 것을 다 할 수는 없었다. 정민은 그들에게 세상 사람들이 종종 이야기하는 제도의 억압보다는 큰 힘이, 애정과 낭만과 낙관에서 나오는 조용하지만 강인한 힘이 있다고 믿었으나 그것만으로는 부족했다.

조금씩, 그는 다시 책을 읽을 수 있었고, 글을 쓸 수 있었다. 숨을 쉴 수 있었다. 소리를 질러도 됐다. 성욕이 있다는 이유만으로 이상한 사람 취급받을 필요도 없었으며, 누군가가 어지럽혀놓고 치우지 않는 물건들 때문에 한숨을 쉴 일도 없었다. 어딘가에 앉아 이곳이 자기 자리라는 생각을 할 수 있었고, 자신이 모자란 사람도 부족한 사람도 실은 아니었으며, 존중받을 만한 사람이라고 느낄 수 있었다. 원하던 대로 아이들을 가르칠 수 있었다. 아이들을 만나는 일이 치유가 되었다. 동료들도 생겼다. 사회에서 고립되어 있던 생활이 끝나고 긴장되지만 따스하고 정겨운 분위기로 둘러싸인 새 생활이 시작되었다. 그는 마침내 자신을 돌볼 수 있게 되었다. 희은이 없어도 자신이 제법 오래, 진심으로 웃을 수 있는 사람임을 알게 되었고 차가워진 자기 마음에 놀라움을 품었다.

몸 전체를 짓누르던 미움과 괴로움, 자신은 제대로 된 사회의 구성원이 아니라는 생각이 서서히 떨어져나가기 시작했다. 어느 날 밤, 그는 잠든 순무를 무릎에 올려놓은 채 맥주를 마시면서 혼자 영화를 보았다. 밤은 길었고 그런 밤은 처음이었다. 그는 작은 방을 채운 조용하고 소박한 모든 것들을 친밀하게 느끼면서 자신에 대해 생각했다. 자신의 소망에 대해, 욕망에 대해, 삶이 자신에게 주기를 바라는 구원과 보상들에 대해. 그는 한 모금씩 자신으로 돌아가고 있었다. 그는 자신의 속도로 혼자 천천히 걸어가는 사람이기를 원했고 예전의 자신을 회복하는 일이 그에게는 중요했다.

뒤늦게, 학교에서 동료 여자 교사들과 몇 번쯤 이야기를 나누면서, 그는 희은이 전에 느꼈을 공포감과 불안의 실체를 예전보다 조금 더 깊이 짐작하게 되기는 했다. 정민은 그 옛날의 건너편 건물 사건과 비슷한 피해의 경험이 모든 여성에게 있다는 사실은 알았으나 그것이 그저 간단한 말 한마디, 표현 하나로도 헤집어져 심하게 뒤흔들릴 수 있다는 사실은 몰랐다. 자신이 원하던 곳에 있게 된 뒤에야, 삶이 한없이 버겁기만 하다는 감정에서 한 발짝 벗어난 뒤에야 그 문제를 다르게 바라볼 수 있었다. 여러 번 말실수를 하고 사과를 하면서 정민은 그것이 단순한 집단주의적 미움이나 비이성적인 감정이 아니라 그들의 진짜 상처이고 절박한 비명임을, 그때 처음으로 깨달았다. 그는 시대가 피로하게 강요하는 것과는 반대 방향으로 자신이 걷고 있다고 생각했고, 그럼에도 잘못한 기억이 없는 자신을 시대가 자꾸만 괴롭힌다고 생각했고, 그런 시대가 싫었다. 그래서 그 안에서 일어나는 어떤 일들을 피부로 느낄 수 없었다. 하지만 어떤 길을 걷는다 한들 시대에 전혀 속하지 않고 살아갈 방법은 없었다. 당신에게는 다르게 들렸겠구나, 정민은 생각했다. 그러나 그것을 희은에게 전할 방법은 없었다.

*

이혼을 준비하는 동안 희은은 새 직업을 알아보았다. 그들이 함께 살던 집은 신혼부부에게 정부가 부여하는 혜택을 받아 빌린 것이었다. 그것을 포기하기 위해서는 제법 많은 액수의 돈을 모아야 했고, 기반을 만들어야 했다. 희은은 육아와 병행할 수 있는 일들을 찾았고 여러 가지 자격증을 땄다. 간호조무사, 반려동물관리사, 한식조리사. 정부에서 제공하는 교육 프로그램들도 수강했다. 마흔에 가까워진 유자녀 여성이 낮 동안을 활용해 할 수 있는 일은 많지 않았으나 희은은 용기를 내기로 했다. 시간이 맞는 곳은 모두 가보았다. 그중 몇 군데는 전단지로 보기에는 멀쩡해 보였으나 직접 가보니 성매매 업소여서 그냥 돌아왔다.

콜센터에 들어가 텔레마케터 일을 하면서 희은은 학부모가 되었다. 아홉 시에 출근한 다음 네 시까지 근무하고 퇴근해, 초등학교에 들어간 아이를 돌보는 일은 쉽지 않았다. 각오한 것만큼 쉽지가 않았다. 콜센터를 나서는 순간 더는 아무 말도 하고 싶지 않았고, 정신이 멍해서 눈앞이 잘 보이지 않았다.

사실은, 몇 번이나 포기하고 싶기도 했다. 그러나 그러지 않기로 했다. 이를 꽉 물었다. 눈물이 나면 울었다. 방법을 재택근무로 바꾸었다. 낮 동안에는 휴식을 취하고, 저녁에는 아이에게 자습을 시키면서 걸려오는 교육 상담 전화를 받았다. 그 방법도 좋지 않았다. 아이의 공부를 제대로 봐줄 수 없었다. 방과 후 공부방에 초록을 늦게까지 맡기고 일을 하다가 아이가 피곤해하고 희은 자신도 피로해서 그만두었다.

몸이 예전만큼 좋지 않았다. 희은은 여섯 종류의 영양제를 구입해 번갈아 먹기 시작했다. 헬스에 다닐 여유까지는 없었으므로 운동 앱을 켜놓고 집에서 하루에 7분씩 하는 운동을 했다. 그 7분만으로도 충분히 힘겨웠다. 하지만 시간이 지나자 운동 없이는 버틸 수 없었다. 시간이 날 때면 특별히 아프지 않아도 병원에 가서 영양 주사를 챙겨 맞았다. 늙어간다는 생각이 들어 서글플 때면 비슷한 나이의 여성들이 쓴 몸에 관한 에세이를 사서 읽었다. 줄넘기를 사서 집 앞에 나가 초록과 함께 줄을 넘었다.

희은은 할 수 있는 일들을 모두 시도해보았다. 동물병원 일은 그렇게 힘들지 않았지만 치커리가 자꾸만 떠올라서 오래 할 수 없었다. 식당에서 1년, 내과 병원에서 1년을 일했다. 가끔 휴식 시간이 생겨 카페에 갈 수 있을 때면 짬짬이 번역을 했다. 하지만 예전처럼 긴 분량의 일은 할 수 없었다. 물리적으로 도저히 불가능했고, 들어가는 시간과 노력의 양에 비해 페이도 너무 적었다. 문학을 포기하고 실용서 한 권을 어렵게 번역한 다음 희은은 당분간 번역 일을 쉬기로 했다. 기쁠 리 없었지만 이제 희은에게는 그 일이 주는 사회적 인정보다는 경제적 안정이 더 중요했다. 그 커리어를 유지하기 위해 그렇듯 그들 모두가 애썼는데, 결국 이렇게 되다니, 허무하다고 희은은 생각했다. 그러나 희은이 그 결정에 대해 느낀 허탈감은 정민이 느꼈을 허탈감보다는 훨씬 적었다. 어느 순간부터, 희은에게는 세상을 채우고 있는 다른 많은 일들이 새롭고 흥미롭게 다가오기 시작했다. 비록 나이가 많아 몸이 힘겨웠고 경험이 적었으며 상황이 나빴지만 희은은 무엇에든 부딪칠 준비가 되어 있었다. 치커리가 죽고, 세상 모든 것이 영원하지 않다는 사실을 깊이 받아들였기 때문에, 덧없이 지나가는 것처럼 보이는 순간순간의 풍경들이 값지게 느껴졌으며, 인생의 행로가 바뀌는 일이 그렇게 무섭지 않았다. 초록을 위해 희은은 변하기로 했다. 더 강해지기로 했다. 자신도 미처 몰랐지만 희은은 계속 달라지고 싶어 하고 다르게 살고 싶어 하는 사람이었다.

　오랜만에 친구들을 만나 근황을 솔직히 전하고 도와달라고 말했다. 그동안 체면과 자존심 때문에 할 수 없던 부탁을 이제는 해야 했다. 친구 중 한 명이, 자신의 지인의 선배의 친구가 하는 사무실에 초등학생 자녀들을 위한 공부방이 딸려 있다고 했다. 희은은 그 말부터 듣고 아 그거 너무 좋네, 하고 내뱉어버렸다. 그런 다음 무슨 일이냐고 물었다. 잘 모르겠네. 그런데 네가 하면 굉장히 좋은 일일 것 같긴 해, 친구는 그렇게 말했다.

*

　그들은 여덟 명의 지원자에게 세 시간씩을 분배했다. 스물네 시간 동안 여덟 명의 사람이 돌아가며 3개월 된 아기를 돌보는 실험이었다. 여덟 명 중 두 사람은 아기의 엄마와 아빠로, 그들은 따로 마련된 공간에 머무르면서 각자의 할 일을 하고 쉬다가 자기 담당 시간에만 와서 육아를 하고 돌아갔다. 아기와 다른 양육자들의 모습은 CCTV로 촬영되어 언제든 부모가 볼 수 있었다. 아기 엄마는 처음에는 자정부터 새벽 세 시까지를 원했지만, 생각 끝에 낮 시간으로 담당을 바꿨다. 사실은 저 자고 싶어요, 너무너무 자고 싶거든요, 여자는 말하면서 웃었다.

　여덟 명은 분유를 타는 법, 먹이는 법, 트림을 시키고 기저귀를 가는 법, 재우는 법, 안는 법, 눕히는 법, 그 밖에 다른 위기 상황 대처법을 배웠다. 아기의 부모를 뺀 다른 여섯 명은 자녀가 없었고, 그중 세

명은 남자였다. 함께 만나 서로를 알아가는 시간을 거쳤지만, 아기 엄마는 낯선 남자에게 어린아이를 맡긴다는 일에 대해 여전히 조금은 불안해하고 두려워했다. 정 꺼려지면 여성 지원자로 바꾸자고 하자 여자는 한참 생각하다 말했다. 괜찮아요. 남자에게는 믿고 맡길 수 없다고 생각하니까 베이비시터도, 가사도우미도 다 여자잖아요. 믿어볼게요. 괜찮을 거예요.

실험이 시작되었다. 희은은 사무실의 다른 연구원들과 함께 CCTV를 통해, 이 프로젝트에 대한 관심과 믿음 말고는 아는 것도 공유하는 것도 없는 사람들이 타인의 공간에서 타인의 아기를 돌보는 광경을 지켜보았다. 첫날은 낮 타임 지원자 중 한 명이 분유병 뚜껑이 반쯤 열린 것을 모른 채 흔들다가 분유를 엎지르고, 다른 한 명의 휴대폰이 갑자기 울리는 바람에 잠들었던 아기가 깨어난 것 말고는 별다른 일 없이 수월하게 지나갔다.

아기가 길게 자며 간혹 배앓이를 하는 자정부터 새벽까지가 가장 힘든 시간이었다. 자정부터 새벽 세 시까지는 편의점에서 비슷한 시간대 아르바이트를 오래 해서 그때가 가장 컨디션이 좋다는 남자 대학생이, 세 시부터 여섯 시까지는 타투이스트 일을 하는 삼십 대 후반의 여성이 맡았다. 두 사람은 훌륭하게 일을 해냈다. 깨어난 아기를 달래고 무사히 다시 재우는 데 성공했다. 하지만 저는 하루에 딱 세 시간이고, 낮에 자고 왔기 때문에 가능했던 것 같아요. 매일 하루 종일 아기를 보다가 밤에도 그래야 한다면 미쳐버릴 것 같은데요? 저는 아이를 좋아하는 편인데도 그런데, 안 좋아하면 못 하겠죠. 여자가 말했다. 어떻게 이런 일을 하루 종일 한 사람이 해요. 말도 안 돼. 하하.

일주일이 지났다. 지원자들은 처음에 당황해하고 허둥대기는 했지만 큰 사고 없이 조금씩 육아에 익숙해져 갔다. 배당된 세 시간이 길어서 두 시간 반쯤으로 했으면 좋겠다는 사람이 두 명 있었고, 네 시간도 괜찮겠다는 사람이 두 명 있었다. 하지만 대체로 세 시간이면 적당해 보였다. 아기는 아직까지는 양육자가 여러 명이어도, 계속 바뀌어도 별다른 이상 행동을 보이지 않았다. 아기의 부모도 처음과는 달리 불안을 누그러뜨리고 차츰 일상생활에 집중할 수 있었다.

대표가 말했다. 언젠가 아기를 낳을 계획이 있는 사람 모두가 이렇게 하루에 꼭 세 시간씩만 시간을 내면 어떨까요. 지원자가 많다면 일주일에 한 번, 더 많다면 한 달에 한 번이나 두 번만 타인의 아기를 돌보는 것으로 할 수도 있겠지요. 그리고 자신의 아기가 태어났을 때, 마찬가지로 돌봄 서비스를 받는 거예요. 비용은 무료로, 하루에 세 시간씩 여덟 사람에게. 이걸 사회 전체로 확대해서 생각해봐요. 그렇게 하면 아기에게 모든 것을 올인all in하지 않아도 돼요. 경력이 단절되지 않아도 될 테고요. 아이의 양육과 결혼을 분리할 수 있어요. 돌봄은 사회 구성원들이 함께하고, 경제적 지원은 국가가 맡는다면요. 그 약속이 지켜진다면요. 미혼모라는 말도 언젠가는 사라지지 않을까요.

누군가가 말했다. 지금까지의 애착 이론을 모두 부정할 때 가능한 얘기네요. 저기서 조금만 더 자라면 아기와 주양육자의 애착 형성이 시작되는데요. 거기서 잘못되면 평생 성격이 불안정해져요.

대표가 대답했다. 애착에 관한 연구 대부분이 어머니를 중심으로 이루어졌다는 걸 아세요? 아버지나 할머니에 관한 연구들도 있지만 아직 많다고 할 정도는 아니죠. '충분히 많은 제3자'를 양육자로 삼아 주양육자라는 개념 자체를 해체할 순 없을까요? 그런 연구는 그렇게 많지 않을걸요?

그건…… 불가능하고, 위험하고, 비윤리적이에요.

어떻게 단정하죠?

그냥 그런 게 인간이잖아요. 인간 유전 프로그램에 들어 있어요. 주양육자가 있어야 한다고요.

……좋아요. 그럼 그 부분은 일단 비워두고요.

대표님은 그 부분을 다르게 생각하고 계신 거예요?

저는 가끔 생각해서는 안 되는 것들을 생각해요. 그게 왜 생각해서는 안 되는 것인지를 더 자주 의심하는 편이지만.

모두가 웃었다. 어쨌든 그런 장기간의 종단 연구는 현재의 그들로서는 무리였다. 그들은 이번 실험의 상징성을 긍정적으로 평가하기로 했다. 아주 작은 시작. 티끌만 한. 그러나 어쨌든 시작이었다.

애착 형성 말고 다른 부분들에 대해서도 생각해보죠.

연구원들이 차례로 입을 열었다. 모두 부정적인 얘기였다.

그만큼의 인력 풀을 확보할 수 있을까요? 아기를 낳으려는 사람이 앞으로는 더욱 더 적어질 테고, 출산을 원하지 않는 사람에게 돌봄을 강요할 수는 없잖아요. 모든 사람이 출산을 계획적으로 하는 것도 아니고요.

너무 위험해요. 양육자들의 인성을 검증하는 방법이 치밀해야 할 것 같습니다. 하지만 시험이나 자격증 제도로 하면, 지금처럼 극소수의 인원 말고는 아무도 하려고 하지 않을 거예요.

사회 전반의 인식은요? 반발이 거셀 거예요. 이런 비현실적인 모델로 어떻게 국가를 설득하죠? 기존의 공동육아 모델보다도 무리하게 보여요.

가족을 이루는 요소에는 돌봄과 경제적 부양도 있지만 친밀감이라는 것도 있어요. 양육자라는 개념에서 부모라는 개념을 이렇게 완전히 떼어 내도 될까요? 아이가 다수의 제3자 양육자 밑에서 문제없이 무사히 자랄 수 있다고 해도 아이의 생물학적 부모가 그것을 원할까요?

대표는 곰곰이 듣다가 입을 열었다. 글쎄요, 실제로 많은 부모들이 아이를 먼 곳에 떼어놓고 몇 년간이나 만나지 못하는 상태로 죄책감을 느끼며 일을 하는데 그것보다는 이쪽이 낫지 않나요? 손주들을 돌보느라 조부모들의 삶이 당연스럽게 갈려 없어지는 것은 괜찮은가요? 그리고 분명히 많은 것이 변하고 있어요. 엄청 느린 것 같아도 실제로는 굉장히 빠른 속도라고 저는 생각해요. 최소한 지난 몇 년 사이의 일들은 그렇게 보여요. 지난달에 생활동반자법도 통과되었죠. 모두가 절대 안 될 거라고 했지만 통과되었어요. 비혼자들을 위한 주택 제도도 전면적 재정비에 들어갔고요. 언제가 될지는 몰라도 가능성은 있다고 봅니다. 옛날에는, 여자는 말 그대로 인간이 아니었어요. 가축 같은 존재였죠. 동성애는 국가에서 격리 수용해 치료하는 게 당연한 뇌질환이었어요. 하지만 지금은 그렇지 않잖아요. 마찬가지예요. 우리는 언젠가 지금과 전혀 다른 존재가 되어 살아갈 수도 있어요. 우리가 할 수 있으리라고는 생각도 하지 못한 일들을 하며 살게 될지도 몰라요. ……좋아요, 이 모델의 불가능성을 모두 나열해봤으니, 다음 주에는 그 하나하나를 보완할 만한 아이디어들을 준비해올게요.

연구소의 대표는 반백의 머리카락을 한 50대 여성으로, 오랫동안 혼자서 자본을 모으며 다음 세대 사람들을 위한 일을 하고 싶어 해온 사람이었다. 그는 나이가 적지 않은데도 상상력이 무궁무진했고 가끔 상당히 황당한 아이디어들을 떠올리기도 해서, 희은의 눈에는 완전히 다른 우주, 다른 행성에서 살다 온 사람 같았다. 대표는 추진력이 있었고 직원들에게 아낌없이 베풀었으며 의미 있는 실험이라면 어떤 것이든 벌이고 싶어 했다.

연구원 중에는 기혼 여성도, 희은처럼 결혼을 했다가 돌아온 여성도, 비혼 여성도 있었다. 리서치와 토론회를 거치며 많은 젊은 비혼 여성들을 만나면서, 희은은 그들이 결혼과 출산과 육아에 대해 취하는 단호한 태도를 보고 들었다. 그들 역시 결혼에 대한 긍정적인 선례를 보지 못했고, 특히 부모의 결혼 생활을 보며 가족을 부정적으로 생각하게 된 경우가 많았다. 희은은 가족이라는 문제에 대해 경험한 답이 만족스럽지 않게 느껴졌기 때문에 굳이 직접 정답이 되어 가능성을 증명해보려고 했던 자신과는 달리, 똑같은 이유에서 결코 답을 만들지 않겠다는 선택을 한 그들이 인상 깊었고, 자신은 왜 그런 식으로 생각할 수 없었는지 궁금해졌다. 다른 답이 가능하다고 믿는 것만으로는 부족했다. 환경이 변하지 않는 한, 문제 자체가, 지문 자체가, 보기 자체가 잘못되어 있었던 것이다. 희은은 자신이 낡은 사람이라는 사실을 깨달았고, 자신이 소속감을 느끼기에는 너무 빨리 변하는 이 시대에 속하기 위해서는 더 많은 노력을 해야 한다고 생각하게 되었다.

그럼에도 실험 평가 회의를 하는 동안 희은은, 문득 초록의 신생아 시절을 떠올렸다. 아기를 재우다 희은이 힘들어 울자 곧바로 깨어나 받아 안던 정민의 부은 얼굴도 떠올랐다. 그들이 싸웠던 일, 화해했던 일, 그 모든 일들이 하나의 기다란 필름처럼 이어지며 소리 없이 눈앞에 펼쳐졌다. 치커리와 순무의 둥그렇고 따스하던 몸뚱이도 나란히 떠올랐다. 그 모두가 이제 옛날 일이었다. 그들은 빠르게 옛날 사람이 되어가고 있었다. 정민과 자신이 조금만 더 늦게 태어났더라면, 그래서 서로를 만났더라면, 그들은 조금은 다르게 살 수 있었을지도 모른다고 희은은 생각했다.

나는 결국 아버지와 그다지 다를 게 없는 사람인지도 몰라. 별로 좋은 사람이 아닌지도 몰라. 희은은 마음속으로 중얼거렸다. 자신이 곁에 있는 사람의 체온과 표정보다는 대의에 더 크게 이끌리고 영향을 받으며, 그래서 종종 가장 가까운 사람들에게 상처를 주기도 하는 사람임을 이제 희은은 인정했다. 하지만 나는 이걸 원했어, 이 삶을 원했고 지금의 나를 원했어, 희은은 생각했다. 우선 살아남는 일, 그리고 살아가는 동안 가급적 자신이 원하는 것을 하려고 애쓰는 일. 선택을 하고 그 결과가 그렇게 나쁘지 않기만을 바라는 일, 기도하고 또 기도하는 일. 그게 다였다. 그것 말고 다른 무엇을 바랄 수 있을까. 희은은 앞으로는 누군가보다 나은 사람이 되기 위해서가 아니라, 나쁘더라도 그저 자신이 되기 위해 살겠다고, 어려워도 그러려고 노력하겠다고 마음먹었다.

*

그들의 두 번째 고양이가 죽던 날, 그들은 장례를 치르고 돌아와 희은의 집에서 커피 한 잔씩을 마셨다. 늦은 밤이어서 초록은 데운 우유를 마셨다. 그들은 그들의 두 번째 고양이에 대해 이야기했다. 첫 번째 고양이에 대해서도 이야기했다. 앞으로는 이렇게 셋이서 오래 얼굴을 보며 대화를 나눌 일이 생기기 어려우리라는 사실을 세 사람 모두 알고 있었다. 그래서 그들은 아픈 이야기, 죽음에 대한 이야기는 하지 않았다. 고양이들과의 즐거웠던 추억을 하나씩 꺼내며 웃었다. 샐러드 속에서 톡 쏘는 알싸한 채소의 맛처럼 예민하던 치커리의 성격을, 착하고 순하던 순무의 게으름과 하품을 기억했고 나누었다. 그러나 그날 밤 희은과 정민은 각자의 집에서 잠들기 전에 한동안 눈물을 흘렸다. 희은은 순무를 생각했다. 정민은 치커리를 생각했다. 그들은 너무 크게 소리를 내지 않으려고 조심하면서, 하지만 각자 울고 싶은 만큼 마음껏, 울었다. 그러고는 초록을 떠올리며 비슷한 새벽녘에 잠들었다.

*

순무의 장례를 치른 다음 날 초록은 학교에 가는 길에 승현과 주혜를 만났다. 어제 왜 학원을 빠졌느냐고 그들은 물었다. 초록은 순무 이야기를 했다. 치커리 이야기도 했다. 여전히 가슴이 아프고 먹먹했지만, 더 이상 눈물은 나지 않았다. 초등학교 때 기르던 강아지를 잃어본 적이 있는 주혜는 초록을 걱정했다. 승현은 중간고사가 끝나면 영화를 보러 가자고 말했다. 무슨 영화? 초록은 물었다. 승현이 휴대폰으로 검색해 보여주었다. 열다섯 명의 소년 소녀가 무인도에 갇힌다. 그들은 힘을 합쳐 그 섬에서 탈출해야 하는데, 기억이 삭제된 채 섬에 옮겨졌기 때문에 자신들이 각자 무엇을 잘하고 어떤 능력이 있는지부터 알아내야 한다…… 한없이 뻔한 이야기였다. 하지만 주인공 중 두 명이 초록이 좋아하는 여자 배우였다.

그 줄거리를 읽으며 초록은 언젠가 부모님과 함께 갔던 방 탈출 카페를 떠올렸다. 지금은 유행이 지나 다 사라졌지만, 초록이 어릴 때는 한동안 그런 카페가 유행했었다. 기이한 물건들이 가득한 어두운 방에 갇혀, 방 안의 물건들을 단서로 사용해 탈출구를 찾아내서 나와야 했다. 게임을 시작하기 전, 게임 마스터는 엄마와 아빠와 초록에게 각각 탈출에 사용할 수 있는 능력을 하나씩 고르라고 했다. 아빠는 '주술사'가 되었다. 방에 들어가기 전 여러 장의 사진들로 제시되는 힌트를 보고 기억해두었다가 방 안에서 그것을 떠올리는 역할이었다. 엄마는 '빛의 지배자'가 되었다. 손전등으로 어두운 방 안을 여기저기 비춰 보이지 않던 것들이 보이게 했다. 초록은 '시간의 지배자'가 되었다. 탈출 시간을 5분 연장시켜서 무서운 괴물이 너무 빨리 들이닥치지 않게 하는, 어찌 보면 가장 중요한 역할이었다. 들어가기 전에는 너무도 재미있어 보였는데, 막상 들어가 보니 상당히 무서웠던 기억이 났다. 특히 스피커에서 계속 흘러나오던 "익소케이- 익소케이-" 하는 남자의 목쉰 목소리, 무슨 뜻인지 알 수 없는 그 말이 너무도 무서워서, 초록은 울면서 엄마에게 매달렸다. 셋이 힘을 합쳐 어떻게 어떻게 방에서 빠져나왔지만 그 소리의 기억 때문에, 다시 그런 카페에는 가고 싶지 않다고 초록은 엄마 아빠에게 말했고 그들은 알았다고 했다.

친구들과 함께 학교를 향해 걷다가, 초록은 문득 깨달았다. 옛날 그 방에서 스피커를 통해 흘러나오던 말, 누군지 모를 남자가 쉭쉭거리며 속삭이던 말이 '익소케이'가 아니라 '이스케이프escape'였음을. 그렇구나, 초록은 생각했다. 그렇게 무서웠는데, 알고 보니 아는 단어였다. 아는 단어인데, 그때는 몰랐다. 그 목소리가 너무 거슬리고 무서웠다. 초록은 그 발견이 무척 놀라웠지만, 일단은 자신의 마음속에만 간직하기로 했다.

그때 어째선지 전날 본 순무의 마지막 모습이 다시 떠올랐고, 무지개다리를 건너간 순무가 치커리를 이제 만났으리라는 생각이, 그래서 함께 신나게 뛰어놀고 있으리라는 생각이 떠올랐다. 다시 눈물이 날 것 같았지만, 초록은 그 마음을 꼭 누르면서 친구들과 나란히 교문을 향해 걸어갔다.

자선 대표작

대상 수상 작가 윤이형

대니

기름기가 동동 뜬 뜨거운 믹스커피 속에 얼음덩어리 몇 개가 녹으며 돌고 있었다. 달고 뜨겁고 찬 커피를 들이켜자 관자놀이께가 얼얼했다. 한 모금 겨우 마시고 나는 잔을 내려놓았다.

그럼, 시작해볼까요.

최 형사가 리모컨을 집어들었다.

말투를 주의해서 들어보세요. 사용하는 단어들 같은 거요. 음성은 다르지만 잡아낼 만한 특징이 있을 겁니다.

나는 고개를 끄덕였다. 불이 꺼지고, 눈앞에 걸린 커다란 스크린에 영상이 재생되기 시작했다.

나란히 앉은 젊은 부부가 카메라를 응시한다. 삼십 대 초반쯤 됐을까. 동안으로 보이지만 남자와 여자는 내 예상보다는 나이가 많을 것 같다. 피어싱을 한 것도 머리를 분홍색으로 물들인 것도 아니고, 철없는 짓을 벌일 것 같지도 않다. 남자는 얌전해 보이는 안경을 썼다. 여자는 눈이 토끼처럼 동그랗다. 단아한 흰색과 베이지색 위주의 옷차림에, 둘만 집에 있어도 조곤조곤 존댓말로 대화할 것 같은 인상이다. 프레임 밖에서, 질문이 시작된다.

질문 그날 여기 이분, 이 할머니를 봤을 때, 무슨 생각을 하셨다고 했죠?

여자 음…… 힘들겠다, 힘드시겠다 하는 생각? 실은 동네에서 오
며 가며 많이 뵌 분이었거든요. 그쪽에선 저를 모르시겠지만.
보면 항상 어린 아기, 손주를 데리고 계셨는데, 몸이 좀 불편
해 보이셨어요. 제가 친정 엄마가 안 계시거든요. 그래선지
돌아가신 친정 엄마 생각도 나고, 좀…… 도와드리고 싶다는
생각도 들었고.

질문 그래서 도와드리려고 말을 걸었나요?

여자 음, 꼭 뭘 구체적으로 도와드리려고 한 건 아니고요.

질문 그러면요?

남자 음, 저기요. 사람이, 그냥 말 한번 걸어보고 싶을 때도 있잖
아요. 동네에서 자주 뵙는 할머닌데. 꼭 이유가 있어야 하는
건 아니잖습니까.

질문 알겠습니다. 그런데 왜 다른 때, 직접 얼굴을 대하고가 아니
라 그런 특수한 방법으로 말을 걸고 싶으셨을까요? 그것도
그런 단어를 사용해서요.

남자 ……

여자 ……

질문 거기다가, 그때 두 분의 따님인 지희 양이 놀이터에서 놀고
있었단 말이에요. 아이에게 집중해야 하는 상황이었는데 왜
그런 행동을 하셨죠?

여자 심심해서요.

남자 여보.

여자 가만있어봐요. 사실 그대로만 말하면 되잖아. 잘못한 것도 없는데.

질문 심심하셨다고요?

여자 저, 죄송한데요, 질문하시는 분은 혹시 아이 있으세요? 네 살짜리 아이가 놀이터에서 놀 때 한 시간이고 두 시간이고 뒤 졸졸 따라다니면서 아무것도 못 하고 지켜보는 거, 그거 하루 도 빠짐없이 하면 굉장히 지루하거든요.

질문 그런가요.

남자 슈퍼바이징 모드일 때는 우리가 걱정할 일이, 없었어요. 대 니가 워낙 아이를 잘 봐주다 보니까.

여자 그때가 오후 네 시쯤이었나 그럴 거예요. 회사 일은 대충 정 리된 시간이었고, 노파심으로 접속해서 애를 보긴 보는데, 정 말 신경을 안 써도 될 정도였어요. 그러다 보니 그 상태로 다 른 사람들도 보고, 딴생각도 조금씩 하고, 그렇게 되던데요. 다른 부모들은 욕할지도 모르겠지만. 아마 욕을 하겠죠. 근데 글쎄요, 저희는 그랬네요.

남자 사람들이 서로 얘기할 때도, 그냥 오로지 얘기만 하지는 않 잖아요? 보통은 폰을 보든지, 딴 걸 하면서 얘기를 하잖아요.

질문 알겠습니다. 굉장히 지루하고 심심해서, 그래서 이분한테 말을 거신 거군요.

여자 대니가 되어보고 싶기도 했던 것 같아요.

남자 여보.

여자 ……아주 잠깐요. 그냥 장난이었어요. 그래요, 좋은 장난은 아니죠. 근데 사이버공간에서도 다들 아바타를 쓰지 않나요. 그게 그렇게 큰 잘못인가요? 그냥 그 할머니를 쳐다보는데, 내가 이 할머니라면 어떨까 싶었어요. 내가 이 할머니인데, 대니같이 생긴 남자애가 와서 말을 걸어주면 기분이 어떨까? 기운이 좀 나지 않을까? 그래서 대니인 척해본 거예요. 충동적으로요. 그렇지만 딱 한 번이었고, 그날 이후로 저희는 그분한테 말을 걸지 않았어요. 블랙박스를 열어보시면 나올 거예요, 아마.

질문 알겠습니다.

화면이 멈추고, 불이 켜졌다.

차가운 물 한 잔이 추가로 내 앞에 놓였다. 내 낯빛 때문인 듯했다. 내가 물을 다 마시기를 기다려 최 형사가 물었다.

어떠세요? 생각나시는 게 좀 있나요?

어떤가?

나는 자신에게 물어보았다.

그러고는 생각을 거듭한 끝에 겨우 대답했다. 잘 모르겠다고. 최형사가 거의 들리지 않는 소리로 한숨을 쉬었다. 방 안에 있던 다른 사람들도 조금씩 지친 표정이었다. 처음부터 다시 한 번 들어볼까요? 아니면 다른 인터뷰를 볼까요? 두 사람 딸 인터뷰도 있는데 그것부터 보시겠어요?

……그리고 그 비슷한 제안과 질문, 인터뷰 영상들. 방 안을 채우고 있던 여러 명의 사람들. 언어학자, 심리상담가, 범죄학자, 변호

사, 기계 생명 공학자, 정부 기관에서 나온 사람들. 그렇게 많은 전문가들과 이야기를 나눈 일은 내 인생에 처음이었다. 아마 마지막이기도 할 것이다. 다시 커피 한 잔, 질문과 대답. 다시 제안, 차가운 물 한 잔 더. 다시…… 그런 일들이 그날의 나머지 시간 내내 계속되었다. 민우를 안은 채 울상을 짓고 있던 딸아이와, 연신 담배를 피우러 드나들던 사위의 지친 얼굴이 떠오른다.

그날 나는 옆에 있던 조금 작은 방에서 마지막으로 대니를 만났고, 그 뒤로 다시 그를 보지 못했다.

이것이 내가 갖게 되어 있는, 그가 등장하는 기억의 마지막일 것이다. 막다른 골목. 수술칼로 깨끗하게 자른 것 같은, 아무것도 개입할 여지가 없는 서사의 끝.

그러나 내게는 다른 기억이 있다.

*

대니를 만난 여름, 나는 예순아홉 살이었다. 그해 여름엔 비가 많이 내렸고 슬개골연골연화증을 앓고 있던 나는 통증을 잊기 위해 종종 콧노래를 흥얼거리곤 했다. 대니는 스물네 살이었고, 탄탄한 팔다리와 아이들의 사랑을 독차지하는 재주, 영원히 늙지 않는 심장을 지니고 있었다.

대니가 내게 마지막으로 한 말이 무엇이었는지는 생각나지 않는다. 아마도 별 특징 없는 말이었던 모양이다. 마지막이 언제였고 어떤 모양이었는지도 사실은 흐릿하다. 하지만 그가 처음으로 내게 건

넨 말은 다른 것과 혼동할 일이 없다. 그건 네 음절로 된 단어였다.

아름다워.

그 말을 얼핏 들었을 때 나는 놀이터에 있었다. 민우를 유모차에 태우고 막 버클을 채우려던 참이었다.

아이가 허리를 비틀고 발을 구르며 날카로운 소리로 짜증을 뱉어냈다. 가만있어, 할머니 힘들다. 많이 놀았지? 이제 집에 가는 거야. 타이르며 서둘러 허리를 펴는데 끙, 소리가 입에서 절로 나왔다. 아이가 제대로 앉은 걸 확인하고 유모차 핸들을 두 손에 쥐고 브레이크를 풀었다. 좀 전에 누가 뭐라고 하지 않았나 싶어 고개를 돌린 건 그다음이었다.

물 빠진 노란색 티셔츠를 입고, 청바지에 운동화를 신은 젊은 남자가 이쪽을 보고 있었다. 눈이 마주치자 그가 웃었다. 확인하듯, 그가 다시 말했다.

아름다워요. 정말로.

남자의 피부는 지나치게 희었고 눈과 입은 좀 어색하다 싶을 만큼 컸다. 특히 까만 눈은 내가 본 적 없는 거대한 열대과일에서 떨어져 나온 씨앗 같았고, 구불구불한 머리카락은 커다란 검은 물고기의 몸에서 뜯어낸 비늘처럼 보였다.

가스 불 중불 정도 크기로 마음속에서 경계심이 켜졌다. 저 남자는 나를 보고 왜 저렇게 웃는가. 천지 구분 못하고 뛰어다니는 말만 한 중고등학교 애들까지만 해도 아직 사람이 덜 된 보송한 어린것이라는 생각이 들어 괜찮았다. 하지만 그보다 위, 이십 대나 삼십 대들의 환한 웃음을 보면 나는 이유 없이 시선이 떨궈지고 잘못한 것도 없이 주눅이 들었다. 주름도, 상처도, 나쁜 의도도 없고 아직 부서지지도 무너지지도 않은 얼굴들. 그 얼굴들은 빛으로 만든 칼날들처럼 허공에 걸려 무심하게 흔들렸다. 멀리서는 봐도 가까이 다가가진 않는 게 좋겠다는 생각이 자꾸 드는 건 아마도 무심히 상처 입히는 능력을 잃어버린 자의 질투였을 것이다.

민우야, 고맙습니다 해. 아저씨가 칭찬하네.

아뇨, 저기, 당신이 아름답다고요.

누구, 나요?

네.

예에?

……

아이구, 고마워라. 내가 오래 살아 젊은 사람한테 별 칭찬을 다 듣네.

서둘러 자리를 피할 요량으로 나는 다소 과장된 웃음을 지었다. 무해한 농담에 공연히 날을 세울 필요는 없었다. 남자는 부모 중 한쪽이 한국인이 아닌 듯했다. 외모도 그랬지만 구사하는 한국어도 다소 어색했다. 그의 얼굴에 걸린 웃음이 조금씩 줄어들더니 미소가 되어 멎었다.

몇 개월이에요?

우리 손주요? 지지난달에 돌 지나고, 보자, 이제 14개월이네.

아아, 한창 힘드시겠다.

그러게. 요것이 요즘에 땡깡이 늘어가지고 조금 힘드네. 근데 힘든 걸 어떻게 아나?

저도 조카를 봐주고 있거든요. 저기 있는 저희 조카는 지금 36개월 8일 됐어요.

36개월하고, 8일? 정확도 하다. 참 꼼꼼한 삼촌을 뒀네.

사람들이 그러던데요. 자식을 키우는 엄마는 강해야 하지만 손주를 키우는 할머니는 강하고 인자하고 명랑하기까지 해야 한다고. 삼촌은, 음, 그런 건 없네요.

그가 웃었다. 힘드시죠? 그래도 힘내세요.

땀이 스며 나온 얼굴이 따가웠다. 간장처럼 짠 햇빛이 쏟아졌다. 항의나 추궁, 변명이 아닌 내용으로 낯선 사람과 그만큼 오래 대화한 건 몇 년 만의 일이었는데 나는 자꾸만 졸아붙는 느낌이었다.

샴촌! 대니 샴촌! 멀리서 여자애 하나가 소리치며 뛰어왔다. 흰 원피스를 입고 머리를 양 갈래로 묶은 까만 얼굴의 여자애였다. 아이는 순식간에 벤치 위로 뛰어올라 남자의 등에 올라타고는 목을 조르며 악을 써댔다. 가쟈! 대니! 가쟈! 로봇아! 일어나! 스탠 덥! 고고! 고고고! 남자가 행복해 죽겠다는 표정으로 엉거주춤 일어나 아이를 지탱했다. 나는 목례를 하고 놀이터를 나와 집으로 가는 언덕길로 유모차를 밀기 시작했다.

올드타운으로 이사 왔을 때 나는 내 집의 싼 방세와, 그에 어울리게도 동네의 다른 모든 것들이 푹 낡았다는 사실에 감사하는 편이었다. 있을 것들은 다 있었다. 제법 큰 전통시장, 오래된 떡집과 작은 빵집들, 사우나와 찜질방, 산에서 나물거리를 캐다 길에서 파는 여자들, 옛날식 놀이터와 공원, 등산로까지. 오래된 삶의 방식을 보존할 목적으로 시에서 세피아 벨트를 둘러 지정해놓은 이 지역은 타임캡슐에서 빠져나온 듯한, 노인들이 살기에는 최적의 조건을 갖춘 동네였다. 딱 한 가지가 문제였다. 내가 사는 건물에는 엘리베이터가 없었다. 매일 집으로 돌아오는 길에 언덕을 오르며 무덤들처럼 꾸역꾸역 붙어 선 케케묵은 건물들, 반세기쯤 전에 지어진 듯한 빌라들을 볼 때마다 나는 계단을 오를 생각에 다리가 후들거리고 가슴이 턱턱 막히곤 했다.

사이비 종교 권유라도 하려는 거였을까. 아니면 그냥 삶이 무료한 사내였나. 문득 조금 전 남자와 대화할 때의 내 목소리가 떠올랐다. 깨진 기왓장을 어디 대고 탁, 탁 두드리는 듯 물기 없이 흙 부스러기가 날리는 음성이었다. 나는 내 목소리가 갑자기 낯설게 느껴졌고 마음에 들지 않았다. 아무도 강요하지 않았는데 어디선가 스스로 주워 와 입에 붙어버린 노인 특유의 성조도 마찬가지였다.

마음에 안 들면 뭘 어째. 실없는 웃음이 나왔다. 번쩍 안아 올려 아기 띠에 옮겨 앉히자 울상이 된 아이가 허리를 활처럼 뒤로 휘며 몸부림치기 시작했다. 집에 들어가기 싫어 튀어나가려는 11킬로그램짜리 아이를 캥거루 새끼처럼 앞에 매달고 5.7킬로그램 나가는 유모차를 접어 한 팔에 들었다. 민우는 쉬지 않고 구슬눈물을 흘리며 악을 질러댔다. 오 층까지 올라가는 동안 너무 힘들어 두 번 쉬었다. 마지막 반 층을 올라갈 때는 속옷이 조금 젖고 말았다.

그날 밤은 유달리 어려웠다. 하다 하다 안 돼서 딸아이를 호출해

홀로그램 통화까지 했는데도 민우는 계속 울었다. 들쳐업고 자장가를 부르며 시커먼 방 안을 뱅글뱅글 돌다 포기하고 자리에 누웠다. 아이는 두 시간 반이 지나서야 울다 지쳐 잠들었다. 가녀린 목에 흘러내린 침을 닦아주다 나도 기절하듯 까무룩 잠이 드는 와중에, 낮에 들은 말이 꿈결 속으로 스며들었다.

아름다워요. 정말로.

*

다른 피해자들 증언은 완료됐죠?

네, 적게는 백만 원에서 많게는 천만 원까지 요구했다고 합니다. 블랙박스 자료에 의하면 첫 만남에서 두 번째 만남 정도를 빼고는 슈퍼바이징 상태에서 사용자가 대화를 직접 입력한 기록은 없다는 게 공통점이고요.

거짓말탐지기 분석은 끝났습니까?

네. 해당 사항 없다고 나왔습니다.

그렇다면 AI에서 자의적으로 생성해낸 반응 패턴이라는 말이군요. 그런 일이 가능한가요?

이 모델에 탑재된 AI 버전이 4.65예요. 인간 감정의 팔십 퍼센트를 느끼고 재현할 수 있고, 중간 정도 수준의 농담을 할 수 있고, 질문에 대답하지 않고 침묵을 선택할 수도 있죠. 하지만 '금품 갈취' 같은 건 당연하게도, 할 수 없어요. 돌보미형으로 특화되어 있기도 하고, 인간의 도덕에 비춰 문제가 되는 패턴은 만들어지는 것 자체가 불가능하니까요. 그런데 모르는 사람에게 돈을 요구하고 협박하는 게 아니라 친구에게 돈을 빌린다, 이런 패턴이라면 가능할 수도 있어요, 이론적으로는.

친구요?

네. 혹은 그만큼 친밀한 관계로 인식이 된다면요.

그 정도로 막역한 관계를 스스로 만들 수 있다는 건가요?

그보다는, 어떤 패턴을 이끌어내는 걸 목표로 설정해두고 사용자가 첫 만남에서 대상을 고의적으로 메모리에 강렬하게 각인시켰을 수 있어요. 그럴 경우 사용자 개입이 다시 이뤄지지 않아도 AI 자체 내에서 반응 트리가 그쪽 방향으로 생성될 가능성이 있죠. 말하자면 사람들이 많이 다니는 대로변에 난데없이 집채만 한 바위 하나를 뚝 떨어뜨려 놓는 것과 비슷해요. 그러면 그 주위에 자연히 사람들이 몰려들고, 바위에 대한 이야기가 오가고, 바위를 치워야 하지 않겠느냐는 쪽으로 의견이 모아지고, 결국에는 치워지거든요. AI의 논리회로에도 별로 어렵지 않게 같은 일이 일어나게 할 수 있지요. 마음만 먹는다면.

정황이 상당히 미심쩍군요.

네, 피해자들이 모두 육십 대에서 칠십 대 사이, 혼자 아기를 키우는 노인들이라는 점도 마음에 걸립니다. 하지만 사용자의 고의라는 물적 증거가 없어요. 그냥 버그일 가능성도 배제할 수 없죠.

그럼 일단 반품 처리해서 분석하게 되나요?

네. 아무래도 예전 그 일도 있었던 데다, 꽤 민감한 사안이라서요. 오늘 중으로 전량 회수에 들어가게 될 것 같습니다. 이후에는 연구

개발팀으로 넘어갑니다.

*

아이는 아름다웠다. 곱고 사랑스럽고 반짝반짝 빛났다. 내 핏줄이 뻗어간 가지 끝에 이런 것이 맺혀 있다니, 믿을 수 없을 정도로 감사하고 뭉클한 존재였다. 흩날리는 벚꽃 잎 같고, 밤새 쌓인 첫눈 같았다. 세상에 하나뿐인 보석들만 모아 정성껏 세공해서 만든 귀한 그릇 같기도 했다.

그 빛나는 그릇에 매일같이 담기는 타는 듯이 뜨겁고 검은 약을 남기지 않고 받아 마시는 것이 내 일이었다.

어느 날 집 앞 교회 바자회에서 김치를 사 왔다고 했더니 딸아이가 대뜸 물었다. 엄마, 그 김치 몇 킬로야? 십 킬로? 십 킬로를 쓰러지지 않고 들고 다닐 수 있다는 거야? 그럼 엄마, 우리 민우 봐줄 수 있겠네. 내가 복직을 해야 빚을 갚지. 이대로는 도저히 숨도 못 쉬겠고 정말 죽을 것 같아.

나는 노인복지센터에서 마련해준 일자리를 그만두고 싶지 않았다. 지역 도서관에서 대출 카드를 순서대로 정리하거나 홍보 책자를 종이봉투에 넣고 봉하는 일차원적인 노동이었고 벌이도 적었지만, 내겐 그냥 하찮지만은 않은 일이었다. 나는 유유자적 시장을 구경하거나 산바람 강바람을 쐬고 싶을 때 적적하게나마 산책할 자유를 포기하고 싶지도 않았다. 그러나 성치 못한 무릎 정도로는 거절할 핑계가 되지 못했다. 고관절염이나 동맥경화 같은 병명들을 매달고 중환자실에 누워 있거나 지팡이를 짚고 팔자걸음을 하는 노인들에 비하면 나는 대단히 건강한 편이었으니까. 사위는 고등학교 때 부모를 한날한시에 사고로 잃고 혼자 자란 처지였고, 딸아이 입장에선 내가 유일하게 비빌 언덕이었다.

출산하고 육 개월이 지나자 딸은 복직을 했고 나는 민우를 맡았다. 한 달에 백만 원 조금 못 되는 생활비를 받아 분유와 기저귀를 사고 고기와 야채로 죽을 끓였다. 딸아이는 주말마다 민우를 데리러 와 눈물을 글썽이다가도 월요일 아침 도로 데려다 놓고 갈 때는 뒤도 돌아보지 않았다.

새벽 여섯 시쯤부터 자정까지 나는 집 안에서 서서 일했다. 생각할 겨를 없이 그저 반사적으로 몸을 움직이면 아이의 요구를 겨우 반 정도는 채워줄 수 있었다. 민우는 잘 먹고 잔병치레 없는 아이였으나 순한 아이는 아니었다. 쉬지 않고 돌고래처럼 악을 썼고, 원하는 게 있으면 손에 들어올 때까지 발을 구르고 물건을 집어 던지며 울었다.

나는 기계가 아니다.

집이 비는 주말이면 나는 가게에서 소주를 사다 한 병씩 마시며 그렇게 중얼거렸다. 중얼거린 다음에는 차라리 기계라면 좋겠다는 생각이 들었다. 몸이란 건 웃기고 요망한 덩어리라 음식물처럼 혼자만의 시간도 주기적으로 넣어줘야 제대로 일을 하겠다고 우아를 떨어댔다. 평소에는 내가 그저 기름 약간, 거죽 약간을 발라놓은 뼈 무더기 같다가도, 조용한 방에 앉아 컵에 따른 소주를 천천히 목으로 넘기고 있으면 그나마 사람이라는 더 높은 존재로 회복되는 기분이었다. 가끔 검푸른 한강 물 생각이 났다. 천사 같은 손주 키우기가 유일한 소일거리이자 낙인 늙은이, 그게 내게 주어진 역할이었다. 아무도 내가 울 만큼 힘들 수도 있다는 걸 알지 못했다.

아이 혼자 키우기는 젊은 시절 이미 한 번 넘어본 산이었다. 그러나 그때는 젊음 특유의 회복력과 반드시 더 나은 날이 오리라는 대책 없이 질기고 바보스러운 기대, 그리고 어찌 됐든 이건 내가 선택한 길이라는 쇳덩어리 같은 각오들이 하루의 틈마다 빼곡히 들어차 있어 앞이 안 보이는 전쟁통에도 넘어지지 않을 수 있었다는 걸 나는 뒤늦게 깨달았다. 이제 내겐 그런 게 없었다. 이런 것을 생존이나 생활이 아니라 삶이라 부를 수 있는 것인지도 확실치 않았다. 나는 일종의 숟가락 같은 것으로 변해 있었다. 나는 휘청이는 몸에 위태롭게 아이를 얹고 낮에서 밤으로, 하루에서 다른 하루로 끝없이 옮겨놓을 뿐이었다.

유제품 진열대에 붙어 있던 거울이 기억난다. 탈모가 반쯤 진행된 내 회색 머리카락은 반송장이라는 말이 딱일 지경으로 산발이었다. 늘 입는 갈색 몸뻬 바지 위에 진홍색 스판 티셔츠를 걸치고 나는 땀을 줄줄 흘리며 서 있었다. 그러다 그와 눈이 마주쳤다. 그는 거울 속 조금 떨어진 뒤쪽에서 나를 보고 있었다.

마흔 이후로는 거울을 신경 쓰지 않고 살았다. 어느 날 마주 본 거울이 텅 비어 있었다 한들 별로 놀라지 않았을 것이다. 노화해가는 육체를 의지대로 통제할 수 없게 된 지 오래라는 사실이 내 추레함에 당위를 부여해주었다. 나는 아무거나 집어먹고 손에 잡히는 대로 대충 입으며 살고 있었다. 그러나 그날 그와 나를 함께 비추던 그 거울이 나를 놀라게 했다. 거울은 그런 몰골을 한 내가 허깨비가 아니라 진짜 사람이고, 다른 사람의 눈에도 비치는 존재이며, 따라서 자신의 모습에 책임을 져야 한다고 알려주었다.

이리 주세요. 제가 옮겨드릴게요.

아니, 괜찮아요.

그러지 말고 주세요, 저한테.

저기, 왜, 왜 그래요?

네?

학생인가? 나 알아요?

아, 지난번에 놀이터에서, 만났는데.

아니, 근데, 괜찮다는데 왜 그러느냐고요. 내 짐 내가 들고 간다는데?

결국 길 한복판에서 나는 소리를 질렀다. 목소리에 유리 조각이 섞여 나왔다. 북어 몇 마리, 부추와 파와 두부를 사고 기저귀 한 팩을 손에 들었다. 그 정도면 무거운 짐은 아니었다.

놀이터에서 마주칠 때마다 웃어주는 것까지는 그러려니 했다. 나나 아이나 하고 다니는 양을 보면 가계 사정이 삐져나온 속옷마냥 빤하니 민우를 어떻게 하려는 건 아닐 거라고 나는 생각했다. 성도착자나 정신에 문제 있는 사람처럼 보이지도 않았다. 웃는 걸 좋아하고, 사람을 좋아하는 무료한 청년. 그런데 그날 그는 슈퍼마켓에서부터 강아지처럼 나를 졸졸 따라왔다.

왜 그렇게 짜증이 나는지 알 수 없었다. 순수한 친절이자 호의에서 나온 듯 보이는 그의 살가운 태도가 몹시도 견디기 어려웠다. 그것이 실은 내게 친절도 호의도 베풀어주지 않는 타인들에 대한 짜증이라는 사실을 그 순간에는 알지 못했다.

불편, 하신가요? 불편하게 해드렸다면 죄송합니다.

그가 내 눈치를 살피며 중얼거리고는, 아기 띠 속에서 잠든 민우를 보며 덧붙였다. 저는 해치지 않아요. 아기도, 당신도.

해치지 않는다는 건 알겠는데.

네.

다른 사람의 감정도 조금은 읽을 줄 알아야지.

……

남자가 말없이 고개를 숙였다. 민우가 게슴츠레 눈을 떴다. 아이 이마에 물방울이 떨어졌다. 회색 보도에 점점이 짙은 얼룩들이 번지기 시작했다. 어느 지붕 밑으로 피해야 하나 둘러보는데 남자가 한 손에 들고 있던 우산을 펼쳤다. 아주 큰 우산이었다.

쏟아지는 장대비가 재미있는 모양이었다. 우유를 다 마신 민우가 창밖을 보고 꺄르득 소리를 내며 웃었다.

빗줄기가 잦아들 때까지만 앉아 있기로 했다. 남자는 아무것도 주문하지 않았고, 나는 모과차를 시켰다. 방금 전까지 폭발할 것 같던 기분이 차 한 잔에 사르르 풀리는 게 어이없었고, 어린애에게 필요 이상으로 꼰대질을 한 것 같아 민망하기도 했다. 웃고 있는 민우를 보니 집에 돌아가면 빨래도 반찬도 관두고 이대로 하루 일과가 끝이었으면 싶었다.

혹시, 아세요?

오래 말이 없던 남자의 입에서 나온 건 뜻밖에도 옆 도시에서 일어 난 유치원 참사 이야기였다. 비 오는 오후에 찻집에 앉아 나누기에 맞춤인 얘기는 아니었지만 나도 알기야 알았다. 보육 시설에서의 아동 학대와 폭행, 사망 사건이야 옛날부터 비일비재했지만, 오 년 전의 그 사건은 규모에서나 계획적 범죄였다는 점에서나 예전과는 구별될 수 밖에 없었으니 말이다. 같은 친목 모임에 속해 있던 세 명의 유치원 보육교사가 시간차를 두고 각자 다니던 직장에 불을 질렀고, 0세에서 4세 사이의 아이들 마흔두 명과 교사 여덟 명이 목숨을 잃었다.

범인들은 모두 잡혔으나 사건의 충격이 가라앉는 데는 상당한 시간이 걸렸고, 그 결과 전국 보육 시설 가운데 적지 않은 수가 사실상 폐원 상태에 들어가게 되었다. 가족이 아닌 남의 손에 아이를 맡기는 일은 정상적인 부모라면 해서는 안 되는 일로 여겨졌다. 민우가 내 손에 맡겨진 것도 따지고 거슬러 올라가 보면 그 사건 때문이었다.

남자는 천천히 말했다. 그 세 명이 일을 하며 겪어왔을지 모르는 열악한 상황과 피로가 끔찍한 범죄의 동기를 정당화해줄 수는 없다고. 그러나 그 사건 이후 국가적 차원에서 대책위원회가 꾸려졌고, 아이의 안전과 양육자의 복지 사이의 관계에 대해 사람들 모두가 조금 더 심각하게 생각하게 되었다고.

그런가 하며 그저 듣고 있는데 그가 말했다.

그래서 제가 태어나게 됐어요. 이렇게 얘기하면 좀 이상하지만, 저는 그 참사에서 비롯된 셈이죠.

나는 이해할 수가 없었다.

음, 아이가 아무리 힘들게 해도 저는 고통스럽지 않아요. 화가 나지도, 짜증을 느끼지도, 지치지도, 침울해지지도 않죠. 그렇게 만들어지지 않았으니까요. 그러니까, 안심하세요. 나쁜 짓은 하지 않아요.

남자가 미소지었다.

장맛비 때문에 외출이 뜸해지자 갑갑증이 난 민우는 아침부터 저녁까지 내 다리에 바싹 들러붙어 치대고 보챘다. 평소의 두 배로 떼를 쓰는 아이를 달래며 나는 그에 대해 생각했다.

대니. 그게 그의 이름이었다. 미국에서 최초로 만들어졌고, 우리 상황에 맞게 약간의 개조를 거친 뒤 전국 오십 개 가정에 시범적으로 파견되었다고 뉴스에는 나와 있었다. 나는 그 순간 각자 어딘가에서 아기를 안은 채 기저귀 찬 엉덩이를 토닥이거나, 자장가를 부르거나, 장난감을 흔들며 놀아주고 있는 오십 명의 대니, 똑같은 얼굴을 한 대니들을 상상해보았다. 어쩐지 이 세상의 것 같지 않은 풍경이었다.

떼쓰는 건 타고난 기질일 수도 있지만 다른 이유 때문일 수도 있어요. 사람은 누구나 마음속에 불안정한 부분이 조금씩 있는데 아이들은 자기를 돌보는 사람에게서 그걸 놀랍도록 예민하게 감지해요. 아기 이름이 민우라고 했나요?

아기 의자에 앉은 민우는 테이블 위의 냅킨을 찢으면서 놀고 있었다. 슬슬 짜증을 낼 타이밍이었는데 아니나 다를까, 더 이상 찢을 부분이 없어지자 입이 샐쭉 나오더니 힝힝 울음을 흘리기 시작했다. 그러고는 내가 내민 손을 탁 때리고, 테이블을 쾅쾅 치더니 제풀에 얼굴이 새빨개져서는 본격적으로 울어 젖히는 것이었다. 찻집 안 사람들의 시선이 일제히 우리에게로 쏠렸다. 땀이 났다. 아이를 데리고 나가려고 나는 일어섰다.

제가 잠깐 안아 봐도 될까요?

대니가 나를 보았다.

모과차 다 드실 동안만요.

민우가 울면 딸이 어렸을 때 울던 게 생각났다. 평생 반쪽 사랑밖에 주지 못해 딸은 무얼 해도 아픈 손가락이었다. 나는 마지못해 자리에 앉았다. 댁이 기계라는 건 그렇다 치자. 어떻게 기계가 아이 돌보는 일을 할 수 있나. 아이는 애정을 필요로 하고, 그 애정은 아무리 서툴고 부족하다 해도 인간의 우물에서밖에 길어 올릴 수 없는 자원이 아닌가. 내 마음속의 그런 의구심이 나를 코웃음 치게 했고, 그래, 어디 한번 해봐라 하는 마음을 불렀던 것이다.

대니가 품에 안자 아이는 잠깐 당황하는 것처럼 보였다.

그리고 사오 초쯤 지났을까. 웃는다. 민우가 방싯방싯 웃음을 짓고 있었다. 낯선 사람의 가슴에 머리를 기대고, 더없이 편안한 표정으로 웃고 있었다.

보세요. 불안해하지 않죠? 저에게는 감정적 불안정이 없거든요.

대니가 말했다.

너무 힘드실 때는 제가 도와드릴 수 있어요.

그날 아이는 대니의 품에 안긴 채 잠들었다. 집에 돌아와 눕힐 때까지 깨지 않았고, 다음 날 아침까지 달게 통잠을 잤다.

종일 빗소리가 그치지 않았다. 따뜻한 물에 머리를 감고 심호흡을 오래 하고 싶었다. 입지 않던 옷을 옷장에서 꺼내 입고 싶어졌다. 나는 망설이다 전화기를 집어들었다.

샴촌! 대니 샴촌! 나 돈!

아이가 뛰어와 조막만 한 손바닥을 벌렸다. 대니가 지갑에서 동전을 꺼내주자 아이는 그걸 대니의 얼굴로 가져갔다. 입에 밀어 넣으려는 거였다.

노래해.

지희야, 삼촌한테는 돈, 넣지 않아도 돼.

대니가 웃으며 말했다.

그래도, 그래도! 정당한 대가를 지불하려고 그러는데 왜 싫다고 해.

아이가 고집을 피웠다. 대니는 못 이기는 척 동전을 입에 넣었다가 고개를 돌려 빼냈다.

무슨 노래 할까? 〈은하 친구들 영원하라〉, 할까?

싫어. 그건 지겨워. 지긋지긋해!

그럼 뭐가 좋을까?

내가 모르는 노래!

잠시 생각하던 대니가 야구 모자를 고쳐 쓰고는, 자세를 바로 하고 노래를 부르기 시작했다.

아, 목동들의 피리 소리들은 산골짝마다 울려 나오고
여름은 가고 꽃은 떨어지니 너도 가고 또 나도 가야지
저 목장에는 여름철이 오고 산골짝마다 눈이 덮여도
나 항상 오래 여기 살리라

아 목동아, 아 목동아, 내 사랑아

키즈카페 안에 흩어져 놀던 아이들이 사방에서 다가와 대니를 둘러쌌다. 노래가 끝났을 때는 경이에 가득 찬 표정을 한 아이들과 그 부모들로 몇 겹의 동심원이 만들어져 있었다.

우리 로봇 삼촌이야. 너흰 이런 거 없지? 짝짝짝, 박수!

선망과 질투가 뒤섞인 표정으로 아이들이 박수를 쳤다. 민우가 두 손을 맞잡고 흔들며 흥에 겨워 까르르 웃어댔다.

또 해줘.

아이들은 자리를 떠나지 않았다. 결국 대니는 다섯 곡을 더 부르고 마지막에는 자리에서 일어나 엉덩이춤까지 추었다. 나는 마술쇼를 구경하는 기분으로 얼이 빠져 앉아 있었다. 그는 조금도 지치지 않았다.

동요도 아닌데 좋아하네.

아이마다 원하는 게 달라요. 아까는 그런 분위기였어요.

그걸 알 수 있어?

저에게는 냄새를 맡거나 소리를 듣는 것과 마찬가지예요. 기저귀 가져오셨어요?

응, 왜?

일 분 뒤에 민우가 응가를 할 거거든요. 제가 갈아드릴까요?

대니가 권유했지만 나는 그의 손에 민우를 맡기지는 않았다. 아이 없이 두어 시간쯤 목욕물에 몸을 담그고 땀을 빼거나, 한의원에 가

새로 약을 지어오거나, 안 나간 지 십수 년인 대학 동창 모임에 나가 볼 수도 있었지만 그러지 않았다. 사는 게 힘들다고 툭하면 눈물 바람인 딸아이에게 행여나 책잡힐 거리를 만들고 싶지 않기도 했지만, 결국 나는 기계를 믿을 만큼 개방적인 인간은 아니었던 것이다.

그럼에도 나는 그와 자주 만났다. 대니가 지희와 장 보는 데 따라 가기도 하고, 아이들을 위한 공연을 보러 가기도, 장마 사이사이 땡볕이 내리쬐는 날엔 분수대가 있는 옆 동네 공원으로 물놀이하는 사람들 구경을 나가기도 했다. 민우를 안은 채, 반쯤은 대니가 화수 분처럼 흩뿌리는 행복의 기운을 보면서도 믿지 못하는 심정으로, 또 반쯤은 바운서나 흔들 침대 같은 편리한 도구를 싼값에 얻은 아기 엄마처럼 적나라하게 고마워하는 심정을 품고.

대니에게 안겨 있으면 민우는 울지 않았다. 아이 울음소리가 없는 그 짤막한 시간들은 아찔하게 달콤하고 두려웠다. 내가 평생 삶이란 것의 본질이라 믿어온 악다구니와 발버둥이 그 시간들에서는 도려 낸 것처럼 빠져 있었다. 이를 악물고 두통약을 삼키지 않아도 아무 도 나를 몰아세우거나 벌을 내리지 않았다. 나는 다시 밥을 천천히 씹어서 먹을 수 있게 됐고, 아이가 저지레를 쳐도 예전처럼 한숨만 한 번 쉬고 안아줄 수도 있었다.

달라진 게 또 있었다. 나는 젊은 시절부터 사람을 잘 사귀는 성격이 못됐고, 나이 들며 더 심해졌다. 삼 년 전 이사 온 뒤로도 동네 친구 하 나 만들지 못했고, 주인과 안면을 튼 가게가 몇 집 있긴 했지만, 속내 를 털어놓을 정도는 아니었다. 하고 싶은 말이 있으면 모았다가 매주 화, 목, 일요일에 음식물쓰레기와 함께 배출했다. 늙으면서 자꾸만 속에 고이는 탁한 성정을 누구와 공유하는 것이 나는 내키지 않았다.

그런 내가 대니와는 실없는 말들을 제법 주고받고 있었다.

이를테면 이런 말들.

당신, 당신 하지 말고 그냥 할머니, 하면 안 되나. 듣는 입장에선 삿대질 당하는 거 같고 영 이상한데.

그런가요. 전에 어떤 분한테 실수한 적이 있어서 조심하고 있는 건데.

무슨 실수?

할머니라고 불렀는데, 그분이 자기는 할머니 아니라고 그러시는 거예요. 그래서 죄송합니다, 아주머니, 그랬는데 아주머니도 아니라고 하셔서. 그래서, 차라리 '당신'이 낫지 않을까 했는데.

나는 할머니 맞으니까 괜찮아.

네, 할머니.

……

……

왜?

그렇게 웃으시는 건 처음인데요.

그런가.

할머니는 놀라시지 않네요.

뭐에?

제가 저에 대해 말하면 곧바로 도망치는 사람들도 많은데, 할머니는 별로 동요하시지 않아서 의외였어요.

놀라기야 놀랐지.

그래요?

사실 지금도 놀라. 같이 잘 다니다가도 아 참, 사람이 아니지, 아 참, 숨을 안 쉬지, 그런 생각이 퍼뜩 들 때도 있는데 뭐. 근데 나는 그 래. 평생 이런 일 저런 일 다 겪고 살다 보니 웬만한 일에는 잘 놀라 지 않게 돼버렸어. 그래서 그래.

어떤 이런 일 저런 일요?

그런 게 있어.

나는 조금 웃었다. 친한 친구가 고작 서른 살에 암으로 죽어버렸 어. 자고 일어났는데 살림살이에 차압 딱지가 죄 붙어 있기도 했고, 연락이 두절된 남편을 겨우 찾고 보니 다른 집에서 다른 사람들과 살고 있기도 했지. 그런 빤하고 낡아빠진 얘기들이 순식간에 목에 차오르는 게 싫어서 입을 다물었다. 기계로 된 뇌와 심장과 혀를 지 닌 예쁘장한 청년이 웃으며 내 얘기를 들어주고 오후를 함께 보내 주는 이런 세상이 별천지인 건 사실이었다. 잠결인지 꿈결인지 알 수 없었지만 나는 이곳에 살고 있었다. 그러나 나는 어떻게 해도 대 니가 온 세상, 올드타운 밖의 세상에 속할 수는 없었다.

음, 할머니?

왜?

고마워요, 놀라지 않아 주셔서.

좀 더 놀랄 걸 그랬나 봐.

잠깐만요.

대니가 조금 떨어진 자판기에서 뜨거운 코코아 한 잔을 뽑아가지고 왔다.

지희랑 민우 일어나면 자기도 달라고 난리일 테니 얼른 드세요.

나는 딱 입을 벌리고 그를 바라보았다.

왜요?

이 더운데 이런 게 마시고 싶다니 얄궂다고 생각하고 있었는데.

음, 맞아요?

어떻게 알았어?

다행이네요.

대니가 미소지었다.

*

질문 아이 돌보는 일을 하기 위해 올드타운에 왔죠? 그 일이 적성에 맞았나요?

대니 네.

질문 아이들을 보면 어떤 생각이 드나요?

대니 예뻐요. 사랑스럽고. 어렵기도 하고요.

질문 어려워요?

대니 네. 아이들의 욕구가 보이니까요. 길에서 마주치는 아이들도, 달콤한 걸 먹고 싶다든지, 어디 가고 싶다든지 그런 게 몸짓이나 표정에 하나하나 드러나요. 안아줄 때 팔을 어떻게 해줬으면 좋겠다, 내가 지금 못되게 굴긴 하지만 그냥 무시해줬으면 좋겠다, 이런 것까지요. 아주 구체적이고 명확하죠. 그런데 그걸 제 마음대로 다 채워줄 수 없잖아요. 저는 그 아이들의 부모가 아니니까요. 그래서 행복하게 해주고 싶지만 참아요. 행동하지 않죠.

질문 그러면, 어려워요?

대니 네.

질문 그럼 사진 속 이 사람을 보면 어때요?

대니 ……

질문 아는 분인가요?

대니 네.

질문 이분을 처음 봤을 때 기억나요?

대니 네. 손자를 데리고 놀이터에 계셨어요.

질문 그때 어떤 생각을 했죠?

대니 ……

질문 이분에게 아름답다고 말했나요?

대니 ……네.

질문 왜 그랬죠?

대니 아름다웠으니까요.

질문 어떤 점에서요?

대니 ……

질문 대답하기 어렵나요?

대니 ……네.

질문 그건 당신 자신의 생각인가요?

대니 저, 부탁이 있는데요. 잠깐 쉬었다가 하면 안 될까요?

*

누룽지탕을 먹는데 잘 넘길 수가 없었다. 가슴이 두근거려 약을 한 알 삼켰다. 그때까지만 해도 별생각이 없었다. 늙으면 누구나 아기로 변해간다는 생각, 남에게 내 기저귀를 보여서는 안 되니 조심해야 한다는 생각이 들었을 뿐이다.

나는 무방비 상태였다. 아침에 일어나면서부터 아이의 똥 냄새, 우유 냄새로 둘러싸여 있었다. 설마 무엇이 더 있을까. 옹알거리는 소리, 사방에 묻은 밥풀이며 잘게 썬 감자와 당근 쪼가리, 오줌과 땀과 습진 크림, 그 사이로 하루도 거르지 않고 이어지는 이 둔하고 숭고한 노동 속에. 매일 삶는 거즈 손수건처럼 하얗게 바짝 말라 귀퉁이마다 파삭거리는 존재 말고 내가 달리 무엇이겠나. 나는 그렇게만 생각했다. 아이는 날마다 나가서 놀아야 했고 놀이터는 집에서 너무 가까웠다. 나는 내게 일어나고 있는 일이 뭔지 몰랐고, 알고 싶지도 않았다.

그런 식으로 일어나는 일들도 있었다.

여긴 왜 이래요?

젊었을 때 프라이팬에, 뭐였지, 생선 튀기다 기름이 튀었나 그래.

그럼 여기는요?

애 업고 급하게 밥 차리다 압력솥 증기가 나와 데었지.

그게 언젠데요?

한참 전이지. 사십 년도 넘게 전이네.

그런데 아직까지 이래요?

그러게. 없어질 줄 알았는데 안 없어지네.

지도 같은데요.

내가 봐도 그래.

여기는 대륙이고, 여기는 섬이네요.

그러게. 일부러 이렇게 그리래도 못 그리겠어.

이 발톱은 왜 빠졌어요?

몰라. 산에 갔다 내려와서 양말을 벗어보니 그냥 빠졌어. 병원에
갔더니 그런 일이 간혹 있다고 하대.

아팠겠네요.

그때는 무지 아팠는데, 지금은 보면 그냥 웃겨. 그때 같이 간 사람
들이 김밥이랑 만두를 싸왔는데, 김밥에 든 멸치가 너무 매워서 다
같이 배탈이 났었거든. 산에 화장실이 없어서 막 뛰어서 내려왔지.
열 명이나 되는 사람들이 전부.

와.

지금 그 사람들 다 뭐하나. 둘은 죽었고, 나머지는 연락이 안 되는데.

궁금해요?

여긴 왜 이래?

네? 뭐가요?

어째 이리 상처도 흉도 하나 없어. 애 보는 사람이.

그러게요. 아, 여기 하나 있다.

이게 뭐야?

〈은하 친구들〉 캐릭터 도장요. 지희가 안 받는다고 해서 제가 대
신 받았는데 안 지워져요.

잘했다. 안 지워질 거야. 너 이제 큰일 났다.

사십 년 지나도 안 지워질까요?

사십 년 지나도 안 지워져.

그러면 좋겠다.

왜?

할머니랑 이 얘기 한 거 기억날 테니까요.

좋아하는 것들을 하나씩 말하는 게임도 했었다.

내가 좋아하는 것들은, 주인 없는 집 담장 안에 소담스럽게 핀 능소화(능소화가 뭐죠? 잠깐만요, 이제 알겠어요). 꽃집 진열대에 걸린 채 사람들의 호기심 어린 시선을 견디는 벌레잡이통풀의 벌레 주머니(왜 호기심 어린 시선이에요? 왜 견디죠?). 집 나간 고양이를 걱정하는 옆 건물 노파의 울음소리(어떻게 생긴 고양이였어요?). 그 소리를 듣고 무슨 일이냐고 묻는 사람들의 목소리(찾았나요?). 잠든 아이의 이마에 살짝 배어난 땀 냄새(그건 나도 좋아해요). 그런 아이를 보고 웃는 마음 착한 청년의 긴 손가락.

대니가 좋아하는 것들은 주로 단어들이었다. 그가 의미를 알고 있는지 아닌지 모를 단어들. 이를테면 가족, 사랑, 희망, 슬픔, 자립, 독립, 화해, 추억, 용서. 그리고 아이, 아이들, 엉덩이, 뽀뽀, 잼잼, 곤지곤지, 도리도리, 응가, 쉬, 엄마, 아빠, 할머니, 24(저는 태어났을 때 스물네 살이었고 앞으로도 스물네 살이겠죠. 스물네 살에 할머니는 뭘 했어요?).

엄마, 듣고 있어? 다음 주에는 우리, 못 올 것 같다고요.

왜?

일주일 휴간데, 은영이라고 내 친구 있잖아? 걔네 부부랑 같이 태국 여행 다녀오려고. 엄마도 알잖아, 우리 결혼하고 삼 년 동안 아무 데도 못 간 거. 미안해요. 민우는 다다음 주에 데리러 올게. 그래도 되지?

나는 그러라고, 조심해서 다녀오라고 말하려고 했다. 그런데 입에서 다른 말이 튀어나와버린 모양이었다. 딸아이가 당황한 얼굴로 나를 보며 물었다.

엄마, 지금 뭐라고 그랬어?

응?

같이…… 가면 좋겠다고 그러지 않았어?

내가?

그럼 미리 말을 하지. 생전 그런 말 안 하던 사람이 그러니까 더 미안하네.

내가 그랬나.

같이는…… 못 갈 것 같은데. 민우는 아직 너무 어리고, 엄마도 몸이 안 좋잖아.

그래.

서운해?

아니야, 서운하긴. 잘 다녀와.

다음에는 꼭 같이 가자.

그래!

가벼운 마른기침을 하던 민우가 열이 오르면서 기침이 심해지고 분수 토를 하기 시작한 건 딸아이 부부가 출국한 다음 날이었다. 해열제를 먹이고 얼음찜질을 해도 열이 사십 도에서 내려가지 않아 큰 병원까지 가야 했다. 급성폐렴에 인두염이 겹쳤으니 바로 입원하라는 소견이 나왔다. 굵은 링거 바늘을 꽂고 침대에 눕히자 아이는 아픈 것보다 답답한 게 싫은지 일어났다 앉았다 하며 병실이 떠나가도록 기침 반 눈물 반 울어댔다.

아이가 겨우 잠들어 자리 비울 틈이 났을 때 딸아이에게 전화를 걸었다. 잠에서 덜 깬 목소리로 전화를 받은 딸은 바로 울먹이기 시작했다. 그러니까 내가 애 데리고 너무 나다니지 말라고 그랬잖아! 윙윙거리는 소음 속에서 딸이 뭐라고 소리를 질렀고 전화가 끊어졌다. 나는 홀로그램 전화가 걸려오거나 딸아이가 바로 돌아올 줄 알고 기다렸다.

지금도 가끔 생각한다. 그때 딸아이가 바로 돌아왔더라면, 혹은 하루만 일렀더라면 무언가가 달라졌을까. 다 부질없는 생각들이다.

함께 있던 환자가 항의를 해서 둘째 날에 아이를 1인실로 옮겼다. 간신히 열이 조금 내리자 이번에는 가래가 너무 심해졌다. 아이는 잠을 못 자고 밤새 콜록거리며 보챘고, 사흘이 지나도록 상태는 나아지지 않았다. 나는 지하에 있는 편의점에서 속옷을 사 입고 화장실에서 머리를 감았다. 나흘째 되던 날, 보다 못한 간호사가 와서 말했다. 제가 아이 잠깐 봐 드릴 테니 옆방에서 한 시간 만이라도 편히 주무세요.

옆방은 6인실이었고, 침대 하나가 비어 있었다. 올라가 누우니 신음이 나올 만큼 편했다. 꼭 한 시간이라고 생각하며 눈을 감고 있는데, 전화기에 메시지가 수신되었다.

생일 축하해요, 할머니.

—DANNY

일찍 오지 못해서 미안해요. 이번 주부터 지희 영재 스쿨 시간표가 바뀌어서 어쩔 수 없었어요.

와달라고 연락한 거 아닌데 왜 왔어. 이 시간에 나오면 지희 엄마 아빠가 이상하게 생각하지 않아?

음, 한 달에 한두 번은 괜찮아요. 그렇게 정해져 있어요.

지희가 자다 깰 수도 있는데.

할머니, 아프죠?

응?

무릎이 아픈가요? 잠을 못 잤어요?

이 나이에 여기저기 아픈 거야 지극히 정상이고, 어제는 그제보다 많이 잤어. 그제는 그끄저께보다 많이 잤고.

잠을 자지 못하면 힘들죠?

좋지야 않지.

음.

잠을 자지 않으니까 모르겠네, 참.

미안해요. 몰라서. 잠을 자지 않아서, 몰라서.

……

왜 웃어요?

아냐. 민우가 한결 표정이 낫네. 웃다가 금방 잠드는 게 신기해. 목이 부어서 아직도 밥을 못 넘기고 흰죽만 겨우 먹는 놈이.

당연하죠, 제가 왔는데.

어떻게 하지.

뭘요?

아냐.

이거 드세요. 할머니 좋아하시는 양갱 사 왔어요. 저녁은 드셨어
요?

……

할머니.

응.

왜 그래요? 또 안 먹는다. 누구 좋아하면 먹을 게 안 넘어간다면
서, 할머니는 내가 그렇게 좋아요?

대니.

네.

와줘서 고마워. 양갱 사다 준 것도 고맙고, 생일 축하해준 것도, 미
안하다고 해준 것도 고마워. 그런데 이제 오지 마. 앞으로는 우리 연
락하지 말고 보지도 말자.

네? 그게 무슨 말이에요?

무슨 말이냐면, 앞으로는 너와 연락하고 싶지도 보고 싶지도 않다
는 말이야. 네가 잘해줄수록 나는 괴로워. 알겠지?

*

질문 다시 말할 수 있겠어요?

대니 네.

질문 친구라고 했나요?

대니 네. 할머니를 멀리서 처음 봤을 때, 친구를 만난 거라고 생각했어요. 그러니까, 또 다른 나요. 또 다른 대니.

질문 무슨 뜻이죠?

대니 저와 같은 사람인 줄 알았어요. 표정도 그랬고, 몸을 움직이는 모습도요. 쉬지 않았어요. 저처럼요. 아기를 돌보고, 행복하게 해주고 싶어하는 사람이었어요. 다른 AB들이 어딘가 있다고 들었는데, 올드타운에는 저 혼자라 궁금했어요. 그런데 그런 사람이 또 있는 거예요.

질문 그래서 말을 걸고 싶었나요?

대니 네. 그런데 가까이서 보니, 아니었어요. 땀을 흘리고 있었고, 그리고…… 저와는 달랐어요.

질문 어떻게 달랐는지 설명할 수 있나요?

대니 할머니는, 견디고 있었어요. 저는 견디지 않아도 되거든요.

질문 견뎌요? 아까 아이들을 돕지 못하면 어려워진다고 했는데, 그것과 견디는 것은 다른가요?

대니 음, 네. 저에게는 매 순간이, 말하자면 사람들이 맛있는 음식을 먹는 것과 같아요. 농구공을 골대에 넣는 것과 같죠. 나를 필요로 하는 누군가가 있고 그 사람을 행복하게 해요. 그게 저의 기쁨이에요. 그다음은 없어요. 기쁘지만, 없어요. 그래서 저는 움직여요. 만약 한 사람을 돕지 못해 어려워지면 다른 곳으로 가서 다른 사람을 도와요. 그럼 어려움은 없어져요.

질문 아하.

대니 그 일을 영원히 계속하죠. 오직 나를 위해서요. ……그런데 할머니는 그렇지 않았어요. 할머니의 어떤 어려움은 없어지지 않는 것 같았어요. 견디는 거죠, 그런 건? 같이 시간을 보내는 동안 알게 된 거예요. 다른 게 또 있어요. 할머니는 행복한 순간에도 견딜 때가 있었고, 견디는 순간에도 맛있는 음식을 먹는 것 같은 표정일 때가 있었어요. 저에게는 그게 의미가 있었어요.

질문 아름다웠나요?

대니 잘은 모르겠어요. 내가 그 순간 무슨 의미로 그 말을 했는지요. 몰라서 미안해요.

질문 대니, 사과할 필요는 없어요.

대니 네. 하지만, 할머니를 보고 있으면 할머니가 영원히 계속 그 자리에 있을 것 같았어요. 저와 얘기를 나누면서요. 저는 그게 좋았어요. 하지만 그렇게 되지는 않겠죠. 이제 제가 여기 있으니, 저도 영원하지 않겠죠.

질문 꼭 그렇지는 않아요.

대니 그럴 수도 있죠. 그렇지 않을 수도 있고.

질문 그래요.

대니 그것도 알게 됐어요. 이럴 수도 저럴 수도 있다는 것.

질문 그게 당신에게 의미 있나요?

대니 네, 그런 것 같아요.

＊

　여름은 지나가고 아이는 자란다. 민우를 보면 시간이 얼마나 빠르게 흐르는지 알 수 있다. 딸아이가 엊그제 내게 선물을 가져왔다. 두툼한 뭉치였다. 포장을 뜯어보니 무릎에 붙이는 통증 완화 밴드가 나왔다. 민우가 사라고 시켰다고 한다. 할머니 무릎에 붙이고 얼른 나으시라고.

　그리고 무슨 말들이 더 남아 있을까. 나는 이 이야기를 올드타운 속의 날들처럼 안전하고 나른한 감상 속에서 끝낼 수도 있다. 내가 대니에게 검버섯과 버섯의 차이를 설명해준 최초이자 마지막 사람일 거라는 이야기를 하거나, 그날 밤 그가 나에게 했던 말들을 태연히 나열하면서.

　그렇다. 나는 확실히 그런 이야기를 잘할 수 있다. 이를테면 이런 말들.

　처음에는 잘 느껴지지 않았어요. 할머니가 무얼 원하는지, 무얼 하고 싶은지. 그런데 조금씩 잘 보이고 들리게 됐어요. 지금도 보여요. 그는 내게 그렇게 말했고 이것은 거짓이 아니다. 그런데 왜 가라고 하죠? 나를 미워하나요? 그는 내가 울음을 그칠 때까지 내 어깨를 안아주었고, 이것 또한 거짓이 아니다.

　집이 있다면 좋겠어요. 그래서 할머니와 같이 살 수 있다면 좋을 텐데.

　별소리를 다 한다.

　사람들이 집을 사려면 돈이 필요하죠?

필요하지.

얼마나 필요해요? 백만 원? 이백만 원?

나는 웃었다. 집을 사는 게 아니라 빌리는 거야. 보통은 그래. 그리고 최소한 천만 원은 있어야 빌릴 수 있고, 다달이 방세를 내야 해. 아무리 낡은 집이라도.

그렇군요.

그래.

천만 원이 있으면 할머니하고 민우하고 지희하고, 대니하고, 같이 있을 수 있겠네요.

그래, 그럼 네가 벌어와.

싫어요. 할머니가 가져오세요.

싫다.

할머니, 우리 같이 살아요.

나는 그의 머리에 알밤을 먹이고 웃었다. 그러고는 연락하지 말라고 그에게 한 번 더 말했다.

진심이냐고 그는 물었다. 진심이라고 나는 대답했다. 그는 돌아갔고, 다시 연락하지 않았다.

연락이 두절되었던 딸은 비행기 자리가 나지 않아 도저히 방법이 없었다면서 엿새째 되던 날 아침 일찍 돌아왔다. 딸은 많이 울었고, 민우는 겨우 상태가 호전되어 퇴원했다. 주위를 경계하며 한 발짝 한 발짝 겨우 걸음마를 하던 아이는 호되게 앓고 나자 오히려 기운이 나는지 위태롭게나마 쿵쿵거리며 뛰어다니기 시작했다. 얼마 뒤, 나는 조사를 받기 위해 나와달라는 전화를 받았다. 이 모든 일들은 거짓이 아니다.

그러나 그 전화를 받기 전, 나도 전화를 걸었다.

나는 수도 없이 대니에게 전화를 걸었다. 짐짓 단호한 척, 명령하는 어조를 골랐던 나를 후회하면서. 그때까지 한 번도 부끄러워한 적 없는 내 늙음을 부끄러워하고, 내게는 없다고 믿었던 감정들이 덩굴손처럼 집요하게 마음을 휘감고 뻗어가는 것에 당황했으나 멈출 수 없다고 생각하면서.

대니는 받지 않았다. 나는 계속 전화를 걸었다. 놀이터에서 지희를 업은 채 웃고 있는 그를, 마치 처음 만났을 때처럼 환한 빛 속에서 무심하게 부서지는 그 미소를, 그의 곁에 있는 다른 사람들을 발견할 때까지. 그는 나를 보았고, 아무 내색도 하지 않았다.

나는 잘 모르는 사람들에게도 전화를 걸었다. 이해할 수 없어 하는 그들에게 질문을 하고, 대답을 듣고, 또 질문을 했다. 어떤 사람들은 불쾌해했고, 또 다른 사람들은 나를 이상하게 여겼다. 가까스로 멈추어야 한다는 생각이 들었을 때, 누군가의 입에서 지희의 부모가 의도한 것인지도 모른다는 이야기가 나왔다. 어떤 사람들은 사람을 먼저 의심했다. 드문 일이었다.

나는 그 흐름을 따라가 볼 수도 있었다. 모든 것에서 공평한 거리를 두고 처음부터 다시 살펴보자고 할 수도 있었다. 대로변에 바위를 떨어뜨려 놓은 것이 다름 아닌 나라는 사실을 늦게나마 밝힐 수도, 그 바위에게는 잘못이 없다는 사실을 말하고, 원래 있던 곳으로 돌려놓자고 제안할 수도 있었다. 그러나 그러지 않았다. 나는 미웠고, 두려웠다. 불편을 피하고 싶었으며, 귀찮았고, 바빴다.

그리고 그 방에서의 마지막 한 시간이 있다. 물 빠진 노란색 티셔츠와 청바지를 입고 그는 자리에 앉아 있었다. 거의 움직이지 않았고, 나를 보고도 웃지 않았다.

나는 할 수 있는 것을 모두 했다. 학습하지 않고도 지을 수 있는 표정과 충분한 체액이 있었으므로. 나는 웃음을 지었고, 변명했고, 외면했고, 원망했다. 아무것도 모르는 척 민우 이야기, 우리가 질리도록 나누었던 아이 키우는 이야기로 화제를 돌려보기도 했다. 하염없이 말을 이어가다 물을 마셨고, 과장된 몸짓을 해보였으며, 도리어 화를 내다 마지막에는 눈물까지 흘렸다. 그러나 다른 것을 다 했어도 그에게 미안하다는 말을 할 수는 없었다.

대니, 스물네 살의 안드로이드 베이비시터. 그가 마지막으로 내게 건넨 말은 기억할 수가 없다. 그 방에 표정이라는 것이 모두 뽑혀나간 얼굴로 앉아 있던 청년이 정말로 대니였는지 나는 확신할 수 없으므로.

말들은 장식이다. 혹은 허상이다. 기억은 사람을 살게 해주지만 대부분 홀로그램에 가깝다. 대니는 아무 말도 하지 않은 채 주어진 끝을 받아들였다. 나는 일흔두 살이고, 그를 사랑했고, 죽였다. 아무도 그것을 알지 못한다. 모든 것이 희미하게 사라져가지만 그 사실은 변하지 않고, 나는 여전히 살아 그것을 견딘다.

대상 수상 작가 윤이형

달라진 건 없지만

몇 년 전 어느 날 이후로
글을 쓰는 마음보다 쓰기를 그만두는 마음에 대해,
글쓰기를 너무도 사랑하지만
그만두는 선택을 할 수밖에 없는 사람의 마음에 대해
생각하는 날들이 더 많았다.
그런 날들이 계속되었고, 작년 이맘때
사랑하던 고양이가 죽었다.
나는 택시를 타고 가서 고양이의 몸을 태웠다.
고양이의 뼈는 녹아서 돌이 되었다.

그 뒤로도
오래 앓은 친구는 여전히 앓고 있고
모기 물린 자리에는 농가진 자국이 남았고
어떤 나쁜 일들은 여전히 진행 중이고
어떤 악몽은 약을 먹어도 사라지지 않는다.

나는 1년 내내 맛있는 밥을 손수 해 먹으며
죽음에 관한 책들을 열심히 읽었다.
벚꽃 잎처럼 어디에나 흩날리는 미움이 지겨웠는데

나 역시 내 생각만큼 좋은 사람은 아니었다.

너무 늦게 꽃 한 다발을 샀고

처음으로 빠진 아이의 앞니를 오래 들여다보았다.

그러다가

'좋은 일 좀 생겨라'라는 기원의 말 앞에 '제발'을 붙여

서로에게 마구 던지는 사람들의 모임에 결국 들어가게 되었다.

그 와중에 힘을 내서 소설 한 편을 겨우 썼다.

그게 전부이고 달라진 건 없다.

그럼에도 이번 일을 핑계로

고마운 사람들에게 말할 수 있어 좋다.

제가 가장 힘들 때 존재해주셔서 고마웠습니다.

(제발) 기쁜 일들이 많이 생기세요.

살아 있는 것만으로 좋다고 말할 수는 도저히 없는 날들이지만

이 핑계 저 핑계 대며 가끔은 기뻐하며 살아요.

거창할 것도 대단할 것도 없는

늘 하던 일들을 하면서요.

저도 그래볼게요.

2 0 1 9 년   제 4 3 회   이 상 문 학 상   작 품 집

나의 문학적 자서전

대상 수상 작가 윤이형

다시 쓰는 사람

1976년(1세) 태어났다. 어린 시절의 기억은 거의 없다. 언제부터 언제까지 어떤 집에서 살았는지, 어느 동네였는지, 언제 무슨 일이 일어났는지, 부모님은 어떤 모습이었는지조차 기억하지 못한다. 그래도 누가 물어보면 대답을 해야 해서 "집에 책이 많았고 그게 좋았다" 정도로 얼버무린다. 집에 동물이 많았고 그게 좋았다. 고양이, 강아지, 잉꼬, 비둘기. 어머니는 건강이 좋지 않았고 아버지는 바빴기 때문에 나는 우리 집에 입주해 가사와 육아를 맡아준 영희 언니라는 사람의 손에서 자라났다.

1983년(8세) 어머니가 반신마비 증상을 보이며 쓰러져 의식이 없는 상태로 중환자실에서 오랫동안 생사를 넘나들다 살아났다. 뇌질환이었기 때문에 언어 기능이 거의 상실되었고 한동안 거동도 불가능했다. 어머니는 재활 끝에 다행히 기적적으로 회복되었지만, 이때의 두려움이 평생 나를 따라다니게 되었다.

1987년(12세) 처음으로 쓴 픽션은 소년 모험 만화영화 〈태양 소년 에스테반〉의 2차 창작이었다. 누런 시험지를 한 묶음 사서 거기에 지칠 줄 모르고 모험 이야기를 썼다. 서울 사직공원 안에 있던 어린이 도서관을 좋아해서 방과 후에 찾아가 열심히 책을 빌려 읽었다. 친한 여자 친구 셋과 함께 '꾸러기'라는 모임을 조직했다. 여자를 괴롭히는 남자아이들을 응징하는 단체였다. 평생 할 신체적 성장을 이때 다 끝내버린 나는 반에서 키도 몸집도 제일 큰 여자아이였다. 학교는 언덕 꼭대기에 있었고 거기서 더 올라가면 부서진 집들의 잔해가 끝없이 펼쳐져 있는 철거촌이 있었다. 우리는 부서진 집 중 한 채를 아지트로 정해 놀았고 남자아이들을 거기로 불러내 패싸움을 하기도 했다.

1989년(14세) 중학생이 되었다. 영희 언니가 우리 집을 떠났기 때문에 엄마와 나는 둘이 남게 되었다. 아버지가 언제부터 집에 안 계셨는지는 확실치 않다. 아무튼 집안 경제 상황이 옛날처럼 좋지 않다는 것은 확실히 알 수 있었다. 엄마는 영차, 하는 분위기로 싱글맘 생활을 시작했고 나는 사춘기가 시작됐다.

1990년(15세) 국어 선생님에게 칭찬을 받고 싶어서 글짓기 숙제로 중2 특유의 자의식에 현학적 단어들을 엄청나게 많이 버무린 글을 써서 냈다. 선생님은 내 글을 수업 시간에 읽어주시며 "어휴, 이런 글을 너무도 오랜만에 읽어보는구나……. 이런 단어들……" 하고 상념에 잠긴 표정을 지으셨다. 그때는 칭찬인 줄 알았는데 지금 생각해보니 선생님은 아마도 문청 시절 자신의 흑역사를 떠올리고 계셨던 것 같다.

1992년(17세) 고등학교에 들어갔고 수포자(수학 포기자)가 되었다. 수학 시간에는 일기장에 일기를 썼다. 내 원래 꿈은 생명공학자였는데 이때를 계기로 진로가 바뀌었다.

1995년(20세) 대학에 들어갔지만, 독감으로 오리엔테이션에 결석하는 바람에 사람들과 친해지지 못했다. 뒤늦게 과방에 찾아가 열심히 연습한 "선배, 밥 사주세요"를 입 밖에 냈지만, 선배들과도 가까워지지 못했다.

새내기들은 몸을 가누지 못할 만큼 술을 마시다가 길에서 율동을 하며 팔짝팔짝 뛰어야 했다. 선배들은 그걸 '사회화'라고 불렀는데, 그런 강요된 집단행동이 싫었다. 대학 방송국에 수습 PD로 들어갔는데 거기서도 3개월밖에 버티지 못하고 그만뒀다. 학과 공부와 병행하기가 버거웠던 데다 "수습은 수습다워야 한다, 군기가 빠져서는 안 된다" 등의 말을 들었기 때문이었다.

대학 1학년 1학기를 떠올리면 공강 시간마다 쉬는 대신 중앙도서관으로 향하던 과 동기들, "나는 학과 공부에 집중해야 해서 동아리는 안 들려고" 하고 슬프게 중얼거리던 아이들이 떠오른다. 몇몇이 아니라 많은 아이들이 그랬다. 내가 다니던 과엔 그렇게 첫 학기부터 이를 악물고 있던 아이들과 외국에서 오래 살다 와서 원어민 수준으로 영어를 구사하는, 이미 완성된 엘리트에 가까워 보이는 아이들이 공존했다. 극과 극이었다. 이렇게 말하면 사람들은 스펙 쌓기, 개인주의, 신자유주의 등의 단어를 떠올릴 것이다. 실제로 그때는 신자유주의의 태동기였다. 하지만 지방에서 올라와 기숙사에 머무르며 아르바이트를 하면서 한 학기도 빠짐없이 장학금을 꼭 받아야만 했던, 그러지 않으면 안 된다는 절박함을 공유하고 있던 그때 그 아이들의 얼굴과 사정이 크게 다르지 않았던 나를 떠올리면 아무 말도 쉽게 할 수가 없다.

가끔 이때로 타임머신을 타고 가 스무 살의 나에게 말하는 상상을 한다. "아니야, 그러지 마. 그렇게 죽기 살기로 살아남아야 한다는 생각만 하지 않아도 돼. 다른 동아리에 들어도 되고 하루 종일 꿈만 꿔도 되고 학회 같은 데 들어가 정말로 하고 싶은 공부가 뭔지 알아봐도 돼. 사람들을 만나고 좋은 선배들과 선생님들을 찾고 그들과 시간을 보내. 그래도 굶어 죽지 않아. 20년 후에 너는 지금 그렇게 안 한 것을 너무 많이 후회하게 돼." 하지만 타임머신은 아직도 발명되지 않았고 그때는 다른 생각을 할 수 없었다. 계산해보니 어머니의 정년퇴직과 내 대학 졸업 시기가 딱 맞아떨어졌다. 곧바로 취직을 해야 한다는 생각이 들었다(이렇게 말하면 어머니는 "미안하다, 나 때문에" 하시겠지만 그러시지 않기를 빈다. 그렇게 따지자면 총명한 천재 소녀였고 대학 때는 메이 퀸May Queen으로 뽑힌 적이 있던 어머니가 나를 키우기 위해 꿈과 인기를 모두 포기했다는 사실을 말해야 하고 우리는 또 죄책감 배틀을 해야 하는데 나는 그게 싫다. 마흔 살이 넘어서까지 삶이 내 뜻대로 되지 않아 너무나 한심한 일로 어머니에게 종종 울면서 SOS를 치기도 하는 나니까 이런 건 서로서로 조금은 무심하게 이해하고 넘어갔으면 한다).

전공은 영문학이었지만 문학에는 뜻이 없었다. PC통신 하이텔 〈하루키〉 소모임에 들어가 활동하기 시작했다. 오프라인보다 온라인에 극단적으로 의존하는 생활이 시작되었고 모든 인간관계가 온라인 중심으로 재편되었다.

1996년(21세) 학생회관 앞에 '한열이를 살려내라' 구호가 쓰인 낡은 걸개그림이 걸려 있었고 바로 그 건너편 도서관 앞에서 머리를 반삭한 이상은과 황보령의 얼터너티브 록 공연이 열렸던 게 기억난다. 전혀 어울리지 않는 조합이었다. 전자는 이미 끝나버린 시대의 잔재로, 후자는 내가 열광해야 할 세련된 저항의 방식으로 보였다. 그리고 시끄러워 죽겠는데 대체 이게 다 뭐람? 공연을 하려면 공연장에서 할 것이지 왜 도서관 앞에서 남에게 피해를 주는 거야? 하는 표정으로 걸어다니던 많은 사람들.

그해 봄에 내가 나가지 않은 시위에서 같은 학교 학생이 세상을 떠났다. 여름에 한총련 사태가 일어났을 때 나는 유럽 배낭여행을 하고 있었다. 나는 내가 어떤 중요한 장면들에 계속 불참하고 있으며 내가 제때 경험해야 할 무언가가 계속 유예되거나 지연되고 있다는 걸 알았다. 하지만 아무리 노력해도 사회과학 서점의 강요하고 계몽하는 듯한 분위기를 좋아할 수는 없었다.

나는 홍대 앞에 막 생기기 시작한 카페들과 처음으로 버스킹 공연들이 열리던 그 동네의 좁은 골목들에 깊은 소속감을 느끼기 시작했다. 학교 앞에 있던 대형 백화점의 지하 쇼핑몰을 유령처럼 몇 시간이고 걸어다니는 날이 많았다. 그곳의 화려하고 노골적인 삭막함이 마음 편했다. 또래 친구들이 취향의 개척자-숙련자-전문가가 차례로 되어가는 것을 바라보았고 나도 그들을 따라 했다. 우리는 서로를 도와가며 잘 소비하고 주의 깊게 소비하고 좀 더 멋지게 소비하는 법을 배우고 갈고 닦았다.

1997년(22세) 학교에서 왕가위의 〈해피 투게더〉 상영회가 열렸다. 공연윤리위원회가 '전반적으로 흐르는 동성애'를 이유로 심의 불가 판정을 냈는데, 그 판정이 합당한지 관객들에게 묻기 위해 열린 상영회였다. 상영회가 끝나고 영화에 취해 친구와 하염없이 밤길을 걸어다녔다. 나는 과잉된 비장함을 장착한 전형적인 90년대 키드였다. 사랑이 세상과 싸우는 가장 적극적이고 정치적인 방식이라고 믿었다. 내게 시간과 공간은 대중문화의 필터를 통해서만 감각되고 기억되었다. 내용을 다 이해할 수 없었지만 〈키노〉를 사랑해서 들고 다녔고, 시네필은 아니었으나 영화 한 편 때문에 며칠 동안 잠을 못 자기도 했다. 언론고시를 준비하고 있었지만, 졸업하면 영화 관련 일을 하고 싶다고 몰래 생각하고 있었다.

1998년(23세) 등록금을 내야 했는데 부족했다. 머리를 짜내다가 학교 신문 공모에 시를 써 보냈는데 뽑혀버렸다. 소설을 쓰지 않았던 건 소설을 쓸 줄 몰랐고 소설은 시보다 길기 때문이었다. 시도 쓸 줄 몰랐던 건 마찬가지였지만 마감 전에 낼 수는 있었다. 시에 대해 알지도 못하면서 단어들 몇 개를 짜깁기해 내서 돈을 받았다는 생각 때문에 이후 10년 이상 시를 읽지도, 쓰려고 시도하지도, 서점의 시집 코너 가까이에 가지도 못했다. 시를 조금씩 다시 읽게 된 건 최근인데 나는 아직도 그 일이 많이 부끄럽다.

1999년(24세) 졸업과 독립을 했고 영화잡지사 기자가 되었다. 원고를 빨리 쓰는 일에 재능이 있었지만 다른 사람들보다 영화에 대한 지식과 애정이 부족하다는 자괴감으로 괴로웠다. 그러니까 나는 계속 진정성 문제에 시달리고 있었다. 그렇게 지하 3천 미터까지 진정성의 굴을 파며 괴로워할 시간에 생각을 멈추고 그냥 손과 발을 움직이면 됐을 텐데.

아무튼 바라던 대로 생활인이 되었다. 내 마음속에서는 얼마 전부터 예술과 생활이라는 두 세계가 이분법적으로 나뉘어 서로를 적대하고 있었다. 나는 예술을 짝사랑했지만 내가 그 세계에 속하지는 못할 거라고 생각했기 때문에 예술과 예술가들을 질투하고 시기했다. 예술의 세계가 나를 멸시한다고 느꼈다. 그럼에도 밤에 자리에 누우면 내가 써내는 글들이 조금 더 나만의 것이고 조금 덜 휘발성이었으면 하는 생각이 들었다.

2004년(29세) 동경하던 영화제 프로그램팀에 들어가 4개월간 합숙을 해가며 일을 했다. 정말 많이 사랑하던 곳이어서 영광이었고 기뻤지만, 영화제가 끝나자 갈 곳이 없었다. 이때는 일렉트로니카 음악에 빠져 있어서 이러다 토하겠다 싶을 정도로 심하게 음악을 듣기도 했다. 비슷한 시기에 시작한 온라인 게임도 마찬가지였는데 PC방에서 밤을 새우고 다음 날 저녁에 퇴근한 직장인들이 올 때까지 눈물을 흘리며 게임을 계속하는 날도 있었다. 나는 좋아하는 게 정말 많은데 그것들을 가지고 이렇게 폐인이 될 정도로 나를 소모하는 일밖에 하지 못하는구나, 생산하는 능력은 내게 없구나, 생각했다. 계속 열심히 살았지만 힘이 들었고 나는 축적이나 과거와의 연결점 없이 흩어지고 흩날리기만 했다. 내가 사랑하는 어떤 것으로도 내 삶의 척박한 조건을 바꾸거나 단단한 내 세계를 만들어낼 수가 없었다.

처음으로 모 문예지의 소설 공모전에 응모해 봤다(당연히 떨어졌는데 지금까지 이 사실을 숨겼다. 이 경험이 너무 잊고 싶은 것이어서 나도 모르게 기억에서 누락했던 것 같다. 죄송합니다). 한겨레문화센터의 소설 창작 수업에 등록했다. 새로 들어간 회사에 외근을 하겠다고 속이고 일주일에 한 번씩 수업을 들으러 갔다. 숙제로 쓴 단편들을 모아두었다.

2005년(30세) 되는 일이 너무 없다는 생각을 하다가 소설이 당선되었다는 전화를 받았다. 기쁜 나머지 글을 쓰겠다면서 회사를 그만두는 실수를 저질렀고 이 어리석은 선택에 대해 이후 14년 내내 후회하게 된다. 얼마 뒤 내 응모작들을 읽으신 한 선생님이 나를 따로 불러 "남자 어른들에 대한 적대감이 너무 심한 것으로 보이는데, 그러지 말고 그들을 너그럽게 용서하면 너의 세계가 훨씬 넓어지고 풍성해질 것"이라는 요지의 말씀을 하셨다. 내가 잘되라는 뜻에서 하신 얘기였겠으나 따르지 않기로 했다.

2008년(33세) SF 창작 수업을 듣고 수강생들과 함께 합평 모임을 만들었다. 내가 진심으로 사랑한 유일한 글쓰기 모임이었다. 훌륭한 SF 작가들을 알게 되었고 그들을 따라 해보고 싶었지만 잘되지 않았다. 하지만 순문학계에는 거의 알려지지 않은 작가들을 어떻게

든 알리고 싶어서 기회가 있을 때마다 이야기하고 다녔다. 처음으로 국내 SF 작가들을 만나 이야기해볼 기회가 있었는데, 그들 중 한 작가가 내가 어느 인터뷰에서 SF에 대해 했던 말을(무식에서 나온 한심한 실언이었다) 종이에 커다랗게 프린트해 다이어리에 끼워가지고 온 것을 곁눈질로 보았다. 그 작가는 아마도 그 발언에 대해 화가 났었고 내게 항의하거나 물어보고 싶었던 것 같다. 그런데 그날 자리가 끝날 때까지 그는 그 종이를 내게 보이지도, 그것에 관해 어떤 이야기를 꺼내지도 않았다. 관용이구나, 생각했다. 딱 한 번이구나, 직감도 했다. 무지를 모른 척해준 그가 진심으로 고마웠다. 그 뒤로 공부하지 않고는 절대 SF에 대해 함부로 말하지 않겠다고 다짐했고 정말 열심히 공부했다. 채워지지 않는 인정 욕망 때문에 내면이 건강하지 못했지만 괜찮은 척했다.

2009년(34세) MB정권 하에서 일어난 사회적 일들(때문이라고 하면 지금은 몹시 낯설고 기이하게까지 들리지만 사실이었다. 시간은 얼마나 빠르게 흘러가는가)과 개인적인 불행한 일들, 잘 쓸 수 없다는 자괴감이 겹쳐 더 이상 글을 쓸 수 없게 되었다. 일기 한 줄도 쓸 수 없었고 일상에서도 실어증이 왔다. 우울증 치료를 위해 받은 검사에서 그림 카드 여섯 장을 보며 이야기를 만들어야 하는 부분이 있었는데, 잘되지 않아서 초조한 나머지 땀이 흘렀다. 상담사는 내 직업을 듣더니 좀 많이 걱정하는 표정을 지었다. 뇌 기능이 생각보다 많이 저하되어서 앞으로 서사를 만드는 일을 다시 하기는 어렵겠다는 판정이 내려졌다. 울고 싶으면 참지 마세요, 상담사가 말했다. 나는 울지 않았다. 나라면 그렇게까지 단정적으로 말하지는 않았을 텐데. 나의 안팎에서 무슨 일이 일어나는지 잘 모르는 상태로 간신히 시간을 보냈다.

2012년(37세) 아이가 태어나고 5개월이 되었을 때 이유식을 만드는 틈틈이 단편을 썼다. 3년 만이었다. 배밀이를 하는 아이 앞에 교정지를 펼쳐놓고 퇴고를 하는데 아이가 자꾸만 기어와 펜을 붙잡는 바람에 교정지가 새빨개졌다. 땀을 흘리면서 글을 고쳤다. 많은 것이 단순해졌고 내가 세상의 맨 밑바닥으로 떨어졌다는 생각이 자주 들었으나 육아의 고통에 비례해 내밀한 자존감은 높아졌다.

2014년(39세) 교황이 세월호 유족들을 만나는 광경을 TV에서 보다가 '국가가 할 일을 제대로 하지 않아서 저분들이 교황님께 호소하는구나. 이 나라에, 우리에게 아버지가 있었으면 좋겠다' 하고 생각했다. 그리고 그 문장들을 페이스북에 썼다. 써놓고 나서 뭔가 잘못됐다는 생각이 들어 글을 지웠다. 왜 '아버지'가 있어야 하지? 그 역할을 해낼 수 있는 사람을 내가 왜 당연히 남성으로 상상했던 건지 궁금했다. 많은 사람들과 함께 감정적으로 힘든 와중에도 나 자신의 사고방식에 대해 의문이 들었다.

2016년(41세) 강남역 살인사건이 일어났다. 그날 태어난 많은 '여성' 중에 나도 있었다. 공부를 시작했다. 즐거우면서 기가 막혔고, 거의 항상 화가 나 있는 상태가 이어졌다. 멋진 여성들을 알게 되고 놀라움과 짜릿함을 느끼면서 나의 많은 부분이 바뀌어갔다. 신전들이 무너지고 우상들이 깨져 실려 나간 빈자리에 가치관의 재건 작업이 시작되었다.

10월 20일, 밖에 나갔다가 택시를 타고 집에 오면서 트위터를 보았고 계속 울었다. 말로 할 수 없는 길고 무참한 시간들의 시작이었다. 내가 몸담았던 세계의 끔찍하고 적나라한 민낯이 거기 있었다. 열심히 쓰겠다는 생각을 할 수 없었다. 글쓰기에 필요 이상의 의미를 부여하지 않겠다는 다짐만을 겨우 할 수 있었다.

2018년(43세) 글을 거의 쓰지 못했고 쓰고 싶지도 않았다. 무지개다리를 건너간 내 고양이 이야기는 써서 남겨두고 싶었으나, 너무 끔찍해서 쓰다가 도중에 버려야겠다고 생각했다. 그러다 낭독회에 가서 좋아하는 시인 두 명이 함께 낭독하는 시를 들었다. 끝까지 해보자, 생각했다. 잘 쓸 수 없더라도 다시 써서 끝을 내고 싶었다. 그날 옆자리에 있던 친구는 몰래 울었다고 했다. "형이하학적인 라이트를 발 앞에 비추고 잃어버린 분노를 찾느라 그런 종류의 언어가 내 안에도 있음을 잊어버렸다는 걸 깨달아서"라고 했다. 알 것 같았다. 내 마음도 비슷했으니까. 집에 돌아와 쓰던 소설을 다 지우고 처음부터 다시 쓰기 시작했다.

2019년(44세) 다이어리를 사면서 위클리가 아니라 데일리 형식을 골랐다. 앞으로는 온라인이 아니라 오프라인의 종이 위에 하루에 한 평범한 일들을 조금 더 구체적으로 적어두어야겠다는 생각이었다. 무엇을 먹었다거나, 하다못해 그런 거라도. 손으로 쓴 것은 좀 덜 휘발되고 좀 더 잘 기억되고 오래 남지 않을까. 내게는 기억의 절대량이 몹시 부족하다고, 그래서 나는 나 자신의 역사를 제대로 알지 못한다고 생각해왔다(실제로 밑천이 적어서 소설을 쓰는 일이 매우 어렵다). 그런데 정말 그럴까? 나는 실은 그냥 자신을 똑바로 바라보는 일을 잘 못 하는 인간이었던 게 아닐까? 다음번에 나의 '역사'를 써야 하는 일이 생기면 아무리 하찮아 보이더라도 내가 지나온 나 자신의 시간들을 최대한 정직하게 다시 적어보고 싶다는 생각을 했다. 그 결과물이 이 글이다.

지금의 내겐 거창한 것들은 크게 의미가 없다. 왜 쓰는가, 무엇을 위해, 어떤 목소리로, 지금 여기에 어떤 이야기가 필요하고 시대와 타인의 고통에 어떤 식으로 접근해야 하고, 예전에 너무나 열심히 고민했던 그런 질문과 대답들은 하나밖에 없는 내 사랑하는 고양이의 몸이 소각로에서 타버릴 때 같이 타버린 것 같다. 쓰고 싶은가 아닌가. 살이 다 타고 뼈가 녹아서 된 딱딱한 돌처럼 이제 내겐 그것만 남았고 그것으로 됐다는 생각이 든다. 세상에는 이렇게 절박하고 중요한 일들이 많이 일어나고 있는데 아직 나 개인의 문제들을 해결하지 못하고 있는 자신이 괴롭지만 가장 개인적인 것이 가장 정치적인 것이라는 말을 나는 믿는 편이고 아직은 쓰고 싶다는 욕망이 있다. 그렇게 다시 시작해본다. 쓰고 싶지 않은 많은 날들이 있었지만 오늘은 쓰고 싶은 날이다. 다행히도.

2 0 1 9 년   제 4 3 회   이 상 문 학 상   작 품 집

작가론 • 작가가 본 작가

유형진 • 시인

검은 숲의 헤드 랜턴과
레일라의 선물

내가 처음 윤이형을 보았을 때 그녀는 열네 살의 소녀였다. 이제 막 청소년의 첫발을 내민 중학교 1학년, 열네 살 윤이형이 전체 신입생 대표로 단상에 올라 '입학 선서'를 복창하는 것을 보던 30년 전의 나는 '세상 다 망해버려라'라는 심정으로 운동장에 삐딱하게 서 있던 '중3 언니'였다.

그 후 30년이 흘러 야무지게 입학 선서를 복창하던 중1 소녀는 소설가가 되었다. 그리고 삐딱한 중3 언니는 시인이 되어 '소설가 윤이형'을 생각하며 이런 글을 쓰게 될 것이라고, 그 작은 운동장에 빽빽이 서 있던 2천여 명의 소녀들과 선생님들은 아무도 몰랐을 것이다. 삶이란 이렇게 도무지 어떻게 해도 알 수 없었던 것들을 갑자기 툭, 선물처럼 던져준다.

윤이형이 오랜만에 연락해서 "언니, 부탁할 게 있어"라고 했을 때, 그 부탁이란 것이 왠지 어마어마할 것 같다는 느낌이 들었다. 내가 아는 윤이형은 누군가에게 무리한 부탁 같은 것을 할 사람이 아니다. 어떤 일이든 윤이형에게 주어지면 윤이형은 그것을 꽁꽁 끌어안고 끝까지 해낼 사람, 어떻게든 다른 사람에게 폐를 끼치거나 해를 주지 않고 혼자 해결해보려고 노력하는 사람이라는 것을 나는 안다. 그래서 그런 윤이형이 이런저런 궁리 끝에 나에게 전화를 했다면 나는 그 부탁을 거절할 수 없다.

윤이형이 부탁을 다 하다니, 자못 궁금한데? 무슨 일이야?

내가 올해 이상문학상을 받는다는데……, 수상 작품집에 작가론이 들어가야 한대……. 그거 언니가 써줄 수 있어?

세상에 이상문학상이라니! 윤이형이 그런 상을 받다니! 나는 나도 모르게 폴짝 뛰었다. 폴짝 뛰던 그 순간, 그 0.00001초 동안 나는 지구에서 떨어져 공중에 머물렀다. 그 찰나의 순간에 나는 별의별 생각이 다 떠올랐다.

우리는 세상 대부분의 사람들은 잘 쳐다보지도 않는 골목의 후미진 구석에서 있는 힘껏 소리를 질러대 봤자, 웬만한 사람들은 잘 알아듣지 못하는 눌변만 튀어나올 뿐이라고 생각한 시간이 길었다. "너희들이 암만 그런다고 세상이 달라지니?" 어디선가 그런 말도 들렸다. 하지만 우리는 그렇게라도 우리 목소리를 내야 한다는 당위를 드라이아이스처럼 끌어안고 있는, 그 뜨거운 얼음에 우리 몸이 데이는 줄도 모르는 바보가 아닐까 생각한 적도 있었다. 그런 엉킨 실타래 같은 생각들을 하면서도 내 입은 웃고 있었고, 제일 먼저 튀어나온 말은 "너 진짜! 뭐야 이형아, 축하해!"였다. 그러고 나서 왠지 통쾌해서 웃음이 터졌다. 터진 웃음은 쉽게 멈추질 않았다. 그래서 한참 핸드폰을 잡고 깔깔깔 웃었다. 나의 웃음에 윤이형도 깔깔깔 웃었다. 우리는 서로가 있는 공간에서 핸드폰 너머로 한참을 그렇게 미친 듯이 웃었다. 웃음이 잦아들자 윤이형이 말했다.

나도 믿어지지 않아.

어떤 숲이 있다. 그 숲은 오래된 나무들이 빽빽하게 자라 있어서 한낮에 들어가도 캄캄하다. 밖에서 보면 그 숲은 굉장한 위용이 있었다. 사람들은 도대체 저 숲에 뭐가 있는지 궁금해했다. 그 숲에 들어갔다 나온 이들의 말은 제각기 다 달랐다. 황금빛 버섯이 무수하게 피어 있고 무지갯빛 안개가 그 버섯의 주변에 떠돈다고 말하는 사람도 있었다. 조 말론 향수보다 더 향기로운 꽃이 만발해 있다고 하는 사람도 있었고, 눈이 세 개에 꼬리는 열두 개인 괴물이 살고 있다고 하는 사람도 있었고, 숲속 한가운데로 들어가면 아름다운 호수가 있는데 그 호수에서 헤엄치며 놀다가 인면어人面漁에게 다리 한쪽을 잃었다는 소문도 있었기에 누구의 말이 사실인지는 알 수 없었다.

윤이형도 나도 그 캄캄한 숲에 자의적으로 들어간 사람 중에 하나였다. 그 숲속에서 길이 끊기거나 장애물이 나오면 나는 점프를 하거나 다른 길로 돌아갔다. 나는 점프를 할 수 없으면 이 길을 통과하기엔 지금은 적기가 아니라던가, 내 깜냥으론 건널 수 있는 길이 아니라며 자기합리화를 잘했다. 그러나 윤이형은 이 캄캄한 숲속에서 박쥐와 우글거리는 벌레들과 불안하게 돌아다니는 설치류들과 그것들을 잡아먹으려 울어대는 맹금류들의 소리를 들으며, 그 길에 작은 헤드 랜턴 하나로 얽히고설킨 커다란 나무 넝쿨들을 피하지도 않고, 돌아가지도 않고, 그 앞에서 어떻게든 문제를 풀어보겠다고 갑자기 쏟아지는 우박도 맞고, 차가운 비도 맞고, 심지어 흙탕물 세례까지 받아가며 전전긍긍했다.

어떻게 사람이 저럴 수 있지? 바보 같아 윤이형. 왜 돌아가지 않는 거야? 왜 피하지 않는 거야? 나는 오래 쓰고 있을 수도 없는, 플라스틱 우산살을 가진 비닐우산 하나를 펼쳐 들고 그 옆에 잠시 서 있었던 것이 전부였다. 그렇지만 윤이형은 그런 자신 옆에 그렇게라도 잠깐 서 있어준 나를 걱정하고 고마워했다. 이런 나를 걱정해주고 고마워하다니. 너는 도대체 얼마나 밑도 끝도 없이 착한 거니? 바보에다 착하기까지 해서 나는 정말 윤이형을 이 캄캄한 숲의 언저리에 놔두고 나만 멀리 갈 수 없었다. 그래서 멀지 않은 곳에서 그녀를 지켜보았다.

곁에 내내 있어주지 못하더라도, 가까운 곳에서 지켜봐주는 사람이 있다는 것만으로도 윤이형은 충분히 견디는 사람이었다. 이 '가느다란 지켜봄'은 마치 어린 시절 종이컵 전화기에 연결된 무명실 같은 것이었고, 또 윤이형은 그런 것만 있어도 끝까지 무언가를 해내는 사람이었다. 윤이형이 여태까지 소설을 쓸 수 있었던 것도, 소설집을 내고 오늘처럼 이렇게 많은 이들이 주목하는 문학상을 받을 수 있었던 것도, 나 같은 사람들이 그녀 주변에 끊임없이 있었기 때문이고, 윤이형이 그것을 절대 가볍게 여기지 않았기 때문이라고 생각한다.

그러나 윤이형에게 있어 무엇보다도 큰 힘이 되어 준 것은 그녀의 소설을 읽고, 그녀의 소설책을 사서 책장에 꽂아 놓고, 그녀의 이야기를 꾸준히 들어준 독자들이라고 생각한다. 그 덕분에 그녀가 이 캄캄한 숲에서 아직까지도 랜턴을 끄지 않고 앞으로 나아가고 있는 것인지도 모른다. 절대로 뚫리지 않을 것 같은 고목들의 넝쿨 앞에서 윤이형이 스스로의 힘으로 그 넝쿨을 뚫고 차근차근 캄캄한 숲을 걸어가는 것을 나는 보았다. 그 걸음을 보며 이 캄캄한 숲에서 나도 나의 랜턴을 끄지 말아야지, 끝까지 가봐야지 생각한다.

　나는 지금 소설을 쓰고 있지 않지만, 내가 만약 소설을 쓰게 된다면 그 이유의 반은 윤이형 때문일 것이다. 그녀는 내가 쓰는 시를 좋아한다고 말했다. 그녀가 소설가가 되어 나를 처음 만났을 때, 첫 시집부터 쭉 읽었다고 내 시의 팬이라고도 말했다. 윤이형이 열네 살이고 내가 열여섯 살이었을 때, 그 추운 봄날 중학교 운동장에서 윤이형을 알아봤던 나를 윤이형은 알지 못했지만, 운명적으로 윤이형은 내 시를 알아보고 나의 시를 좋아하게 되었을 거라고 생각한다.

　윤이형은 나의 첫 시집 중 〈피터래빗 저격사건〉 연작을 좋아했다. 그 시는 산후조리원에 있을 때 청탁 받았고, 백일도 채 되지 않은 젖먹이에게 모유 수유를 하며 썼던 시라고 말했더니, 윤이형은 너무 놀랐다. 어떻게 그런 '비인간적인 상태'에서 그런 시가 나올 수 있냐고 물었다. 나는 윤이형의 말을 듣고, 어쩌면 그때 내가 '비인간적인 상태'여서 그런 시를 쓸 수 있었던 것이 아니었을까 생각했다. 그리고 내가 육아 중에 겪은 우울증과 그 시절 이야기인 '하드보일드 육아 일기'를 썼다고 했을 때도 윤이형은 몹시 흥미로워했다. 그리고 그 육아 일기를 보고 싶다고 말했다. 그때 윤이형은 육아와 돌봄 노동으로 지친 '비인간적인 상태'였던 시기였을 것이다. 그때 우리는 국가와 사회가 대신할 고통과 고민을 개인이 왜 이렇게 혹독하게 치러야 하는지 모르겠다고 이야기하면서 함께 분노하기도 했다. 어쩌면 그 시절의 이야기들이 〈대니〉가 되고, 〈작은마음동호회〉가 되었는지도 모른다.

내가 해주는 이런저런 이야기들을 윤이형은 좋아했다. "그거 소설로 쓰면 좋겠다. 소설로 써줘." 나는 웃는다. 그리고 이렇게 말한다. 내가 쓰려고 했다면 시로 썼겠지. 말은 그렇게 했지만 어떤 이야기들은 시로 쓸 수 없었다. 어떻게 해도 시로 나오지 않을 이야기들이었다.

시작도 끝도 알 수 없는 어떤 말들이 내 속에서 마구 터져 나올 때, 멈출 수 없는 비약과 환유가 시작되면 그것은 나에게 시가 되었다. 하지만 가끔은 그렇게 터져 나오지 않는 내 속의 이야기가 있었다. 나는 그 이야기의 시작이 어디서부터였을까 하고 파고 싶을 때가 있었다. 그리고 그 이야기가 어떤 과정을 거쳐 어떤 결말로 가면 좋은 이야기가 될 수 있을까 궁금해지기 시작했다.

하지만 앞에 귀찮은 장애물이 있을 땐 그것을 뚫고 나가기보다 점프하여 뛰어넘고 싶어 하는 나는, 점프력은 좋을지 몰라도 '소설가 윤이형'이 가진 성실함과 끈기가 없다. 그녀는 어쩌면 나의 점프력을 좋아했을지도 모르지만(확인한 적은 없다) 그것은 이 캄캄한 숲에서 나를 그나마 버티게 했던, 어쩌면 부끄러운 방어용 무기였다. 점프력이 딸릴 때마다, 이 숲을 이제 그만 벗어나고 싶다고, 아주 지긋지긋하다고, 게다가 자주 깜박거리며 희미해져가는 랜턴도 그만 꺼버리고 싶다고 생각할 때마다, 작은 종이컵 전화기의 무명실 한쪽 끝을 잡고 열심히 썩어가는 거목巨木들의 덩굴 더미를 헤치며 앞으로 나아가는 윤이형을 생각했다. 그리고 어딘가에서 윤이형처럼 많은 작가들이 그렇게 조용히, 남이 알아주든 알아주지 않든, 자기 앞의 장애물을 뚫고 있으리라는 것을 나는 잘 알고 있다.

윤이형이 어떤 이유로 행복한 기분을 느꼈다면, 윤이형은 그것을 혼자만 느끼며 만족해하지 않을 사람이다. 자기가 아끼고 좋아하는 사람, 사랑하는 사람 들까지 다 그것을 알았으면 좋겠고, 함께 느끼길 바라며, 어떻게 하면 그렇게 될 수 있을까 고민하는 사람이다. 완벽한 행복이라는 것은 어디에도 없고 절반만 행복하고 절반은 불행하다고 한다면, 기분의 부등호를 행복 쪽으로 돌려놓고 끝까지 가보려고 하는 사람이 윤이형이다.

그러고 보니 작년 이맘때 윤이형의 고양이 '레일라'가 하늘나라로 돌아갔다. 나는 왠지 '레일라'가 윤이형이 갖고 있던 커다란 슬픔과 고통과 외로움 들을 함께 하늘나라로 가져간 것 같다. 나에게도 윤이형의 '레일라' 같은 반려견 '호두'가 있어서, 나는 윤이형의 그 마음을 절절하게 느낄 수 있다. 작년 이쯤에는 캄캄한 숲속에서 묵묵히 굴을 파던 윤이형이 이제는 빛이 보이는 곳까지 나와, 뱅쇼도 끓이고, 쌀국수도 하고, 수제비도 하고, 가자미 무 조림도 하기 시작한 것이다. 모두 '레일라' 덕분이라고 생각한다. 윤이형의 이번 수상작도 어쩌면 '레일라의 선물'일지도 모른다.

윤이형이 쓴 동명의 단편소설 제목이기도 한 '작은마음동호회'라는 것이 있다. 이것은 어떤 일을 작게 쪼개어 하나하나 마음 다해 생각해보길 좋아하는 동호회다. 윤이형도 이 동호회 회원인데, 가끔 '소심한 사람들의 모임'으로 오인 받기도 한다(알 만한 이들은 알겠지만 우리는 진짜 소심하지 않다!). 이 동호회는 회칙도 없고 정모도 없는 헐렁한 모임인데, 전 세계에 회원이 널리 퍼져 있다. 대표 회원으로는 일본인 시즈카 유이, 필라델피아의 한 여사, 용산의 쪠 언니, 모래내의 바위랑이 엄마, 정릉의 B 선생님(얼마 전 파주로 이사 가셨다) 등이 있다. 이분들도 '작은마음동호회'의 회원으로서 윤이형의 이상문학상 수상을 나만큼 기뻐할 사람들이라 이 소중한 지면에 밝힌다.

윤이형은 어떤 일이든 결론적 해결을 빨리 내리기보다 그 과정 중에 억울한 이들은 없는지, 누군가의 비합리적인 선택은 없었는지 하나하나 되짚어보며, 왜 이런 일을 내가, 그리고 우리가 당해야 하는지 끝까지 고민하는 사람이다. 그래서 캄캄한 숲의 어둠이 어떻게 시작되었는지, 고목의 넝쿨은 왜 이렇게 무자비하게 뻗어 있는지, 무엇이 이 숲을 지나는 초행자들을 힘들고 고통스럽게 하는지, 어째서 큰 고목 옆에 자라던 작은 나무들은 빛을 못 보고 말라가야 하는지, 윤이형은 알고 싶은 것이다.

윤이형이 쓴 소설들은 그런 '앎의 과정에 대한 기록 일지'라는 것을 나는 잘 안다. 내가 그걸 알 거라는 것을 윤이형도 알기 때문에 나에게 이런 글을 써달라고 부탁한 것이라고, 나는 생각한다.

2 0 1 9 년   제 4 3 회   이 상 문 학 상   작 품 집

작품론
〈그들의 첫 번째와 두 번째 고양이〉와
윤이형의 작품세계
소영현·문학평론가
더 나은 세계를 위한 사유

1. 결혼의 죽음

죽음을 객관화하는 일은 가능한가. 죽음은 보편적 경험인가. 생명
의 소진인 죽음은 도처에 있다. 날마다 죽음을 보고 듣는다. 하지만
아무도 죽음을 자신의 것으로 경험하지 못한다. 죽음은 언제나 타인
의 것으로만 경험된다. 더 숭고한 죽음이 없듯 더 하찮은 죽음도 없
다. 그럼에도 하나의 죽음이 어떤 이에게는 삶 전체를 '부질없는' 무
의미로 절감하게 하며 다른 이에게는 삶을 뒤잇는 자연의 시간으로
수용된다. 죽음이 아니라 상실로서 경험되며, 죽음의 의미나 상실의
크기가 주관적으로만 다루어질 수 있기 때문이다.

가족의 반려묘인 첫 번째와 두 번째 고양이의 죽음 사이에 놓인
소설 〈그들의 첫 번째와 두 번째 고양이〉에서 고양이의 죽음은 한
가족에게 커다란 영향을 드리운다. 제도가 승인한 가족에서 제도 바
깥의 가족이 된 희은과 정민 그리고 그들의 아이인 초록의 일상은
이전과 달라진다. 소설은 이 죽음을 통해 결혼과 가족에 대해 질문
한다. 삶을 뒤흔든 죽음의 영향은 죽음이 "어느 순간 찾아올지 모르
고, 언제든 찾아올 수 있"으므로 "낭비할 시간이 더 이상 없"다는 깨
달음으로, "원하지만 결코 하지 못했던 바로 그 일을 지금 당장 해
야" 한다는 자기다움의 회복 명령으로 구현된다.

그간 망각했거나 불가능하다고 여겼던 자기다움의 회복에 대한 열망을 불러일으킨 것이 죽음이라면, 그 죽음이 다름 아닌 고양이의 죽음으로 그려진다는 점은 상실의 의미나 크기와 관련해서 기억해둘 만하다. 일상 전체를 뒤흔든 고양이의 죽음을 통해 소설은 죽음의 실감과 영향을 둘러싼 정상성에 하나의 질문을 던진다. 이른바 '정상' 가족은 실제로는 주말에 방영되는 TV 홈드라마에나 있는 것에 가깝다. 일상을 사는 현실의 가족 형태는 한 집 건너 1인 가족이지만 이 평균적 가족 형태가 정상성을 확보하지는 못한다. 삶의 정상성이란 규범으로서만 작동할 뿐이다. 중간계층의 붕괴를 목도하는 한국사회에서 상실의 경험은 가족이나 친지가 아니라 친밀감을 나누는 반려 생명체를 통해서일 가능성이 높다.

생명의 소진인 생명체의 죽음이 있다면 제도에도 죽음이 있다고 말할 수 있지 않을까. 〈그들의 첫 번째와 두 번째 고양이〉는 결혼이라는 제도에도 생애주기가 있고 끝이 있음을 보여준다. 소설은 특별한 방식으로 결혼을 문제화하면서 제도의 죽음을 다룬다. 소설의 처음과 끝에 가족의 일원이었던 고양이의 죽음이 놓여 있고, 두 번의 죽음 사이에 결혼의 죽음이 놓인다. 결혼을 두고 죽음을 말하는 것이 익숙한 표현법은 아니다. 결혼은 죽는 게 아니라 실패하는 것이다. 실패라는 말은 결혼이 아니라 결혼을 선택한 사람들에 해당하지만, 일상에서 이 구분은 뚜렷하지 않은 편이다. 아마도 결혼에 대한 판단이 언제나 결혼을 선택한 개인들에 대한 판단으로 이해되기 때문일 것이다. 고양이의 죽음에서 나아가 실패한 결혼이 아니라 결혼의 죽음까지 다룬다는 점에서 죽음에 대한 소설 〈그들의 첫 번째와 두 번째 고양이〉의 통찰은 날카롭고 폭넓다.

한 쌍의 남녀가 서로 혼자였다가 결혼을 하고, 가족을 이루어 아이를 낳고, 아이를 키우는 동안 서로의 자기다움을 상실하고, 점차 서로의 존재를 지우는 지옥에 이르러 이혼을 하고, 다시 자기다움을 회복하는 이런 일련의 변화를 소설은 비약 없이 추적하면서 놓치지 않고 기술한다. 어디에서 왔는지 알지 못하는 서로에 대한 애정과 신뢰가 죄책감, 배신감, 수치심 그리고 공포와 분노와 살의로까지 움직여가는 감정의 회로를 꼼꼼하게 추적한다. 결혼 제도를 수행하는 당사자는 자기다움을 잃고 끝내 서로에 대한 가해자이자 피해자가 되고 말지만, 소설에서 말해지듯 사실 그들이 마주해야 하는 것은 "결혼이 아니"다. 그들은 "결혼을 했을 뿐"으로, 그들이 미워해야 하는 것은 "서로가 아니고 제도"다. 부부가 만들어내는 관계와 일상을 통해 하루하루 죽음의 기미는 축적되지만, 거기에 뼈대를 만들고 살을 붙이는 결혼의 주체들은 결혼의 죽음을 자신들의 것으로 인지하지 못한다. 결혼의 죽음은 객관화하는 시선을 통하지 않는다면 포착되지 않는 그런 종류의 것이다.

소설이 다루는 결혼의 죽음에 주목하게 되는 것은, 거기에 소설의 본래적 한계로서 언급되는 재현에 대한 소설적 도전의 의미가 실려 있기 때문이다. 고양이의 죽음이 고백의 형식으로 기술되고, 결혼의 죽음이 관찰의 형식을 통해 기술된다. 〈그들의 첫 번째와 두 번째 고양이〉는 고백의 형식으로 고양이의 죽음을 다루고 관찰의 형식으로 결혼을 다룬다. 소설로서 제도를 재현하는 것이 가능한가라는 질문을 돌파하면서, 소설 〈그들의 첫 번째와 두 번째 고양이〉는 관찰의 형식으로 결혼 제도를 성공적으로 다루게 된다.

2. 소설, 고발하다

'여성'은 태어나는 게 아니라 만들어지는 것이다. 시몬느 드 보부아르의 이 말은 국가나 사회와 같은 대문자 '남성'에 의해 타자화된 여성의 자리를 가시화한다. 만들어지는 것, 다시 말해 사후적으로 확정되는 것이 위계화된 권력 구조 안에서의 타자화된 존재의 위치다. 따라서 여성을 특정한 역할에 가두기 위해 쓰이는 다른 말들을 '여성'의 자리에 넣어도 의미는 달라지지 않는다. 집안일을 떠맡는 주부가 태어나는 게 아니라 만들어지는 것이라는 말이 가능하며, 양육을 책임지는 어머니가 태어나는 게 아니라 만들어지는 것이라는 말도 가능하다.[1]

하지만 타자의 자리로 내몰리는 존재가 반드시 생물학적으로 여자이기만 한 것은 아니다. 생물학적 여성만이 아니라 자기다움을 상실하고 국가와 사회의 요청에 의한 직무를 할당받으며 위치를 지정받는 존재들이라면 누구나 '여성'이라 말하는 것도 가능하다. 자신의 의지와 무관하게 구조적 힘의 강제에 의해 특정한 자리에 배치되는 존재들 모두가 '만들어지는' 존재라고 이해해도 무방한 것이다.

---

[1] 기우 삼아 덧붙이자면, 주부나 어머니가 만들어진다는 말의 반대편에 남편이나 아버지가 만들어진다는 말이 놓일 수는 없다. 여성 혐오가 개별적 여성에 대한 개별적인 호불호의 문제가 아니라 여성에 대한 사회적 타자화와 구조적 불평등의 문제를 환기한다는 점을 인식한다면 현재의 사회적 조건 속에서 남성 혐오라는 말이 존재할 수 없음을 인식하게 된다. 남편이나 아버지가 그 역할 수행에 미숙할 수 있지만 남편과 아버지의 자리는 구조적으로 타자화된 자리가 아니라는 사실을 기억할 필요가 있다.

'만들어지는' 타자화된 대문자 '여성'의 자리를 길게 언급한 것은, 제도가 여성을 억압하는 측면과 여성 내부에도 차이가 있다는 논의가 섬세한 층위에서 구분될 필요가 있기 때문이다. 실제로는 결혼 제도에 대한 논의가 결혼의 주체인 개인의 문제로, 나아가 개인의 젠더적 차이의 문제로, 그리하여 성별 대결의 문제로 귀결해버리는 일을 종종 목도하게 된다. 결혼 제도가 개인에게 가하는 억압이 곧 생물학적인 성별에 따른 억압 차이로 환원되어서는 곤란하지만, 지겨울 만큼 반복된 이 층위 구분은 현실에서는 생각보다 쉽게 무시된다. 일상의 단면을 통해 삶을 재구하는 서사물이 결혼 제도를 다루기 위해서는 무수히 많은 난관을 헤쳐 나아가야 한다는 말이다.

〈그들의 첫 번째와 두 번째 고양이〉에서 결혼을 둘러싼 젠더적 위계는 조심스럽게 다루어진다. 희은은 '독박 육아'에 내몰리지 않고 가사 노동과 돌봄 노동을 일방적으로 떠맡지도 않는다. 오히려 취준생으로 불려야 할 정민이 가사와 돌봄의 더 많은 부분을 도맡으면서 그의 사회로의 진입은 한없이 지연된다. 생계를 위한 노동에 시달리면서, 정민은 자기다움을 급속도로 상실하고 삶의 주변을 돌아볼 여유도 타인에 대한 공감의 주파수도 잃게 된다. 의식되지 않는 중력처럼 우리를 사로잡고 있는 직분과 역할의 위계적 분할 인식을 의식하면서, 소설은 결혼이 생물학적 여성에게 가하는 억압뿐 아니라 '여성'의 자리에 놓인 존재에게 가해지는 억압까지를 가시화한다.

성별 차이가 젠더적 역할의 구분을 결정하지 않듯 젠더적 역할 구분도 성별 차이로 환원되지 않는다는 사실은 소설에서 이처럼 세심하게 고려된다. 신뢰할 만한 작가의 젠더 인식으로 소설은 결혼 제도가 야기하는 억압을 문제 삼지만, 그 문제 제기가 성별 대결 구도에 갇히는 오류를 피하는 데에서 제도의 억압 자체에 대한 메타적 시야를 확보하는 데에로 나아간다. 소설은 성별과 젠더의 대결로 환원되지 않는 위태롭고도 좁은 틈을 비집고 결혼이 아니라 결혼 제도를 서사적으로 문제 삼는 데 성공한다.

3. 양육, 노동, 실험

개인의 강철 같은 노력으로 결혼 제도의 난점은 해소될 수 있는가. 작가는 그것의 긍정적 가능성을 전망하지 않는다. 작가의 시선이 구조적 틀로 확장되는 것은 그래서일 것이다. 확장된 시선은 소설에 어떤 변화를 가져오게 되는가. 작가는 소설의 사회적 기능이 문제의 환기만으로는 충분하지 않다고 판단한다. 〈그들의 첫 번째와 두 번째 고양이〉에서 해결책에 대한 모색은 적극적이고 실험적이다. 이혼 후 초록을 키우면서 자기다움을 찾기 위한 노력 속에서 생계와 육아를 동시에 해결하기 위한 희은의 모색은 그녀를 흥미로운 프로젝트에의 참여로 이끈다. 공동체를 중심으로 이루어지는 공동 양육 모형 개발 프로젝트에 대한 서술은 말하자면 결혼 제도에 대한 소설적 문제 제기로서의 의미를 갖는 이 소설의 가장 특별하고 흥미로운 대목이 아닐 수 없다.

따지자면 양육에 대한 소설적 실험이 여기서 처음 시도된 것은 아니다. 늙은 여성에 대한 사회적 시선에서 자유롭지 못했던 한 할머니의 실패한 사랑에 대한 회한의 이야기이자, 인간 할머니와 AI

베이비시터가 돌봄을 수행하는 고된 삶이 만들어내는 동료애적 공감을 나누는 소설 〈대니〉에서 이미 다루었기 때문이다. 〈대니〉는 손자를 사랑하지만 자신은 아이를 돌보는 기계가 아니라고 생각하는 할머니가 점차 AI 베이비시터에게 마음을 여는 과정이 할머니의 관점으로 환기되고 추적된다.

아이를 키우는 일은 강철 같은 체력이 뒷받침되어야 하는 극한의 노동이지만, 그 노동을 친밀성 혹은 애정으로 바꿔 부르는 것은 돌봄이 단지 노동만은 아니라는 판단에서일 것이다. 할머니뿐 아니라 사회적 인식에 입각해보면 돌봄이, 나사처럼 대체될 수 있는 기계를 통해 아니 그보다 좀 더 진전된 과학기술에 힘입는다 해도, 상호주관적으로 형성되는 특별한 감정의 교류 없이 가능하다고는 생각하지 않는다. 사람들은 아이에게 필요한 것이 애정이고, 애정 없는 노동만으로는 아이를 키울 수 없다고 여긴다. 그런 생각을 좀체 바꾸려 하지 않으며 바뀔 수 있다고 상상하지도 않는 편이다.

소설 〈대니〉에서 일반적으로 품을 만한 양육을 둘러싼 의구심은 근미래적 상상력을 통해 손쉽게 해소된다. 아이의 욕구를 정확하게 파악하고 그에 적합한 대응을 빠르게 해낼 수 있는 AI 베이비시터가 어쩌면 좀 더 나은 품질의 돌봄을 수행할 수 있지 않을까라는 사유 실험을 소설은 적극적으로 진전시킨다.

좀 더 들여다보자면, 소설 〈대니〉에서 대니의 출현이 돌연한 상상의 결과물인 것도 아니다. 사랑의 이름으로 포장되어 있지만, 양육이 결혼을 하고 부모가 되면 누구나 해낼 수 있는 난이도 낮은 일이 결코 아닌 것이다. 양육이 특별한 기술과 능력이 필요한 노동이라는

사실은 소설 속 비극적 사건을 통해 강조된다.[2]

같은 친목 모임에 속해 있던 어린이집 보육교사들이 시간차를 두고 자신들의 직장에 불을 질러 수십 명의 영유아와 보육교사가 사망한 사건을 계기로 대니와 같은 AI 베이비시터가 등장할 수밖에 없었음을 기술하면서, 소설 〈대니〉는 "가족이 아닌 남의 손에 아이를 맡기는 일"이 "정상적인 부모라면 해서는 안 되는"[3] 일이 되는 인식의 전환 과정을 들여다본다. 동시에 "아이의 안정과 양육자의 복지"의 균형점을 마련하기 위해 국가적이고 사회적 차원의 대책 마련이 시급하다는 사실을 환기한다.

초고령화 사회로 진입한 일본에서의 노인 돌봄 서비스를 떠올리게 하는, 소설 속 돌봄 서비스 모형에 대한 소개는 독자의 사유와 개입을 이끈다. 덧붙여 사회 변혁을 위해 소설이 할 수 있는 것은 무엇인가에 대한 새로운 질문도 던져준다. 소설 〈그들의 첫 번째와 두 번째 고양이〉는 가부장제나 결혼 제도에 대한 전면적 비판이 어떻게 소설적으로 구현될 수 있는가를 보여준다. 소설 속 돌봄 서비스 연구는 부모를 포함한 여러 명의 베이비시터가 애착기 형성 이전인 3개월 된 아기를 하루에 세 시간씩 돌보는 일의 가능성을 타진한다.

---

2) 가족을 돌보고 가정을 유지하며 공동체를 지키는 일을 노동이라 불러야 하지만, 일상의 차원에서 노동이라는 말이 갖는 정치적 함의까지 내포된 채로 가사 노동이나 돌봄 노동이라는 말이 상용되고 있다고는 말하기 어렵다. 아이나 노인을 돌보는 일이 노동이라는 선언은 서구에서 1970년대에 있었던 가사 노동을 둘러싼 임금 캠페인이 보여주었듯, 경제적 보상에 대한 요청이 아니다. 국가와 사회의 유지와 발전을 위한 기본적이고 기초적인 동력임에도 그 가치가 절하되거나 심지어 평가되지 않은 채, 말하자면 착취되고 있음을 알리기 위한 운동의 일환인 것이다.

3) 윤이형, 〈대니〉, 《러브 레플리카》, 문학동네, 2016, p. 25.

공동체 차원에서 수행하는 양육 서비스 프로젝트는 과연 아이의 양육과 양육자의 복지 사이의 균형점을 마련할 새로운 해법이 될 수 있을 것인가.

출산을 계획하는 이들에게 교육적 효과를 거둘 수 있으며 전 사회가 함께 양육하는 새로운 시스템에 대한 상상을 가능하게 한다는 취지에도 불구하고, 소설 속에서 실험에 참가한 이들의 입을 통해 질문되듯──육아와 양육 그리고 돌봄을 둘러싼 사회의 강고한 상식에 균열을 내는 일이 과연 가능한지, 애착 이론이 아니더라도 인간 사이에 형성되는 친밀성에 대한 논의를 소거한 채 육아와 양육 그리고 돌봄에 대한 논의를 할 수 있는 것인지, 출산율 자체가 급격하게 줄어드는 현실에서 과연 이러한 기획의 실행은 가능한 것인지, 무엇보다 인간을 대상으로 한 이런 실험 프로젝트 자체의 반인륜성은 어떻게 이해되어야 하는지──소설의 경계를 넘어선 질문이 끝없이 이어져야 할 것이다.

그리고 어쩌면 현실에서 이 프로젝트는 실현 불가능한 것일 수 있다. 그럼에도 소설 속 실험의 성공 여부와는 무관하게 이러한 소설적 상상은 자체로 좀 더 활발해질 필요가 있다.

연구원 중에는 기혼 여성도, 희은처럼 결혼을 했다가 돌아온 여성도, 비혼 여성도 있었다. (⋯) 희은은 가족이라는 문제에 대해 경험한 답이 만족스럽지 않게 느껴졌기 때문에 굳이 직접 정답이 되어 가능성을 증명해보려고 했던 자신과는 달리, 똑같은 이유에서 결코 답을 만들지 않겠다는 선택을 한 그들이 인상 깊었고, 자신은 왜 그런 식으로 생각할 수 없었는지 궁금해졌다. 다른 답이 가능하다고 믿는 것만으로는 부족했다. 환경이 변하지 않는 한, 문제 자체가, 지문 자체가, 보기 자체가 잘못되어 있었던 것이다. (p. 84~85)

적어도 이 사유 실험을 다루면서 소설 〈그들의 첫 번째와 두 번째 고양이〉는 경험에 의거해서 마련된 그간의 답과는 다른 것의 발견 가능성을 찾아 나선다. 각자의 삶에 대한 총체적 반추나 개별적으로 획득한 성찰적 시야만으로는 자기다움을 상실하게 하는 현존하는 결혼 제도 너머를 상상하기 어렵다는 사실을 말한다. 소설은 각자의 경험에만 얽매여 그것의 반작용처럼 또 다른 정답을 찾는 방식의 해법 찾기 순환론에서 벗어날 수 있는 시야를 열어준다.

이런 점에서 소설이 아들 초록을 중심으로 마무리되고 있다는 점은 의미심장하다. '결혼의 죽음' 이후 어떤 다른 세계가 가능한가에 대한 전망은 소설 내에는 없지만, 그 세계를 두 번째 고양이의 죽음 이후 일상에 복귀하는 아들 초록이 열어갈 것이라는 믿음을 의심치는 않는 듯하다. 부모와 함께했던 '방 탈출 게임'이 아직은 공포의 기억이라 해도, 시간이 흐른 뒤 부모와 함께 그 방을 '탈출한' 경험 자체가 초록에게 더 유의미하게 환기될 것임을 긍정적으로 전망한다.

후속 세대에 거는 기대는, 결혼 제도를 고발하는 소설 〈그들의 첫 번째와 두 번째 고양이〉의 유일한 목표는 아니라 해도 소설의 궁극적 지향 가운데 하나임에 분명하다. 그간 다양한 변주를 통해 지속된 '인간이란 무엇인가'라는 질문과 그에 대한 소설적 모색은 작가의 후속 세대에 대한 깊은 애정에서 나오는 것으로 봐도 지나치지 않다.

소설 〈큰 늑대 파랑〉은 속절없이 세상에 휩쓸려 자기다움을 잃고 부유하는 부모의 몸을 먹어치우면서 후속 세대(늑대)가 몸집을 불리고 성장을 하며, 좀비가 되어버린 자신의 부모를 스스로 죽이고서야 위험에 처한 후속 세대(늑대)를 구할 수 있다는 유니크한 설정의 작품이다. 이 소설을 통해 강렬하게 선언한 바 있듯, 작가에 의하면 "문제 자체가, 지문 자체가, 보기 자체가 잘못되어 있었"다는 소중한 깨달음은 낡은 세대인 우리가 아니라 "우리보다 나은 세상에서" 살아야 할 후속 세대를 위한 사유로서 지속되어야 한다. 후속 세대를 위한 낡은 세대의 죽음을 각오한 노력을 통해 "다른 선택지들"로 구체화되어야 하는 것이다.

4. 미래를 위한 현재

윤이형의 소설은 다른 세계를 꿈꾸고 존재 변이를 상상해왔다. 서사를 두고 말해보자면 윤이형의 소설에서 예측 가능한 전개는 없다. 언제나 예측을 벗어난 상상력으로 채워진다. 별모양의 검은 눈동자와 눈에 박힌 불가사리와 싸우는 작은 인간 병사가 등장하는 등단작 〈검은 불가사리〉(2005)에서 이미 예견되었듯, 낯선 상상력은 SF나 판타지와 같은 장르(문학)적 특성의 활용을 통해 마련된다. 하지만 윤이형의 소설에서 그 상상력은 신기한 캐릭터나 기이한 세계의 발명 혹은 흥미와 스릴을 만끽하게 하는 롤러코스터적 서사를 위한 장치가 아니다. 더 나은 세계를 위한 깊은 사유의 서사적 결과

물이다.

《셋을 위한 왈츠》(2007)에서《큰 늑대 파랑》(2011),《개인적 기억》(2015)을 거쳐《러브 레플리카》(2016)에 이르기까지 오랫동안 윤이형 작가는 '인간이란 무엇인가'에 대한 철학적이고 사색적인 질문을 던져 왔다. 정신적이고 심리적인 문제에 대한 사유로, 구조적이고 사회적인 제약들에 대한 탐색으로 갈래를 이루지만, 대개 그 질문들은 분리할 수 없는 문제로서 중첩적으로 다루어져 왔다. 낯선 상상력을 통해 그 사유는 문제에 대한 해법이나 대안으로서 다른 세계를 꿈꾸고 존재 변이를 탐색한다. 때로 그러한 탐색의 실패를 다루고 불가능성으로 고통 받는 이들을 돌아보며, 여전히 남아 있는 해결될 수 없는 난점들에 대한 발굴로 나아간다.

지난 몇 년간 한국문단에 벌어진 추문과 그것의 반동처럼 일어난 문단 변혁의 열망은 페미니즘과 퀴어 이슈를 통해 한국문학에 새로운 활력을 불어넣고 있다. 〈루카〉(《러브 레플리카》, 2016), 〈5월 이야기〉(2016), 〈작은마음동호회〉(2017), 〈전환〉(2017), 〈피클〉(2017), 〈마흔셋〉(2018) 그리고 〈그들의 첫 번째와 두 번째 고양이〉로 지속되는 최근 윤이형 소설의 행보가 한국문학의 이러한 흐름과 함께하고 있다. 윤이형의 소설은 변화하는 현실과 소통하면서 현실의 변화에 소설적으로 깊이 개입한다. 한국문학의 체질 전환을 상상하고 이루어낸다. 윤이형의 소설적 행보는 한국문학에서 귀하고 소중하다. 윤이형의 소설은 현실인 삶과의 교호 작용 속에서 소설적 세계를 마련해온 한국소설의 유구한 역사를 적극적으로 이어받고 혁신하면서 문학사를 고쳐 쓰고 있다.

2 0 1 9 년   제 4 3 회   이 상 문 학 상   작 품 집

2부
우수상 수상작

김희선

해변의 묘지

1972년 춘천에서 태어났다. 강원대학교 약학과를 졸업하고 동국대학교 대학원에서 국어국
문학 석사 과정을 수료했다. 2011년 단편소설 〈교육의 탄생〉으로 《작가세계》 신인상을 받으
며 등단했다. 소설집 《라면의 황제》, 장편소설 《무한의 책》을 펴냈다.

그 배를 처음 발견한 것은, 동해항에서 출발하여 러시아의 블라디보스토크로 가는 크루즈 여객선에 타고 있던 사람들이었다. 정확히는 생전 처음 크루즈 여행을 떠나던 칠십 대의 노부부였는데, 마침 그 둘은, 기대감과 호기심으로 즐겁게 떠들며 유람선 이곳저곳을 구경하던 대부분의 승객들과 달리 뱃전에 나와 다투고 있던 참이었다. 평생을 내륙 지방의 공무원으로만 일해온 남자의 간곡한 부탁 때문에 부부가 유람선을 타고 블라디보스토크로 출발한 거긴 하지만, 아내는 이번 여행에 큰 불만을 가지고 있었다. 그녀는 이 정도 경비라면 한려수도나 제주도 같은 곳에서 더 맛있는 음식을 먹으며 편히 쉴 수 있을 거라고 주장했다. 게다가 배는 생각만큼 화려하지 않았고, 출발한 지 한 시간도 되지 않았는데 벌써 멀미에 시달리고 있었다. 여하간, 그럼에도 불구하고, 사회적 지위라든가 그 밖의 여러 요인을 고려하여 최대한 낮고 음울한 목소리로 티격태격 다투고 있던 부부의 눈에 멀리 수평선을 떠오는 한 척의 나룻배가 보였던 것이다.

그런데 여기서 좀 더 세세하게, 그러니까 나중에 노부부의 집을 방문하여 직접 취재를 했던 기자들의 기록에 따르자면, 그냥 나룻배가 덜컥 나타난 것은 아니었다. "집사람이 다른 건 몰라도 눈은 밝거든." 달마도 액자가 걸려 있는 고풍스러운 거실에서 전직 공무원 노인이 점잖게 말했다. "그러니 절대 잘못 봤다고 할 순 없어요." 옆에서 깎은 사과와 차를 내온 아내가 거들었다.

한창 대화에 열중하던(기자에 의하면, 그 둘은 이거 하나만큼은 신신당부했다는 것이다. "일부 언론에 우리가 다투고 있었다고 하는데, 그건 사실이 아니오. 그저 이런저런 이야기를 나누며 저녁 바다를 감상하고 있었을 뿐이지. 그래서 하는 얘긴데, 기자 양반이 이건 좀 정정해서 내보내줬으면 해요. 이거 원, 다투는 중이었다고 신문에 실려서 방방곡곡 알려지니 남부끄러워서 살 수가 있나.") 중, 그 거대한 회오리를 먼저 발견한 사람은 역시나 눈이 밝은 아내 쪽이었다. 이미 어둑어둑해져가는 저녁이었지만, 그래도 재작년 백내장 수술을 한 뒤 이상하게 먼 거리의 사물을 잘 보게 된 아내의 눈엔 그 모든 기이한 광경이 바로 앞에 있는 듯 생생하게 다가왔다는 것이다.

"지금까지 한 번도 보지 못한 엄청난 회오리였어요. 저녁 바다는 평온하고 멀리서 찰싹찰싹 뱃전에 파도 부딪는 소리만 들려오는데, 갑자기 수평선에 그런 거대한 물줄기가 솟아오르니 깜짝 놀랄 수밖에요. 처음엔 회오리일 거라곤 생각도 못 했고……." 그때 사과를 다 씹어 삼킨 전직 공무원 노인이 또 말을 거들었다. "집사람이 탄성을 지르는 바람에, 나도 그쪽을 쳐다봤지. 난 그게 큰 고래가 아닐까, 생각했어. 전에 신문에서 본 적 있거든. 동해에 향유고래들이 집단으로 살고 있다는 기사 말이야."

노부부는 그 회오리를 수십 마리의 고래 떼가 일제히 수면 위로 뛰어오르며 연출하는 장관이라 여기고, 방금 전까지 다투던 것도 잊은 채 입을 벌리고 바라보았다. 그러다가 퍼뜩 사진을 찍어야겠다는 생각이 떠올랐고 주머니를 뒤져 폰을 꺼내는데, 물줄기의 중심에서 나룻배(로 보이는 것) 하나가 붕 날아오르듯 허공에 나타나더니 가뿐하게 수평선 위에 안착하더라는 것이다. 정신을 차리고 보니, 어느새 회오리는 사라지고 저녁 바다는 언제 그랬냐는 듯 평온하게 반짝이고 있었다. "이상하단 생각이 든 건 그때였지." 노인이 아주 먼 과거를 회상하기라도 하듯 눈을 감으며 말했다. 동해항에서 그리 멀리 떨어지진 않았지만, 그래도 망망대해라면 망망대해라고도 볼 수 있는 바다 한가운데에, 돛도 없는 나룻배가 떠 있는 광경은 뭔가 그로테스크했다. "하지만 우린 바닷가가 고향도 아니고. 그래서 그냥 그럴 수도 있나 보다, 여기며 도로 선실로 들어가려고 했어. 저녁 바람이 꽤 찼거든. 회오리에서 나룻배가 날아오른 건, 뭐 헛것을 봤나 보다 생각했지. 사실 아무리 집사람 눈이 밝아도, 그런 어둑어둑한 저녁이라면, 뭐든 잘못 볼 수 있는 법이잖아. 그런데 그때였어. 나룻배 위에서 반짝이는 불빛과 두 팔을 휘젓는 사람 같은 게 보인 것은."

이번에도 그 모든 걸 발견한 사람은 역시나 시력이 좋은 아내였다. 그녀는 벌써 저쪽 객실로 들어가는 입구 계단에 발을 딛고 서 있는 남편을 소리 높여 불렀다. 아무래도 느낌이 이상했기 때문이다. 솔직히 노인은 그때 그냥 선실로 들어갈까, 아니면 아내에게 가볼까를 두고 잠시 망설였다. 왠지 새된 목소리로 부르는 아내의 말투가, 다시 싸움을 걸려는 것처럼 여겨졌던 탓이다.

그러나 결국 마음을 고쳐먹고 아내가 서 있는 뱃전으로 간 덕에,

두 사람, 즉 과테말라 출신의 청년 알레한드로와 칠레산 대왕오징어 잡이 어선에서 실종됐던 한국인 선원 박홍수가 목숨을 구할 수 있게 되었던 것이다.

"여보, 저길 봐요. 누가 구해달라고 하는 거 같은데……." 노인은 눈을 찡그린 채 멀리 수평선을 바라봤다. 그때 또다시 아내가 말했다. "그거 있잖아요, 그거." 그러면서 그녀가 남편의 잠바 주머니를 뒤져 꺼낸 것은 동해항에서 유람선에 올라타기 직전 손녀딸이 건네준 학생용 망원경이었다. "할아버지, 이걸로 바다 구경 많이 하세요." 아이가 그렇게 말하며 쥐여주는 작은 플라스틱 망원경을, 그는 기뻐하는 척하며 받아서 잠바 주머니에 대충 넣어뒀던 것이다. "허, 그런데 그게 꽤 쓸모가 있더라고." 노인은 그 망원경의 접안렌즈 부분을 눈에 대고 수평선을 노려봤다. 아내 말대로, 배 위엔 사람으로 보이는 두 개의 형체가 열심히 팔을 휘젓고 있었다. 무엇보다도 노인이 그들을 난파자로 확신하게 된 계기는, 그중 한쪽이 손전등을 이용해 만들어내는 모스부호 때문이었다. 젊은 시절 고성 부근 최전방 부대에서 통신병으로 복무했던 노인은, 불빛이 깜빡이며 만드는 신호의 의미를 곧장 이해했고, 그래서 다급히 뒤를 돌아보며 아내에게 외쳤던 것이다. "얼른 뛰어가서 누구든 좀 불러와. 저기서 사람들이 구조를 요청하고 있어!" (나중에 알았지만, 신호를 보낸 이는 한국인 선원이었던 박홍수였다. 그 또한 젊은 시절 군대에서—비록 최전방 부대는 아니었지만—통신병으로 복무했었기에 그때까지 모스부호를 잊지 않고 있었던 것이다. 그로부터 꽤 시간이 지난 후, 박홍수는 정식으로 노인의 집을 찾았는데— 왜냐하면 노부부야말로 궁극적으로는 그들 생명의 은인이었으니까—그때 그 둘은 반갑게 인사를 나눈 뒤 통신병 생활에 대한 추억을 나누며 금세 '형님, 아우' 하는 사이가 되었다고 한다.)

중요한 것은, 노인이 기자가 마지막으로 던진 질문엔 끝까지 묵묵부답으로 일관했다는 사실이다. 그는 이번 사태에 대해 어떻게 생각하느냐는 말에 고개만 저을 뿐이었다. 그것은 현재의 상황 전반에 대한 걱정 같기도 했고 혹은 모든 것을 거부하겠다는 고집스러운 의지의 표현, 또는 그저 별생각이 없다는 일종의 무관심, 그 어느 것으로도 해석 가능한 오묘한 제스처였다.

동해에서 출발하여 24시간 뒤면 블라디보스토크에 도착할 예정인 여객선의 선장은 잠시 앉아서 쉬고 있었다. 모든 것이 완벽한 항해였다. 적어도 객실 서빙 담당 팀장이 황급히 뛰어 들어와 이상한 보고를 하기 전까지는 말이다.

그는 밖에, 그러니까 아무도 없는, 아직은 오징어 잡는 배나 명태 잡는 배도 안 다니는 캄캄한 바다 한가운데에 뜬금없이 나룻배가 하나 나타났는데, 거기 두 명의 난파자가 구조를 요청하고 있다고 소리쳤다.

"뭐라고? 나룻배? 지금 자네 머리가 어떻게 된 거 아닌가?" 그러나 긴가민가하면서도 선장은 그를 따라 밖으로 나갔다. 예의 그 노부부가 뱃전에 서 있다 말고, 문구점에서 산 게 확실해 보이는 작은 망원경을 건넸다. "저깁니다. 그들이 지금 SOS 신호를 보내고 있어요. 내가 통신병으로 있어봐서 잘 아는데, 저건 확실한 신호요."

예의 바르게 노인의 망원경을 거절한 선장은, 보기에도 멋들어진 최고급 망원경을 꺼내 한 눈에 대고 멀리 수평선을 바라봤다. 정말로 나룻배가 떠 있었다. 그야말로 돛도 엔진도 아무것도 없는, 그저 방금 전까지 젓다가 잠시 내려놨을 것 같은 노 두 개만 뱃전에 걸쳐져 있는, 진짜 나룻배였다. 그는 망원경을 옆구리에 끼면서 갑판 담당에게 말했다. "어서 해경에 연락해. 그리고 저쪽으로 배를 돌리고."

거대한 유람선은 나룻배가 있는 쪽으로 천천히 다가갔다. 혹시 물결을 일으켜 작은 배가 뒤집힐까 봐 최대한 안전한 거리까지만 다가간 뒤, 선장은 메가폰을 입에 대고 소리쳤다. "잠깐 기다리시오. 곧 구조대가 올 테니까." 그러자 나룻배에 있던 두 사람—얼핏 봐서는 도무지 어느 나라 출신인지 알 수 없었다. 둘 모두 너덜너덜한 옷을 입고 얼굴은 바닷바람과 소금기에 절어 시커멓게 된 데다 머리는 산발을 하고 있었기 때문이다—은 그제야 안심했다는 듯 갑판 위에 털썩 주저앉는 것이었다.

구조된 뒤, 두 사람은 각각 자신들의 이름과 나이, 국적부터 밝혔다. 탈수와 열사병 증세로 거의 쓰러져가고 있어도, 그게 가장 중요한 절차였기 때문이다.

"박흥수. 52세. 한국. 음, 그리고 알레한드로. 25세. 과테말라." 이름을 받아 적다 말고, 구조대원은 자기도 모르게 고개를 갸우뚱했다. 과테말라라니. 그는 잠시 그 나라가 어디쯤 있는 건지 생각했지만, 곧 머리를 흔들었다. 어차피 세상 모든 나라의 이름을 다 알 수는 없는 법이니까. 그럴 필요도 없고 말이다.

얼마 뒤 알레한드로와 박홍수는 동해 시내에 있는 의료센터로 옮겨졌다. 혹시 아무도 알 수 없는 의문의 전염병 등에 감염됐을 가능성을 고려하여, 머리부터 발끝까지 방역복으로 몸을 감싼 요원들이 그들을 이송했다. 물론 처음부터 그렇게 철저하게 그들이 격리됐던 것은 아니다. 어차피 그들이 외계 행성에서 미지의 바이러스를 몸에 붙이고 온 우주인도 아니고 또 그렇다고 해서 지구상에 아직까지도 밝혀지지 않은 극도로 위험한 박테리아가 숨어 있을 리도 만무하니, 굳이 그래야 할 이유가 없었던 것이다.

구조된 후 그들은 담요와 갈아입을 옷을 제공받았고, 며칠간 굶었을 것을 감안하여 삼키기 쉬운 유동식 위주의 따뜻한 식사도 대접받았다. 특히 한국인인 박홍수에게 호기심 어린 질문이 쏟아졌으나, 배려심 깊은 구조팀장 덕분에 외따로 떨어진 작은 선실에서 조용히 쉴 수 있었다. 그는 오랜만에 만나는 보송보송한 옷과 침구, 베개를 보며 눈물 흘렸다. 다시는 맛보지 못할 거라 여기던 호사였다.

"육지로 가면 병원에 가서 건강진단을 받을 겁니다. 그런 다음엔 출입국관리사무소로 가서 간단히 몇 가지 조사를 받을 거고요. 그나저나, 같이 있던 저 친구(그러면서 구조팀장은 고갯짓을 해서 알레한드로가 있는 옆 선실을 가리켰다)는 당신보다 좀 오래 걸릴지도 몰라요. 아무래도 외국인이니까. 하여간, 사정이 다 밝혀지면 당신은 고향으로 돌아갈 테고, 그리고 저 청년—과테말라에서 왔다고 했던가요?—도 자국으로 다시 돌아갈 수 있겠지요."

그러나 구조팀장은 이 말을 할 때 박홍수의 얼굴에 근심이 가득 차오르는 것을 눈치채지 못했다. 하긴, 눈치챘다 해도, 방금 전까지 망망대해에서 이리저리 떠돌다 겨우 구조된 자의 당연한 표정 정도로 여겼을지도 모르지만 말이다.

구조팀장이 문을 닫고 나가자, 박홍수는 침대에 누웠다. 앞으로 어떻게 해야 할지 고민도 하기 전에, 졸음이 밀려왔다. 그렇게 깜빡 잠이 들었을 때, 갑자기 누군가가 문을 쾅쾅 두드렸다. 여전히 대서양 한가운데를 헤매며 이제 모든 것이 끝이라고 울부짖던 악몽에 시달리다 말고, 그는 비몽사몽간에 눈을 떴다.

문득 구조됐던 건 다 꿈이고, 사실은 썩어가는 나룻배 갑판에서 서서히 죽어가고 있을지도 모른단 생각이 들었다. 하긴, 어쩌면 그게 더 말이 되는 상황일지도 모른다. 도대체 누가 믿어줄 것인가. 자기들이 거쳐온 그 기이한 경로를. 그래, 이게 꿈이라면 이대로 깨고 싶지 않다. 그는 차라리 눈을 감아버렸다. 아마 잠시 후면 거대한 파도가 이 작은 배를 덮칠 것이고 그러면 그들은 흔적도 없이 바닷속으로 사라지리라. 기다렸다는 듯 배고픈 상어 떼가 무리 지어 나타날 테고, 그렇게 우리는 자연으로 돌아가는 거겠지. 박홍수는 눈을 감은 채 쓸쓸히 웃었다. 평생 바다에서 살아왔으니, 그것도 그리 나쁜 결말은 아닐지도 모른다.

하지만 문이 열리고 웅성대는 소리, 방역용 합성수지 의복의 부스럭거리는 소리 등등이 들려오더니, 마치 우주인 같은 복장을 한 사람들 서넛이 안으로 들어오는 것이 아닌가. 그들은 만져서는 안 될 생물을 만지기라도 하듯 조심스럽게 그를 깨웠다. "일어나세요, 박홍수 씨. 당신들은 동해에 있는 도립방역의료센터 분관으로 이송될 겁니다." 그 와중에도 칠레산 대왕오징어잡이 어선에서 10여

년 넘게 일해온 박홍수는 뭔가 이상하다는 것을 느꼈다. 그는 아직도 잠이 덜 깬 웅얼대는 목소리로 물었다. "방역센터라니요? 아니, 우리가 뭔 병자라도 된다는 겁니까? 보다시피, 난 이렇게 팔팔하다고요. 그저 며칠 굶고 파도에 시달려서 좀 맛이 가긴 했지만 말이에요." 그러나 우주복 같은 걸로 온몸을 감싼 이들은 더 이상 아무 말도 하지 않았다.

그들은 자기네가 입은 것과 비슷하게 생긴 비닐 옷을 건네더니, 어서 입으라고 손짓했다. 아픈 데도 없는데 구조용 침대에 강제로 눕혀져 선실 밖으로 옮겨지며 보니, 옆방에선 알레한드로가 같은 차림으로 이송되고 있었다. 그는 불안에 떨며 박홍수에게 물었다. "지금 어디로 가는 거죠? 어떻게 된 거냐고요?" 그때 박홍수는 그저 눈짓만 보낼 수밖에 없었다. 자신도 영문을 모르겠다는 어리둥절한 얼굴로.

다행히 의료센터에서 그들은 약간의 위장병과 몇 군데의 찰과상, 기아와 갈증으로 인한 전반적인 신체 기능 저하 외에는 지극히 건강하다는 진단 결과를 얻었다. 요원들은 그제야 우주복 같은 비닐 옷을 벗었고, 그럼에도 불구하고 왠지 믿어지지 않는다는 표정으로 두 사람을, 그중에서도 특히 알레한드로를 힐끗힐끗 쳐다보는 것이었다.

여하간, 그런 오만 가지 검사와 검역을 거친 다음, 드디어 그들은 출입국관리사무소 동해출장소로 이동할 수 있게 되었다. 구조된 직후 박홍수를 통해 난민 지위를 인정받고 싶다는 의사를 내비친 알레한드로 때문이었는데, 당연한 일이지만 동해출장소에는 스페인어를 쓰는 중남미인과 대화할 수 있는 사람이 하나도 없었다. 결국 평소 중국인 이주노동자 관리를 주 업무로 삼던 직원이 난민심사관 대리로 서류를 작성하게 되었고, 통역은 그나마도 어눌하게나마 알레한드로와 의사소통을 해온, 그리고 누구보다도 저간의 사정을 잘 알고 있을 박홍수가 맡게 되었다.

─〈녹취록〉(작성자: 출입국관리사무소 동해출장소 난민심사관 대리)

안녕하십니까, 심사관님. 알레한드로에 대해 이야기하기 전, 먼저 제가 어떻게 해서 그를 만났고 나룻배에 동행하게 되었는가를 설명하는 것이 필요할 듯싶습니다. 그런데 심사관님도 어쩌면 저에게 일어났던 일을 이미 들어서 알고 있을지도 모르겠네요. 남대서양의 대왕오징어 잡이 어선에서 선원 하나가 실종됐던 사건 말입니다. 얼마 전 동해 앞바다에서 천신만고 끝에 구조된 뒤 가장 먼저 한 일은 밀린 신문 기사들을 훑어보는 것이었는데, 그 사고가 지역 일간지에 보도되었던 적이 있다는 걸 알았거든요. 뭐, 중앙 일간지에 실리지 않은 건, 십분 이해합니다. 왜냐하면 제가 타고 있던 배가 비록 한국의 수산업체에 대왕오징어를 공급해오긴 했지만, 국적은 칠레로 등록되어 있었고 선주도 우리나라 사람이 아니었으니까요. 여하튼, 여길 보십시오. (그러면서 박홍수는 주머니에 소중하게 간직하고 있던 꼬깃꼬깃 접은 A4 용지를 꺼내 펼쳐 보였다. 거기엔 '원양어선에서 한국인 선원 실종. 그물 걷던 중 바다에서 사라져'라는 타이틀이 인쇄된 어느 지역신문의 한 페이지가 인쇄되어 있었다.) 그때 저는 새벽 조업 당번으로 혼자 그물을 걷고 있었는데, 그만 발을 헛디디는 바람에 그대로 풍덩 빠져버리고 말았던 겁니다. 동틀 녘이긴 하지만 여전히 어둡고 시커먼 바다에서, 내가 사라진 줄도 모르고 배는 그저 앞으로 앞으로만 나아갔지요. 물속에선 대왕오징어 서너 마리가 내 주변을 돌며 위협적으로 헤엄쳤지만, 다행히 다른 더 흥미 있는 먹잇감이 생겼는지 잠시 후 어디론가 가버리더군요. 그나마 구명조끼를 착용했던 덕분에 깊고 깊은 심해로 가라앉진 않았지만, 날이 밝고 머리 위에서 뜨거운 태양빛이 내리쬐이자 저는 서서히 정신을 잃어가기 시작했습니다. 목이 타서 죽을 지경이었지만 짠 바닷물을 들이켜는 순간 그대로 황천길이라는 걸 알았기에 그저 신의 가호로 누군가가 지나가기만을 기다리며 그 넓고 넓은 망망대해에서 둥둥 떠 있는 수밖에 없었던 것입니다. 심사관님, 그래서 드리는 말씀인데, 이 친구는 정말 제 생명의 은인입니다. 그러니 부디 너그러운 마음으로 여기서 살아갈 수 있게 도와주면 안 될까요? (박흥수는 이렇게 말하며 옆에 앉아 초조한 듯 볼펜을 만지작거리던 알레한드로를 가리켰다. 심사관 대리는, 타자를 치다 말고 고개를 들어 과테말라 청년을 한 번 바라봤고, 사무적인 어조로 차분하게 대답했다. "그건 제가 혼자서 판단할 일이 아닙니다. 구조된 뒤 밀린 신문부터 훑어봤다니 잘 알겠지만, 요즘 이런 문제들로 세상이 워낙 시끄러워야지요. 여하튼, 박 선생님의 의견은 잘 참고할 터이니, 하던 이야기나 계속해주길 바랍니다." 그러면서 심사관 대리가 자기가 무슨 얘길 하는지 알겠냐는 듯 눈짓을 하자, 박흥수는 힘없이 고개를 끄덕였다.) 어쨌든 바로 그때였습니다. 저 멀리 수평선에서 마치 신기루처럼 나룻배 한 척이 나타난 것은 말입니다. 그 배엔 과테말라 출신 형제인 알레한드로와 마누엘이 타고 있었습니다. 자비심 많은 그 형제는, 아니 정확히는 형인 알레한드로는—왜냐하면 그때 이미 동생인 마누엘은 죽어가고 있었기 때문입니다—물 위에 떠 있는 나를 발견하고는, 곧장 노를 저어 왔습니다. 그러고는 자기들도 며칠간 먹지 못해 기운이라곤 하나도 없는 상태였으면서도 아무런 망설임 없이 있는 힘을 다해 배 위로 끌어 올려주었던 것입니다. 아, 이런. 동생 얘기가 나오니 벌써부터 알레한드로의 눈에 눈물이 고이기 시작하는군요. (박흥수 역시 자기도 모르게 흐르는 눈물을 닦으며, 앞에 놓인 티슈 케이스에서 화장지 한 장을 뽑아 울고 있던 알레한드로에게 내밀었다.) 그렇습니다. 지금부터 하는 얘긴 배 위에서 몇 날 며칠 대서양을 헤매는 와중에, 알레한드로에게 띄엄띄엄 들은 것들입니다. 따라서 지명이라든가 시간, 혹은 사건의 선후 관계가 헷갈릴지도 모르니, 그 점에 대하여 미리 양해를 구하고자 합니다. 물론 처음부터 알레한드로는 자기에게 일어난 모든 일을 한 점의 거짓이나 꾸밈도 없이 있는 그대로 솔직하게 들려주었지만, 그 사연을 이렇게 심사관님께 옮기는 과정에서 아무래도 약간의 착오나 실수가 없을 순 없으니까요. 어쨌든, 제가 들은 바로는, 알레한드로와 마누엘 형제는 과테말라시티에서 태어났습니다. 잘 아시겠지만, 그곳은 중앙아메리카 최대의 도시이며 '작은 파리'라는 별칭으로 불릴 만큼 관광지로도 이름을 날리는, 과테말라의 주도이자 수도인 곳이지요. (참, 여기서 덧붙일 말은, 제가 형제의 나룻배에 구조되기 전부터 그 도시를 알고 있던 건 아니라는 사실입니다. 다만 얼마 전 방역센터에서 온갖 검사를 다 받으며 몇 날 며칠을 보낼 때, 병원 1층에 있던 공용 컴퓨터로 이것저것 검색해본 뒤 알게 되었을 뿐이라는 거지요.) 그런데 과테말라시티가 이름난 관광지이자 크고 아름다운 도시라는 것을 아는 이는 많아도, 그곳 외곽 어딘가에 세계 최대의 쓰레기 산이 있다는 것을 아는 사람들은 아마 별로 없을 듯싶습니다. 저 역시 당연히 몰랐고 말입니다. 여하간, 쓰레기 산은, 말 그대로 쓰레기로 뒤덮인 거대한 산입니다. 더 정확히 표현하자면, 산이 쓰레기로 덮인 게 아니라 쓰레기들이 쌓여서 킬리만자로나 에베레스트 같은 높은 산이 된 것이지요. 거기서 알레한드로와 마누엘은 돈이 될 만한 쓰레기들, 예를 들어 구리 선이나 철 쪼가리, 혹은 누군가가 실수로 잃어버린 반지, 목걸이 등등을 찾아 하루 종일 돌아다녔다고 합니다. 사실 심사관님도 구글에서 검색해보면 아시겠지만, 그곳은 거의 쓰레기 지옥 같은 장소입니다. 온갖 더러운 것들로부터 썩은 물이 흘러나와 강을 이루고, 사람들은 그 물을 허우적대며 건너서 산을 기어오르니까요. 그들은 피부병, 호흡기 질환, 이질성 설사 등 온갖 질병에 시달리면서도 절대 그 산을 등질 수 없습니다. 왜냐하면 저녁에 집으로 가져갈 빵을 마련할 길이 그것밖엔 없기 때문입니다. 그러나 알레한드로와 마누엘은 결국 그 산을 떠나게 되는데요, 그건 어느 날 과테말라시티에 내린 큰비로 그 거대한 쓰레기 산이 무너져 내렸던 탓입니다. 그때 수십 명의 사람들이 쓰레기 더미에 깔려 죽는 걸 본 형제는, 늦기 전에 이곳을 뜨자고 결심했고, 그간 모은 돈을 여비 삼아 국경을 넘기로 작정했던 것입니다. 그들은 멕시코를 거쳐 미국으로 들어갈 계획을 세웠습니다. 그리고 적어도 그때까진 그게 어느 정도 실현 가능성 있는 일로 보였던 거지요. 하지만 청천벽력 같은 일이 그들 형제에게 닥쳤습니다. 생각지도 못한 높디높은 장벽이, 멕시코와 미국 사이의 국경에 세워졌으니까요. 브로커의 도움을 받아 몰래 국경을 넘던 사람들이 찜통 같은 차에 방치된 채 열사병으로 죽는 걸 본 알레한드로와 마누엘은, 드디어 최종적인 결론에 도달하게 됩니다. 그들은 멕시코로 들어가 동쪽으로 걷고 또 걸은 끝에 유카탄반도의 어느 작은 어촌 마을에 도달했고, 거기서 가진 돈을 거의 다 털어 나룻배 한 척을 구입했습니다. 그래도 남은 아주 약간의 돈으로, 알레한드로는 마을 입구 가게에서 몇 병의 생수와 소금에 절인 고기 한 덩이를 샀던 것입니다. 네, 이제는 짐작하시겠지요? 그들이 어떤 식으로 국경을 넘으려 했던 건지를 말입니다. 형제는 잠도 자지 않고 둘이서 열심히 교대로 노를 저어 플로리다의 어느 해안에 몰래 닿으려는 계획을 세웠습니다. 의외로 많은 어부들이 그런 방법을 써서 미국 땅을 밟곤 한다는 소문을 들었기에, 형제의 심장은 기대감으로 쿵쿵 뛰었습니다. 그리하여 곧 둘은 노를 저어 바다로 나아갔던 거지요. 그러나 운명이란 꿈을 가진 사람들에겐 무척이나 불친절한 법인가 봅니다. 알레한드로와 마누엘이 탄 배가 갑작스러운 풍랑을 만나 먼바다로 떠내려간 걸 보면 말입니다. 형제는 죽을힘을 다해 노를 저어댔지만, 미친 듯 날뛰는 파도 앞에선 속수무책이었습니다. 노를 저으면 저을수록, 배는 점점 더 해안으로부터 멀어졌으니까요. 결국 넓디넓은 대서양 한가운데서 미아 신세가 된 데다 가지고 있던 물과 식량마저 다 떨어진 형제는 수면 아래 낮게 떠가는 바다거북을 잡아 그 피를 마시고, 질기고 비릿한 살코기를 뜯어 먹으며 버티게 되었습니다. 그렇게 며칠이 지났을까, 처음엔 하루, 이틀, 사흘, 나흘, 닷새, 이런 식으로 날짜를 셌지만, 언제부턴가는 그것마저 포기한 채, 낮에는 쏟아지는 뜨거운 태양 아래서 서서히 정신을 잃어갔고 밤엔 추위와 공포에 떨며 바다 위를 떠다니던 형제들 가까이로 배가 지나갔습니다. 그것도 한 척이 아니라 꽤 여러 척의 배가 연달아 지나갔던 것이지요. 그중엔 거대한 고래잡이배도 있었고, 냉동 고등어와 대구를 잔뜩 실은 어선도 있었으며, 멀리 중동 지방에서 출항한 게 확실한 검고 커다란 유조선도 있었다고 합니다. 그러나 그들 중 어느 누구도 애타게 손을 흔들며 구조를 요청하는 형제를 구해주려고 하지 않았어요. 결국 마누엘은 너무나 절망하여 바다로 뛰어들었고, 알레한드로가 가까스로 건져냈을 때 그는 이미 죽은 거나 마찬가지인 상태가 되어 있었던 겁니다. "만약 그때 당신을 발견하지 않았더라면, 나 역시 같은 선택을 했을지 모릅니다." 이건 이 청년이(그러면서 박홍수는 옆에 앉아 있던 알레한드로를 가리켰다) 구명조끼 하나에 의지한 채 떠다니던 저를 구해준 얼마 뒤 한 얘깁니다. "누군가를 살려야 한다는 의지가, 결국 나 자신도 살아가게 하는 힘이 되는 것 같거든요." 알레한드로는 또 이렇게도 중얼거렸지요. 배 위에서 저는 그가 나눠준 바다거북의 피를 마시고 그 고기를 뜯어 먹었습니다. 그런데 어떻게, 그 머나먼 대서양 한가운데서 이곳 동해 바다로 오게 되었냐고요? 좋습니다. 그럼 이제부터 그 얘길 들려드리지요. 저 역시 이 이야기의 가장 중요한 포인트가 바로 그 부분이라고 생각하고 있었으니까요. 헌데 심사관님은 혹시 버뮤다 삼각 해역이란 곳을 알고 있습니까? 한때 그곳에선 툭하면 비행기나 배가 흔적도 없이 사라지곤 했지요. 덕분에 그 기이한 삼각형 지역에 대하여는 항시 괴상하고도 음산한 소문들이 떠돌았고 말입니다. 정처 없이 바다 위를 헤매던 우리의 나룻배가 그 미스터리한 바다 위에 도달했다는 것을 가장 먼저 깨달은 사람은 저였습니다. 원양어선 선원이었던 제게 나침반이 하나 있었기 때문인데요, 그걸로 말하자면 심해 2만 미터 깊이에서도 깨지지 않고 물도 새지 않는다는 최고급 방수 다기능 시계 겸용 나침반이었던 겁니다. 그날도 갈증과 기아에 시달리며 대체 우리가 어디쯤 있는 건지 알고 싶어 손목에 차고 있던 나침반을 본 순간, 저는 그곳이 바로 그 악명 높은 해역이라는 걸 알았고, 공포에 떨기 시작했습니다. 거기가 얼마나 무서운 곳인가 하면, 원양어선들도 될 수 있으면—기름값이 두 배로 들더라도—그곳을 지나지 않고 빙 돌아가는 항로를 택하곤 하는 걸 보면 알 수 있지 않습니까. 그러나 제가 그 사실을 알려줬을 때 알레한드로는 별로 놀라지도 않고 그저 쓸쓸히 웃을 뿐이었습니다. 그는 "어딜 가나 다 똑같아요. 그렇지 않나요?" 이런 말을 힘없이 중얼거리더니, 갑판에 누워 미동도 않는 동생을 바라보며 멍하니 앉아 있었습니다. 그때만 해도 난 이 청년이 마침내 머리가 이상해졌다고 믿었고, 나라도 정신을 차리자는 굳은 결심으로 아무것도 없는 수평선을 이리저리 둘러보았던 것입니다. 그런데 정말로 이상한 건, 버뮤다 해역을 이루는 삼각형의 무게중심에 해당하는 지점으로 가까워질수록 주변의 모든 풍광이 너무나도 기묘하게 변해가기 시작했다는 사실입니다. 그건 마치…… 바로 이곳이야말로 모든 것을 빨아들여 사라지게 하는 '마의 삼각 해역'임을 몸소 보여주려는 바다의 몸짓 같았다고나 할까요. 하늘은 맑고 구름 한 점 없는데도 그 점으로 가까이 갈수록 파도는 내 키보다도 높이 쳤고 어디선가 수만 볼트의 전압이 흐르는 전선 수십만 개가 뒤엉킨 송전탑에서나 날 법한 웅웅대는 소리들이 들려와 점점 머리가 아파왔습니다. 돌아보니 알레한드로 역시 괴로운 듯 자기 머리칼을 쥐어뜯고 있었습니다. 아아, 그때였습니다. 문득 눈앞의 풍경 전체가 둘로 갈라지기 시작한 건 말입니다. 뭐라고요? 풍경이 어떻게 둘로 갈라지냐고요? 글쎄요. 제가 그 이유를 어찌 알겠습니까. 다만 한 가지 확실한 것은, 지금까지 우리가 보고 있던 수평선과 하늘, 이런 것들이 이차원적인 평면으로 돌변하더니—어떤 거대한 손이 바다 풍경이 그려진 캔버스를 찢기라도 하듯—모든 게 반으로 쫙 쪼개지더라, 이겁니다. 두려움에 눈을 감고 있다 살짝 떠보니, 우리가 탄 나룻배가 빙글빙글 돌며 그 반으로 갈라진 시퍼런 풍경 사이로 빨려들고 있었습니다. 누가 먼저랄 것도 없이 나와 알레한드로는 비명을 질렀지요. 그러나 그것도 잠시, 우린 둘 다 의식을 잃고 말았습니다. 마지막으로 본 건 불쌍한 마누엘, 알레한드로의 하나뿐인 동생의 몸이 멀리 진공같이 텅 빈 공간으로 튕겨져 날아가는 장면이었습니다. 나는 "잘 있게나. 그동안 고마웠어"라고 이 세계에 작별을 고했습니다. 그간 살아온 슬프고도 힘든 나날들, 혹은 그 와중에 아주 잠깐 기쁘기도 했던 순간들이 빠르게 눈앞을 스쳐 지나가더군요. 후회할 것도 더 이상 남아 있지 않은, 길면 길다고 볼 수도 있는, 그러나 역시 생각해보면 너무나 짧은 50여 년의 세월이었습니다. 하지만 불행인지 다행인지, 삶은 그렇게 쉽게 끝나는 것이 아니었습니다. 누군가가 흔들어 깨우는 소리에 눈을 떠보니, 알레한드로가 나를 내려다보고 있지 뭡니까. 처음엔 그곳이 저세상이라 여겼고, 그래서 저는 빙긋이 미소 지었습니다. "자넬 여기서도 또 만나는군"이라고 중얼거리면서 말입니다. 하지만 내 말에 그가 고개를 세게 저었습니다. 그러더니 멀리 수평선 어딘가를 가리키더군요. 난 가까스로 몸을 일으킨 뒤 최대한 눈을 찡그리고 그곳을 바라봤습니다. 보기에도 웅장하고 화려한 유람선이 유유히 바다를 가로지르고 있었습니다. 우린 이럴 때를 위해 소중히 간직해온, 비닐에 싸서 배 밑에 잘 묶어두었던 손전등을 꺼냈고, 그걸 이용하여 구조 신호를 보냈습니다. 알레한드로는 열심히 두 팔을 휘저었고요. 배가 서서히 다가오고, 드높은 뱃전에서 선장이 메가폰으로 방송하는 소릴 들으며, 그제야 나는—도무지 믿어지진 않지만—우리가 한국 영해에 들어왔다는 걸 알았습니다.

"이제 살았어!" 영문도 모른 채 눈만 굴리고 있던 알레한드로에게 저는 이렇게 외쳤습니다. 그러고는 서로 부둥켜안고 엉엉 소리 내어 울었던 거지요.

심사관님, 저의 이야기는, 아니 알레한드로 청년의 이야기는 여기서 끝입니다. 물론 믿지 못할 수도 있다는 걸 잘 압니다. 대서양 연안의 버뮤다 삼각 해역에서 이렇게 갑자기 한국의 동해에 나타날 수 있단 말인가. 혹시 이자들이 거짓말을 하는 것은 아닌가. 이런 의혹이 지금 심사관님의 머릿속을 가득 채우고 있겠지요. 그런데, 왜 그런 일이 일어났는지, 그 연유는 저희들 역시 알지 못합니다. 신의 자비가—그날 버뮤다 해상의 중심에서 막막하기만 한 풍경을 둘로 찢던 그 보이지 않는 거대한 손 말입니다—우릴 이곳으로 실어 온 건지, 아니면 이 모든 것은 사후에 꾸는 꿈이고 나와 알레한드로는 대왕오징어의 밥이 되어 죽어가고 있는 건지, 그 누가 알겠습니까. 하지만 그렇다고 해서, 오직 다른 이들의 신뢰만을 얻기 위하여, 실제로 겪은 기이하고 말도 안 되는 일 대신 개연성 있고 현실적이며 어느 정도 말이 되는 가짜 경험을 들려드릴 순 없는 노릇 아니겠습니까. 그러니 부디 현명한 판단을 내려주시어, 제 생명의 은인이자 갈 곳 없는 불행한 존재인 알레한드로에게 이곳에서 마음 편히 살아갈 수 있는 권리를 선사해주길, 간곡히 요청하는 바입니다.

난민심사관 대리는 미친 듯이 타자를 치느라 아픈 팔을 주무르며 종이컵에 든 커피를 한 모금 마셨다. 그는 박홍수의 말이 믿어지지 않았다. 하긴 이런 이야길 믿는다면, 그게 더 이상한 일일지도 모른다. 그러면서도 한편으론 박홍수와 과테말라 출신 청년인 알레한드로가 겪은 기괴한 모험이 진실이라고 생각되는 것을 어쩔 수 없었다. 그 역시 어린 시절 '버뮤다 삼각 해역의 비밀' 따위의 기기묘묘한 이야기들을 자주 읽었고, 그렇기에 그런 신비로운 일이 일어나지 않으리라 굳이 단정하기가 못내 싫었기 때문이다. 게다가 무엇보다도 그는 알레한드로가 겪은 고난에 신경이 쓰였다. 웬만해선 그 청년에게 기회를 주고 싶었고, 그럼으로써 수년 전부터 지고 있던 마음의 짐을 조금이나마 내려놓고 싶기도 했다.

출입국관리사무소 동해출장소에 근무하면서, 그는 시 경찰과 합동으로 항구 인근 여인숙을 여러 번 급습했다. 거기서 찾아낸 불법 체류자들(대부분은 중국인이었지만, 간혹 몽골인이나 러시아인이 섞여 있을 때도 있었다)을 배에 태워 본국으로 보낼 때마다 업무를 마쳤다는 후련함보다는 뭐라 말할 수 없는 울적함에 시달려왔기에, 이번만큼은 좀 다르게 일을 처리해보고 싶은 작은 욕심마저 생겨났던 것이다.

마침내 그는 '승인'이라고 새겨진 도장을 꺼내 들었고, 그걸 서류에 눌러 찍기 위해 인주 뚜껑을 열었다. 그러나 그 직전, 그러니까 인주가 잔뜩 묻은 도장을 들고 파일을 열기 직전, 책상 위에 놓인 전화벨이 요란스레 울렸다. 어쩔 수 없이 도장을 내려놓고 전화를 받은 그의 목소리가 차차 낮고 어둡게 변해갔다. 모르는 사람이 들었으면 슬픈 목소리라고 여길 정도였다.

"예, 그럼요. 알고 있지요. 요즘 분위기……. 알겠습니다. 일단은 보류하도록 하겠습니다." 이렇게 대답하고 그는 힘없이 수화기를 내려놨다. 기대감에 가득 차 기다리고 있을 알레한드로의 얼굴, 그를 위해 열심히 저간의 사정을 설명하던 박홍수의 검고 주름진 얼굴이 동시에 떠올랐다. 그러나 어쩔 수 없는 일이었다. 어떻게 소문을 들었는지, 벌써 출장소 앞엔 꽤 여러 명의 사람들이 나타나 플래카드, 피켓 등을 들고 있었다. 그들은 불안과 의혹에 빠져 있었고, 알레한드로라는 낯선 청년이 거짓말을 하고 있다고 믿었다. 하지만 그런 이들을 어떻게 설득할 수 있을까. 사람은 누구나 자기와 다른 존재 앞에서 공포와 두려움을 느낀다. 끔찍하고도 기괴한 외계인에 관한 수많은 괴담, 영화, 소설 들이 그걸 말해주고 있지 않은가.

결국 알레한드로의 난민 인정 신청은 거부당하고 말았다. 어깨를 축 늘어뜨리고 문을 나서는 과테말라 청년에게 심사관 대리가 다가와 낮게 속삭였다. "너무 실망하지 말아요. 아직 이의신청 절차가 남아 있기도 하고…… 어떻게든 살 수 있는 길이 열릴 테니까요. 희망을 가지라고요." 그러나 알레한드로는 천천히 고개를 저었다. 그는 이 모든 것이 소용없는 일로 여겨졌다. 생각해보니, 과테말라시티의 쓰레기 산 인근에서 태어났다는 것 자체가 이후의 모든 운명을 예고하는 전조나 마찬가지였던 것이다. 지구 위 어딜 가도, 그리고 만에 하나 이곳, 생전 처음 발을 딛는 아시아의 낯선 땅에서 살아갈 수 있게 된다 해도, 그는 영원히 거대한 쓰레기 산과 그 사이를 휘감으며 흐르는 폭포수 같은 썩은 물에서 벗어나지 못하리라. 어떻게 보면 그가 쓰레기 산에서 살았던 게 아니라, 쓰레기 산이 그의 내부에 단단히 자리 잡고 있는 걸지도 몰랐다.

알레한드로는 대기실의 딱딱하고 차가운 플라스틱 의자에 털썩 주저앉았다. 밖에선 시끄러운 소리가 들려오고 있었다. 그의 이야기를 믿어주지 않는 수많은 사람들. 그는 그들 안에 단단히 자리 잡고 있는 건 무엇일지 궁금했다.

　그때 박홍수가 저쪽 복도에서 황급히 달려왔다. 그는 대기실로 들어오자마자 두리번거리며 사방을 둘러봤다. "알레한드로, 이러고 있을 때가 아니야! 우리 얘기가 텔레비전에 나오고 있다고." 구석에서 찾은 리모컨을 눌러 벽에 걸린 텔레비전을 켜자, 여러 명의 사람들이 둥근 테이블 같은 데에 둘러앉아 알레한드로로서는 전혀 알아들을 수 없는 이야기를 심각하게—그러나 동시에 뭐가 그리 재미있는지 신나게 웃기도 하면서—나누고 있었다. 박홍수의 말에 의하면, 그 사람들은 각계각층의 전문가들인데, 그들이 어떻게 해서 그 머나먼 대서양 연안에서 이곳 동해 앞바다에 나타날 수 있었는가를 두고 열띤 토론을 벌이고 있다는 것이다. 그중 재야 지질학자라는 한 남자의 의견이 알레한드로와 박홍수는 물론, 그 자리에 있던 방청객들 및 토론을 시청하던 수많은 사람들의 주의를 끌었는데, 그 요점을 정리하자면 다음과 같다.

　"그러니까 제 얘기는 이겁니다. 버뮤다와 이곳 동해 앞바다 사이에 일종의 공간 이동 통로 같은 게 열리고 말았다는 거지요. 그리고 이 모든 사태의 배후엔 동아시아입자물리연구소 측의 책임이 가장 크다고 보면 될 테고요. 그들이 동해 어딘가 해저 깊은 곳에 위험하고도 강력한 블랙홀 발생 시설—그저 최초의 우주가 어떤 모습이었는지 연구한다는, 그런 비실용적인 이유로 말입니다. 아니, 도대체 그걸 왜 알아야 하지요? 최초의 우주는커녕 우린 아직도 현재의 우주, 지구 내부의 비밀, 심해의 신비, 아니 더 나아가서는 인간 그 자

체 또는 자기 자신조차도 제대로 파악하지 못하고 있는데 말입니다
─을 만들었으니까요. 아마 여러분도 기억하겠지만, 그 괴상한 실
험 기계를 해저에 설치하기로 했을 때 얼마나 많은 사람들이 반대
했습니까? 하지만 대부분의 학자들은 그게 절대로 블랙홀을 만들지
않을 거라 장담했고, 만약 만들어진다 해도 10~25초도 안 되는 짧
은 시간 사이에 저절로 사라져버릴 테니 안심하라며 자기들 주장을
밀어붙였던 거지요. 그렇지만 그때 나는 분명히 경고했습니다. 설
령 그 기계─전문적인 용어로는 '거대강입자가속기'라 불리는 건데
요─가 블랙홀을 만들어내진 않는다 해도. 환태평양조산대에서 멀
지 않은 동해에 그런 시설이 들어서는 것은 섶을 지고 불로 뛰어드
는 거나 마찬가지인 끔찍하고도 위험한 행위라고 말입니다. 환태평
양⋯⋯, 불의 고리. 언제 열릴지 모르는 지구의 가장 깊은 곳. 강입
자가속기는 그것을 가동하는 데 필요한 수억 볼트의 전압으로 불의
고리를 강력하게 흔들고 만 겁니다. 덕분에 그 안, 수십만 킬로미터
에 달하는 지구 내부로 실체를 알 수 없는 신비한 통로가 열린 거고
요. 그렇습니다. 그 입구 중 하나가 아마도 버뮤다 삼각 해역에 오픈
되었을 테고, 알레한드로인가 하는 과테말라 난민이 거길 통해 우리
나라 동해에 나타나게 된 것입니다. 그런데 여러분, 더 놀라운 사실
이 뭔지 압니까? 그런 문, 통로로 들어가는 입구가, 분명 버뮤다 한
곳에만 열린 게 아니리라는 겁니다. 아직 우린 모르고 있지만, 그곳
만 지난다면 동해 앞바다로 올 수 있는 수많은 문들이 지금쯤 지구
곳곳에 오픈돼 있지 않을까요? 지질학자로서, 나는 그것을 확신합
니다. 방송이 끝난 뒤 검색해보면 알겠지만(그리고 인터넷 서점에서《환

태평양 조산대의 비밀》이라는 책을 주문한 뒤 읽어보면 더 자세히 알게 되겠지만), 제가 평생 연구해온 분야가 바로 그거니까요. 여하튼 중요한 것은, 앞으로 그 수백 수천 개의 통로를 통해 셀 수도 없이 많은 사람들이 동해 앞바다에 나타나게 될 거란 사실입니다. 따라서 이제 우린 결정해야 합니다. 그들을 받아들이고 이부자리와 보송보송한 옷과 따뜻한 식사를 제공할 것인지 아니면 지금이라도 강입자가속기를 정지시킨 뒤 그 기묘한 기계를 완전히 파괴함으로써 불의 고리에 열린 저 문(그러면서 그 재야 지질학자는 마치 버뮤다-동해 사이에 열린 통로가 바로 가까이에 있기라도 한 듯 뒤를 돌아보았다)을 닫아버릴 것인지를 말입니다."

남자의 얘기가 끝나자, 방청객들이 앞에 놓인 버튼을 눌러 찬성, 반대를 표시하기 시작했다. 통로를 닫느냐, 아니면 이 기이한 기적을 받아들이느냐를 두고 각자의 의견을 보여주는 시간이었다. 물론 지질학자의 주장, 버뮤다에서 동해에 이르는 공간 이동 통로가 열렸다는, 어떻게 보면 앞뒤가 맞지 않는 황당한 이야기를 사람들이 믿었다는 건 아니다. 그러니까 이 모든 건 그저 일종의 재미, 시청자들을 위한 약간의 스릴감 넘치는 서비스 같은 것일 뿐이었다.

"자, 이제 결과를 공개하겠습니다." 사회자가 외치자, 녹화장 정면의 전광판에서 LED 등이 명멸하며 온갖 숫자들이 번쩍였다. 알레한드로와 박홍수 역시 고개를 길게 빼고 벽 위쪽에 걸린 텔레비전을 응시했다.

그러나 결국 그들은 찬성하는 사람이 몇 명인지, 반대하는 사람들은 또 몇 명인지를 알지 못하고 말았다. 화면이 갑자기 바뀌며 '뉴스

속보'라는 네 글자가 떠올랐기 때문이다. 당황하여 말을 더듬는 아나운서의 이야기를 들어볼 것도 없이. 박홍수는 대체 무슨 일이 일어나고 있는 건지 바로 알아차렸다.

42인치 고화질 텔레비전에 비춰진 건 그들이 수 주 전 도달했던 동해의 푸른 바다와 하늘이었다. 고요하고 잔잔한 수면 위론 어울리지 않게도 끊임없이 회오리가 일었고, 거기에서 돛조차 없는 나룻배라든가 뗏목, 곧 가라앉을 듯한 낡고 조그만 어선, 조악하기 그지없는 고무보트 같은 것들이 수평선을 가득 메운 채 천천히 해안으로 다가오고 있었다.

장강명

현수동 빵집 삼국지

1975년 서울에서 태어나 연세대학교 공과대학을 졸업했다. 2011년 장편소설 《표백》으로 한겨레문학상을 받으며 등단했다. 《동아일보》 사회부 · 정치부 · 산업부 기자로 일하며 이달의기자상, 관훈언론상, 씨티대한민국언론인상 대상 등을 받았다. 장편소설 《표백》《뤼미에르 피플》《열광금지, 에바로드》《호모도미난스》《한국이 싫어서》《그믐, 또는 당신이 세계를 기억하는 방식》《댓글부대》《우리의 소원은 전쟁》, 에세이 《5년 만에 신혼여행》, 논픽션 《당선, 합격, 계급》 등을 펴냈다. 수림문학상, 제주4 · 3평화문학상, 문학동네 작가상, 문학동네 젊은작가상, 오늘의 작가상 등을 받았다. 뮤지션 요조와 팟캐스트 〈책, 이게 뭐라고〉를 진행 중이다.

한강 남쪽에서 서강대교를 타고 밤섬을 지나 북으로 올라가면 처음 나오는 교차로가 하중동사거리다. '하중동'이라는 이름이 강河과 연관이 있다든가, 아랫下마을이라는 의미에서 온 게 아닐까 짐작할 수도 있겠지만 실제로는 하례할 하賀 자를 쓴다.

하중동사거리는 반듯한 십자 모양이 아니다. 남북으로 이어진 도로가 하늘에서 내려다봤을 때 이십 도가량 시계 방향으로 돌아가 있다. 그 도로를 따라 한 블록을 더 북으로 올라가면 지하철 6호선 광흥창역이 나온다.

길 모양이 이렇기 때문에 근처 주거 구역도 반듯한 직사각형이 아니라 평행사변형 또는 사다리꼴 형태다. 하중동사거리에서 동쪽으로 불과 백 미터 떨어진 곳에 구수동사거리가 있다. 하중동과 구수동은 교차로 이름에만 쓰이는 옛 명칭이며, 주민들은 이 동네를 뭉뚱그려 현수동이라고 부른다. 하중동사거리와 구수동사거리 남쪽 작은 삼각형 모양의 땅은 공원으로 쓰고 있는데, 낮에는 찾는 사람이 없지만 아침에는 동네 노인들을 대상으로 한 체조 강좌가 열린다.

현수동 남쪽은 오랫동안 홍수 피해를 자주 입는 낙후 지역이었으나, 2000년 즈음부터 재개발이 진행되며 고층 아파트들이 섬처럼 생겨났다. 탑처럼 솟은 아파트들은 한강을 내려다볼 수 있도록 강변을 따라 지어졌다. 강남에 집을 마련할 정도로 부유하지는 않지만, 경기도로 밀려나지는 않아도 되는 젊은 부부들이 그 아파트에 입주했다.

아파트 주민들은 아침에 강변에서 일어나 구수동사거리와 하중동사거리를 거쳐 광흥창역으로 갔다. 거기서 지하철이나 버스를 타고 출근하거나 등교했다. 저녁에는 반대 방향으로 걸어 집으로 갔다. 그 경로를 따라 상점들이 생겼다. 그것은 작은 돈의 법칙이었다. 구수동사거리 북동쪽으로는 대형 마트가 들어섰다. 그것은 큰돈의 법칙이었다.

하은의 어머니가 운영하는 베이커리 점포는 구수동사거리 남서쪽에 있었다. P 프랜차이즈 빵집 매장이었다. 주방과 매장을 합해 열여덟 평이었고, 커피를 마실 수 있는 테이블이 네 개 있었다.

대형 마트에도 입구에 마트가 자체적으로 운영하는 빵집이 있었다. 이 주에 한 번 마트가 쉬면 하은의 가게 매출이 삼십만 원씩 올랐다. 마트가 매장을 리뉴얼하며 빵집을 없앴을 때 하은은 어머니에게 농을 던졌다.

이제 우리 월 구백씩 더 들어오겠네. 사장님 차 바꿔도 되겠네? 하은의 어머니가 모는 소형차에서는 가끔 바닥에서 금속으로 된 물체가 굴러다니는 기분 나쁜 소리가 났다.

그럴 리가 있냐. 근처에 빵집 하나 곧 생길걸. 어머니가 말했다. 그것은 그녀가 몸으로 터득한 법칙이었다. 그리고 돈이 들어오면 빚을 먼저 갚아야지.

어머니가 옳았다. 매장을 점검하러 들른 프랜차이즈 본사의 영업 담당 대리가 하중동사거리 북동쪽에 B 프랜차이즈 빵집이 들어설 예정이라고 말해주었다. 지하철역에 보다 가깝고, 버스 정류장 바로 앞인 자리였다.

새로 생긴 프랜차이즈예요. 여러 나라 전통 빵을 흉내 낸 제품을 팔아요. 자기네 빵들은 발효 빵이라고 홍보하는데 우습죠. 발효 안 한 빵이 어디 있다고. 본사 대리가 설명했다.

브랜드는 약해도 목이 좋네. 초반에는 손님 좀 뺏기겠다. 어머니가 미간을 찌푸렸다.

출근길 손님은 우리가 갖고 퇴근길 손님은 저기서 갖고, 그렇게 나눠 가지면 좋겠네. 하은은 그렇게 말했다가 어머니에게 혼이 났다.

나눠 갖긴 뭘 나눠 가져. 처음부터 확 밟아줘야 돼.

전쟁이죠, 전쟁. 그래도 사장님 걱정 마세요. 저희가 빵빵하게 행사 지원해드릴게요. B 프랜차이즈가 새로 생긴 곳이라 판매 노하우가 없어요. 본사 대리가 말했다.

그들은 그렇게 각오를 다졌다. 정작 도로 건너 자기들 가게 바로 맞은편, 구수동사거리 북서쪽에도 새 빵집이 들어온다는 사실을 그때까지는 몰랐다. 그 자리에 빵집이 들어설 거라고는 미처 예상하지 못했다.

맞은편 빵집이 먼저 문을 열고 이틀 뒤에 B 프랜차이즈 빵집이 영업을 개시했다.

하중동사거리에서 구수동사거리까지, 백 미터 길이의 거리에서 빵집 세 곳이 경쟁을 벌이게 된 것이었다. 게다가 맞은편 가게는 이전까지 하은의 어머니도, P 프랜차이즈의 본사 대리도 본 적이 없는 형태의 빵집이었다.

　그 자리에는 오랫동안 문방구가 있었다. 네다섯 평쯤 되는 작은 공간이었다. 문방구가 나간 뒤에는 세탁 전문점이 들어왔다가 나가고, 약국이 들어왔고, 다음에는 만둣집, 그리고 전자 담배, 최근까지는 휴대폰 할인 매장이 있었다. 뜨내기들이 한철 장사하고 떠나는 자리였다.

　너무 작아서 사람들이 무시하지 않을라나 모르겠네. 가게 자리를 처음 봤을 때 순임은 남편에게 그렇게 말했다. 여기를 권리금까지 주고 들어가야 하나요, 라는 말은 입 밖에 내지 않았다. 그들 부부는 사십 년 동안 여러 동네에서 빵을 만들어 팔았는데 이 가게가 가장 작았다.

　남편은 마음이 급해 빵을 먼저 팔고 보름 뒤에야 아크릴 간판을 달았다. 빵을 사줄 사람들이 사는 아파트의 명칭을 그대로 가게 이름으로 삼았다. '힐스테이트 베이커리.' 간판을 걸기 전에는 색종이에 붉은색 매직펜으로 쓴 홍보 문구들이 가게 유리창에 붙어 있었다. 딸이 혀를 차며 적어준 글이었다.

　방부제를 넣지 않아 많이 먹어도 더부룩하지 않고 빵 트림이 나지 않는 빵.

　좋은 재료로 직접 반죽하고 구워서 아이들이 좋아해요. 아토피 걱정 無(남편은 옆에 '우유는 서울우유, 땅콩버터는 미제 스키피만 씀'이라고 적어야 한다고 고집을 부렸다).

　제빵 경력 오십 년. 대한과자협회 부회장, 관악구 과자협회장 역임.

그들은 치즈가 들어간 빵이나 음료는 팔지 않았다. 대신 저렴한 가격으로 승부를 걸었다. 크루아상이 세 개 천 원, 유기농 밀로 만든 모닝빵은 열 개에 삼천 원이었다. 단팥빵, 크림빵, 소보로빵, 찹쌀도넛은 개당 오백 원, 슈크림 빵은 칠백 원이었고, 국산 찹쌀 꽈배기와 아몬드 크림 도넛은 천 원씩이었다. 그래도 어떤 사람들, 특히 젊은 이들은 개인 빵집을 끝내 꺼렸다. 순임의 남편은 요즘 것들은 빵 맛을 모른다며 화를 냈다.

빵 너무 싸게 판다고 앞집에서 항의하는 거 아닐까 모르겠네. 순임이 문득 생각났다는 듯이 말했다. 빵 값을 그렇게 받으면 하나 팔아서 이문이 얼마 남겠어요, 라는 말은 입 밖에 내지 않았다. 그놈들보다 크기를 조금 작게 만들면서 더 싸고 맛있게 만들어야지. 남편이 대꾸했다. 내가 그놈들 아주 쫓아내버릴 거야.

다시 빵을 굽게 되자 남편은 십 년은 젊어진 것 같았다. 순임은 그런 남편의 모습이 좋았다. 평생을 오븐과 튀김기 옆에서 사느라 화상 흉터가 가득한 남편의 몸이 좋았다. 딸을 임신 중일 때 남편이 가스 사고로 크게 다친 적도 있었다. 당시에는 전기가 아니라 가스를 사용하는 제빵 기계들이 많았다. 그때는 남편 얼굴도, 머리카락도 홀랑 다 타버리는 바람에 앞으로 대머리와 살아야 하는 건가 잠시 고민하기도 했다.

남편은 여전히 머리숱이 많고 눈썹도 짙었다. 키가 크고 눈이 부리부리한 남편을 보고 진 해크먼과 닮았다고 한 손님도 있었다. 그 손님은 얼굴이 작고 귀염성 있게 생긴 순임에게는 오드리 헵번 같다고 했다. 키는 백오십 센티미터도 되지 않지만, 허리가 꼿꼿한 순임이 있는 듯 없는 듯 구석에 서서 그런 얼굴로 미소를 짓고 있으면 사람이 아니라 커다란 인형처럼 보였다. 그녀는 손님이 빵을 다 고를 때까지 조용히 기다리다가 딱 맞는 시점에 봉투를 들고 손님 곁에 다가갔다.

이거 아주 맛있어요. 우리 아저씨가 직접 만들었어요. 순임은 매번 그렇게 말하며 빵을 봉투에 담았다. 집게를 든 손도, 봉투 입구를 벌리는 손도 미세하게 떨렸다. 몇 년 전부터 그 떨림은 멈출 수가 없었다.

조금씩 단골이 생겼다. 손님들이 빵 너무 맛있다고, 과자만 먹던 아이들이 이 집 빵을 먹고 피부가 깨끗해졌다고, 두 분 장사하는 모습이 보기 좋다고 말하면 순임은 헤헤헤, 웃기만 했다. 맞장구를 치거나 뽐내지는 않았다. 방정을 부리면 금방 불행한 일이 닥칠 것 같아 두려웠다.

그녀는 자신들이 마분지로 만든 배를 타고 강을 건너고 있다고 생각했다. 무사히 강기슭에 이를 가능성은 거의 없었다.

어머니와 아버지가 프랜차이즈 빵집을 연다고 했을 때, 주영은 언젠가는 두 사람이 자기를 가게로 부를 것임을 알았다. 그러나 여름에 있을 지방직 9급 시험일까지는 기다려줄 줄 알았다. 그리고 자신을 부를 때에는 '공무원시험 언제까지 준비할 거냐'라든가 '동사무소 직원보다 빵집 주인이 더 낫지 않으냐'는 식으로 운을 띄우리라 예상했다. 그런 질문에 어떻게 방어할지도 궁리했다.

실제로 벌어진 일은 그런 예상과는 전혀 달랐다. 부모님이 주영에게 빵집으로 나와 일하라는 말을 한 것은 가게 문을 정식으로 연 당일 오후였다. 어머니는 주영에게 전화를 걸어 이렇게 말했다.

네가 우리 가족 맞냐?

그러고는 바로 전화를 끊어버렸다. 대체 뭔 소리야, 싶어 가게로 나갔더니 MD라고 하는 프랜차이즈 본사 직원이 환한 웃음을 지으며 주영을 맞았다.

아, 따님이시군요! 이거 입으시고 일단 여기서 트레이를 닦아주세요. 네? 주영은 얼떨떨해하며 MD가 건네는 앞치마와 모자를 받았다. 그때부터 다섯 시간 동안 쉬지 않고 고객이 사용한 접시의 빵가루를 행주로 훔치고 거기에 새 기름종이를 깔았다. 오후 아홉 시가 되어서야 주방에 숨어 겨우 저녁으로 빵을 몇 조각 먹고 화장실도 다녀올 수 있었다.

매장은 사람들로 북적였다. 개장 기념으로 식빵을 반값에 팔고, 어떤 제품을 사든지 아메리카노를 한 잔 무료로 제공하는 행사를 벌이는 중이었다. 프랜차이즈 본사에서 나온 지원 인력들이 손님을 맞고 질문에 답변하고 카드를 받고 계산을 했다. 아버지와 어머니는 하인들처럼 겁먹은 눈으로 예, 예, 굽실거리며 지원 인력들의 지시에 따랐다.

주영의 아버지와 어머니는 카드 결제조차 제대로 하지 못했다. 빵에는 바코드가 없었다. 제품이 어느 카테고리에 속하는지, 이름이 뭔지를 전부 외워야 단말기에 가격을 입력할 수 있었다. 아버지는 단말기 옆에서 빵을 봉투에 담으며 로프, 캉파뉴, 치아바타, 푸가스 같은 낯선 이름들을 외우려 애썼다.

어머니는 아무 도움도 주지 못하면서 가게에 들어온 손님들을 졸 졸 따라다녔다. 주영은 밤에 커피 내리는 법과 과일주스 만드는 법 을 배웠다.

첫째 날은 새벽 한 시에 문을 닫았다. 주영의 가족은 그날 밤 아무 도 잠을 제대로 이루지 못했다. 너무 배가 고파 남은 빵을 허겁지겁 입에 넣은 탓이기도 했고 낮의 흥분이 가시지 않은 탓이기도 했다. 세 시간을 자고 일어나 다시 가게에 나갈 준비를 했다. 아침 일곱 시 에 본사 인력들이 오기로 했기 때문이었다.

전날 가게 문을 닫을 때까지 하루 종일 서서 웃는 얼굴로 손님을 상대하던 MD는 조금도 흐트러지지 않고 같은 차림, 같은 표정으로 제시간에 나타났다. 몇 시간 자지도 못했을 텐데 어쩜 그렇게 쌩쌩 해요, 우리 가족은 아주 정신이 없는데. 주영의 어머니는 MD를 칭 찬했다가 되레 면박을 들었다. 어머, 사장님, 벌써 못 따라오시면 안 돼요. 빵 장사가 원래 잠을 못 자요.

빵 장사가 왜 잠을 못 자는지 주영은 곧 이해하게 됐다. 아침에는 빵을 사러 오는 사람들이 많았고, 밤에는 빵을 한 번에 많이 사는 손 님들이 띄엄띄엄 왔다. 밤이면 야근이나 회식을 마치고 지친 사람들 이 탄수화물에 끌리기도 했고, 할인하는 떨이 상품이 많기도 했다. 술에 취해 얼큰해진 아저씨들이 아내나 아이들에게 주려고 호기롭 게 케이크를 사가기도 했다.

프랜차이즈에는 온갖 규정이 있었고, 아침에는 몇 시에 문을 열라 는 규정도 있었으나, 가게를 몇 시에 닫으라는 규정은 없었다. 오후 열 시가 넘으면 주영은 녹초가 되어 오늘은 새벽 한 시 전에 집에 들어갈 수 있을지 없을지만 생각했다. 가게를 정리할 즈음 문을 밀고 들어와 "여기 몇 시까지 해요?"라고 묻는 사람이 없기를 빌었다. 끝나는 시간을 가게 입구에 적어두자는 주영의 제안을 아버지와 어머니는 받아들이지 않았다.

손님이 뜸해지면 밖으로 나가서 구수동사거리의 두 빵집이 문을 닫았는지 살피고 왔다. 지하철과 버스 막차 승객들이 자기들 가게에서 빵을 사지 못하면 아파트 단지로 가는 길에 그 빵집들에 들를 거라고 믿었기 때문이다. 주영은 간혹 돌을 던져 그 가게들의 간판 조명을 깨뜨리고 싶다는 충동을 느꼈다.

자신들의 가게가 목이 좋기 때문에, 문을 닫는 시각은 오히려 자신들이 정할 수 없음을 주영은 깨달았다. 목이 좋다는 것이 덫이고 함정이었다.

하은 모녀의 가게 매출은 과거의 절반 아래로 뚝 떨어졌다. 완제품과 조리 빵 고객은 B 프랜차이즈 매장에, 식사 빵 고객은 힐스테이트 베이커리에 뺏겼다. 사람들은 날이 더워지면 빵을 먹지 않았다. 여름이 오자 결국 적자가 났다.

세 빵집이 모두 식빵을 경쟁적으로 할인하는 바람에 함께 죽는 싸움이 되어버렸다. 사람들은 집에 식빵이 남으면 빵집을 찾는 일 자체를 꺼린다. 더구나 식빵은 만드는 데 시간이 오래 걸리고 이윤도 박하다. 그렇다고 다른 두 곳이 식빵을 반값에 파는데 먼저 할인을 거둘 수도 없는 노릇이었다.

끝까지 버티는 사람이 이기는 싸움이라고 하은의 어머니는 말했다. B 프랜차이즈의 빵들이 새로워 보이는 것은 이름 때문이지, 맛이 새로운 건 아니다. 가격도 비싸다. 사람들이 익숙해지면 B 프랜차이즈의 인기도 시들해질 것이라고 그녀는 주장했다.

힐스테이트 베이커리는 도저히 지속할 수 없는 방식으로 가게를 운영하고 있다. 아르바이트생을 쓰지 않는 박리다매 주제에 빵을 반죽부터 직접 만들고 잼과 마요네즈도 수제다. 할아버지는 아침부터 밤까지 주방에서 일하고 할머니가 종일 혼자 손님을 맞는다는 얘긴데, 저렇게 해서는 몸이 견디질 못한다.

하은은 어머니의 말이 옳다고 생각했다. 그러나 자신들이 최후의 승자가 될 수 있을지는 확신이 서지 않았다. 이곳 주민들은 B 프랜차이즈 빵보다 하은네 가게 빵에 더 질려 있을 테고, 자신과 어머니의 체력 역시 소진되고 있었다. 하은의 어머니는 스트레스로 대상포진에 걸렸다.

그들은 근무 체제를 삼교대에서 이교대로 바꾸면서 아르바이트생을 한 명 줄였다. 그때까지 정해진 시간 없이 수시로 나와 가게를 관리하던 어머니가 아침과 낮을 맡고, 하은이 오후와 저녁을 맡았다. 하은은 초조하게 문을 열었다 닫았다 하며 근무시간을 지켰다. 문을 열어놓으면 행인들이 빵 냄새를 맡고 무심결에 매장에 들어온다고 그녀는 믿었다.

어느 날부터 손님들이 빵에 왜 곰팡이가 안 생기느냐고 묻기 시작했다.

네? 그게 무슨 말씀이세요?

프랜차이즈 빵은 방부제가 들어가서 곰팡이가 안 슨다고 그러던

데 …… 저쪽 빵집에서.

에이, 요즘 누가 빵에 방부제를 넣어요. 그리고 빵은 원래 두고 먹는 게 아니에요. 오래 드실 빵은 냉동실에 넣으시면 돼요.

처음 몇 번은 그렇게 얼버무렸으나 나중에는 대응 전략을 바꿨다. 모녀는 상의 끝에 대꾸할 말을 정했다.

그거 순 거짓말이에요. 우리 손님 중 한 분이 저 집 식빵이랑 우리 식빵이랑 사서 같이 뒀는데, 똑같은 날 곰팡이가 피더래요. 이름도 없는 빵집에서 퍼뜨리는 엉터리 얘기예요.

상대가 먼저 없는 이야기를 지어내는데 어쩌란 말인가. 모녀는 속으로 변명했다. 그들은 그렇게 말을 꾸며냈다. 매장만 보지 말고 주방을 봐라, 그 집 주방이 그렇게 지저분하다, 그 프랜차이즈는 요즘 강남에서 철수했다, 신제품이 안 나온다, 젊은 유학파 사장이 무리하게 사업 확장하다가 자금난을 겪는 중이다…… 모녀는 악인이 아니었으므로 그런 이야기를 한 뒤에는 죄책감에 시달렸다.

그들은 몇몇 빵은 재고가 남으면 하루 더 팔기로 했다. 생지를 받아 매장에서 굽는 빵에는 유통기한이 따로 없었다. 본사는 당일 생산 당일 판매 원칙을 강조했지만, 빵은 그리 쉽게 상하는 물건이 아니었다. 점주들 사이에서는 빵 위에 눈가루를 뿌려주거나 포장을 다시 하거나 크림을 보충해 식감을 부드럽게 만드는 요령이 공공연하게 퍼져 있었다. 실은 본사도 그런 실태를 알면서 모른 척한다고 하은은 생각했다.

하루는 가게를 정리할 시간에 어머니가 와서 진열대를 둘러보고는 빵을 몇 개 골라 주방으로 가지고 들어갔다. 하은이 따라갔더니 어머니가 모카 빵 사이에 생크림을 넣고 있었다.

엄마, 그건 아니다. 그 빵 이틀 된 거야. 이틀은 안 돼.

너 진짜 까다롭다. 내가 빵 장사가 몇 년인데. 이 빵은 괜찮아.

괜찮긴 뭐가 괜찮아. 그렇게 하면 손님들이 다 알아.

들고 와서 항의할 정도는 아냐.

그렇게 손님 떨어져 나간다고. 그런 손님은 앞집 망해도 여기 안 온다고. 여기 맛없다고 찍힌다고.

뭐 어쩌라고? 일단 살아남아야 할 거 아냐! 어머니는 고집을 부렸다.

자동차를 타고 푸드 뱅크까지 가서 남은 빵을 기부하던 자신들이 이런 지경에 몰렸다는 사실이 하은은 믿어지지가 않았다.

생크림 케이크 예약 주문 받습니다. 엄선한 재료로 맛있게 만들어 드려요. 매장 한구석에 그런 문구를 써 붙였지만, 반년이 넘도록 케이크 주문은 없었다. 케이크 종류나 가격이 쓰여 있지 않아서이기도 했고, 그 문구 아래 붙인 사진 석 장 때문이기도 했다.

제일 왼쪽 사진에는 삼단 정사각형 케이크가 있었는데, 각층의 네 모서리마다 설탕으로 만든 장미꽃이 꽂혀 있었다. 가운데 사진은 이 단 케이크였는데, 원형으로 생긴 일 층과 하트 모양으로 생긴 이 층이 모두 레이스와 물방울 모양으로 정성스럽게 장식되어 있었다. 오른쪽 사진의 케이크는 실로 역작이었다. 돌담길 위를 날아가는 학이 멋들어지게 그려져 있었다. 장수를 기원하는 의미로 '壽福(수복)'이라는 한자도 크게 쓰여 있었다.

순임은 그 케이크들이 모두 멋있다고 생각했다. 사진들을 보면 젊은 남편이 그런 케이크 무늬를 익히기 위해 볼펜을 감아쥐고 손을 바닥에서 띄운 상태로 여러 가지 그림과 글자를 연습하던 모습이 떠올랐다. 그러나 그녀는 요즘 젊은이들이 그런 케이크를 좋아하지 않는다는 사실도 알았다. 요즘 사람들은 덜 달고, 덜 화려한 케이크를 좋아했다.

그래서 케이크 주문이 들어왔을 때 순임은 무척 놀랐다. 주문자가 교회 장로이고, 교회에서 쓸 케이크라는 설명을 듣고서야 의아한 마음이 다소 가셨다. 아직도 이런 케이크를 먹는 사람이 있구나. 신이 나서 반죽을 만지는 남편 옆에서 순임은 속으로 중얼거렸다. 남편은 자기가 만든 케이크를 먹고 너무 행복했다며 찾아와 감사 인사를 한 손님의 일화를 늘어놓았다. 이십 년 전 일이었다.

장로가 전화를 걸어와서는, 미안하지만 케이크를 교회로 가져다줄 수 없느냐고 했다. 대신에 그만큼 돈을 더 드리겠다고. 십만 원짜리 수표로 계산을 할 테니 거스름돈을 가지고 오라고도 당부했다. 순임이 케이크 상자를 들고 가게를 나섰다.

그거 OO 교회로 가는 거지요? 교차로를 건넜을 때 여름 양복을 입은 중년 신사 한 명이 순임에게 말을 걸었다. 순임이 그렇다고 하자 신사는 자기가 케이크를 주문했다며 거스름돈을 먼저 달라고 했다. 꽃을 사러 꽃집에 가야 한다면서. 케이크를 교회에 가져다주면 수표를 줄 거라면서.

꽃 살 돈을 안 들고나오셨어요? 순임이 묻자 상대는 얼굴색 하나 변하지 않고 카드로 계산하는 게 내키지 않아서 그렇다고 둘러댔다.

순임은 수표를 먼저 받아야 거스름돈을 줄 수 있다고 대꾸했다. 남자는 그러면 자기는 꽃집으로 가겠다고 말했다.

순임이 교회에 갔더니 케이크에 대해서도, 주문인에 대해서도 아는 사람은 아무도 없었다.

늙은 사람을 이렇게 이용해먹나. 순임과 남편은 허탈해하며 팔지 못한 케이크를 먹었다.

저 종이는 그만 떼요. 케이크 사는 사람은 이제 없으니까. 순임이 '생크림 케이크 예약 주문 받습니다'라는 문구를 가리키며 말했다. 내가 케이크를 만들고 싶어서 빵을 배운 건데. 남편이 투덜거렸다. 어쩌겠어요, 사람들이 사는 걸 만들어야지. 순임이 말했다. 오랫동안 자신만 알고 남편은 몰랐던 돈의 법칙이었다. 그 법칙의 아주 작은 조각이었다.

빵 가짓수도 줄여요. 우리 빵 종류가 너무 많아요. 마흔 가지나 돼요. 반으로 줄입시다. 순임이 말했다.

그러면 앞집, 옆집이랑 어떻게 경쟁을 해? 거기는 빵 종류가 백 가지도 넘는데.

어쩔 수 없지요. 우리는 우리가 잘 만드는 걸 만들어야지. 만들어놓고 안 팔린다고 무조건 싸게 파는 건 어리석은 짓이에요. 처음부터 안 만드는 게 나아.

빵을 만드는 건 난데 이것저것 만든다고 당신이 힘들 게 뭐 있어?

재료를 내가 사 오잖아요? 어떤 빵은 재료 구하기 힘들어요. 그리고 나도 좀 쉽시다. 당신이 주방에서 빵을 하루 종일 구우니까 내가 가게를 비울 수가 없잖아요. 나 요즘 무릎이 너무 아파서 병원에 가야 해요. 우리 이 가게 열 때 두 가지 약조했지요? 당신이 나한테 화내지 않고, 가게 운영은 내가 하자고 하는 대로 따르기로.

내가 케이크를 만들고 싶어서 빵을 배운 건데 그걸 못하게 하네. 남편이 같은 말을 되풀이했다. 목소리에 노기가 섞여 있었다. 마분지로 만든 배가 조금씩 젖어 들고 있었다.

주영은 B 프랜차이즈가 어떻게 손님을 꾀는지 이해했다. B 프랜차이즈의 가격 제도는 사실상 속임수였다. 할인을 받을 수 있는 방법이 어마어마하게 많았고, 전체 손님의 절반 이상이 어떤 식으로든 할인을 받아갔다.

자체 멤버십 카드와 마일리지 제도가 있었고, 은행과 신용카드사, 이동통신사와 제휴한 포인트 카드들이 있었다. 스탬프 쿠폰이 있고 모바일 쿠폰이 있었는데, 모바일 쿠폰 안에는 소셜 커머스 쿠폰이 있고 선물 쿠폰이 있었다. 그것들은 특정 상품을 구입할 때만 쓸 수 있기도 하고, 특정 시간에만 쓸 수 있기도 하고, 특정 지역에서만 쓸 수 있기도 했다. 같이 사용할 수 있는 쿠폰이 있고 그럴 수 없는 것들이 있었다.

비싼 물건을 싸게 사는 듯한 환상을 주기 위해 점원들의 노동이 동원되는 셈이었다. 프랜차이즈 본사는 매일 아침마다 다른, 복잡한 내용의 모바일 쿠폰을 뿌렸고, 사람들은 휴대폰을 들고 가게로 찾아왔다. 매장에서 그 쿠폰들을 거부할 권한은 없었다. 동시에 모든 할인 제도를 빠짐없이 외워서 제대로 응대할 수도 없었다. 주영의 부모는 당황하다가 할인 대상이 아닌 비싼 빵을 고객에게 잘못 넘기기 일쑤였다.

때로는 할인 쿠폰의 대상이 되는 제품이 매장에 없었다. 죄송하지만 이 빵은 저희 매장에는 없습니다, 라고 설명하면 아무도 납득하지 못했다. 왜 사기를 치느냐는 말을 듣지 않으면 다행이었다. 그럴 때는 울며 겨자 먹기로 다른 제품을 내어주곤 했다. 쿠폰의 설명이 불충분하거나 본사 지침이 애매한 경우도 많았다. 궁금한 점을 물어보려고 담당 부서에 전화를 걸면 늘 통화 중이었다.

장사라는 것이 무엇인지를 주영이 이해한 것은 조금 더 나중이었다. 장사는, 돈을 쓰려는 사람을 섬기는 일이었다. 그러려면 그들의 마음을 이해해야 했다.

모바일 쿠폰을 가진 사람들은 불안한 마음으로 가게에 왔다. 점원이 자신을 우습게 보지 않을지 의식하는 사람도 있고, 처리 시간이 오래 걸리면 쿠폰을 받기 싫어 꼼수를 부리는 것이라고 오해하는 사람도 있다. 고작 천 원, 이천 원을 아끼려고 이 수고를 들여야 하나, 자문하는 사람도 있다. 그럴 때 그 쿠폰은 지금 쓸 수 없다는 안내를 받으면 누구나 분하고 억울한 마음이 든다. 멀쩡한 사람도 화를 내게 만드는 시스템인 것이다. 그리고 그런 화는 고스란히 점원이 뒤집어쓴다.

가게가 버스 정류장 앞에 있다는 점도 문제였다. 계산하는 중에 기다리던 버스가 오면 빵을 계산대에 그대로 놔둔 채 나가버리는 사람이 적지 않았다. 쿠폰 처리에 시간이 오래 걸리면 뒤에 줄을 서 있던 손님들까지 우수수 떨어져 나갔다.

하루는 쿠폰으로 자신이 받아야 할 빵이 아닌 다른 빵을 받았다며 항의하는 고객 전화를 받았다. 다음번에 매장을 방문하실 때 말씀해주시면 못 받은 빵을 드리겠습니다, 라고 주영은 대답했다. 고객은 바로 가게로 찾아와, 빵은 필요 없으니 환불을 해달라고 요구했다. 주영은 그렇게 했다. 고객은 집으로 돌아가 본사에 항의 전화를 걸었다. 제대로 사과를 받지 못했다면서.

이런 경우 점장이 고객의 집을 직접 방문하는 것이 원칙이라고 했다. 주영의 아버지는 케이크를 들고 가게를 나섰다. 저도 따라갈까요, 라고 묻는 주영에게 아버지는 그러지 않는 편이 좋겠다고 대답했다. 매장으로 돌아온 아버지는 한동안 말이 없었다.

주영의 가족은 모두 말수가 줄었다. 얼굴도 점점 비굴한 인상으로 변하는 것 같았다. 그들은 겁을 집어먹었고, 손님의 눈치를 유심히 살폈다. 주영은 자기 눈동자가 점점 생기를 잃고 눈이 튀어나오는 것 같다고 생각했다. 대기업 임원이었던 아버지의 위엄이나 취미로 그림을 그렸던 어머니의 기품은 흔적도 남지 않았다.

신문이나 책을 읽은 지 오래였다. 시간이 지나고 계절이 바뀌는 것도 몰랐다. 생각은 온통 할인 제도와 그날 매상, 그리고 손님이 풍기는 분위기에 쏠려 있었다.

주영은 동굴에서 사는 물고기들을 상상했다. 빛이 없고 먹을 것이 모자란 좁은 공간에서 오래 살면서 눈이 퇴화하고 피부도 투명해진 작고 불쾌한 생물들. 불필요한 기관은 모두 버리고 오직 생존만을 추구하며 살아가는 존재들. 주영은 하중동사거리와 구수동사거리가 그런 동굴이라고 생각했다. 그들은 그 맑고 깜깜한 물속에 갇혀 있었다.

점포 매출이 너무 떨어지자 본사의 영업 담당 대리도 괴로워했다. 그 팀의 실적 역시 수도권 전체에서 꼴찌라고 했다. 프랜차이즈에서는 매장 관리 앱을 만들어 점장과 영업 담당자에게 배포했다. 그 결과 영업 담당 사원 한 사람이 관리해야 하는 매장 수가 세 배로 늘어났고, 한 매장에 들이는 시간도 줄어들었다. 대신 본사는 영업이 부진한 매장에 대해 특별팀이 집중 관리하는 프로그램을 운영한다고 밝혔다.

하은 모녀는 그 프로그램을 신청하기로 했다. 본사로부터 이벤트 상품과 서비스를 좀 더 싸게, 더 많이 제공받는 대신 매장에서 해야 할 일이 많아지는 계약이었다. 할인 행사를 열면 본사에서 도우미가 왔다. 대신 하은 모녀는 본사가 기획하는 행사를 거부할 수 없었고 제품을 선택할 수도 없었다. 본사에서는 판매 데이터를 하은 모녀와 공유하고 인기 상품도 가장 먼저 공급하겠다고 약속했다. 대신 본사 관리자들이 불시에 매장을 방문해 하은 모녀가 지시 사항을 잘 따르는지 점검할 것이었다.

그들은 매장 밖으로 그늘이 지도록 문 위에 차잉을 달았다. 그늘 아래 테이블을 설치하고 시식 코너를 만들었다. 본사가 고용한 아르바이트생이 와서 인형 탈을 쓰고 그 앞에서 춤을 추거나 행인에게 접시 위에 잘게 잘라놓은 신제품 빵을 먹게 했다. 그날 할인하는 상품도 테이블 위에 진열했다.

매장 밖에서 계산하는 건 불법이에요. 그러니까 고객께서 상품을 집으시면 매장 안으로 들어오게 유도하셔야 합니다. 그러면서 자연스럽게 매대를 둘러보고 다른 빵도 살펴보게 해주세요. 본사 매니저는 그렇게 설명했다.

그러나 고객들은 매장에 들어오려고 하지 않았다. 한참 망설이다 빵을 집어 든 행인에게 가게 안으로 들어와서 계산하셔야 한다고 하면 아아, 됐어요, 라면서 그냥 떠나기 일쑤였다. 결국에는 하은 모녀가 돈과 카드를 들고 시식 코너와 계산대 사이를 부지런히 뛰어다녔다. 두 사람 다 오래 서 있는 데에는 자신이 있다고 믿었는데 그렇게 하루 종일 뛰어다니고 나니 다리가 퉁퉁 부었다.

매장 안도 부산해졌다. 전진 배치니 중앙 배치니 하는 지시에 따라 수시로 빵 진열 순서를 바꾸고, 지시를 이행했다는 증거로 진열대를 사진으로 찍어 앱에 올려야 했다. 아르바이트생도 제빵 기사도 입이 나왔다.

본사에서는 몇 시에는 어떤 빵, 몇 시에는 어떤 빵을 구워야 한다며 굽는 순서까지 지정했다. 손님들이 시간대별로 찾는 빵이 다르므로 그때마다 갓 나온 빵을 매대에 올려놓기 위해서였다.

그렇게 몸으로 뛰어서 손님은 늘어났지만 그렇다고 이윤이 늘지는 않았다. 할인 행사용 상품들은 싸게 공급받는 만큼 싸게 팔았다. 할인하고 행사를 열면 어떻게든 그날의 지정 제품을 팔 수 있기는 했다. 그러나 할인하는 빵이 팔릴수록 기존에 잘 팔리던 빵의 매상이 줄어들었다. 팔아봤자 큰 도움이 안 되는 신상품들이 효자 제품들을 밀어내는 형국이었다.

시간이 지날수록 하은 모녀는 삼십 년 영업 노하우가 담겼다는 P 프랜차이즈 본사의 전략을 의심하게 됐다. 전국 다른 곳에서는 잘 팔리는 제품이라 해도 현수동에서는 안 팔릴 수도 있는 것 아닌가?

젊은 부부가 많고 출퇴근 시간에 손님이 몰린다는 동네 특성이 있지 않은가? 그리고 고객에게 새로 나온 빵 사진을 찍어 자기 SNS 계정에 올리게 하는 것은 우리 매장을 위한 일이 아니라 본사 제품을 홍보하기 위한 것 아닌가? 중점 관리 매장들은 사실 본사의 신제품 시험장 아닌가?

끝내 어머니도 폭발했다. 손님들이 손대려 하지 않아 파느라 너무 고생한 신제품을 다음 날 본사 매니저가 또 백 개나 가져왔을 때였다.

우리 저건 못 팔아요. 가져가요.

이건 계약 위반인데요.

계약 위반이고 뭐고, 가져가요. 이런 식으로 할 거면 그냥 이 장사 접을래요.

실랑이 끝에 매니저는 굳은 얼굴로 빵을 다시 차에 실었다. 하은의 어머니는 그날 밤까지 입을 꾹 다물고 아무 말도 하지 않았다.

아침에 남편이 짜증을 내는 일이 잦아졌다. 직장인 출근 시간이 지나고 가게에 들어가면 남편이 주방에서 머리를 내밀고 부루퉁한 목소리로 묻곤 했다.

뭐하다 이제 와?

집도 청소하고 몸도 씻고 왔죠. 장사하려면 머리는 감아야 할 거 아니에요? 순임은 일부러 쾌활하게 대답했다.

하루는 남편이 오븐에서 제때 빵틀을 꺼내지 못해 빵을 태웠다며 화를 냈다.

마누라가 늦게 오는 바람에 빵을 다 태워 먹었네. 남편이 툴툴거렸다. 반죽 밀대도 일부러 세게 내려치고 있었다.

당신이 빵을 태운 게 왜 내 탓이에요?

내가 손님 접대하느라 오븐 옆에 있지를 못하니 그렇지. 제일 바쁜 시간에.

여보, 내가 놀다 온 줄 알아요? 당신 옷 빨고 다리미로 일일이 다리느라 늦었어요. 순임이 남편의 조리복을 옷걸이에 걸며 말했다. 당신이 걸치는 가운들, 가만히 놔두면 밤새 저절로 하얘지고 빳빳해지는 줄 알죠?

옷을 당신이 빠나? 세탁기가 빨지.

밀가루 반죽이랑 계란 물이랑 초콜릿 묻은 옷이 세탁기로 빨아지는 줄 알아요? 이거 내가 다 락스로 애벌빨래를 하는 거예요. 손으로 일일이 비벼서. 그게 얼마나 힘든지 알아요? 이 옷들은 세탁소에서도 안 받아줘요. 순임은 그렇게 말하려 했으나 갑자기 목에 뭐가 걸리는 바람에 말을 절반도 하지 못했다.

여편네가 어디서 말대꾸야! 순임이 말을 마친 것으로 착각한 남편이 버럭 소리를 질렀다.

나한테 화내지 말아요! 왜 나한테 소리를 질러요? 화내지 않기로 약속했잖아요? 순임은 그렇게 말하려고 했으나 여전히 목이 막힌 채였다. 주책맞게 눈물이 한 방울 또르르 굴러떨어졌다.

순임은 그냥 가게를 나와버렸다. 딸의 집에 갈까 하는 생각을 잠시 했으나 곧 털어버렸다. 공원 벤치에 몇 분 앉아 있다가 너무 추워서 버스를 타고 근처 백화점에 갔다. 백화점 지하 매장에서 칼국수를 먹었다. 빵이 아니고, 밥도 아니고, 면을 먹은 것은 정말 오랜만이었다. 할머니가 혼자서 테이블을 하나 차지했다고 종업원이 뭐라고 하지 않을지 약간 걱정이 됐다.

칼국수를 먹고는 극장에 가서 영화를 한 편 보았다. 순임은 영화 내용을 거의 이해하지 못했다. 극장에서 나온 뒤에는 더 이상 갈 곳이 없어 집으로 돌아왔다. 남편이 집에서 자신을 기다리고 있지 않을까 기대를 조금 했으나 그렇지는 않았다. 오후에는 라디오를 들으며 시간을 보냈고, 저녁에는 거실과 방바닥을 걸레로 닦았다.

걸레질을 하면서 흥얼흥얼 노래를 불렀다. 사랑했던 그 사람 미워 미워 미워. 잊으라면 잊지요. 잊으라면 잊지요. 그까짓 것 못 잊을까 봐. 이십 년 전인가, 삼십 년 전인가 라디오에 보낸 사연이 당첨돼 전화로 이 노래를 불렀고 상으로 청소기를 받았다. 빵집 벽에 걸려 있던 전화기를 두 손으로 들고 노래했다. 남편이 옆에서 후렴구도 따라 부르고 박수도 쳐주었다. 두 사람은 빵집에서 자주 노래를 같이 불렀다. 손님이 없을 때. 젊었을 때.

추억도 죄다 빵집 추억이네. 아주 징글징글하다. 순임은 혼자 웃었다.

남편은 자정 가까운 시각에 집에 들어왔다. 순임이 남편의 외투를 받아 옷장에 걸었다. 남편이 무뚝뚝하게 굴지만 실은 자기 눈치를 살살 살피고 있음을 순임은 알았다.

남편은 케이크를 만들어 왔다. 초콜릿 케이크였고, 위에 '축 사랑'이라고 쓰여 있었다. 내가 축 생신, 축 결혼, 축 회갑은 봤어도 축 사랑은 처음 보네.

순임이 웃었다. 내가 당신을 사랑하고 당신도 나를 사랑하니까 그걸 축하하는 거지. 남편도 웃었다.

희진 엄마, 내가 너무 부려먹어서 미안해. 이제 점심 먹고 나와. 오전에는 내가 혼자 하리다. 남편이 말했다.

아니, 이제 난 안 나가요. 나 그만둘래요, 빵집. 할 만큼 한 거 같아요. 순임이 말했다.

희진이가 그러더라고요. 걔가 어렸을 때 비 오는 날 엄마가 우산들고 오는 애들이 그렇게 부럽더래요. 엄마 아빠가 학교에서 멀리 떨어지지도 않은 곳에 있으면서 우산은 한 번도 들고 오지 않는 게 그렇게 서럽더래. 그 말을 듣는데 너무 미안하더라고요. 당신도 몰랐죠?

몰랐어. 남편은 눈을 껌뻑였다.

빵 만드는 게 그렇게 좋아요?

남편은 천천히 고개를 끄덕였다. 난 빵이 좋아. 힘은 드는데 재미있어. 빵 만드는 게. 내가 자유자재로 모양이나 맛을 만들어낼 수 있잖아. 덜 달게 할 수도 있고 더 달게 할 수도 있고. 또 빵이 나오는 게 얼마나 예뻐? 빵이 당신만큼이나 예뻐, 나한테는.

그래서 오십 년이나 만들었잖아요? 이제 그만 쉽시다. 우리도 남들처럼 여름에는 물놀이도 가고 가을에는 단풍 구경도 갑시다.

남편은 대답을 피했다. 그는 속으로 다른 꿍꿍이를 하고 있었다.

주영은 심호흡을 한 뒤 문을 열고 들어갔다. 문에 달린 종이 경쾌하게 울렸다. 상대는 자신을 알아보고 몸을 멈칫했다. 주영은 조금 안도했다. 상대가 자신이 누군지 모르면 어떻게 말을 꺼내고 제 소개를 어떻게 해야 할지 고민했다.

오후 열한 시였고, 가게에는 다행히 손님이 없었다. 상대는 당황하기는 했어도 딱히 적개심을 드러내는 것 같지는 않았다.

안녕하세요.

예…… 안녕하세요.

주영은 구수동사거리의 P 프랜차이즈 빵집에 대해, 운영자들의 개인사에 대해 많은 것을 알고 있었다. 모녀가 둘이서 가게를 억척스럽게 십 년 넘게 운영했다든가, 딸이 전문대를 나왔다든가, 남편이자 아버지가 암으로 이른 나이에 세상을 떠났다든가 하는 이야기들이었다. 그러나 정작 하은의 이름을 여태까지 모르고 있었다.

가까이에서 본 하은은 주영이 상상하던 것보다 젊었다. 이십 대 초반에서 중반인 것 같았다. 어쩌면 둘의 나이가 같을지도 몰랐다. 하은은 자기네 가게가 뭐 잘못한 일이라도 있느냐고 물었고, 주영은 말씀드리고 싶은 게 있다고, 오 분만 시간을 내달라고 요청했다. 하은은 주영을 테이블로 안내했다. 불신과 경계심, 호기심이 섞인 얼굴이었다. 동시에 무척 고단해 보였다. 내 얼굴도 별반 다르지 않을 거야. 주영은 생각했다.

힐스테이트 베이커리 문 닫은 거 아시죠. 주영이 말했다.

저희는 마주 보고 있는 가게니까 당연히 알죠.

예, 그…… 다른 게 아니라, 이제 이 동네에 빵집이 저희 두 곳뿐이잖아요. 그래서 저희끼리라도 문 닫는 시간을 좀 합의하면 어떨까 해서요. 저희 프랜차이즈는 문 닫는 시간이나 생지 빵 가격은 점주

권한인데, P 프랜차이즈는 어떤가요?

저희도 그건 매장에서 각자 정하는 거예요.

그러면 저희 같이 밤 열한 시에 문 닫는 걸로 하면 어떨까요? 늦게까지 영업하기 너무 힘들지 않으세요? 저희 집 문 언제 닫는지 살피고 그러지 않으세요?

그건…… 제가 결정할 수 없고, 저희 사장님한테 여쭤봐야 할 거 같은데요.

따님 아니세요?

그렇긴 한데, 저희는 공동 운영이나 이런 게 아니고 정말 어머니가 다 결정하시거든요. 저도 월급을 받아요. 그런 식으로 거리를 두고 싶기도 하고요. 안 그러면 여기서 헤어 나올 수 없을 거 같아서.

이 일…… 좋아서 하시는 건 아니시죠?

안 해본 사람이나 파티셰니 뭐니 하면서 환상을 품는 거지, 해본 사람 중에 누가 이 장사를 좋아하겠어요.

저는 작년까지 공무원 시험 준비하다가 갑자기 불려 나와서 하게 됐거든요. 아버지가 저 가게에 퇴직금 다 털어 넣으셨어요. 저거 망하면 저희 가족은 길거리에 나가야 돼요.

저희 집이라고 다를 거 없어요. 저희는 빚도 있어요. 인테리어 공사 몇 번 했더니. 지금도 공사한 지 이 년밖에 안 됐는데 또 공사하라고 본사에서 압박 들어와요.

그래서 드리는 말씀이에요. 지금 힐스테이트 베이커리 망해서 잠깐 숨 돌릴 여유는 생겼잖아요. 잠 모자라지 않으세요? 같이 열한 시에 퇴근하면 좋지 않을까요?

그건 저희가 손해 같은데요. 그쪽 가게 생기고 저희는 아침 손님이 확 줄었어요. 그나마 밤에 오시는 손님들로 근근이 버티고 있는 건데, 아침 손님 잃고 밤에 오시는 분들까지 못 오게 하면 저희만 피해를 입는 거 아닌가요?

아침 손님들 저희가 빼앗아 간 거 아니에요. 아침마다 광흥창역 앞에 다마스 타고 와서 샌드위치 파는 젊은 부부 있는 거 모르시죠? 샌드위치를 천원, 천오백 원에 파는데 사람들이 엄청 사가요. 저희가 구청에 몇 번이나 신고했는데도 계속 와요. 그분들 말고 바퀴 달린 장바구니에 김밥 담아와서 파는 아주머니도 한 분 계세요.

그건 몰랐네요…….

빵 파는 곳도 늘었잖아요. 커피점에서도 팔고, 생과일주스 전문점에서도 베이글 샌드위치를 팔고, 지하철역 옆에 편의점도 생겼잖아요. 그 편의점에도 카페 코너가 있어서 원두커피랑 멜론 빵이랑 타르트 같은 거 팔아요.

그건 알고 있어요.

제가 보니까 답이 없더라고요, 이건. 손바닥만 한 아파트 단지 주민들 노리고 이 골목에 너도나도 들어와서 건물주들이랑 간판업자들 배만 불려주다가 열에 아홉은 만신창이가 돼서 나가는 거예요. 밤에 몇 시까지 문을 열어놓는다고 크게 달라질 게 없어요.

그 열에 아홉이 아니라 남은 하나가 되어보겠다고 이렇게 애를 쓰는 거 아닌가요.

그게 정말 우리 손에 달린 일 맞아요? 전 잘 모르겠어요. 이건 저희가 얼마나 노력하느냐의 문제가 아닌 거 같아요. 저희 집이나 이

집이나 장사 잘되면 어떻게 될 거 같으세요? 그러면 여기 장사 잘되는 곳이구나, 하고 옆에 빵집 또 생겨요. 틀림없어요. 저는 가게 망할지 안 망할지는 그냥 다 운인 거 같고요, 가게 문을 몇 시에 닫느냐, 그래서 하루에 몇 시간을 자느냐, 이건 저희가 정할 수 있는 문제 같아요. 그렇게 생각하지 않으세요?

어머니한테 한번 말씀드려볼게요. ……혹시 그쪽 전화번호를 알 수 있을까요?

이 번호예요. 어머님께서 열한 시에 문 닫는 건 절대 안 된다고 하시면 열두 시라도 괜찮아요. 아니면 월수금은 저희가 열한 시에 문을 닫고, 화목토는 이 집에서 열한 시에 문을 닫고, 일요일에는 다 같이 열한 시에 닫을 수도 있어요.

월수금 화목토 좋네요. 일요일은 다 같이 일찍 닫든지 아니면 양쪽 다 늦게까지 열든지.

네, 어차피 일요일 밤에 빵 사러 오는 사람은 없으니까요. 어머니한테 잘 말씀드려주세요. 부탁드립니다.

가게로 돌아오는 길에 주영은 낯선 흥분을 느꼈다. 학생, 공시생, 직원이던 그녀가 스스로의 판단으로 경쟁 가게를 찾아가 협상하고 담판을 지은 것이다. 부모님의 가게는 망하거나 간신히 연명하는 정도겠지만 그녀는 이 일을 계기로 조금 다른 사람이 된 것 같았다. 나쁘지 않았다.

상대가 밖에서 심호흡하는 모습이 보였다. 문이 열리자 짤그랑, 하고 종소리가 났다.

하은은 상대가 누구인지 전부터 알고 있었지만, 이 상황에서 아는 척을 해야 하는지 그러지 말아야 하는지 헷갈렸다. 그래서 부자연스럽게 손님을 맞았다.

오후 열한 시였고, 가게에는 다른 손님이 없었다.

부부는 우물쭈물하면서 계산대로 걸어왔다. 그동안 우리 때문에 고생 많이 했지요? 떠나기 전에 인사나 한번 드리려고 왔어요. 인상 좋은 할머니가 말했다. 하은이 대꾸를 못하자 할머니가 말을 이었다. 이제 우리는 장사 접고 쉬려고요. 여행도 다니고, 문화센터도 나가고.

아니요. 저희야말로…… 죄송합니다. 하은은 고개를 숙이면서 도리어 못마땅한 마음이 일었다. 이런 상황을 연출하는 의도가 뭐람. 자기들 가게가 망한 게 우리 탓인가. 그랬다가 자신이 퍼뜨렸던 거짓말이 떠올라 정신이 번쩍 들었다. 설마 이제 와서 그걸 따지러 온건 아니겠지.

여기 빵은 뭐가 맛있습니까? 불화 속 사천왕을 닮은 할아버지가 물었다.

신제품들이 많이 나오잖아요? 그중에 인기 있는 게 뭡니까? 궁금해서요. 할아버지는 짙은 회색 중절모를 쓰고 있었다.

하은은 당황해하며 노부부를 자리로 안내하고 빵을 몇 개 골라왔다. 하은은 지갑을 꺼내려는 할머니를 한사코 말리고 커피를 내왔다.

여기 앉으세요. 어정쩡하게 테이블 앞에 서 있던 하은을 보고 할머니가 말했다. 이번에는 하은이 한사코 괜찮다며 사양했으나 결국에는 노부부를 마주 보고 어색하게 자리에 앉게 되었다.

이건 반죽에 버터가 너무 많이 들어갔어요. 그리고 마지막에 계란 물도 너무 많이 발랐어요. 이러면 첫입에는 자극적이고 좋은데 오래 먹지를 못해요. 느글느글하니까. 빵의 깊은, 구수한 맛이 없어요. 다 먹고 나서 속도 안 좋아요. 할아버지가 일장 설교를 늘어놓았다.

이런 큰 회사에는 빵을 연구하는 사람들이 따로 있지요. 그런데 그 사람들이 뭘 연구하느냐 하면, 어떻게 하면 재료비를 덜 들일까, 어떻게 하면 빵을 빨리 굽게 할 수 있을까, 그런 걸 연구한단 말이에요. 그러다 보니 자연 재료 대신 향신료를 쓰게 되고 빵의 깊은 맛이 사라져요.

예에…… 그렇군요.

할아버지의 설교는 제빵 제과에서 빵 산업에 대한 이야기로까지 흘러갔다. 일본도 1970년대, 1980년대에는 우리처럼 대형 메이커 빵집들이 성행했지요. 하지만 국민소득이 높아지면서 그런 빵을 안 먹게 됐어요. 지금 일본에 가면 아주 작은 빵집들이 많아요. 단팥빵 만드는 빵집은 단팥빵을 아주 맛있게 만들어서 그것만 팔고, 패스트리 만드는 빵집은 패스트리만 전문적으로 만들고. 우리도 그렇게 가야 해요.

예에…….

이제 그만 일어나요. 젊은 아가씨 괴롭히지 말고. 할머니가 할아버지에게 핀잔을 줬다. 할아버지는 하고 싶은 말이 많이 남은 눈치였으나 입맛을 다시며 일어섰다. 하은은 남은 빵들을 봉투에 담아드려야 하는지 잠시 고민했다.

장사 잘하세요. 할머니가 인형처럼 웃으며 인사했다. 비아냥거리는 것으로 들리진 않았다. 그러나 애정이 담긴 말도 아니었다. 할머니가 앞으로 자신과 만날 일은 없다고 여긴다는 사실을 하은은 알았다.

노부부가 앉아 있던 자리를 돌아보니 할아버지의 중절모가 보였다. 하은이 모자를 들고 노부부를 쫓아가려 할 때, 문이 열리고 할아버지가 가게로 다시 들어왔다. 할머니는 밖에 서 있는 채로였다.

내가 모자를 거기에 두고 갔구려. 할아버지는 빠른 말투로 말했다. 그런데 내가 문득 좋은 아이디어가 하나 떠올랐는데 말이에요.

네?

여기도 기술자를 쓰지요? 기사들이 몇 시에 퇴근합니까? 다섯시? 여섯 시?

다섯 시에 퇴근하시는데요.

내가 문득 좋은 아이디어가 떠올랐는데 말이에요. 노인이 했던 말을 되풀이했다. 그러면 그 기술자가 퇴근한 다음에 내가 여기서 빵을 구우면 어떨까 싶은데. 재료는 내가 다 가져오고, 장비 사용료도 내고. 그리고 여기에 친환경 유기농 빵이라고 조그맣게 코너를 만들어서 그 빵들을 파는 거죠. 수익은 아가씨 어머님이랑 나누고. 어차피 주방을 저녁에는 쓰지 않으니 그렇게 하면 서로 좋지 않아요?

그건 안 돼요, 선생님. 하은이 말했다.

내가 기술자로 일한 빵집 사장들은 다들 나를 엄청 좋아했어요. 내가 빵을 구우면 그 집 매상이 쭉쭉 올라갔거든. 젊은 분이니까 이야기가 통할 거 같은데……

저랑 이야기가 통하고 말고의 문제가 아니라, 본사 방침 때문에 그래요. 제빵 기사분들을 저희가 고용하는 게 아니거든요. 본사 협력 업체에서 파견 나오시는 분들이세요. 저희는 본사에서 보내주는 대로 받는 거예요.

아가씨가 본사에 나를 소개하거나 추천해줄 수는 없소? 내가 제빵 경력이 오십 년이에요. 못 만드는 빵이 없어요. 빵의 달인이지.

저희 본사 기사로 일하시려면 거쳐야 하는 코스가 있거든요. 저희는 그 코스를 거친 분만 쓸 수 있어요. 아무리 제빵 경력이 길어도 안 돼요. 그리고 본사에서 허락한 빵이 아닌 다른 빵을 저희가 이 매장에서 팔 수도 없어요.

하은은 제빵 기사 교육 코스는 십 주짜리이며, 반죽을 다루는 법을 가르치지 않고, 제빵 기사 자격증은 없어도 되고, 본사도 점주도 부리기 쉬운 젊은 여성을 선호한다는 얘기는 하지 않았다. 어쨌거나 그것은 작은 돈이 정한 법칙은 아니었다.

아가씨가 할 수 있는 게 아무것도 없네요. 노인이 말했다.

정말로 아무것도 없어요, 제가 결정할 수 있는 사항은.

알았습니다. 귀찮게 해서 미안합니다.

노인은 문을 열고 가게를 나갔다.

밖에서 기다리던 할머니가 할아버지의 팔을 살짝 때리더니 중절모에 손을 뻗어 모자 위치를 바로잡아주었다. 할머니가 뭐라고 말하자 할아버지가 얼굴에 주름살을 가득 만들며 활짝 웃었다. 할머니는 할아버지의 팔에 자기 팔을 감았다. 할아버지는 허리를 굽혀 할머니 쪽으로 귀를 가까이 댔다. 두 사람은 서로에게 뭔가를 말하며 조금씩 어둠 속으로 사라졌다.

　하은은 그들이 자기 욕을 하길 바랐다. 그렇게라도 그 대화에 끼고 싶었다. 그녀는 그 외에도 뭐라 이름 붙이기 어려운, 불편하고 속절없는 충동을 느꼈다. 오래된 것이었다.

장은진

울어 본다

1976년 광주에서 태어나 전남대학교 지리학과를 졸업했다. 2002년 《전남일보》 신춘문예에 〈동굴 속의 두 여자〉가, 2004년 《중앙일보》 신인문학상에 〈키친 실험실〉이 당선되어 등단했다. 소설집 《키친 실험실》 《빈집을 두드리다》, 장편소설 《앨리스의 생활방식》 《아무도 편지하지 않다》 《그녀의 집은 어디인가》 《날짜 없음》을 펴냈다. 문학동네 작가상을 받았다.

밤이 되면 냉장고는 자주 운다. 가끔은 크게도 운다.

깨어 있는 이 하나 없는 고요한 밤, 냉장고 우는 소리가 들릴라치면 여자는 부엌으로 나가 냉장고 문을 열고 안으로 고개를 살며시 집어넣는다. 귀를 기울이듯. 어떤 말을 전하려는 울음인지 알아보려는 듯. 하소연을 다 들어주겠다는 듯. 무슨 할 말이 그리도 많냐는 듯. 그럴 때면 냉장고 입구는 노란색 립스틱을 바른 커다란 입 같다. 그 입 속에는 다양한 이야기들이 보관되어 있다. 시간이 지나도 썩지 않는 것들이다. 그래서 늘 생생하게 팔딱대는 것들이다. 잊혀지지 않는 줄거리다.

여자는 냉장고 문을 닫고 몸통에 손바닥을 댄다. 그것이 울 때마다 손바닥이 심장처럼 뛴다. 안은 냉혹하게 차갑지만 바깥은 다정하게 따뜻하다. 여자는 생각한다. 냉장고는 따뜻한 물건일까, 차가운 물건일까. 둘 다라 한다면 그것은 냉장고의 이중성이라 해야 할까.

냉장고는 낮에도 분명 울지만 부산한 움직임과 다른 소음에 가려 잘 들리지 않는다. 아니 들으려고 하지 않는다. 집에 없으면 들을 수도 없다. 부재중이지만, 어쩌면 냉장고는 안간힘으로 낮에 더 크게 울지도 모른다. 다른 소리를 이겨보려 몸부림치면서. 그러므로 밤은 누군가의 울음을 알아차리기에도, 남한테 알리기에도 좋은 시간이다. 몰래 울기에도 좋은 때다. 하여튼 밤은 여러모로 울기 좋은 시간이다. 모든 사람들이 밤에 운다면 슬픔은 오래가지 않을 것이다. 여자는 생각한다. 눈물이 나는 건 슬퍼서일까, 기뻐서일까. 둘 다라 한다면 그것은 눈물의 이중성이라 해야 할까.

어느 순간 냉장고는 울음을 뚝 그친다. 그런데도 울음소리가 계속 들린다. 여자가 우는 소리다. 여자는 밤이 되면 자주 운다. 가끔은 크게도 운다. 자주, 그리고 크게 우는데도 아무도 나와 보는 사람이 없다. 그래서 맘 놓고 울 수 있다. 왜 우는지는 여자도 모른다. 한 가지 이유 때문인 것 같기도, 여러 가지 문제 때문인 것 같기도 하다. 여자는 이제 습관처럼 밤에 운다. 냉장고처럼.

우느라 잠이 오지 않는 스산한 밤이면 여자는 이불을 가져다 냉장고 옆에 깔고 눕는다. 보일러 온도를 높여놓아서 바닥은 뜨끈하다. 엉덩이 밑으로 손을 넣어본다. 더 따뜻해진다. 찬바람에 딸꾹질하듯 유리창이 들썩인다. 창문이 꽉 닫히지 않았는지 틈새로 바람이 들어올 때마다 귀신 흐느끼는 소리 같은 게 들린다. 무서워진 여자가 울음을 그친다. 그러자 이번에는 냉장고가 이어서 울기 시작한다. 여자는 어둠 속에서 눈을 감고 그 소리에 집중해본다. 심장박동 같아 리듬을 따라가다 보면 언제 잠들었는지도 모르게 스르르 잠에 빠지는 순간이 있다. 그러나 냉장고가 울다 멈추기를 일곱 번이나 반복했는데도 오늘 밤은 잠이 오지 않는다.

여자는 이불을 걷고 일어나 냉동고 문을 연다. 바닐라색 얼음 틀을 꺼내 양쪽으로 비튼다. 우지직. 정사각형으로 단단하게 얼려진 투명한 얼음이 여기저기서 두더지처럼 고개를 내민다. 여자는 가장 높이 솟은 얼음을 집어 입에 넣고 다시 바닥에 눕는다. 얼음은 소스라치게 차갑고, 혀에 찰싹 달라붙어서 한동안 떨어지지 않는다. 시간이 좀 흐르자 입 안에서 얼음이 부드럽게 돌아다니며 날카로웠던 각을 천천히 녹인다. 딱딱한 얼음이 이에 스치면 기분 좋은 소리가 난다. 그것은 마치 하이힐을 신고 꽁꽁 언 시멘트 바닥을 걸을 때 나는 단정한 소리와 비슷하다. 녹은 얼음물이 이 사이로 시리게 파고든다. 여름보다는 더디지만 얼음은 점점 작아져 결국 알갱이가 된다. 여자는 절대 깨물지 않고 얼음을 끝까지 녹여 먹는 버릇이 있다. 그 순간, 종잇장처럼 얇아진 얼음이 혀 위에서 스르륵 사라지고 여자의 입 안은 텅 빈다. 한 개 더 먹을까. 이상하게 여자는 여름보다 겨울이 되면 얼음 생각이 간절하게 난다. 이어 여자는 어렸을 때 냉장고에 얼린 얼음을 '얼음 사탕'이라 불렀던 기억 하나를 끄집어낸다.

여자의 집은 가난했다. 이름도 출생지도 모르는 멀리 떨어진 사람과 비교할 필요도 없이 가까운 동네 친구들과 견주어봐도 확실히 가진 게 적었다. 당시 여자가 부자와 가난을 나누는 기준은 단순했다. 부엌에 냉장고가 있느냐 없느냐. 친구들 중 냉장고가 없는 집은 여자네뿐이었다. 물론 전에도 여자는 자기 집에만 냉장고가 없다는 걸 잘 알고 있었다. 그게 창피한 일이라던가 집에 냉장고가 있다는 걸 부러워해야 할 만큼 대단한 일이라고 여기지는 않았다. 냉장고가 있으면 여름에도 음식을 신선하고 차갑게 보관할 수 있다는, 냉장고의 필요성이나 좋은 점에 대해 배워 알고는 있지만 '없음'에는 다 그럴 만한 사정이 있기 때문이라고 여겼다. 그러니까 생길 만한 이유가 생기면 자연스럽게 생기게 되리라는 것도.

집에 냉장고가 있다는 것이 부러워해야 하는 일임을 알게 된 건 초등학교에 입학하고 처음 맞는 여름방학 때였다. 날도 덥고 심심해서 여자는 첫 번째로 사귄 같은 반 친구 집으로 놀러 갔다. 초대를 받은 건 아니었고, 여름방학을 보통 어떻게 보내는지 궁금해서 기별도 없이 찾아간 길이었다. 친구 집은 낮은 슬레이트 지붕에 금방이라도 쓰러질 듯 위태로운 모습을 하고 있었다. 굳이 세간을 구경하지 않아도 어떤 형편인지 훤히 들여다보이는 그런 집이었다. 여자는 밖에서 친구의 이름을 작게 불렀다. 크게 부르면 집이 흔들릴 것만 같아서였다. 친구는 갑작스런 방문에도 싫어하거나 당황하지 않고 여자를 반갑게 맞아주었다.

외화를 좋아한다는 친구는 방에 드러누워 티브이를 보고 있던 참이었다. 한국영화나 만화영화도 아니고 외국영화를 보는 게 취미라니, 여자는 친구가 자기보다 조숙하고 어른스럽게 느껴졌다. 친구는 장롱에서 베개를 꺼내주며 같이 보자고 제안했다. 친구처럼 되고 싶어진 여자는 얼른 베개를 베고 누웠다. 아빠나 엄마 건지 베개는 평소 여자가 베던 것보다 높았고, 눕자마자 보인 건 티브이 화면이 아니라 천장이었다. 천장은 너무 낮은데다 가운데가 움푹 주저앉아 있어서 금방이라도 쏟아질 것만 같았다. 가끔 천장 위로 쥐새끼가 진짜 쥐새끼처럼 쏜살같이 지나가는 소리가 들려왔다. 여자는 자꾸 뒤로 미끄러지는 베개를 고쳐 베며 친구에게 물었다.

"아빠 베개야?"

친구는 아무렇지 않게 자기는 아빠가 없다고 말했다. 막내 동생이 엄마 배 속에서 나올 즈음 죽었다고. 그때 친구가 입에 뭔가를 집어넣고는 오물거렸다. 입술이 꿈틀거릴 때마다 예쁜 소리가 났고 양쪽 볼이 번갈아가며 볼록거렸다. 사탕인가? 하지만 친구의 입에서는 아무 냄새도 나지 않았다. 과일향이라던가 설탕 냄새 같은. 여자가 아는 친구라면 자기 집을 찾아온 동무에게 사탕 한 개쯤은 줄 수 있는 아이라고 믿었다. 그 믿음대로 친구가 곧 여자에게 물었다.

"덥니?"

여자는 응, 이라고 대답해야 할 것만 같아 그렇게 말했다. 그러자 친구가 옆에 놓인 분홍색으로 된 직사각형 틀을 여자에게 건넸다. 분홍색 틀에는 꽃모양 구멍이 숭숭 뚫려 있었고, 그 안에 반질반질한 갈색 빛깔의 무언가가 들어 있었다. 여자는 누룽지 사탕이냐고 묻고 싶었으나 묻지 않고 그냥 한 개를 꺼내 입에 넣었다. 그것은 짐작과 달리 차디찬 얼음이었다. 보리차로 얼려서 보리차 맛이 나는. 하지만 여자에게는 단맛이 나는 사탕처럼 느껴지던 놀라운 순간이었다. 여자는 영화에 집중하고 있는 친구에게 물었다.

"어디서 샀어?"

친구는 처음에는 무슨 뜻인지 모르다가 집에서 만든 거라고 말했다. 여자는 자리에서 벌떡 일어나며 물었다. 어떻게? 호기심 가득 찬 눈빛을 차마 외면할 수 없었는지 친구가 영화 보는 걸 포기하고 여자를 부엌으로 데리고 갔다. 부엌 역시 천장이 낮았다. 시커멓고 지저분한데다 어수선한 느낌까지 났다. 어두컴컴한 부엌에서 친구는 아까 것과 똑같이 생긴 꽃모양 틀에 보리차를 부었다. 그러고는 냉장고 위 칸을 열었다. 천장이 얼마나 낮은지 냉장고가 바듯하게 닿아서 문을 열 때 천장에 스치는 소리가 났다. 친구는 물이 흐르지 않게 조심하며 그 안에 틀을 넣었다. 활짝 열린 냉장고 안에서는 차고 하얀 냉기가 입김처럼 뿜어져 나오고 있었다. 친구는 여기다 물 대신 딸기 우유를 넣고 얼리면 딸기 사탕이 만들어지고 커피를 부으면 커피 사탕이 된다고 말했다. 플라스틱 막대가 꽂혀 있는 길쭉한 틀을 보여주면서 이걸로는 아이스바도 만들 수 있다고 설명해주었다. 한여름에도 차가운 얼음을 맛볼 수 있다니. 그것도 집에서. 그날 여자는 냉장고 위 칸이 하는 일에 대해 처음으로 알게 되었다. 왜 냉장고가 두 칸으로 나뉘어져 있는지를. 냉장고만 있으면 언제든 집에서 얼음을 만들어 먹을 수 있다는 사실도. 어둡고 습한 부엌에서 친구의 냉장고는 막 삶아낸 행주처럼 하얗고 깨끗하게 빛나고 있었다.

여자는 멍한 표정으로 다시 방으로 들어와 얼음을 쉴 새 없이 집어먹으며 티브이를 시청했다. 얼음은 겨울에 먹을 때와는 다른 맛이 났다. 역시 얼음은 더울 때 먹어야 하는 거란 생각이 들었다. 여자는 한 개라도 더 먹기 위해 나중에는 입에 넣자마자 딱딱한 그것을 깨물었다. 아무리 먹어도 얼음은 얼마든지 공짜로 만들어낼 수 있는 것이기에 눈치 같은 건 보이지 않았다. 여자는 얼음을 씹으면서 줄곧 그 냉장고 생각에 빠져 있었다. 아빠도 없이 엄마와 두 동생이랑 살고 있는 친구도 가지고 있는 냉장고가 우리 집에는 왜 없을까. 우리 집에는 아빠도 있고, 동생은 하나뿐인데다 천장도 낮은 집이 아닌데. 여자는 얼음 알갱이를 이리저리 굴리며 친구에게 물었다.

"너희 집은 전세야, 월세야?"

"자가."

"자가? 그게 뭔데?"

"쫓아내는 사람이 없어서 이사 안 가도 되는 집."

여자는 얼음과 함께 '자가'란 단어를 여러 번 입 안에 넣고 굴렸다. 집이 있으면 저런 어렵고 고급스러운 단어도 알게 되는구나, 어떤 단어를 아는 것조차 형편을 따르게 되는구나, 라고 여자는 생각했다. 맞는 말이었다. 경험이 있고, 경험을 한다는 건 곧 그 경험이 가리키는 단어를 익히는 과정이었다. 알던 단어라도 경험을 하게 되면 진짜 자기 단어가 되는 것이었다. '자가'란 단어는 아무리 허름해도 우습게 봐서는 안 되는 집을 의미했다. 여자는 말없이 얼음 세 덩어리를 연달아 입에 넣었다. 여자의 집은 천장이 낮지는 않지만 '월세 단칸방'이라 집주인이 나가라고 하면 언제든 비워줘야 하는 집이었다. 경험으로 알게 된 언어. 그래서 냉장고가 없었던 것일까. 여자는 친구 집처럼 천장이 한없이 낮아도 좋으니, 너무 낮아서 누워놓아도 좋으니 냉장고가 있는 집이었으면 좋겠다고 생각했다.

여자가 얼음을 먹을 수 있는 건 겨울철이었다. 겨울은 얼음이 필요한 계절은 아니었다. 차가운 걸 되도록 피하고 싶은 계절이었다. 날이 추워지고 눈이 내리면 처마 밑에는 항상 바늘처럼 뾰족한 고드름들이 길이가 다르게 매달려 있었다. 여자는 여름에는 얼음을 먹을 수 없기 때문에 춥고 차가운데도 불구하고 창밖으로 팔을 뻗어 고드름을 잡아서 분질렀다. 그러고는 밑부분을 수건으로 돌돌 감아 동생과 함께 아이스바처럼 혀로 핥아 먹었다. 여름에는 먹고 싶어도 구할 수 없는 것이기에 될 수 있는 한 양껏 먹어두어야 했다. 가끔은 수돗가로 가 고무 다라이 속에 얼어 있는 얼음을 돌멩이로 깨 대접에 한가득 담아 이불을 둘러쓰고 뜨거운 아랫목에서 깨물어 먹기도 했다. 그러면 여름에 먹는 얼음 맛을 알 수 있을 것 같았다. 겨울 얼음은 녹여 먹는 재미도 있고 맛은 좋지만, 속이 금방 얼얼해진다는 단점이 있었다. 여름이라면 시원하다고 느꼈을 차가움이었다. 여자는 얼음 녹은 물을 삼키며 생각했다. 얼음이 꽝꽝 어는 겨울 중 며칠을 끊어다 한여름 어딘가에 붙여놓을 수 있으면 좋겠다고. 해가 들면 고드름은 물방울을 뚝뚝 떨어뜨리며 천천히 녹아내렸다. 여자는 아까워서 남동생과 나란히 창틀에 엉덩이를 걸치고 앉아 입을 벌려 그 물을 받아먹기도 했다. 한번은 남동생이 찬 걸 너무 많이 먹어 배가 아픈지 인상을 쓰며 고드름이 우는 것 같다고 말했다.

친구 집에서 목격한 대로라면 냉장고만 있으면 땡볕이 내리쬐는 한여름에도 고드름을 먹을 수 있다는 얘기였다. 여자는 친구에게 양해를 구하고 얼음 세 덩이를 손에 쥐고 집으로 달려갔다. 남동생에게도 먹여주고 싶어서였다. 한여름에 먹는 달디단 고드름의 맛에 대해 알려주고 싶었다. 아랫목에서 이불을 뒤집어쓰고 먹던 얼음은 여름을 흉내 낼 뿐이었다는 걸 보여주고 싶었다. 그러나 집에 도착하기도 전에 주먹 안의 그것은 사라지고 없었다. 남동생한테 거짓말을 한 꼴이 되고 말았지만 여자는 여름방학 내내 그 친구 집에 가서 얼음을 얻어먹었다. 그냥 수돗물을 얼려 만든 얼음도 충분히 예쁘고 맛있었다. 그러나 언제까지 얼음을 구걸할 수는 없었다. 너그러운 친구는 갈 때마다 얼음을 여자에게 내주었지만 눈치가 안 보인다고 할 수는 없었다. 그런 애가 아니란 걸 알면서도 친구가 속으로 '집에 냉장고도 없는 애'라고 한 번은 해봤을 것 같았다.

'집에 냉장고가 있는 애'가 되고 싶어진 여자는 친구 집에 가는 걸 멈추고, 대신 엄마가 외출하고 없을 때 찬장에 보관해둔 반찬을 밖에 꺼내놓기 시작했다. 망을 보던 남동생이 엄마가 돌아오는 신호를 보내오면 빠른 속도로 다시 찬장에 넣어두었다. 반찬 가짓수가 몇 개 되지 않아서 시간이 많이 필요하진 않았다. 그 과정을 두세 번 반복하자 음식은 계획대로 금방 쉬어빠졌다. 여자는 아프지도 않은 배를 움켜쥐며 화장실을 들락거리는 척했다. 남동생한테도 똑같이 하라고 시켰다. 그리고 어느 날 밤 부엌에서 상을 차리던 엄마가 아빠에게 말하는 소리가 작게 들려왔다. 올해는 덥긴 덥나 봐요. 반찬이 금방 쉬네요. 냉장고 사야 할까 봐요. 여름방학이 거의 끝나갈 무렵이었다.

냉장고가 집에 들어오기로 한 날 여자는 방학 동안 얼음을 주었던 친구 집에 찾아갔다. 자랑도 하고 싶었고, 고마웠다는 말도 전하기 위해서였다. 하지만 자랑도 고마웠다는 말도 하지는 못했다. 얼음을 먹으러 가지 않았던 일주일 사이 무슨 일이 있었던 건지 친구는 다른 곳으로 이사를 가고 없었다. 천장 낮은 집은 이미 헐리고 보이지 않았다. 마치 쫓기듯 급하게 떠난 것처럼 막내 동생 것으로 보이는 멀쩡한 신발 한 짝이 버려져 있었고, 분홍색 얼음 틀은 가장자리가 깨진 채 그 옆에 놓여 있었다. 냉장고가 있던 자리였다. 여자는 흙 묻은 그 얼음 틀을 가지고 거리를 돌아다니다 어둑해질 즈음 집으로 돌아갔다.

집으로 들어서자 약속대로 부엌에 냉장고가 도착해 있었다. 그러나 그것은 친구네 집에서 보던 것과 아주 많이 달랐다. 덩치도 작았고 색깔도 누리끼리했다. 여기저기 검은 녹도 슬어 있었다. 중고 냉장고였다. 아래 칸은 자석 기능이 약해져 접촉이 잘 되지 않는 탓에 문을 닫을 때마다 불편하게 벽돌로 눌러놓아야 하는 형편이었다. 결정적으로 위 칸은 고장이 나서 작동되지 않는다고 엄마가 말했다. 여자는 그 말이 사실인지 확인하기 위해 위 칸을 열고 안을 뚫어져라 들여다봤다. 노란색 불이 들어오는 아래 칸과 달리 위쪽에서는 불도 켜지지 않았고 하얀 입김도 나오지 않았다. 여름방학 동안 여자를 괴롭혔던 날씨만큼이나 더운 온기와 퀴퀴한 냄새만 흘러나왔다. 거짓말이 아니었다. 얼음을 만들지 못하는 냉장고를 냉장고라 부를 수 있을까. 여자는 어디 가서 집에 냉장고가 있다고 말해도 되는지 알 수 없었다. 여자는 깨진 얼음 틀을 그 안에 넣고 문을 쾅, 닫았다. 그러고는 방으로 들어가 울었다. 아무도 왜 우는지에 대해 묻지 않았다. 묻는다고 해서 뭐라 대답해야 할지 여자도 알 수 없었다. 중고 냉장고는 가족 누구에게도 냉장고로 기억되지 않고, 인정받지도 못했다. 다행히 그건 3개월 후 아래 칸마저 완전히 고장 나서 첫눈이 오던 날 아빠가 리어카로 실어 고물상에 버렸다. 겨울이라 냉장고는 더 이상 필요 없었다. 얼음도.

밤이 되면 여자는 자주 잠을 못 이룬다. 가끔은 날을 꼬박 샐 때도 있다.

우느라 잠이 오지 않는 것과는 다른 느낌의 불면이다. 잠이 안 올 때는 억지로 울어보기도 한다. 우는 건 뭐라도 하고 있다는 뜻이다. 그러면 잠이 오지 않는다는 사실이 조금은 받아들여진다. 하지만 지금처럼 눈물조차 나지 않는 밤이면 긴 불면이 여자를 당혹스럽게 한다. 병이 아닐까 싶어진다. 정신과 상담을 받거나 처방전이 필요한 게 아닐까. 비슷한 나이에 엄마에게도 불면증이 있었다. 유전일까. 여자는 겁이 나서 뭐라도 해야겠다고 생각한다. 여자는 보일러 온도를 끝까지 높여놓고 맨손체조를 해본다. 보일러 돌아가는 소리가 커진다. 땀은 금방 흐른다. 하지만 피곤하거나 기진맥진해지지는 않는다. 그저 더울 뿐이다. 여자는 베란다로 나가 창문을 열어 밖으로 팔을 내민다. 금세 시원해진다. 눈은 얌전하게 내리고 있다. 얌전해서 그런지 차갑다는 느낌은 별로 들지 않는다. 소복하게 눈이 쌓인 바닥에는 발자국이 하나도 찍혀 있지 않다. 밤에는 아무도 돌아다니지 않는다는 증표이자 잠을 자야 한다는 약속이고 합의다. 여자는 세상의 합심에 잠시 시무룩해진다.

여자는 하얀 눈발 사이로 주변에 들쭉날쭉 솟아 있는 아파트를 둘러본다. 불이 켜진 곳은 없다. 딱 한 군데만 빼고. 저 멀리 처량하게 서 있는 청아아파트. 맨 왼쪽 위에서 두 번째 칸. 항상 불이 켜져 있는 곳이다. 어두워지면 잠을 자야 한다는 약속과 합의를 깬 유일한 곳. 여자는 잠이 오지 않는 밤이면 방에서 나와 그 집을 쳐다보곤 한다. 역시나 오늘도 배반하지 않고 거기는 불이 또렷하게 켜져 있다. 그 집을 보고 있으면 묘한 안도감이 든다. 자기 혼자만 잠을 못 이루고 있는 게 아니라는 위안. 자기와 비슷한 사람이 세상에 단 한 사람만 있어도 힘이 될 때가 있다. 비록 서로 얼굴은 모르더라도, 존재한다는 자체만으로도 충분히 그렇다. 동지애를 느낀 여자는 가끔 컨디션이 나아져 잠이 오더라도 불을 켜둔 채 잠자리에 든다. 저 사람도 혹시 여자가 켜둔 불빛에 안도감을 느낄지 모른다는 생각에. 불안한 마음을 추스르기 위해 한 번쯤 베란다 문을 열고 여자처럼 한밤중 불이 켜진 아파트가 있는지 애타게 찾아봤을지 몰라서. 받은 만큼 갚고 싶어서. 그것은 무언의 약속이자 의리 같은 것이다.

여자는 불면의 밤이 시작되면 저쪽을 보고 있단 사실을 알리기 위해 불을 껐다 켜보기도 한다. 하지만 저쪽은 여자의 신호를 받지 못했는지 똑같이 불을 껐다 켜지는 않는다. 그러면 많은 이야기들이 궁금해진다. 하는 일이 무엇이며, 불을 밝히고 있는 사람은 여자인지 남자인지. 그저 밤낮이 뒤바뀐 생활을 하고 있어서 밤늦게까지 불을 켜두는 것뿐인지. 아니면 여자처럼 불면증이 있는 것인지. 깊은 절망에 대해 아는지. 누군가의 갑작스러운 죽음을 겪어본 적이 있는지. 밤에 소리 죽여 울어본 적이 있는지. 얼음을 사탕이라 생각하고 맛을 본 적이 한 번이라도 있는지. 그리고…… 혹시 자신을 아는지.

체온이 떨어져 추워진다. 여자는 창문을 닫고 부엌으로 들어간다. 냉장고 옆에 이불이 깔려 있다. 여자는 책이라도 읽어볼까 한다. 재미도 없고 서사도 없어서 잠이 오게 하는. 다행히 그런 책은 그렇지 않은 책보다 훨씬 많다. 여자는 냉동실에서 얼음 한 덩이를 꺼내 입에 넣고 읽을 만한 책을 찾아들고 다시 부엌으로 간다. 잠시 걸음을 멈춰 서서 첫 페이지를 펼친다. 첫 장을 읽자마자 왜 샀지, 하고 후회했던 책이다. 하지만 오늘은 쓸모가 있을 것 같다. 세상의 모든 책들은 결국 나름의 가치를 갖고 태어난다. 여자는 냉장고에 등을 기대고 앉은 뒤 이불을 끌어다 무릎을 덮는다. 그 사이 입 안에서 돌아다니던 얼음은 녹고 없다. 얼음은 언제나 결국 사라진다. 우리를 닮았다.

재미도 없고 서사도 없는 책을 열 장이나 읽었는데도 잠이 오지 않는다. 여자는 이 책의 쓸모를 잘못 판단했다고 결론 내리고 미련 없이 덮는다. 등 뒤에서 냉장고는 징징거리며 여자의 등을 만진다. 때리는 것일까. 다독이는 것일까. 그날도 여자는 집으로 돌아와 가장 먼저 한 일이 냉장고에 등을 기대고 한참을 멍하게 서 있는 것이었다. 냉장고 우는 소리가 심장 깊숙이 파고든다. 어서 울라고 재촉하는 것도 같다. 냉장고 우는 소리에 여자도 결국 따라서 운다. 울고 나면 눈이 묵직해지거나 피로해질 것이고, 그러면 잠을 잘 수 있을 것 같아 나중에는 억지로 소리 내 운다. 여자의 등을 단단하게 받치고 있는 냉장고는 여자의 첫 냉장고다.

엄마의 첫 냉장고는 여자가 중학교 1학년 때 생겼다. 집에서 살림만 하던 엄마는 어느 날 갑자기 돈을 벌겠다고 선언했다. 혼자 버는 것보다 둘이 벌면 형편이 나아질 거란 말에 아버지는 빈말로도 말리지 않았다. 아버지는 오래전부터 엄마도 함께 일해주길 바라온 사람의 눈을 하고 미역국을 떠먹고 있었다. 그 눈빛이 서운하면서도 한편으론 오기가 생기게 한 모양이었다. 엄마는 보름 동안 악착같이 일자리를 찾아 돌아다녔고, 결국 자동차 부품 하청 공장에 취직을 했다. 아침마다 출근하는 사람이 된 엄마는 스스로를 무척이나 자랑스러워했다. 매일 피곤해하면서도 월급날을 생각하면 희한하게 모두 참아진다고 말했다.

엄마는 첫 월급을 이틀 만에 다 써버렸다. 돈을 벌면 꼭 사야 하거나 사고 싶었던 목록을 번호를 붙여가며 오십 가지나 수첩에 적어놓았는데 6번까지 해결하고 나자 월급은 한 푼도 남지 않았다. 그렇게 따지면 다음 달과 그다음 달 월급도 쓸 곳이 예약돼 있어서 며칠 만에 바닥날 게 뻔해 보였지만, 엄마는 돈을 벌어 좋은 점이 많다는 걸 알게 되었다. 남편의 눈치를 보거나 남편과 번거롭게 의견을 나누지 않고 사고 싶은 걸 살 수 있다는 것. 자식들이 원하는 걸 오랫동안 고민하지 않고 해결해줄 수 있다는 것. 엄마는 자기 힘으로 들인 물건들이 여기저기서 반짝거리는 걸 보면서 진작 일을 할걸, 하고 후회하기도 했다. 여자의 집은 엄마가 받는 월급만큼 넉넉해졌다.

엄마가 첫 월급으로 산 첫 번째 살림이 냉장고였다. 번호 1번. 중고도 아니고 덩치가 작지도 않은, 흠집 하나 없고 녹슨 데도 없는 금성 냉장고. 냉장고는 찬장이 있던 자리에 놓았다. 엄마는 자신의 첫 냉장고를 굉장히 아꼈다. 괜히 한밤중에 일어나 행주로 냉장고를 닦는다든가 잠이 안 오면 문을 활짝 열어놓고 느닷없이 냉장고 정리를 하곤 했다. 그것은 엄마에게 냉장 보관이 필요한 음식을 맘 놓고 사다둘 수 있는 즐거움을 주었고, 요리하는 재미에 빠진 엄마의 칼질 소리를 한 키 높여 놓았다. 엄마가 만든 음식은 냉장고 덕에 신선하고 맛도 훨씬 좋아졌다. 다른 집 엄마들이 그렇듯, 전기세 많이 나온다며 자주 여닫지 말라는 고리타분한 타박도 했다.

엄마는 냉장고를 사기 전, 냉장고가 생기면 미숫가루에 얼음을 동동 띄워 먹는 걸 처음으로 해보고 싶다 했고, 아버지는 수박을 차갑게 얼려서 먹고 싶다 했으며, 남동생은 물방울이 송글송글 맺힌 우유를 팩째 들고 마시고 싶다 했고, 여자는 보리차로 얼린 얼음을 먹고 싶다고 했다. 냉장고가 들어오던 날 네 식구는 그걸 한꺼번에 다 했고, 그 후로도 가끔 각자가 원하는 걸 원하는 방식으로 하면서 때론 시원하고 가끔은 차갑게 지냈다. 행복한 풍경이었다.

이상한 건 냉장고가 생기면 매일 그렇게 원하는 걸 하고 살 것 같았지만 시간이 지나자 모든 게 시시해지거나 시들해지기 시작했다는 것이었다. 여자는 얼음이 예전 친구 집에서 얻어먹었던 것만큼 맛있지 않다는 걸 느끼게 되었다. 어느 순간부터는 얼음을 얼리는 일도 귀찮아졌고, 여름에 얼음을 먹을 수 있다는 사실도 더 이상 신기하지 않았다. 얼음은 얼음일 뿐 사탕이 될 수는 없었다.

그즈음 엄마는 냉장고가 집에 어울리지 않는다는 걸 알게 되었다. 집에 비해 냉장고가 너무 크고 좋아서였다. 엄마는 냉장고에 맞는 집으로 이사를 가고 싶어 했다. 엄마는 수첩에 적어둔 남은 목록들을 모두 지우고 번호도 없이 한가운데 '집'이라고 큼지막하게 썼다. 집은 이제 엄마가 구매하고 싶은 목록 1순위가 되었고, 넓은 집으로 이사할 때까지 절약해야만 했다. 냉장고는 24시간, 사계절 내내 돌아가긴 했지만 시작처럼 풍요롭지는 않았다. 엄마는 돈을 조금이라도 더 벌기 위해 야근을 했고, 자주 피곤해했으며, 음식은 맛이 없어졌다.

그날 아침엔 특히나 여자가 반찬 투정을 심하게 했다. 도시락 반찬이 나흘째 똑같은데다 간까지 맞지 않았다. 여자는 엄마한테 화를 내며 부엌 바닥에 도시락을 내던지고 학교에 갔다. 점심은 매점에서 컵라면과 크로켓 한 개로 때웠다. 그것은 엄마가 대충 싸주는 도시락보다 훨씬 풍미가 있었다. 매일 이렇게 사먹는 것도 나쁘지 않겠다는 생각이 들었다. 그러니까 엄마가 도시락 반찬에 신경을 안 쓴다는 핑계로 인스턴트를 먹을 수 있다는 게 여자는 오히려 좋았다. 만족스러운 점심을 끝내고 매점을 막 나서는데 짝꿍이 급하게 여자를 찾아와 이상한 소식을 전해주었다.

사고의 원인은 잦은 야근과 불면증이었다. 일하다 깜빡 졸았던 게 안전사고로 이어졌다고 공장 관계자는 말했다. 짝꿍이 전해주기로는 응급실이라고 했는데, 여자가 병원에 도착했을 때 엄마는 영안실로 옮겨져 있는 상태였다. 엄마는 기름때가 덕지덕지 묻은 작업복을 입고 있었다. 체구가 작은 엄마한테는 좀 크고 갑옷처럼 무거워 보이는 옷이었다. 여자는 그날 처음 엄마가 어떤 모습으로 공장에서 일하는지 알았다. 작업 환경이 그리 좋은 공장이 아니란 사실도. 일이 많이 어렵고 힘들었겠다는 것도. 엄마의 손톱 밑에도 더러운 기름때가 잔뜩 끼어 있었다. 그 또한 여자는 처음 봤다. 그 손으로 엄마는 쌀을 씻고 열무를 다듬고 나물을 무쳤다. 여자는 엄마의 손을 잡았다. 냉장고 속을 감돌던 냉기처럼 차갑고 싸늘한 손이었다. 엄마가 마지막으로 전하고 싶은 말은 무엇이었을까. 결국 잘살라는 말이었겠지. 이것저것을 다 합해도 삶은 사는 것밖에는 아니고, 거기서 '잘'살면 성공한 거니까.

엄마를 꽁꽁 언 땅에 묻고 집으로 돌아온 여자는 목이 말라 부엌으로 갔다. 문 앞에서 여자는 자기도 모르게 멈춰 섰다. 엄마가 없는 자리에 커다란 냉장고가 우두커니 서 있었다. 냉장고를 산 지 1년 반밖에 되지 않은 시간이었다. 냉장고에 녹도 슬지 않은 시간이었다. 그것은 아무것도 모른 듯 열심히 돌아가고 있었다. 하지만 분명, 그것은 울고 있었다. 여자는 냉장고에 등을 기대고 서서 그날 부엌 바닥에 던져놓고 갔던 도시락을 먹었다. 밥은 얼음처럼 차갑고 딱딱했지만 엄마가 싸준 마지막 도시락이었다.

그러나 여자에게는 울 여유가 없었다. 아무 일도 일어나지 않은 건 아니지만 아무 일도 일어나지 않은 것처럼 생각해야 했다. 엄마가 없어 더욱 가난해졌지만 가난하지 않은 것처럼 살아야 했다. 그냥 살아가기도 아니고, '잘'살기 위해서 여자는 다음 날부터 엄마를 대신해 아침 일찍 일어나 밥을 짓고 남동생의 도시락을 쌌다. 처음에는 서툴렀지만 점점 솜씨는 나아졌고 속도도 빨라졌다. 그 속도와 함께 여자는 고등학생이 되었고 대학생이 되었다. 그 모든 게 냉장고가 있어서라고 여자는 생각했다. 그것은 여자가 부엌에서 하는 수고를 덜어주었다. 가끔은 여자가 해야 할 일을 대신해주기도 했다. 냉장고가 있어서 쉴 수도 있었다. 그래서 여자는 냉장고가 부엌을 관장하거나 관조하는 신 같다고도 생각했다. 여자는 아버지의 아침과 저녁을 차려주고 남동생의 도시락을 챙겨주는 일에 지칠 때면 냉장고에 등을 대고 서서 눈을 감고 있곤 했다. 그러면 그것은 여자를 대신해 울어주기까지 했다. 울지 않고도 운 것 같아서 여자의 속은 냉장고처럼 금방 차가워졌다. 냉정함이 필요했던 긴 시간이었다. 하는 일이 참 많은 냉장고는 그 자체가 여자에게는 하나의 부엌이었고, 세계였다. 냉장고가 있는 곳이 부엌이었고, 부엌이 없으면 냉장고가 곧 부엌이 되었다.

여자가 취직을 하고 집에서 독립했을 때 아버지가 독립 선물로 사준 것도 그 작은 부엌, 냉장고였다. 아버지가 대리점에서 직접 골랐다는 냉장고는 혼자 사는 여자에게는 굉장히 큰 용량이었다. 들어가서 지내도 될 정도로 안은 넓었다. 여자는 아버지가 일부러 큰 걸 골랐을 거라고 생각했다. 여자의 첫 냉장고가 원룸으로 들어오던 날 여자는 저녁 늦게 아버지에게 전화를 걸어 물었다. 왜 하필 냉장고냐고. 아버지가 말했다. 세탁기는 없어도 빨래가 썩거나 상하지 않지만 음식은 금방 상하는 거라 꼭 필요한 거라고. 그리고 이어 말했다. 냉장고는 엄마 같은 게 아니냐.

그렇게 말했던 아버지는 여자가 떠난 자리가 컸는지 연애를 하기 시작했다. 아버지에게도 엄마가 필요했던 것이다.

밤이 되면 여자는 자주 허기를 느낀다. 가끔은 참을 수 없을 정도로 크게도 느낀다.

그러면 달리 먹을 도리밖에 없다. 허기를 달래지 않으면 잠이 오지 않는다. 불면증을 극복하기 위해 배가 고프지 않은데도 억지로 먹을 때도 있다. 식곤증이라도 유도해보려는 노력이다. 그러나 대체로 불면증과 허기는 동시에 찾아온다. 잠이 안 와서 허기가 지는 것인지 허기 때문에 잠이 안 오는 것인지는 알 수 없으나 둘은 꼭 붙어 다니며 그렇지 않아도 무력한 여자의 밤을 괴롭힌다. 배고픔도 불면증만큼이나 고통스럽다.

창밖의 눈은 눈처럼 내리고, 보일러 돌아가는 소리와 냉장고 우는 소리가 번갈아 들린다. 양을 세듯 소리의 리듬에 맞춰 숨을 쉬어 보지만 이번에도 잠드는 건 실패다. 배고픔이 더 크기 때문일까. 울음이 터져 나올 것만 같다. 여자한테는 무엇으로든 그 입을 틀어막고 싶은 밤이다. 크게 울어도 울음을 알아차릴 사람 하나 없고, 그래서 몰래 울 필요도 없는 입장이지만 여자는 왠지 울고 싶지 않다. 오늘 밤의 울음은 패배 같기 때문이다. 여자는 결국 자리에서 벌떡 일어나 냉장고 앞으로 가 앉는다. 이불을 머리 위까지 둘러쓰고 냉장고 문을 연다. 새어나오는 노란 불빛에 여자의 눈이 잠시 찌푸려진다. 그것은 창밖의 가로등 불빛을 닮아 있다. 노란 가로등 불빛을 지나는 눈처럼, 눈은 내리지 않지만 그 안도 바깥만큼이나 차다. 그리고 바람 없이 춥다. 여자는 이불 밖으로 오른쪽 발을 내밀어 문이 닫히지 않도록 꾹 누른다. 수족냉증이 있어서 발가락 끝이 찌릿해진다.

아버지가 사준 냉장고는 듬직할 만큼 크다. 옆으로 눕히면 그것은 진짜 커다랗고 두툼한 입술 같을 것이다. 가끔은 거대한 위장 같기도 하고, 깊은 지하 동굴 같기도 하며, 작동이 간편한 단순한 상자 같기도 하다. 안은 빈 공간을 허용하지 않겠다는 의지가 보일 만큼 음식으로 가득 차 있다. 냉장고가 이보다 더 컸다면 더 많은 음식으로 채워져 있었을 것이다. 가끔은 빈틈없이 꽉꽉 채워진 냉장고를 쳐다보는 것만으로도 허기가 잠잠해질 때가 있다. 부자가 된 느낌도 든다. 반대로 냉장고가 비어 있으면 배가 고프지 않은데도 배가 고프다는 생각이 든다. 이 모든 게 다 최근에 벌어진 일이다. 여자는 사냥할 타이밍을 노리는 맹수처럼 냉장고 속 음식을 응시하며 허기가 잠잠해지기를 기다린다. 하지만 오늘 밤은 이 또한 실패다.

여자는 식빵에 마요네즈를 듬뿍 발라 입에 넣는다. 아니 틀어막는다. 조금만 늦었어도 패배할 뻔한 것을 식빵이 구해준다. 여자는 이어서 어묵 봉지를 뜯어 어묵을 롤케이크처럼 돌돌 말아 두 번 만에 베어 먹고, 귤을 까서 한입에 넣은 뒤, 딱딱하게 굳은 피자 두 조각을 겹쳐서 뜯어먹다가, 콜라 한 병을 한 번도 멈추지 않고 마시고 나서는, 청국장에 썰어 넣을 생두부를 손으로 파먹고, 날달걀을 송곳니로 구멍을 뚫어 쪽쪽 소리 내어 빨아먹는다. 마치 여자는 대결에 나선 푸드 파이터 같다. 그런데도 허기는 가시지 않는다. 그렇다고 맛으로 먹는 것도 아니다. 맛에 대해서라면 아무것도 느낄 수 없다. 그저 다 같은 맛이 난다. 이걸 먹어도 저걸 먹어도 맛이 안 나는 맛이다. 이상한 건 이렇게 한밤중에 먹는데도 살이 찌지 않는다는 것이다. 살이 찌지 않아 여자는 더 안심하고 먹게 된다. 먹은 만큼 살이 찐다면 그 핑계로라도 멈출 수 있을 텐데. 더 이상한 건 이렇게 먹는데도 냉장고는 여전히 꽉꽉 채워져 있다는 것이다. 생각보다 허기가 작은 걸까, 냉장고가 큰 걸까, 음식이 많은 걸까, 위장이 작은 걸까. 여자는 무엇 하나 줄지 않는 지금의 상황이 화수분 같아 겁이 난다. 여자는 갑자기 먹는 걸 멈춘다. 그러자 기다렸다는 듯 울음이 터지고 만다. 눈물은 아까부터 나고 있었지만 음식이 입을 틀어막고 있는 통에 여자는 울지 않았다고 착각하고 있었을 뿐이다. 눈물은 소리가 없어서 그것을 증명하려면 입이 필요하다. 입이 있어도 소리가 전해지지 않는다면 그 또한 눈물을 증명할 수가 없다. 눈물은 금방 말라버리기에. 그래서 여자는 눈물을 증명하는 또 하나의 방법을 알고 있다.

여자의 입에서 나온 울음소리가 냉장고의 커다란 입 속으로 들어간다. 늦은 밤 냉장고만이 여자의 울음을 허용한다. 그리고 알아차린다. 알아주는 존재가 있어서 울음소리는 점점 더 커진다. 커다란 냉장고 때문에 더 크게 울리는 것도 같다. 울음소리는 얼어서 눈이 되고, 가로등 불빛을 닮은 노란색 불빛을 지나 그것이 눈처럼 내린다. 여자는 점점 추워진다. 보일러가 높은 온도를 유지하며 돌아가고 있고 이불을 둘러쓰고 있는데도 몸이 덜덜 떨린다. 여자는 추워서 허기를 잊는다. 여자는 냉장고 문을 누르고 있던 발을 거두어 이불 속으로 집어넣는다. 그러자 냉장고 문이 자력에 이끌려 저절로 닫힌다. 노란 가로등이 꺼지고 눈은 보이지 않는다. 가로등이 꺼진

게 아니라 눈이 멈춘 걸까. 여자는 이불을 쓴 채 그대로 냉장고 옆에 쓰러지듯 눕는다. 방바닥은 뜨겁고 얼었던 몸이 노곤하게 녹아든다. 잠이 올 것 같은 느낌이다. B는 잠을 설친 적도 울어본 적도 없겠지. 먹고 먹어도 좀처럼 끝나지 않는 허기도.

B는 대학교 과 선배였다. 여자가 기억하는 B의 대학생 때 모습은 그리 선명하지 않았다. 활동적인 사람이 아니라서 학교생활 내내 몇 번밖에 보지 못한데다 이름만 겨우 알고 있어서 그렇게 표현할 수밖에 없었다. B는 선후배는 물론이고 동기들과도 어울리지 못했다. 선배를 대접할 줄도 후배를 챙길 줄도 몰랐다. 늘 혼자 학생 식당에서 저렴한 백반으로 끼니를 때웠고 수업도 혼자서 들었다. 전공과목 수업에도 전염병 환자처럼 동기들과 멀찍이 떨어져 구석에 앉아 있었다. 그렇다고 공부에 매진하는 것도 아니었다. 성적이 좋아 학기마다 장학금을 받는 처지는 아니란 얘기였다. 겨우 학사 경고를 면하는 수준의 학점을 받았다. 그저 어떻게든 남들 눈에 띄지 않게 조용히 지내다 졸업하는 게 목표인 사람처럼 보였다. 공부를 잘해 장학금을 받으면 그 또한 사람들한테 거슬리는 존재가 되므로 일부러 학점을 조절하는 거라고 말하는 사람도 있었다. 그래도 수업은 빠지지 않고 꼬박꼬박 출석했는데, 그걸 두고 사람들은 대리 출석해줄 친구가 없어서일 뿐이라고 소곤거렸다. 시간이 지나면 B 같은 부류에게는 소문이 무성하게 따라다니는 법이었다. B에 대한 소문은 극과 극을 오갔다. 굉장한 부잣집 아들인데 신분을 감추기 위해 사람들과의 접촉을 일부러 피하는 거라는 낭만적인 소문과 소년원 출신

이라는 어둡고 칙칙한 소문까지. B는 사람들 속에서 소문으로만 무성하게 지내다 소문처럼 무사히 대학을 졸업했다.

여자가 B를 다시 만난 건 출근하는 지하철에서였다. 지하철이 막 출발하는데 뒤에서 누군가가 어깨를 가만히 두 번 두드렸다. 고개를 돌려보니 모르는 남자가 여자를 쳐다보며 부드러운 미소를 짓고 있었다. 누구세요? 라는 여자의 한마디에 B는 자신에 대해 아주 선명하게 설명하기 시작했다. 여자는 놀란 표정을 지었다. 여자의 이름을 알고 있어서도, 먼저 여자한테 다가와 아는 척을 해서도 아니었다. 대학교 때의 B와는 전혀 다른 인상을 하고 있었기 때문이었다. 검은색 뿔테 안경을 쓴 하얀 얼굴은 스마트해 보였고, 다이어트를 혹독하게 했는지 슈트가 잘 어울리는 몸매로 바뀌어 있었다. 여자는 신분을 감춘 굉장한 부잣집 아들이란 소문이 진짜였다고 속으로 생각했다.

B는 여자보다 한 정거장 전에 탔다가 한 정거장 나중에 내렸다. B의 집은 여자보다 한 정거장 전에 있었고, 회사는 여자보다 한 정거장 다음에 있었다. 두 사람의 출근 시간과 퇴근 시간은 거의 비슷했다. 그래서 시간만 어기지 않으면, 그러니까 정해진 시간에 도착하고 출발하는 지하철을 놓치지 않으면 두 사람은 지하철이란 곳에서 매일 만날 수 있었다. B는 어느 날 출근할 때와 퇴근할 때의 지하철 칸 번호를 알려주며 거기서 기다리고 있겠다고 말했다. 말하자면 데이트였고, 자연스럽게 스며들 듯 시작된 연애였다. 여자는 매일 '거기서' B를 만났고, B는 '거기서' 매일 여자를 기다려주었다. 그리고

'거기서' 여자는 B에 대해 매일 조금씩 알아가게 되었다.

B는 굉장한 부잣집 아들도 아니었고, 그렇다고 어두운 소년원 출신도 아니었다. B는 그냥 평범한 남자일 뿐이었다. 환경에 따라 자신을 바꿀 줄 아는 사람. 학생 때는 타인의 눈치를 보지 않고 자유를 맘껏 즐기다 사회에 진출해서는 적극적으로 거기에서 요구하는 색깔에 맞추어 자신을 변화시킬 줄 아는. 자기 안에서 원하는 게 뭔지, 또 자기 바깥에서 바라는 게 뭔지 알고 스스로를 훼손하지 않는 한도 내에서 변신시키는 사람. 타인에게 피해를 끼치지 않는 범위 내에서 적당히 균형을 유지할 줄 아는 사람.

매일 출퇴근길에 이뤄지는 B와의 데이트 덕분에 여자는 징글징글했던 출퇴근길이 기다려지게 되었다. 그토록 길고 무료하게 느껴지던 지하철 안에서의 따분한 시간들이 너무도 금방 지나가버려서 집과 회사가 좀 더 멀었으면 하고 생각했다. B와의 헤어짐은 늘 아쉬웠다. 내려야 할 역이 다가와 하던 얘기가 중간에 끊기면 퇴근길 지하철이나 다음 날 출근길 지하철에서 만나 얘기를 이어갔다. 아무리 다음 얘기가 궁금해도 밤에 전화를 하지는 않았다. B의 눈을 들여다보고, 옷에서 나는 깨끗한 냄새를 맡고, 손가락을 만지작거리면서, 오감을 자극 받으며 듣는 얘기가 얼마나 달콤한지 알기 때문이었다. 보통의 연인들처럼 함께 영화를 보거나 커피숍에 앉아 있지 않더라도, 주말이 되면 교외로 굳이 드라이브를 가지 않더라도 불만이 생기지 않는, 꽤 신선하고 독특한데다 질리지 않는 데이트 코스라고 생각했다. 유리지갑 직장인에게는 더할 나위 없이 경제적인 연애이기도 했다.

어느새 여자에게 데이트는 일상이 되어 있었다. 일을 하듯. 일을 하듯, 일의 연장선 위에서 하는 데이트였기에 출근하지 않는 주말에는 데이트를 쉬고 각자가 원하는 다른 일상을 이어갔다. 미뤄두었던 빨래를 한다든가 친구를 만난다든가 하는 사적인 일들. 간혹 어느 한쪽이 야근이나 중요한 회식이 잡혀 지하철에서 만나지 못하게 될 때는 주말의 하루 정도를 평범한 연인들이 보내는 방식으로 데이트를 즐겼다. 영화를 보고 커피를 마시고 저녁을 먹은 뒤 모텔에 가는 순으로. 어쩌다 한 번쯤은 시시한 연인이 되어보는 것도 나쁘지 않았다.

그러던 어느 날, 여자는 정해진 시간에 도착한 출근길 지하철과 약속된 칸에서 B를 만나지 못했다. 그날은 지하철이 연착될 만한 사고가 있었던 것도 아니었다. 처음 있는 일이라 여자는 걱정이 되어 덜컹거리는 지하철에서 B에게 전화를 걸었다. 전화기가 꺼져 있다는 멘트가 덜컹거리며 흘러나왔다.

다행히 여자는 그날 퇴근길에 약속한 칸에서 B를 다시 만날 수 있었다. 그러나 표정이 어딘지 모르게 어두워 보였다. B는 여자한테 몇 마디 인사를 건네고는 뭔가를 심각하게 고민하는 표정으로 유리창만 오랫동안 쳐다보고 있었다. B는 끝까지 시시한 연인이 되고 싶지 않았던 걸까. 여자가 내려야 하는 역이 안내 방송에서 흘러나오길 기다렸다가 B가 말했다. 헤어지자. 여자는 그 말에 대한 대답이며 이유를 물을 시간도 얻지 못한 채 지하철에서 쫓기듯 내려야만 했다.

그에 대한 이유는 다음 날 출근길 지하철에서 들을 수밖에 없었다. 여자는 초조하게 출근 준비를 마치고 지하철을 기다렸다. 그리고 문이 열렸다. 여자는 그때까지도 B로부터 엊저녁에 들은 그 말이 지하철 데이트란 특수한 연애 방식을 노린 B의 장난이라고 생각했다. 자칫 지루해질 수 있는 데이트 패턴에 조금의 긴장감을 주려는 그의 귀엽지만 잔인한 노력이라고. 약속한 칸에 B가 고개를 숙이고 앉아 있었다. 여자는 가까이 다가가 B앞에 손잡이를 잡고 서서 물었다. 헤어지자는 말이 정말이냐고. 고개를 들어 여자를 올려다보던 B가 시선을 떨어뜨린 채 고개를 끄덕였다. 여자는 이유를 물었다. B는 오랫동안 꾸물거렸다. 그럴수록 여자는 다그쳤다. 이유를 알아야 헤어지든 말든지 할 거 아니냐며. B는 계속 꾸물거렸고, 여자가 내려야 할 역은 점차 다가오고 있었다. 말하라고! 여자는 크게 소리를 질렀다. 승객들이 동시에 여자를 쳐다봤다. 그 시선이 창피했는지 B가 마지못해 입을 열었다. 못생겨서. 그러고는 조금 있다 덧붙여 말했다. 애교도 없고. 그 말을 남기고 B는 내려야 할 역에서 내렸다. 내려야 할 역을 이미 놓쳐버린 여자는 종점까지 갔다. 회사에 지각한 여자는 그날 팀장한테 꾸중을 들어야 했다. 결국 여자의 연애의 시작은 지하철이었고, 이별도 지하철이었다.

여자는 지하철에서 더는 B를 만날 수 없었다. 일부러 다른 노선을 이용하거나 탑승 시간을 늦추거나 빨리한 거라고 여겼다. 여자는 적어도 B가 얼굴도 예쁘고 애교도 많은 여자를 만나고 있을 거란 걸 알았다. 그 여자 또한 어쩌면 지하철에서 만났을 수도 있었다. 지하철에는 여자가 많았다. 그만큼 선택의 기회도 많았다. 여자는 그중 하나였을 뿐이었다. 지하철을 이용하는 여자 중 선택이 잘못된. 돈이 들지 않는 경제적인 데이트라 그 누구와 해도 무방했을 그런 연애 기간. 경제적이라 당장 그만두어도 아깝거나 아쉬울 게 없는 그런 관계.

여자의 출퇴근길은 다시 징글징글해졌고, 여자는 집에 돌아오면 알 수 없는 허기에 시달렸다. 몸은 종종 달아올랐고, 여자는 열을 식히기 위해 냉장고에서 얼음 틀을 꺼내 무릎 위에 올려놓고 얼음을 한 개씩 집어 먹었다. 얼음을 먹고 있으면 자동으로 눈물이 났다. 얼음은 울음이었다. 분노, 미움, 원망, 증오, 억울함, 복수심 같은 온갖 복잡한 감정들이 혼합되어 만들어진 눈물이 네모진 얼음 틀 속으로 떨어져 고였다. 여자는 자신도 모르게 그렇게 B 때문에 흘린 눈물을 모았다. 여자의 울음은 냉장고 속으로 들어가 차디차게 얼었다. 참 열심히도 울었고, 그래서 더 이상 쏟을 눈물이 없다고 여긴 여자는 어느 날 냉장고에 얼려둔 눈물을 꺼냈다. 고작 두 덩어리에 불과했다. 여자는 두 개의 차디찬 얼음을 한꺼번에 입에 넣었다. 오래된, 한때의 자기 눈물을. 무수한 밤, B 때문에 흘렸던 눈물의 증명을. 조금 짰다. 그것은 세상에 존재하지 않을 것 같은 소금 사탕이었다. 얼음은 금방 녹았고, 그렇게 여자는 자기 눈물을 삼켰다. 결국은 조금 짠맛이 나는 물일 뿐인 그것을.

밤이 되면 여자는 자주 외롭다고 느낀다. 가끔은 '외롭다'가 '괴롭다'로 바뀐다.

고독은 입구만 있고 출구는 없는 것 같다. 그러니 버틸 용기가 없다면 되도록 문을 열고 들어가지 말아야 한다. 여자는 괴로워질까 봐 베란다로 나가 창문을 활짝 연다. 하늘에서는 작고 하얗고 가벼운 얼음이 내린다. 사이사이, 간혹 눈이 눈물처럼 무겁게도 떨어진다. 오늘은 올해의 마지막 날이다. 그러니까 내일은 화이트 설날이 될 전망이다. 그런데 여자는 당장 전화할 데도 없고 이야기를 나눌 상대도 없다. 여자는 너무 늦은 시간이라서, 라고 생각해버린다. 아무도 없어서가 아니라 밤이니까 그렇다고. 여러모로 밤은 합리화하기 좋은 시간이다.

대신 여자는 청아아파트 맨 왼쪽 위에서 두 번째 칸을 쳐다본다. 불이 꺼져 있다. 그새 이사를 갔거나 혹시 어디가 아픈 걸까. 여자는 괜히 걱정이 된다. 무슨 일이 생긴 건 아닌지. 아니면 연말이라 대부분의 사람들처럼 친구나 애인과 함께 제야의 종소리를 들으러 시내로 나갔을까. 그런 생각이 들자 여자는 문득 배신감을 느낀다. 의리를 지킬 줄 안다고 믿었는데. 여자는 배신자가 되지 않기 위해 잠이 오는 밤에도 일부러 불을 켜두고 잠자리에 들곤 했는데. 여자의 섭섭한 마음이 전해진 걸까. 그때였다.

맨 왼쪽 위에서 두 번째 칸에 기적처럼 불이 들어온다. 그러고는 조금 있다 다시 꺼진다. 점멸이 여러 번 반복된다. 여자한테 보내는 신호다. 늦은 밤마다 당신의 존재를 알고 있었다는. 배신자가 아니라는. 여자는 섣부른 오해가 괜히 미안해져 얼른 거실로 뛰어가 자신도 똑같이 저쪽을 향해 신호를 보낸다. 여러 번 불을 껐다 켜는 것으로. 어두운 밤, 불빛으로 만든 새해 선물이 평퐁처럼 오랫동안 먼거리를 오간다. 그렇게 한밤의 고독을 절반씩 나누어 갖는다.

선물 교환을 끝낸 여자는 창문을 닫고 부엌으로 들어온다. 마침 냉장고 우는 소리가 들린다. 냉장고는 울어야 제 일을 해낼 수 있다. 한참 서서 가만히 소리를 듣고 있던 여자가 냉장고 문을 연다. 가로 등을 닮은 노란 불이 켜지고 안에서 차가운 냉기가 흘러나온다. 여자는 냉장고 속 깊숙이 상체를 숙여 자신을 집어넣는다. 그러고는 소리 내 울어본다. 한 가지 이유 때문인 것 같기도 하고 여러 가지 문제 때문인 것 같기도 하다. 어쩌면 제 일을 해내기 위해서인지도 모른다. 소리가 울려 퍼지고, 이번에는 냉장고가 아니라 여자가 자신의 눈물을 허용한다. 울자 차가운 눈물이 흐르고 여자의 몸은 따뜻해진다. 따뜻해지기 위해서는 차가운 게 필요하고 차가워지기 위해서는 따뜻한 게 필요하다. 오늘 밤 여자는 잠이 안 오고, 허기는 가시지 않으며, 외로움이 괴로움으로 바뀌어도 괜찮을 것 같다고 생각한다. 눈 오는 새해니까. 여자는 울음을 그치고 냉장고 문을 닫기 위해 허리를 편다. 그때 냉장고가 좀 더 크게 소리 내 물어본다. 잘살고 있느냐고.

정용준

사라지는 것들

1981년 광주에서 태어났다. 조선대학교 러시아어과를 졸업하고 동 대학 대학원에서 문예창
작학 석사 학위를 받았다. 2009년 단편소설 〈굿나잇, 오블로〉로 《현대문학》 신인상을 받으며
등단했다. 현재 서울예술대학교 문예창작학과 교수로 재직 중이다. 소설집 《가나》 《우리는
혈육이 아니냐》, 중편소설 《유령》, 장편소설 《바벨》 《프롬 토니오》 등을 펴냈다. 문학동네 젊
은작가상, 소나기마을문학상, 황순원문학상을 받았다.

1

김포공항 이층 대합실 의자에 앉아 걷는 이들을 본다. 겨자색 골프 모자를 쓰고 은색 캐리어를 끄는 노인, 여권을 손에 들고 나란히 걷는 커플, 숄더백을 멘 청년, 늦은 식사를 하러 푸드 코트로 향하는 승무원, 깨끗한 바닥을 계속 닦아내는 청소부와 주기적으로 순찰하는 안전요원들. 나는 회색 정장에 긍정적인 인상을 준다는 파란색 넥타이를 매고 허리를 꼿꼿이 편 채 바르게 앉아 있었다. "당신은 누구십니까? 이곳에서 무엇을 하고 있나요?" 누구라도 내게 이렇게 묻는다면 어떻게 답해야 할까. 진동인지 무음인지 핸드폰 상태를 수없이 확인했다. 미팅 잡기도 어렵고 연락도 안 되는 사람을 기다리는 일은 지치고 괴로웠다. 그는 바쁘고, 계속 바쁘다고만 하고, 어쩌다 연락이 닿으면 공손한 어조로 같은 말만 되풀이했다.

"걱정 마세요. 확실합니다. 기다리세요."

난 그 말을 믿지만, 믿어야 하지만, 그가 나 외에 몇 명의 경쟁자에게 저 말을 했는지는 알 수 없었다. 회사를 그만두고 성능 면으로나 가격 대비로나 흠잡을 데 없는 CCTV 시스템을 만들었다. 비록 유명한 브랜드 이미지는 없지만 경제성과 효율성을 고려하면 분명 매력적인 상품이었다. 몇몇 업체들에서 연락이 왔고 새롭게 조성되는 공항에 입찰할 수 있는 기회를 얻었다. 무모하게 도전한 것은 아니었다. 그쪽 관계자가 먼저 제안했다. 그런데 그는 성사 직전 묘한 태도를 보였다. 단가를 더 낮추자는 말을 시작으로 말도 안 되는 요구를 하더니 지금은 말을 빙빙 돌리고 있다. 인내심을 시험하는 걸까. 그냥 이러는 게 재밌나.

나처럼 저 말을 믿고, 믿어야 하는 사람들이 정장을 입고 딱딱한 의자에 몇 시간이고 앉아 있는 상상을 했다. 나처럼 두툼한 바인더를 겨드랑이에 끼고 우두커니 앞만 바라보고 있을 것이다. 몇 달간 공항으로 출근하고 있지만 누구도 내게 출근하라 한 적 없다. 책상이 없고 동료가 없고 급여도 없는 일. 난 이걸 얼마나 더 할 수 있을까. 퇴직금을 조금씩 헐어 한 달 두 달 살고 있지만 그것도 언젠가는 바닥이 날 것이고 그때가 되면 차라리 편의점이나 치킨집을 할걸 그랬네, 후회할지도 모른다. 그저 멍하니 앉아만 있다 보면 발밑으로 온갖 쓰레기들이 밀려들었다. 전망. 예상. 예감. 상상. 하나같이 나쁘고 안 좋은 것들뿐인 미래.

그 순간 전화가 왔다. 기다리는 사람은 아니었다. 액정에 뜬 발신자를 보고 순간 실망했으나 곧바로 두려워졌다. 모른 척 덮어두었던 근심과 걱정이 마음에 퍼지는 것이 느껴졌다. 진동하는 핸드폰을 손에 쥐고만 있다가 심호흡을 하고 어, 하고 전화를 받았다.

성수야, 뭐하니?

일하지.

몇 시에 끝나? 늦게까지 하지?

뭐라고 답해야 할까. 그것보다, 그걸 왜 물어보는 걸까. 엄마의 목소리에 묻은 감정의 정체가 파악되지 않았다. 하지만 평소와는 다르다는 것만은 알 수 있었다. 그냥 전화해서 안부차 묻는 건 아니라는 것도.

곧 끝나. 왜?

엄마는 음, 하며 시간을 끌었다.

강화도에 가보고 싶은데, 데려다줄 수 있나…… 싶어서.

강화도? 왜?

가보고 싶네. 바다도 보고 싶고.

그러니까 왜? 라고 물으려다 말았다. "아니야, 됐어" 하고 뚝 끊어버릴 것만 같았다. 나는 음성을 누그러뜨리고 말했다.

어딘데? 집?

선유도공원.

거긴 또 왜? 라고 묻고 싶었지만 금방 간다고 했다.

엄마를 만나러 가는 길. 계속 실수를 했다. 길을 잘못 들어 예상보다 이십 분이나 늦어졌고 자주 급브레이크를 밟았으며 일차선에서 지나치게 느리게 갔다. 뒤따라오던 화물 트럭이 하이빔을 쏘아대다 거칠게 추월하며 창문을 열고 욕을 했다. 그자가 무슨 말을 했는지 들리지도 않았고 기분이 나쁘지도 않았다. 그 정도로 정신이 나가 있었다. 지난주에 엄마가 했던 말이 계속 떠올랐다. 머리가 복잡하고 마음은 심란했다. 엄마를 만나면 뭐라고 말해야 할까. 설득을 해야 할까. 화를 내야 할까. 그냥 모른 척해야 할까.

엄마는 양화대교 위 선유도공원 버스 정류장에 서 있었다. 물방울무늬 스카프를 목과 입 주위에 두르고 카키색 털모자로는 가늘고 듬성듬성한 머리카락을 가렸다. 발목까지 내려오는 두꺼운 코트에 까만 부츠를 신고 있었다. 왼손에는 큼직한 가방을 들고 있었다. 아들 땡큐, 라고 밝게 인사하고 엄마는 옆 좌석에 탔다. 빨갛게 변한 코끝과 양 볼이 날씨를 짐작케 했다. 히터를 1에서 3으로 올리며 물었다.

선유도공원은 왜?

전부터 가고 싶다고 했잖아. 아침에 청소기 돌리는데 자꾸 어디를 가고 싶은 거야. 생각나더라, 여기가. 같은 서울인데. 택시 타면 금방인데, 못 갈 이유가 없어서 온 거야. 왜, 안 되니?

아니. 안 되는 건 아니지만 추우니까.

네가 데리고 간다며. 그랬으면서 별거 없다고 또 안 데리고 가고.

그래서 좋았어?

엄마는 가만히 웃었다. 살짝 처진 왼쪽 눈꺼풀이 그사이 더 처진 것 같았다.

별거 없더라. 겨울에 오면 안 되겠어. 너무 춥다.

밀린다. 올림픽대로 양방향이 꽉 막혀 있었다. 앞차가 일차선으로 들어가려고 애를 썼다. 깜빡이 켜고 일 분 넘게 머뭇거리고 있었다. 브레이크를 얼마나 밟아대는지 브레이크등이 비상등처럼 깜빡거렸다. 난 이 모든 책임이 엄마에게 있다는 듯 짜증을 냈다.

여행을 가려면 미리 말했어야지. 강화도가 무슨 선유도야? 갑자기 전화해서는.

그럼 말을 하지 그랬어. 난 네가 일 때문에 안 된다고 말할 줄 알 았어.

안 될 줄 알았으면 전화를 하지 말든가.

그렇게 말하고 나는 입을 다물었다. 세 마디만 섞어도 자꾸 화내 게 된다. 그러고 싶지 않은데 계속 잔소리를 하게 된다. 짜증내고 싶 지 않은데 자꾸 감정이 실린다. 입을 열면 계속 나쁘게 말할 것 같아 라디오를 켰다. 모르는 노래가 흘러나왔다. 엄마는 아들이 데려다주 니까 좋다는 말만 되뇌며 창밖만 바라봤다. 얼굴도 보이지 않는 사 람들이 자기들끼리 웃고 떠드는 소리를 들으며 우리는 각자의 창문 을 바라봤다. 엄마가 했던 말이 귓가에 맴돌았다. 안 들리는 척 라디 오 소리에 집중을 해도 그 말은 송곳처럼 파고들었다.

그만 살기로 했어.

처음엔 대수롭지 않게 생각했다. 괜히 하는 말이다. 하루에 몇 번 씩 하는 말. 생각만으론 수십 번도 넘게 행하는 것. 나를 포함해 올림 픽대로에 갇혀 있는 대부분의 사람들이 배고프다는 말처럼 자주 쓰 는 말.

힘들어서 그러는 거 아니야. 아파서도 아니고 죽고 싶어서도 아 니야. 생각이라는 걸 해봤는데 그동안 고단했고 앞으로도 애쓰면 그 럭저럭 버티겠지만 이제 그럴 명분도 이유도 없다는 결론을 내렸어. 멀쩡한 정신으로 두 번이고 세 번이고 생각해봤단다. 그리고 결심했 어. 나는 이제 그만 살고 싶어. 내가 군이 이렇게 너에게 말하는 건

쓸데없이 탓할까 봐서야. 네 잘못도 아니고 진수 잘못도 아니야. 나중에 알게 됐을 때 괜히 괴로워하거나 죄책감 느끼지 말라고 하는 말이야. 엄마가 얼마나 힘들었을까? 얼마나 고통스러웠을까? 그런 못된 생각하느라 잠을 설칠까 봐 하는 말이야. 난 충분히 생각했고 몇 번이나 몇 번이나 따져봤는데 이런 결론이 났단다. 알겠니?

난 엄마 말을 무시하는 것으로 대답을 대신했다. 황당했고 놀라웠고 나중엔 견딜 수 없게 화가 났다. 하다 하다 이제는 엄마까지. 그러잖아도 되는 게 하나도 없고 하루하루가 거지같은데 왜 엄마까지 징징거리는 걸까. 엄마는 내가 불쌍하지도 않나? 나는 속에 있는 말을 퍼부었다. 짜증난다. 잔인하다. 너무한 거 아니야. 엄마라는 자가 아들한테 어떻게 그런 말을 할 수 있는 거야. 제발 좀 살자. 나 너무 힘들어. 엄마가 아니어도 하루하루가 죽을 것 같아. 엄마는 차분하게 내 말을 다 듣고 기다려줬다. 그리고 미안하다는 말과 함께 다시 말했다.

그만 살기로 했어.

체증이 풀리고 있었다. 차는 조금씩 속도를 높이며 서쪽 바다를 향해 나아갔다. 라디오를 틀어놓고 엄마의 마음을 헤아려봤다. 왜 그러는 걸까. 의도가 뭘까. 진심일까. 모르겠다. 생각하고 또 생각해도 알 수가 없었다. 그러나 딱 하나 알겠는 건 괜히 한 말은 아니라는 것. 엄마는 신중하게 생각하고 또 생각했고 결심한 뒤 말했다. 엄마는 그것을 세 번도 넘게 강조했다. 많이 생각했다고. 이렇게도 저렇게도 따져봤는데 이 방법밖에 없고 이것이 최선이라 생각한다고.

너는 받아들일 수 없겠지만, 그걸로 내게 반발하고 화도 내겠지만, 마음은 바뀌지 않을 거야. 바꾸지도 않을 거고.

높고 뾰족한 곳에 서 있는 기분. 손끝이 떨리고 손바닥에 땀이 나서 운전대에서 자꾸 미끄러졌다. 죽겠다는 엄마에게 아들이 할 수 있는 말이 뭘까. 생각을 바꾸고 결심을 철회할, 삶의 의지가 샘솟고 희망으로 가슴이 뜨거워질, 한마디의 말. 나는 계속 그 말을 찾고 있었다. 김포한강로로 빠져나가며 말을 걸었다.

많이 밀려서 노을 못 보겠는데.

응. 못 보면 못 보는 거지. 그거 보려고 가는 거 아니야. 그게 무슨 의미가 있니. 일출이니 노을이니 피곤하기만 하고. 그동안 지겹게 봤다.

이제 안 막히니까 잘하면 볼 수도 있고.

진수한테는 말했어?

뭘?

뭐긴 뭐야.

엄마는 창밖의 하늘만 봤다.

못했지. 그 애는 너랑 달라. 이해할 수 없을 거야. 화만 내겠지.

이해 못해. 나도 화낼 거야, 라고 말하려다 말았다. 그건 이미 했다. 다른 말이 필요했다. 엄마는 작게 말했다.

그냥 네가 나중에 잘 말해줘.

싫어. 잘 말해 달라니. 어떻게 그런 걸 시켜? 내가 사실대로 말하면 걔가 받아들일 수 있겠어? 날 죽이려고 들걸? 그걸 내버려뒀냐고.

그럼 말하지 마. 잘 몰랐다고 해.

느리게 가는 차. 답답했다. 나는 운전대를 돌려 차선을 바꾸고 액셀을 깊게 밟았다.

그럼 애초에 말을 하지 말았어야지. 이렇게나 귀에 박히도록 말해놓고 어떻게 몰랐다고 하라는 거야…… 우리랑 상의도 안 해놓고. 마음대로 할말만 하고.

엄마는 고개를 돌렸다. 감정을 알 수 없는 시선이 오른쪽 뺨에 느껴졌다.

너희들은 언제 나랑 뭘 상의한 적 있었니? 그리고 내가 그걸 말하면 너희들은 내 말을 들어주지 않을 거잖아. 상황을 바꿔줄 능력도 없고.

그렇지만.

원망하는 게 아니야. 사실이 그렇잖아. 너희들이 나한테 그 말 자주 했었지. 능력도 없으면서 걱정만 한다고. 그 말이 그렇게 짜증이 난다고. 니들 말이 맞다. 짜증나. 그러니까 그만해. 그리고 지금 죽겠다는 게 아니야. 더는 살려고 아등바등대지 않겠다는 거지. 그냥 힘 빼고 살아보다가 안 되겠다 싶으면 관두려고. 그만 말해. 기분 좋게 가고 싶어.

2

후포항에 도착했을 땐 아무것도 없었다. 수평선 끝자락에 사그라드는 숯처럼 중심이 검붉은 한 조각 석양이 남아 있을 뿐이었다. 해는 가라앉았고 하늘은 청색에서 검은색으로 바뀌고 있었다. 물이 모두 빠져나가 축축이 젖은 진흙만 있었다. 뻘에 박힌 배들은 한쪽으로 기울어 다친 것처럼 보였고 갈매기들은 부리를 땅에 대고 뭘 쪼아 먹고 있었다. 갈아엎은 땅처럼 보이는 바다는 실망스러웠다. 뭐 하나 제대로 되는 게 없었다. 그것도 바다라고 우리는 그 앞에 서 있었다. 내가 볼 게 없네, 볼 게 없어, 했더니 엄마는 좋다, 좋다, 했다. 쭈그려 앉아 시선을 저멀리 두고 한참을 멍하니 있더니 나를 올려다봤다.

저녁 먹자. 꽃게탕 어때?

싫어. 엄마 좋아하는 거 먹어.

나 꽃게탕 좋아해.

그건 내가 좋아하는 거잖아.

그럼 내가 뭘 좋아하지?

뭐? 나는 엄마를 물끄러미 쳐다봤다.

그걸 내가 어떻게 알아? 엄마가 알지.

모르겠네. 다 좋아하는데.

됐어. 그럼. 그냥 회 먹어.

모듬회 대짜를 시켜놓고 담배를 피우러 밖에 나왔다. 후우, 허공에 연기가 나타났다가 사라졌다. 한 대 피우니 마음이 좀 차분해지는 것 같았다. 아무리 비수기라지만 횟집에는 손님이 한 명도 없었다. 저래서 어찌 장사를 하나. 가게 주인에게 연민이 생기려다가 누가 누굴 걱정하나 싶어 헛웃음이 났다. 수족관 바닥에 활어들이 가라앉아 있었다. 입을 자꾸 움직이는 놈이 있길래 두 손과 얼굴을 유리에 바싹대고 봤다. 검은 줄무늬가 새겨진 물고기가 빨간 플라스틱을 빨고 다시 뱉기를 반복했다. 유심히 보니 완구 로봇의 하반신이었다. 저게 왜 저기 들어가 있을까. 물고기의 그 뚱한 무표정에 분노가 서려 있었다. 손에 묻은 물기를 털어내고 가게 안으로 들어갔다. 엄마는 코끝에 안경을 걸치고 탁자에 책을 펴놓고 골똘히 바라보고 있었다.

책 읽어?

응.

엄마는 책장을 덮어 표지를 보여줬다. 뜻 모를 일본어가 쓰여 있었고 배경으로 벚꽃과 개구리 그림이 조잡하게 그려져 있었다. 한글도 있었는데 글씨가 너무 작아 보이지 않았다.

하이쿠야.

그게 뭔데?

하나 읽어줄까?

엄마는 한참을 뒤적거리다 적당한 구절을 찾았는지 만족스러운 미소를 띠며 말했다.

겨울바람에 / 아가미 흩날리네 / 매달린 생선

그리고 손가락으로 읽었던 부분을 가리켰다.

凪に鰓吹かるるや鉤の魚

핸드폰을 꺼내 검색창에 '하이쿠'를 입력하고 뜻을 살펴봤다.

일본에서 샀어. 공동묘지 앞에서 한국어로 번역된 책을 팔더라고.

일본 갔었어?

어? 어.

누구랑.

아줌마들이랑.

아줌마 누구. 미영이 이모?

말하면 다 아니?

엄마 친한 아줌마 없잖아.

그때 회가 나왔다. 입이 벌어질 정도로 많은 양이었다. 적당한 크기로 썰어낸 살점. 붉은 살은 가운데에 꽃처럼 모여 있었고 투명하고 흰 살은 부채처럼 펼쳐져 있었다. 엄마는 와사비를 듬뿍 떠서 간장에 푼 뒤 정성스럽게 휘저어 내게 내밀었다. 암녹색으로 변한 간장을 보고 있자니 저절로 입에 침이 고였다. 우린 말없이 젓가락을 움직였다. 엄마는 정말 잘 먹었다. 간장도 거의 찍지 않고 와사비만 살짝 떠서 살점에 묻혀 입에 넣고 눈을 감고 오물거렸다. 기분이 좋은 듯 중간중간 으음, 하고 소리도 냈다. 나는 소주잔을 비우고 곧바로 한 잔 더 따라 마셨다.

잘 먹네.

산지라서 그런가 맛좋다.

누가 엄마 보고 뭐 좋아하냐고 물어보면,

알았어. 회 좋아한다고 할게.

엄마는 장국을 후루룩 마셨고 튀김도 가리지 않고 먹었다. 나는 좀 불안해졌다.

그렇게 막 먹어도 돼?

뭐 어때서.

아니 그래도. 음식 가려야 하잖아.

나 이제 그냥 막 산다니까. 너,

엄마가 젓가락을 들고 나를 겨눴다.

아무 말 하지 마. 여기까지 와서 싸우고 싶지 않다. 지겨운 소리 하려면 그냥 가.

나는 아무 말도 않고 콩깍지를 까서 풋콩을 입에 넣었다. 엄마가 가방에서 작은 수첩을 꺼냈다.

내가 지은 하이쿠 하나 읽어줄까?

글도 써?

그냥 취미로.

내내 무표정하게 아무 말이나 툭툭 뱉어내던 엄마가 그 말은 좀 부끄러운지 얼굴을 붉혔다.

그래.

엄마는 수줍게 잠깐 웃더니 진지하게 표정을 바꾸고 한 문장, 한 문장, 한 문장, 읽었다.

거리를 걷는 사람들 / 모두 모르는 얼굴 / 거울 속 내 얼굴도 모르겠네.

그건 하이쿠가 아니야. 하이쿠에는 계절을 나타내는 단어가 있어야 해.

그걸 네가 어떻게 알아?

엄마는 놀랍다는 듯 눈을 동그랗게 떴다.

방금 검색해서 알았다는 말은 하지 않고 고개를 돌려 창밖을 봤다.

눈이 내리기 시작했다. 관광객이 하나도 없는 생기 잃은 관광지에 눈까지 내리니 처량해서 절로 술이 들어갔다.

　도끼로 찍다가 / 향에 흠칫 놀라네 / 겨울나무

　엄마는 계속 하이쿠를 읽었다. 무슨 의미가 있는지 아무리 들어도 잘 모르겠는 걸 엄마는 대단한 감동이라도 받고 있다는 듯 감정을 실어 읽었다.

　그만해. 그건 그렇고 내일 어디 갈 거야?

　엄마는 책을 덮고 의아하다는 듯 말했다.

　너 오늘 안 가니? 내일 일 안 가?

　엄마는?

　난 왔으니까 둘러봐야지.

　나는 인상을 찌푸리고 잔을 비웠다.

　안 가지. 아니, 못 가지. 여기까지 왔는데 뭐야. 같이 가자고 할 땐 언제고. 여기가 어딘데 지금 가?

　같이 가잔 말 안 했다. 데려다 달라고 했지.

　그 말이 그 말이지.

3

　눈송이가 굵어졌다. 아스팔트와 방파제가 금세 하얗게 변했다. 갯벌에도 눈이 쌓여 겨울의 벌판처럼 보였다. 여기가 강화도라는 것을 모르고 보면 철원의 어느 황무지와 크게 다를 게 없을 것 같았다. 문득 기갑부대에서 가설병으로 근무했을 때가 생각났다. 휴전선 근처 벌판에서 굶어 죽어가는 독수리들에게 배식용 닭고기를 던져줘야 했다. 몸이 너무 커서 스스로 사냥도 못하고 어쩌다 사냥에 성공해도 까치떼들에게 빼앗겨버리는 맹금류의 왕이 굶어죽지 않겠다고 엉금엉금 바닥을 기어다니는 모습을 보고 한참 웃다가 느닷없이 눈시울이 붉어졌었다. 먹고사는 게 왜 이리 힘든가. 왕이 뭐 저래. 그런 생각을 했던 것 같다.

급하게 근처 펜션이나 콘도를 검색했다. 엄마는 내 어깨에 쌓인 눈을 털어내고 어딘가를 가리키며 말했다.

가까운 데 가자.

모텔이었다. 이름이 '유니버스'인.

모텔?

모텔이라고 뭐 다르니. 잠만 자면 되지. 날 추우니까 발이 더 아프네.

뭐하러 걸어다녀. 차 타고 찾아보면 되지.

됐어. 엄마는 모텔을 향해 걷기 시작했다. 오른발을 디딜 때마다 오뚝이처럼 십오 도쯤 몸이 기울었다. 흔들흔들 걷는 엄마의 발자국에 발을 포개어 걸었다.

일회용품과 열쇠를 받고 엄마와 함께 엘리베이터를 탔다. 엘리베이터 안에 플라스틱 별과 행성이 붙어 있었다. 엄마와 모텔이라니, 기분이 이상했다. 복도는 훨씬 심했다. 전체적으로 어둡게 설정된 조명 아래 천장과 벽에 온통 야광 별과 달이었다. 왜 그런 게 붙어 있는지 이해할 수 없었지만 군데군데 음표도 있고 박쥐도 있었다. 엄마는 신기한 듯 주위를 두리번거렸다. 눈빛이 반짝거렸고 볼이 붉었다.

성수, 너 최근에 이런 데 와봤니?

무슨 소리야? 짜증나게. 내가 나이가 몇인데.

네 나이가 뭐.

됐어.

그래서 왔어, 안 왔어.

됐다고.

엄마는 러브체어를 보며 즐거워했다. 처음엔 용도를 알 수 없어 한참 그 앞에서 요기조기 살펴보더니 마침내 알아냈다는 듯 어머, 어머, 손뼉을 쳐댔다. 이렇게 저렇게 만져보다가 작동 버튼을 눌렀다. 의자가 양옆으로 흔들렸고 이내 앞뒤로도 움직였다. 엄마는 망측하고 흉측하다고 소리치면서도 관심을 멈추지 않았다. 송곳니와 어금니가 모두 모두 보일 정도로 활짝 웃었다. 누구를 기억하는 걸까. 무엇을 상상하는 걸까. 그런 것들이 문득 궁금해졌다. 침대에 걸터앉아 양말을 벗어던졌다. 신발에 녹은 눈이 스며들어 발끝이 젖어 있었다. 엄마는 웃다 말고 동그랗게 말린 양말이 무슨 똥이라도 되는 듯 혐오스럽게 쳐다보며 말했다.

아직도 양말을 고따위로 벗어대니까 네가 그 모양으로 사는 거야. 진짜 너는 아무리 말해도, 나이를 그렇게 먹어도, 그런 거 하나 못 고치니.

나도 먹을 만큼 먹었어. 안 그래도 살기 힘든데 뭘 고쳐가면서까지 살아. 냅둬. 그냥 이대로 살다가 죽게.

엄마는 양말을 주워 내게 집어던졌다. 양말은 정확하게 내 이마에 맞았다. 네가 그러니까 지인 엄마가 떠난 거야. 나라도 못 살지. 소리를 지르려다 말고 엄마를 노려봤다. 눈이 마주치면 그렇게 말한 걸 후회할 정도로 마음을 불편하게 해주고 싶었다. 소용없었다. 엄마는 욕실로 들어가버렸다.

엄마는 욕조에 더운 물을 받고 일회용 입욕제를 풀었다. 뭐가 그리 좋은지 수건을 머리에 두르고 거품 속에 앉아 콧노래를 불러가며 즐거워했다. 마치 온천에라도 온 것처럼 좋다, 좋다, 했다. 난 옷도 갈아입지 않고 침대에 누워 천장에 붙은 별들을 봤다. 엄마가 좋다, 하면 모텔에서 왜 기분을 내고 그래! 라고 소리쳤다. 그렇게 말하면서도 엄마가 좋다고 하니 내 마음도 조금 좋아지는 것 같았다. 그래도 마음 한구석은 돌덩이처럼 똘똘 뭉쳐 있었다. 엄마는 왜 강화도에 온 걸까? 일본에는 언제 왜 간 거지? 질문은 더 큰 질문을 불러왔고 답을 알 수 없으니 괜히 화가 나고 슬퍼지려고 했다. 커튼을 젖히고 창문을 열었다. 눈송이가 섞인 차가운 바람이 들어왔다. 폭설이었다. 눈 내리는 소리는 왜 들리지 않는 걸까. 비보다 무겁고 딱딱할 것 같은데 눈은 많이 내릴수록 고요해진다. 어둡고 차가운 겨울의 세계. 물 빠진 어느 해변 유니버스 모텔에서 늙은 아들과 더 늙은 엄마가 아무도 모르게 하룻밤 묵고 있다. 엄마는 욕조에 누워 심수봉 노래를 흥얼거리고 있고 나는 창가에 서서 엄마의 노래를 듣고 있다. 어제는 울었지만. 오늘은 당신 때문에. 내일은 행복할 거야.

진수에게 전화를 걸었다. 받지 않았다. 오 분 있다가 또 전화를 걸었다. 여전히 받지 않았다. 또 전화를 걸었다.

어. 오랜만.

졸린 목소리에 짜증이 묻어 있었다.

잘 지내?

응. 왜?

아니, 그냥. 엄마랑 요즘 연락해?

어.

언제 했는데?

저번 달에 왔었어.

거길 갔다고?

어. 하루 자고 갔어.

왜 말 안 했어?

전화기 너머 어이가 없다는 듯한 헛웃음 소리가 들렸다.

말해야 하는지 몰랐지. 갑자기 찾아와서 나도 놀랐어.

진수는 잠깐 말을 멈췄다가 길게 한숨을 내쉬었다.

오면 온다고 말을 해야 할 거 아니야. 야근도 있고 그날은 중요한 거래처랑 식사 자리도 있어서 일찍 들어갈 수 없었어. 엄마랑 이야기도 못했어. 이야기는 무슨…… 얼굴도 몇 번 못 봤는데.

그럼 엄마는 거기서 뭐 했는데.

음, 진수는 바로 말을 꺼내지 못했다. 곤란한 것인가. 모르는 것인가. 왼손 검지로 턱을 꾹 누르고 있을 것이다. 피부가 하얗게 변할 때까지.

그냥 내 방에 계셨을걸? 집 근처 돌아다니면서 구경한다고 했는데, 모르지. 아…… 말도 없이 오니까 그런 거 아니야. 내가 놀아?
어? 엄마가 뭐래?

아니야. 됐어. 잘 있어라.

어. 형도.

끊기 직전 진수가 조심스럽게 물었다.

뭔 일 있어?

나는 대답도 않고 전화를 끊어버렸다. 한마디만 더 하면 개새끼,
이기적인 새끼, 욕하고 소리지를 것 같았다.

엄마는 조악한 샤워 가운을 걸치고 얼굴에 로션을 발랐다. 목에
수건을 두르고 새 양말을 신은 채였다. 발을 보여주는 게 그리 부끄
러운 걸까. 우리는 각자 시간을 보냈다. 엄마는 TV 소리를 아주 작
게 해서 가까이에 앉아 봤고 나는 침대에 엎드려 공항 CCTV 현황
이 담긴 파일을 펼쳐놓고 검토했다. 셀 수 없이 보고 또 봐서 문제가
하나도 없는 완벽한 문서였다. 칼자루는 내가 아니라 답을 주고 승
인을 내줄 쪽이 쥐고 있었다. 그런 생각을 하면 답답해졌다. 회사를
그만둬야 했을 때 좋은 쪽으로 생각해보려고 애썼다. 일을 하지 않
으면 일에 뺏겼던 나 자신을 찾을 수 있을 거라고도 생각했다. 불안
했으나 그렇게 믿으려 했다. 사람들도 위로해줬다. 그동안 고생했으
니 이제 쉬면서 원래 했어야 하는 것들을 하세요. 쉬고 먹고 여행 다
니세요. 그러겠다고 했고 미소도 지었다. 그런데 아니었다. 일을 잃
으니 나 자신도 잃게 되었다. 어쩌면 일을 하면서 나라는 존재가 만
들어진 건 아니었을까? 그것이 없으니 나도 사라지는 것 아닐까? 위

태로웠다. 울적했다. 두 달 만에 내가 했던 일의 노하우와 능력을 그대로 살려 일을 시작했다. 일을 시작한다고 했을 때 잘할 거라고 응원해줬던 사람들은 정작 일을 시작하자 입을 다물고 외면했다. 할수 있다. 나는 다르다. 이 건만 통과되면 만사가 형통이다. 다짐하고 또 다짐해도 한 계단만 더 깊이 내려가면 절망과 나쁜 예감에 시달려 자신감을 잃은 초라한 내 뒷모습이 보였다. 그 와중에 엄마까지 나를 쑤셔대고 있는 것이다.

엄마. 진수한테 갔었어?

엄마는 고개를 돌려 나를 잠깐 쳐다보더니 다시 TV를 봤다.

응.

나한테 왜 말 안 했어?

뭘 자꾸 말하래. 아들 보고 싶어서 갔다. 그럼 안 되니?

엄마의 목소리가 날카로워졌다.

교토가 보고 싶다고 막 가고 그런 데야? 예민하게 굴지 말고 말 좀 해봐. 엄마…… 왜 그러는 건데? 이상한 말 하고. 이상한 행동 하고. 내가 이걸 어떻게 받아들여야 해.

엄마는 리모컨을 눌렀다. TV가 꺼졌고 방 안에 묘한 침묵이 감돌았다. 엄마는 끙, 소리를 내며 바닥에서 일어난 뒤 절룩거리며 걸어와 침대에 누웠다.

넌, 일본에 가봤니?

말 돌리지 말고 좀 툭 터놓고 이야기해봐.

엄마는 뚱한 표정으로 날 봤다. 그 눈은 가봤냐고, 하고 묻고 있었다.

가봤어.

어디?

후쿠오카. 홋카이도. 후쿠오카는 일로, 홋카이도는 신혼여행.

교토는?

안 가봤어.

엄마는 기다렸다는 듯 박수를 치며 명랑하게 말했다.

교토 가봐. 좋더라.

엄마는 교토에서 겪은 일에 대해 수다를 떨었다. 중간중간 말을 끊고 뭐라고 하고 싶었지만 나란히 누워 엄마 말 듣는 것도 오랜만이라 내버려뒀다. 엄마는 교토에서 한나절 겪은 일을 무슨 교토에 대해 엄청나게 잘 아는 사람처럼 부풀려 말했다. 나는 엄마가 한마디씩 할 때마다 그곳을 기우뚱거리며 걸어다녔을 엄마를 상상해봤다.

그녀는 새벽에 출근한 둘째아들의 좁은 방에 앉아 있었다. 방은 치워도 치워도 정리가 되지 않았다. 더럽고 지저분해서가 아니라 너무 좁아서였다. 장난감으로 만든 방처럼 생긴 공간에 살림살이가 다닥다닥 붙어 있었다. 서로 멀리 떨어져 있어야 할 물건들이 지나치게 가깝게 붙어 있어 서로가 서로를 쓰레기처럼 만들어버리는 방이었다. 그녀는 깨끗한 쓰레기통 같은 방에 앉아 아들이 두고 간 일본 돈을 손에 쥐고 창밖으로 낯선 도시를 바라봤다. 오전 내내 앉아만 있다가 용기를 내서 밖으로 나갔다. 막상 거리를 걸으니 용기가 필요 없다는 것을 깨달았다. 편의점에 들어가 도시락을 고르고 돈을 내밀면 친절한 점원이 거스름돈을 손바닥에 올려줬다. 그녀는 고개를 숙여 인사하고 도시락을 손에 들고 근처를 걸었다. 공원에 앉아 도시락을 먹었다. 두툼하게 구워진 생선과 예쁘고 부드러운 계란말이를 젓가락으로 집어 하나씩 입에 넣으며 하늘을 보고 건물을 보고 사람들을 보았다. 그때 행복을 느꼈고 그게 좋으면서도 슬퍼졌다. 한국인 관광객들이 한국말을 하며 어디론가 향했고 그녀는 그들 뒤를 따라 느리게 언덕을 걸어 올라갔다. 근사한 절이 있었고 근처에 커다란 묘지가 있었다. 그녀는 관광객들을 따라 절에 가지 않고 묘지로 들어섰다. 그런 걸 처음 봤다고 했다. 셀 수 없이 많은 비석과 비석마다 쓰인 일본어. 그녀는 한 걸음에 비석 하나씩, 느리게 묘지를 맴돌았다. 공동묘지라는데 으스스하거나 무서운 건 하나도 없고 단정하고 정갈해서 여기 묻힐 수만 있다면 지금이라도 죽어도 좋을 것 같았다고, 천국 같았다고 그녀는 말했다. 돌로 만든 의자에 앉아 참배객들의 얼굴과 말에 집중했다. 잔설이 덮인 비석 앞에 서서 눈 감고 기도하는 모습. 순하고 착한 표정. 무슨 말인지는 모르겠지만 귀엽고 동글동글한 말들. 나타났다가 사라지는 하얀 입김. 해가 질 때까지 묘지에 있다가 내려왔다. 나이가 가늠되지 않는 한국인 유학생이 직접 만든 책이라며 팔길래 그걸 사서 방에 돌아왔다. 그리고 밤이 깊을 때까지, 아들이 돌아올 때까지, 읽고 또 읽었다.

엄마의 젖은 머리칼에서 레몬 냄새가 났다. 엄마가 아무리 재미있는 이야기를 해주고 기분좋게 웃고 떠들어도 나는 마음이 나아지지 않았다. 내색하기 싫어 억지로 입꼬리를 잡아당겨 응, 응, 그러네, 그랬겠네, 장단을 맞췄지만 당장이라도 정색하고 말하고 싶었다. 그냥 해본 말이라고 해. 생각이 바뀌었다고 말해. 엄마는 머리맡에 둔 책을 펼쳐 손가락으로 짚어 내게 내밀었다.

겨울칩거 / 처에게도 자식에게도 / 숨바꼭질

冬ごもり妻にも子にもかくれん坊

나는 잠자코 엄마의 손가락을 봤다. 엄마가 조심스럽게 물었다.

너 밤에 외롭지 않아? 처자식도 없는 신세가 됐으면 누구든 만나야지.

됐어. 내가 지금 누굴 만나. 관심 없어. 생각도 없고. 골치 아픈 일이 한두 개가 아니야.

그래도 그게 아니지. 넌 한창때인데.

어이가 없어 웃고 말았다.

무슨 한창이야. 나 늙었어. 엄마 아들 늙었다고.

엄마는 웃지 않고 잠깐 생각에 잠겼다가 물었다.

지인 엄마는?

잘 지내.

해인이는?

잘 지내지.

너랑은?

나는 몸을 뒤집어 바로 눕고 이불을 목까지 끌어올린 뒤 길게 한숨을 내쉬었다. 잘 지낸다고 거짓말하고 싶지 않았고 그렇다고 당분간 안 보기로 했다고 솔직하게 말하고 싶지도 않았다. 그냥 가만히 천장만 보고 있었다.

저번 달에 큰딸을 만났다. 너무 보고 싶었는데 뭘 해야 할지 몰라 영화관에 가서 여자아이들이 좋아한다는 애니메이션을 보고 키즈

카페에 데리고 갔다. 딸은 다른 아이들과 달리 재미있게 놀지는 않았다. 팡팡도 타지 않고 장난감도 만지지 않았다. 게임을 하는 아이들 뒤에 서서 물끄러미 화면을 보고 있을 뿐이었다. 그래도 해인은 잘 웃었고 뭘 물으면 상냥하게 답해줬다. 하지만 먼저 말하지는 않았다. 헤어질 때 장난감 가게에 데리고 갔다. 갖고 싶은 장난감을 마음껏 고르라고 했는데 해인은 장난감 코너로 가지 않고 문구점 코너로 가서 색연필과 볼펜과 노트를 들고 왔다. 그리고 헤어질 때 내게 이렇게 부탁했다.

아빠. 내가 더 크면 그때 만나요…… 엄마가 불편해해요.

그 말이 무슨 뜻인지 몰라 가만히 있었는데 해인이 내 눈치를 보며 말했다.

속상해요?

아니, 아니야. 그럼 아빠 보고 싶으면 해인이가 연락할 거야?

해인은 고개를 끄덕였다. 누구랑 살지 선택하라고 했을 때 일곱 살 해인은 엄마를 선택했다. 뜻밖이었다. 평소에 해인은 나를 더 따르고 좋아해서 아빠를 선택할 줄 알았던 것이다. 한편으론 다행이라고 생각하면서도 오랫동안 우울했다. 해인은 엄마에게 잘 보이려고 늘 애썼다. 작은 것이 마음을 얻으려고 노력하고 눈치를 보는 것이 항상 마음이 아팠다. 시간이 흘러 해인은 열한 살이 됐다. 나는 열한 살 여자아이를 어떻게 대해야 하는지 모른다. 모르지만 보고 싶었고, 막상 보면 모르기 때문에 힘들었다. 아빠라는 자가 딸을 그래서 힘들어하고 어색해하다니. 그게 부끄럽고 미안했다.

몰라. 이 정도면 잘 지내는 거겠지.

엄마가 말했다.

지인 엄마 탓 아니다. 알지?

……

내 탓이야.

순간 분노가 치밀어 올랐다. 마음이 펑 소리를 내며 터지는 것 같았다. 이불을 머리까지 끌어올렸다. 엄마에게 소리 지르고 싶고 화내고 싶은데 그럴 수 없어서 이불 속에서 소리를 질렀다. 주먹을 움켜쥐고 휘두르고 발버둥 치며 온갖 욕을 했다. 화는 내면 낼수록 더 커졌고 너무 열이 올라 이마에 땀이 났다. 나는 이불을 발로 걷어차고 말했다.

그것 때문이야?

엄마는 아무 말도 하지 않고 안경을 벗어 책 위에 올렸다.

그게 왜 엄마 때문이야. 진짜. 제발. 그런 식으로 말하지 마.

그것 때문에 그러는 거 아니야.

그럼 뭐야? 뭐냐고?

엄마는 더는 할 말 없다는 듯 베개를 베고 눈을 감았다.

더는 견딜 수 없었다. 온 힘을 다해 엄마에게 상처 주고 싶었다.

말 나온 김에 엄마, 하나만 물을게. 그때. 그날. 지인이 그렇게 되고.

안 돼, 성수야. 말하지 마. 그동안 서로 말하지 않았던 건 다 이유가 있어서야. 제발 그러지 마. 속에서 누군가 간절히 나를 설득하고 있었지만 나는 듣지 않았다.

어떻게 그럴 수 있어? 내가 간다고 했었잖아. 그럼 내가 발견하게 될 텐데. 뻔히 내가 볼 줄 알았으면서 어떻게 아들한테 엄마가 돼가지고 그럴 수 있냐고.

죽으려는 년이 그런 것까지 생각하겠니?

엄마는 눈 감은 채 낮은 목소리로 말했다.

차라리 네가 발견했으면 싶었다. 다른 사람 말고.

진짜 죽으려고 했어? 진짜로?

눈꺼풀이 덜덜 떨리는 게 보였다. 엄마는 입술을 깨물고 있었다. 엄마 집에 도착했을 때 뭔가 이상하다는 걸 느꼈다. 그런 건 살면서 단 한 번도 느껴본 적 없었다. 고요함. 끔찍함. 머리부터 발끝까지 단번에 뒤덮던 소름끼침. 무슨 일이 일어난 걸까? 생각도 하기 전에 손끝이 먼저 알고 덜덜 떨렸으니까. 작은방 문을 열었더니 엄마가 이상한 자세로 쓰러져 있었다. 바닥에 떨어진 코트처럼 엄마는 허물 같은 자세로 기절해 있었다. 목에 인터넷 케이블 선이 묶여 있었고 콘크리트 벽에서 빠진 못이 바닥에 떨어져 있었다. 이사할 때 내가 박아준 거였다. 잘 들어가지 않아 몇 번이고 망치질했는데 깊숙이 들어가지 않았던, 언젠가 드릴로 구멍을 깊이 뚫고 단단히 집어넣어야겠다고 마음먹었던 그 못이 빠져 있었다. 끝이 휘어진 채로.

글쎄. 잘 모르겠다. 그때는 그랬다고 생각했는데…… 지금 생각해보면 너에게 보여주고 싶었는지도. 미안하다고. 미안해서 내가 이렇게 죽고 싶다고. 그러면서 아들 손에 구해지길 원했는지도.

그 말을 끝으로 우린 서로 말하지 않았다. 각자 침묵 속에 누워 있었다. 편안한 듯 고르게 숨을 쉬었지만 그렇게 호흡하려고 온 힘을 다하고 있다는 것을 알았다. 나는 후회했다. 그날 이후로 아무에게도, 심지어 엄마 앞에서도 꺼내지 않았던 그 이야기를 왜 지금 여기서 하고 있는 걸까. 아이들은 여러 이유로 죽는다. 감기로도 죽고 물에 빠져서도 죽고 사탕이 목에 걸려 죽기도 한다. 당시 세 살이었던 둘째는 아파트에서 후진하던 미술학원 차에 치여 죽었다. 나는 회사에 있었고 아내는 학교에 있었다. 다섯 살이었던 첫째는 할머니의 왼손을 붙잡고 있었고 둘째는 세 살 난 아이가 대부분 그렇듯 지나치게 명랑하고 무엇을 두려워해야 하는지 몰랐다. 굳이 책임이 있다면 주위를 살피지 못했던 운전자와 갑자기 도로에 뛰어든 아이에게 있다. 그러나 나와 아내, 엄마와 해인은 각자 자신에게 책임이 있다고 생각했다. 나와 아내는 희미하고 끈질기게 다른 사람에게도 책임이 있을 거라고 의심했다. 둘 중 누구도 그 생각을 함부로 말하거나 묻지 않았지만, 희미한 안개 같은 그 의심이 우리 모두를 서서히 무너뜨렸다. 서로에게 놓인 다리를 부식시켰고 목소리에 당연히 깃들어야 할 온기와 다정함을 앗아갔다. 아내는 왜 엄마가 해인의 손을 잡고 있었는지 궁금해했다. 아침 준비를 하다가 딱 한 번, 혼잣말처럼 중얼거렸을 뿐이었다. "어머니는 왜 해인이 손을 잡고 있었을까. 해인이는 언니고 성격이 차분해서 안 뛰어다니는데." 나는 그 말을 들었다. 그리고 아내를 미워했다. 그 말은 뭔가. 지인이 대신 해인이가 그렇게 됐어야 한다는 말인가? 나와 아내가 키워야 했을 애를 엄마에게 맡긴 것도 미안한데 그 탓을 지금 엄마에게 하고 있는 건가? 표면적으로 우리는 그 일을 잘 이겨냈다. 엄마도 그 사고에 대해 말하지 않았다. 감정도 드러내지 않았다. 엄마의 표정없는 얼굴과 가끔 멍하게 뭔가를 응시하는 눈길을 바라보며 마음을 짐작할 뿐이었다. 힘들어도 이겨내고 있구나. 내가 그렇듯 잘 하고 있구나 생각했던 것이다. 우리 모두는 성숙하게 잘 이겨냈다. 말로도 표정으로도 서로를 탓하지 않고 상처주지 않으려 애썼다. 하지만 그 후로 이 년이 지나 나는 결국 아내와 헤어졌다. 직접적인 이혼 사유는 없었다. 성격 차이. 권태기. 그렇게 설명할 수는 있겠지만 근본적인 이유는 지인의 사고였다. 가족은 서서히 무너졌다. 실금이 생겼고 조금씩 조금씩 넓게 번져갔다. 외부에서 봤을 땐 흔들림 하나 없이 굳건히 서 있었지만 아니었다. 폭풍도 이겨내고 비바람에도 견뎠지만 우리는 따뜻하게 비치는 아침 햇살에 가루가 되어 무너졌다. 어느 날 아내가 숟가락으로 계란찜을 뜨다 말고 말했다.

이젠 그만둬야겠지?

나는 무엇을? 이라고 묻지 않았고 그저 끄덕였다. 그렇게 끝이었다. 다음 날 식탁에 서류가 있었고 그다음 날 나는 빈칸을 꼼꼼하게 채워 봉투에 집어넣은 뒤 식탁에 올려놓고 회사에 출근했다. 언쟁하나 없이 조용히 합의했다. 헤어지는 날 단정하게 악수까지 했다. 그 후로 몇 년이 더 지났다. 그런데 이제 와서 엄마가 말한 것이다. 그만 살겠다고.

엄마. 혹시 아직도 지인이 때문에 그러는 거라면 그러지 마. 세월이 많이 흘렀잖아. 엄마 탓도 아니고.

내 탓이 아닌 건 아니지.

엄마는 오른손으로 얼굴을 감싸고 묘하게 웃었다.

그때 죽었어야 했는데. 왜 악착같이 살았는지. 무슨 악귀도 아니고.

그렇게 말하지 마.

하지만 누군가는 그렇게 말해야지. 그렇게 생각해야지. 지인 엄마를 위해서라도 그렇게 말해야 하는 게 맞아. 벌 받은 거야. 이상한 남자를 만나 너를 가졌다. 그래서 결혼했지. 그 사람은 자기와의 싸움을 한다고 가족을 버리는 사람이었다. 자전거를 타고 산을 타고 달리기를 하고 수영을 하면서 얻은 싸구려 플라스틱 트로피를 선반에 올려놓는 사람이었지. 그 후로 진수가 생겼어도 그 사람은 자기와의 싸움을 멈추지 않았다. 그러더니 바다에서 힘이 빠져 혼자 죽고 말더구나. 난 좋은 엄마는 아니었지만 너랑 진수 잘 키우려고 애썼다. 그래도 큰아들과 작은아들은 나를 미워하기만 했지. 무슨 불평이 그렇게 많은지. 난 할 수 있는 일은 다 했다. 할 수 없는 일도 했다. 작은아들은 독립하고 싶다고 집을 나가더니 아예 이 나라에 없고 큰아들은 좋은 대학에 갔지만 살갑지 않고 차갑기만 했다. 그리고 괜찮게 사나 했는데 지인이가 그렇게 됐다. 그리고 병이 생겼지. 난 그 병을 고쳐보겠다고 별 지랄을 다 했다. 그 병이 나으면 다른 병이 생겼고 그 병을 겨우 다스리니까 합병증이 생기더라. 몇 년 동안 뭘 제대로 속 시원하게 먹어본 적이 없다. 이것도 안 되고 저것도 안 되고. 먹든 안 먹든 아픈 것은 똑같더라. 하루에도 수십 번씩 머리가 아프다. 누가 날카로운 걸로 왼쪽 머리를 후벼 파는 것 같다. 심장에 문제가 생겨 두 번이나 응급시술을 받았다. 눈도 갑자기 흐려졌고 고혈압 약은 먹어도 먹어도 끝이 없다. 문에 살짝 부딪혔을 뿐인데 발가락이 썩고 다른 발가락들도 썩고. 봐라. 엄마는 양말을 벗어던지고 오른발을 천장을 향해 들었다. 엄지와 검지밖에 남지 않은 기이한 발이 푸른 조명 아래 무섭게 드러났다. 나는 어쩔 수 없이 고개를 돌려버렸다.

벌 받아서가 아니야. 당뇨는 누구나 걸려. 그건 특별한 병이 아니라고. 암 같은 것도 아니잖아.

차라리 암이 낫지!

엄마는 눈을 무섭게 치켜뜨고 신경질적으로 소리쳤다.

너무한다고만 하지 말고, 왜 그러냐고 화만 내지 말고, 너도 대답 좀 해봐. 내가 어떻게 하면 좋겠니. 핏덩어리 같은 손녀까지 죽인 내가 어떻게 하면 좋겠어.

엄마가 누굴 죽였다고 그래!

나는 벌떡 일어나 소리를 질렀다. 엄마는 내 눈을 노려보며 낮은 소리로 말했다.

그럼 누가 죽였니? 말해봐라.

나는 아무 말도 하지 못했다.

내 삶은 왜 이럴까. 이유를 생각해본 적도 있었어. 죄가 있었겠지. 운이 없었겠지. 실수를 했겠지. 나쁜 선택을 했겠지. 누가 나를 미워하는 거겠지. 하지만 모르겠더라. 극복해보려 애썼는데 뭘 어떻게 극복해야 하는 건지 몰라 아무것도 못했다. 그 후로 모든 게 다 치욕이었다. 아무 일도 없었다는 듯 뻔뻔하게 사는 것도. 따뜻하지도 않고 차갑지도 않은 미지근한 분위기도. 화를 내지 않으려고 전력을 다해 노력하는 지인 엄마를 보는 것도. 이제 날 좀 내버려둬라. 그만. 그만하고 싶어. 피곤해. 너무 피곤해.

더는 엄마와 있을 수 없었다. 옷을 입고 밖으로 나가버렸다.

4

눈은 그쳤다. 얼마나 내린 건가. 보이는 모든 것이 다 눈에 덮여 있었다. 도로도 인도도 눈으로 고르게 덮여 있었다. 배들도 차들도 모두 눈 덮인 둥근 무덤처럼 보였다. 입에서 나왔다가 순식간에 사라져버리는 입김을 보며 생각했다. 모르는 게 너무 많다. 아는 게 없다. 아무도 누구도 모르겠다. 짐작조차 되지 않는다. 애써 상상하면 떠오르는 건 온통 절망스럽고 나쁜 일들뿐이다. 거울을 봐도 내가 누군지 모르겠다. 사진을 봐도 누군지 모르겠고, 둘째가 사라지고 나도 사라진 것 같다. 엄마는 마음을 바꾸지 않겠지. 안다. 마음먹은 사람에게 그런 마음을 먹지 말라고 하는 게 얼마나 의미가 없는지. 처음부터 그런 마음을 못 먹게 했어야지. 먹은 마음을 사라지게 할 수는 없다. 아내의 사랑을 받았던 때가 기억났다. 오래전 일이지만 생생하게 느낄 수 있었다. 그래서 상실감이 더 크게 느껴지는 것 일수도. 어디에서 어디로 왔는지 모르겠다. 그래서 어디로 가야 할지도 모르겠다. 돌아갈 수도 없다. 여기까지 어떻게 왔는지도 모르니까. 나는 중얼거렸다.

두려워하는 건 반드시 찾아와.

연애할 때 아내가 좋아했던 노래의 가사다. 언니네 이발관이었던가. 제목도 생각나지 않고 전체 가사가 생각나지도 않는데 이상하게 저 가사와 멜로디가 입가에 맴돌았다. 그만 생각하고 싶은데 그만 부르고 싶은데 계속 생각나는 주문처럼 나는 저 말을 자주 했다. 길을 걸을 때도 잠이 들 때도 일을 할 때도 아내의 손을 잡고 홋카이도의 푸른 바다를 봤을 때도 저 말이 생각났다. 하지만 문제는 두려워하는 것이 무엇인지 모른다는 거였다. 나는 무엇을 두려워하길래 언젠가 그것이 찾아오리란 생각에서 이토록 벗어나지 못하는 걸까. 그래서 일단 애썼다. 방어적으로 살았다. 사건 하나, 갈등 하나가 뭔가를 일으킬 거라고 생각했다. 그래서 그것을 걱정하고 대비하며 지냈다. 하지만 지금은 안다. 어떤 일 때문에 무너지는 게 아니었다. 일이 일어나지 않게 버티는 힘으로 무너지는 거였다. 안에서 밖으로 점점 갈라지다가 스스로 무너지는 초라한 집 한 채. 그래서 누구를 탓할 수도 없는 어리석은 삶. 헤어질 때 아내가 이런 말을 했다.

당신, 그동안 아이 지키고 어머님 지키고 나 지키고 살아왔지. 지인이 일 때문에 서로 상처주고 싸울까 봐 걱정하고 애쓰며 살았어. 눈치 보고 염려하고 말이라도 나올 것 같으면 말을 돌리거나 그도 아니면 전부 당신 탓으로 돌리려고 노력했고. 알아. 아는데, 그건 아니야. 당신은 화냈어야 했어. 탓했어야 했어. 부주의했던 당신 엄마를. 알량한 석사 학위 하나 따보겠다고 애들 팽개치고 밖으로 나돌며 어머님께 애를 맡겼던 나에게 말을 했어야 했다고. 차라리 그게 나아.

아내에게 전화를 걸었다. 궁금한 게 있었다. 누구든 좋으니 말도 좀 하고 싶었고. 아내는 전화를 받고 말없이 가만히 있었다.

해인이는?

자. 늦었잖아.

응. 내가 궁금해서 그러는데 당신이 옛날에 좋아했던 가수 있잖

아. 언니네 이발관이었던가. 암튼 그 가수 노래 중 두려워하는 건 반드시 찾아와, 이런 가사가 있는 노래 제목이 뭔지 알아? 4집이었던가?

3집. 나를 잊었나요.

아. 맞다. 맞아. 고마워. 그게 계속 생각나는데 제목을 모르겠는 거야.

나는 바보같이 억지로 막 웃었고 아내는 잠자코 있었다. 무슨 말이든 해야 하는데 무슨 말을 해야 할지 모르겠어서 애가 탔다. 아내가 말했다.

두려워하는 건 반드시 찾아와. 그다음 가사가 뭔지 알아?

몰라.

나중에 찾아봐. 술 마셨어? 얼른 자.

전화를 끊으려는 말꼬리를 급하게 잡으며 나는 말했다.

전화할 데가 없어서 했어. 이러지 않기로 약속했는데 미안해. 그런데 나 너무 무섭다. 되는 것도 없고 잠도 잘 못 자.

나는 엄마 이야기만 빼고 생각나는 대로 마구 말했다. 내 전화를 받지 않는 거래처 사람과 요즘 주로 먹는 음식과 마음에 들지 않는 정치인 욕도 했다. 옛날 그 옷이 어디 있는지 도무지 모르겠다며 혹시 아느냐고 묻기도 했다. 아내는 내가 더는 말할 수 없을 때까지 다 들어준 다음 길게 숨을 내쉬었다. 난 그 한숨의 의미를 알았다. 아내가 무슨 말을 하려고 할 때 나는 말했다.

아니야, 아니야. 얼른 자.

전화를 끊고 부서뜨릴 듯 핸드폰을 움켜쥐었다. 조금만 더 힘을 주면 정말로 부서질 것 같았다. 내 손이 부서지거나. 방으로 돌아가기 전 핸드폰으로 검색했다. 두려워하는 건 반드시 찾아와, 다음에 무슨 가사가 있는지. 나는 한참 그걸 바라보다가 문장을 입술에 올리고 멜로디를 입혀 흥얼거렸다.

이제야 모든 걸 알겠냐고 묻곤 하지.

문은 잠겨 있었다. 벌써 새벽 네 시였다. 문을 두드렸다. 초인종도 눌렀다. 문은 열리지 않았다. 문을 강하게 두드리고 초인종도 몇 번씩 눌렀다. 불안했다. 두려웠다. 주먹을 쥐고 문을 부술 듯 두드렸다. 문은 한참 뒤에 열렸다. 부스스한 얼굴로 엄마는 문을 열어주고 휑한 눈으로 나를 바라보다 다시 침대로 돌아갔다. 이불 바깥으로 뭉툭한 발이 보였다. 이불을 덮어주고 푸른 미등을 껐다. 몇 분이 흘렀고 곧 눈은 어둠에 적응했다. 방이 머금은 빛을 활짝 열린 동공이 흡수하는 게 느껴졌다. 희미한 윤곽으로만 가까스로 보이는 방. 난 몸을 돌려 엄마를 봤다. 엄마는 모로 누워 웅크리고 있었다. 눈을 감았다. 엄마도 눈을 감고 있었을 것이다. 하지만 어느 쪽도 잠을 이루지 못하고 있다는 것을 알았다.

시간이 얼마나 흘렀을까. 깨어 있는지 잠들었는지 분간이 안 되는 비몽의 순간. 엄마가 느닷없이 말을 걸었다.

성수야. 너 깨어 있지?

응.

나중에 나 죽으면 네가 그런 걸 지어줄 수 있니?

뭘.

하이쿠 같은 거.

그런 이야기할 거면 자. 피곤해.

몇 달 전 친구가 죽었어. 너도 몇 번 봤을 거야. 미영이 이모.

나는 너무 피곤해서 대답 대신 고개를 끄덕였다.

오랜만에 문자가 왔었어. 그러잖아도 통 연락이 없어서 궁금해하고 있었는데 반가운 마음에 확인을 했거든. 그런데 그게 부고더라고. 세상에. 죽은 미영이가 자기가 죽었다는 걸 문자로 알린 거야. 유령도 아니고 귀신도 아니고 그게 뭐라니. 알아봤더니 상조회사에서보낸 거였어. 죽으면 고인의 핸드폰에 저장된 모든 연락처로 부고를보낸다고 하더구나. 난 생각했지. 그런 문자를 보내게 할 순 없다고.그래서 혹시 몰라서 전화번호부를 다 삭제했어. 그거 하나 지웠을뿐인데 가벼워지더라. 미련도 없고. 구속하는 것도 없고. 할 일도 없고. 장례식장에 누가 오는 것은 상관없어. 어차피 다 네 손님일 테니까. 그런데 내가 아는 사람한테 내가 나 죽었소, 하고 연락하는 건 싫다. 그래도 너한테는 연락이 갈 거야. 내가 우리 아들 번호는 안 지웠으니까.

더는 화낼 힘도 그럴 마음도 없었다. 그냥 눈을 뜨기가 힘들고 너무 속이 상해서 마음이 녹는 것 같았다. 겨우 한마디 했다.

어떻게 내게 이럴 수 있어?

어느 방에서 물을 쓰는지 물소리가 들렸다. 지지직 전기 흐르는소리도 들리고 새인지 개인지 알 수 없지만 뭔가 시끄럽게 짖는 소리도 들렸다. 아침이 오고 있나. 잠을 자야 하는데. 엄마나 나나 밤을 새울 나이가 아니지 않나.

엄마. 나…… 이제야 뭘 좀 알겠어. 알았는데…… 그게 뭔지는 잘 모르겠다. 이제 자자. 이상한 소리 그만하고 자자.

5

누군가 말하고 있다. 손 하나가 내 이마를 만지고 목덜미를 쓰다듬는다. 눈을 떴다. 엄마가 침대에 앉아 있었다. 옷을 다 입고 있었고 가방도 들고 있었다. 나는 깜짝 놀라 벌떡 자리에서 일어났다.

몇 시야?

여섯 시 반.

왜 벌써 일어났어?

조금 더 자. 엄마 갈 테니까.

정신이 혼미한데 당황도 하여 말이 잘 나오지 않았다. 그런데 심장이 빨리 뛰는 게 느껴졌다. 엄마는 빙긋이 웃어 보이고는 가방을 들고 문을 열고 나가버렸다. 난 엄마를 쫓아가려고 침대에서 굴러 떨어졌다. 바지를 입고 보이는 대로 양말도 한 짝 신고 와이셔츠를 걸쳤다. 엘리베이터도 타지 않고 계단으로 급하게 뛰어 내려갔다. 엄마는 단정하게 서서 바다를 보고 있었다. 나는 겉옷도 입지 않고 내려온 탓에 너무 추워 몸을 움츠렸다. 와이셔츠 단추 사이로 찬바람이 들어왔다.

엄마. 엄마. 말을 좀 해. 뭐야, 갑자기.

택시 불렀어. 지금부터는 나 혼자 여행할게. 너 어제 힘들게 시간

냈는데 오늘은 일 가야지.

괜찮아. 일 안 가도 돼. 지금 그게 중요해?

엄마는 내 말에 답하지 않고 바다를 보며 말했다.

저기 좀 봐라. 물 들어 왔다. 세상에 예쁘네. 어제랑은 딴판이다. 꼭 동해 같아. 이렇게 물이 많이 들어오니까.

바다였다. 어제는 바다가 아니었는데 지금은 바다였다. 뻘에 처박혀 있던 배도 수면에 둥둥 떠 있었고 하얀 부표가 파도 하나를 넘어 또 다른 파도 속으로 곤두박질쳤다. 서해 특유의 회색빛이 눈 쌓인 풍경에 깃들어 있어 수묵화처럼 보였다. 하지만 이상하게 수면은 반짝반짝거렸다.

동해라니. 그건 좀 아니다.

아냐. 동해보다 훨씬 더 바다 같아. 반짝반짝하고. 오길 정말 잘했다.

알았어. 알았으니까 들어가자. 너무 추워. 이따가 나오자. 검색해봤는데 보문사가 좋다고 하네. 석모도 가는 배 타고 갈매기한테 새우깡 주는 것도 재밌대.

엄마는 계속 들어가라, 춥겠다, 말하며 나를 떠밀었고 나는 계속 괜찮다, 신경쓰지 마라, 말하며 버텼다. 그때 길 저 끝에서 택시가 왔다. 정말 택시를 부른 것이었다.

뭐야.

나 택시 타고 혼자 여행 다닐게. 방금 알려준 곳도 꼭 갈게. 걱정마. 넌 조금 더 자고 서울 가.

엄마.

그만.

그래서 뭐? 진짜 죽기라도 하겠다는 거야? 오늘? 지금?

아니. 아니야.

심각한 상황 속에서도 너무 추웠다. 이가 딱딱 부딪쳤다. 예고도 없이 이렇게 큰 눈이 오다니. 이번 여행은 정말 하나부터 열까지 뭐 하나 제대로 되는 게 없구나. 난 엄마의 손목을 붙잡고 놓아주지 않았다. 엄마가 나를 물끄러미 바라봤다. 가엾은 큰아들을 빤히 봤다. 답답한 침묵이 이어졌다. 택시 기사는 이런 일이 자주 있다는 듯 엔진을 끄지 않은 채 운전석에서 내려 저만치 걸어가 방둑 위로 올라 담배를 입에 물었다. 그는 우직하게 먼바다를 바라봤다. 곁눈질로도 우릴 쳐다보지 않았다. 약속해, 라고 말하려는 순간 바람이 불었고 너무 추워 주저앉아 양팔을 엑스 자로 만들어 어깨를 껴안고 문질렀다. 으으, 소리를 내며 덜덜 떠는 나를 내려다보며 엄마는 비웃는 듯한 목소리로 말했다.

들어가.

안 추워.

그렇게 말해놓고 나도 어이가 없어 웃음과 기침을 한꺼번에 터뜨렸다. 웃다가 계속 콜록거렸다. 엄마는 등을 토닥토닥 두드려줬다.

알아서 해. 엄마는 뭐 엄마 삶이 있으니까. 하지만 나도 입장이 있어. 막을 거고 방해할 거야.

응.

엄마의 목소리는 어찌나 가벼운지 바람에 날리는 눈송이 같았다. 엄마는 떨고 있는 나를 내버려두고 택시를 향해 걸어갔다. 눈 밟는 소리가 또렷하게 들렸다. 바람에도 쓰러지지 않고 눈 속에서도 얼지 않던 엄마가 부스스 부스스 소리를 내며 저 멀리 걸어가고 있었다. 택시가 출발했다. 뒷좌석에 앉은 엄마가 사이드미러 속에서 나를 바라보고 있었다. 너무 밝은 표정으로 아이처럼 웃고 있었다. 손을 흔들기에 나도 손을 흔들었다.

최은영

일 년

1984년 광명에서 태어나 고려대학교 국어국문학과를 졸업했다. 2013년 중편소설 〈쇼코의 미소〉로 《작가세계》 신인상을 받으며 등단했다. 소설집 《쇼코의 미소》 《내게 무해한 사람》을 펴냈다. 허균문학작가상, 김준성문학상, 이해조소설문학상, 문학동네 젊은작가상, 구상문학상 젊은작가상, 한국일보문학상을 받았다.

처음 사흘은 날이 맑았다. 창밖으로는 멀리 고가도로와 고가도로 위를 달리는 자동차가 보였다. 고가도로 앞으로 아파트와 상가건물, 다세대주택, 가지만 남은 나무들이 있었고 가끔 새들이 푸른 하늘을 무리 지어 날았다. 그녀는 피와 진물을 받아내는 주머니를 몸에 달고 링거를 맞으며 병실 침대에 누워 그 풍경을 바라봤다. 겨울이었다.

사흘 뒤부터 그녀는 바퀴가 달린 링거 지지대를 끌고 병동 복도를 걸었다. 누워만 있으면 회복이 더디다는 의사의 말을 듣고부터였다. 그녀는 천천히 걷다, 중간에 휴게실 의자에 앉아서 텔레비전을 봤다. 텔레비전을 건성으로 보면서 환자와 환자의 보호자, 방문객들의 이런저런 이야기를 듣기도 했다.

종종 문병 오는 사람들도 있었다. 멀리 사는 이모가 수술 전 입원부터 수술 직후까지 곁에 있어줬고, 그 후로는 간간이 아는 사람들이 찾아왔다. 그녀와 별다른 정이 없는 큰아버지 부부가 찾아와 통성기도를 해주고, 찬송가를 불러줬다. 회사 동료들 몇몇이 찾아와서 안부를 물어주기도 했다.

그녀에게 그런 방문들은 뜻밖의 일이었다. 사람들은 다정했고, 그녀가 겪은 고통을 위로했다. 그녀는 잠시였지만 그들에게 정성껏 받아들여지는 경험을 했다. 그 느낌은 수술 후 그녀의 혈관을 흐르던 모르핀처럼 부드럽고 달았고, 그녀는 덜 아플 수 있었다. 그들이 한때 누구보다도 그녀를 아프게 한 사람들이라는 사실을 잊은 건 아니었지만.

그녀가 다희를 만난 건 수술한 지 일주일이 지나서였다. 8층 복도를 걷고 있을 때, 검은색 트레이닝복 차림의 여자가 맞은편에서 걸어왔다. 어느 정도 거리가 가까워졌을 때 그녀는 맞은편에서 걸어오는 여자가 다희라는 걸 알아볼 수 있었다. 다희는 시선을 돌리지 않고 그녀 쪽으로 걸어왔다.

선배.

다희 씨.

여기 왜…….

다희는 놀란 표정으로 그녀를 바라봤다.

수술 받았어요. 다희 씨는 왜…….

엄마가 입원해서요.

다희는 화장기 없는 얼굴에 부스스하게 머리를 묶고, 슬리퍼를 신고 있었다.

어디 잠시 앉을까요? 다희가 물었다.

그럴까요?

둘은 휴게실로 천천히 걸어갔다. 텔레비전에서는 저녁 뉴스가 방송되고 있었고, 몇몇 사람들이 작은 목소리로 이야기를 나눴다. 다희를 우연히라도 다시 볼 수 없으리라고 생각했기에 그녀는 조금 당혹한 채로, 휴게실 의자에 앉았다. 조도가 낮은 휴게실에서 다희는 어머니의 상황에 대해 말했다. 어머니가 유방암 수술을 앞두고 있어서 오늘 입원했다는 이야기였다.

그러는 사이 복도의 조명이 몇 개 더 꺼졌다. 그녀는 어떤 말도 하지 못하고 슬리퍼를 신은 다희의 발에 시선을 뒀다.

그녀도 자신의 상태에 대해 이야기했다. 병을 알게 되고, 수술을 받고, 회복하는 과정을 짧게 정리해 말했다. 다희는 그녀의 말 중간중간에 네, 그렇죠, 그랬어요? 라고 응답했다. 오랜만에 만났지만 다희와 대화하는 동안 그녀는 익숙한 편안함을 느꼈다.

그녀의 말이 끝나고, 둘은 서로의 얼굴을 물끄러미 바라봤다. 조금 어두운 조명 아래로 다희의 긴 눈썹이 보였다. 다희가 말할 때면 이리저리로 움직이던 눈썹. 미간을 찌푸리며 웃고 있는 다희의 얼굴 위로 긴 눈썹이 곡선을 그렸다.

*

그녀가 다희를 만난 건 스물일곱, 지금으로부터 팔 년 전의 일이었다. 그녀는 입사한 지 삼 년 차 사원이었고, 다희는 일 년 계약 인턴이었다.

풍력발전기 공사가 막바지에 다다른 무렵이었다. 공사 시일이 빠듯해 현장에서 늘 여러 문제가 발생했다. 현장 사무실과 현장 감독이 따로 있었지만, 현장에 어떤 문제가 있는지 본사 직원이 직접 가서 확인하고 본사에 보고하는 일이 필요했다.

다희가 인턴으로 입사하기 몇 달 전부터 그녀는 그 일을 했다. 매일 공사장에 들러 발생하는 문제와 민원을 수집했고, 팀장에게 상황을 보고했다. 현장에 머물기만 할 때도 있었지만 일주일에 몇 번은 본사에 가서 보고하고 회의에 참석해야 했다. 이런 번거롭고 고된 일을 선호하는 사람이 없어서 그녀가 일을 맡기 전에도 몇 번이나 직원이 바뀌었다. 그런 일에 그녀가 지원했을 때 사람들은 놀라면서도 안도하는 눈치였다.

그녀는 자주 늦은 시간까지 일했다. 혼자서 하기에는 많은 양의 일이었지만, 그렇게라도 자기 존재를 사람들에게 증명하고 싶은 마음이 컸던 시기였다.

일을 끝내고 운전해서 집으로 갈 때면 스물일곱밖에 되지 않은 자신이 다 늙어버린 노파처럼 느껴졌다. 입사하기 전의 기억은 아주 멀리 있었고, 그때의 자신은 온전한 남처럼 기억됐다. 잠을 줄여가며 공부하고 그 많은 시험에 통과해서, 그렇게 노력해서 도착한 곳이 간척지 공사장, 자신에게 소리치는 사람들 앞이었다. 아무것도 없는 간척지 위에서 커다란 풍력발전기 세 대만이 그녀를 내려다보고 있었다.

간척지를 오갈 때, 그녀는 인안대교를 건너야 했다.

대교 양옆으로는 넓은 바다가 펼쳐져 있었고 멀게는 작은 섬들의 군락이 보였다. 대교의 바닥은 포장이 잘되어 있어서 진입할 때면 바퀴가 바닥에 부드럽게 닿아 미끄러져 가는 느낌이 좋았다. 그럴 때면 차체의 소음이 조금 감소했고, 바퀴가 부드러운 표면을 달리는 일정한 소리가 났다. 바람이 많이 부는 날이면 차체가 심하게 흔들리기도 하고, 가끔은 공중에 걸린 기다란 길을 달리고 있다는 생각에 겁이 나기도 했지만.

일몰 전후의 대교는 아름다웠다. 대교에 달린 전구와 가로등 불빛이 때로는 붉은빛으로, 때로는 보랏빛으로 물든 부드러운 하늘 속에 길을 내고 있었다. 해가 완전히 지고 멀리 이어진 대교를 볼 때면 자동차들이 허공 위를 달리는 것 같았다. 하늘을 나는 자동차. 어릴 때 그녀는 하늘을 나는 자동차가 발명될 미래에 대해 들었다. 하늘은 구름과 새의 집이 되어야 한다고, 그렇게 어지러운 장소가 되어서는 안 된다고 어린 그녀는 생각했다. 그녀는 이제 완성된 풍력발전기가, 그 많은 이점에도 불구하고 하늘을 나는 새들에게는 피할 수 없는 도살 기계가 되리라는 것을 알았다.

인안대교를 건널 때면 그녀는 늘 그런 생각 속으로 빠져들었다. 반쯤은 몽롱하고 반쯤은 또렷한 정신이 이리저리 섞이며 그녀가 마주한 현실에서 그녀를 몰아냈다.

다희는 인턴 생활 한 달 만에 그녀의 어시스턴트로 일을 시작했다. 중국어에 상당히 능통해서 중국인 기술자와 협력업체 직원들 지원 명목으로 현장에 파견됐다. 그러나 다희는 운전을 하지 못했고, 공사장까지 이동할 수 있는 대중교통이 있는 것도 아니었다. 조수석에 인턴을 태우고 달리는 길이 온전한 쉼이 될 수 없어서 처음에 그녀는 마음이 무거웠다.

처음으로 카풀을 한 날, 숱이 많은 단발머리를 잘 정돈한 다희는 재질이 좋은 얇은 코트를 입고 깨끗한 구두를 신고 있었다. 차에 타서는 검은색 백팩을 무릎에 얹고 전에도 타던 차를 타는 것처럼 자연스레 앉았다.

고마워요, 선배님. 제가 운전을 배웠어야 했는데.

다희는 백팩에서 귤을 꺼내 껍질을 까기 시작했다. 차내에 금세 귤 향기가 퍼져나갔다. 다희는 그릇 모양으로 벗긴 껍질 위에 귤 알맹이를 하나하나 올려 그녀에게 건넸다. 그녀는 귤 몇 개를 집어 입에 넣고, 괜찮으니 자기에게 더는 주지 않아도 된다고 말했다. 다희는 백팩에서 계속 귤을 꺼내 먹으며 이런저런 이야기를 했다. 인턴 교육을 받을 때의 일, 그녀와 같이 일을 하게 된 사정, 회사 밥이 맛있다는 이야기도 했다. 그건 꽤나 특이한 경험이었다. 아무리 낯가림이 없고 사교적인 성격이라 하더라도 회사 선배와 처음으로 단둘이 가는 길에서, 그렇게 귤을 까먹으며 허물없이 대할 수 있는 사람이 몇이나 될까. 그런 다희를 보며 그녀는 입사 초기의 자기 모습을 떠올렸다. 회사 사람들에게 애써서 최선을 다하려 했던 자신의 모습을, 그 뒤의 낙담을.

그렇게 입고 가면 추울 거예요. 허허벌판에 바람도 많이 불어서.

저, 중학교 때 중국 선양에서 지내서, 웬만하면 추위 안 타요.

그래도 바람은 달라요. 머리 울리고 아파요.

그럼 어쩌죠.

저기, 차 뒷좌석에 얇은 침낭 있어요. 이따 힘들면 그거라도 둘러요.

바람이 많이 부는 날이었다. 그녀는 양모로 뜬 털모자를 쓰고, 다희는 파란색 얇은 침낭을 어깨에 두르고 차에서 내려 걸었다.

아무것도 없는 간척지와 커다란 풍력발전기는 언제나 그녀를 압도했다. 그곳에서는 모든 것이 다 살아 있는 존재들 같았다. 땅도, 발전기도, 바람도 그랬다. 바람이 심하게 부는 날에는 그 소리가 사람 목소리로 들렸고, 퇴근하고서도 환청으로 들리곤 했다. 하얀 발전기는 바람개비를 높이 든, 흰옷을 입은 사람처럼 보였다.

다희는 별말 없이 발전기를 올려다봤다. 흥미 있는 대상을 유심히 관찰하는 얼굴이었다. 1호기부터 3호기까지 발전기를 둘러보는 내내 마찬가지였다. 그녀는 처음 간 곳에서 현장 관계자들과도 자연스럽게 이야기를 나눴다. 다희는 사람들을 지나치게 의식하지 않으면서도 사람들 사이로 잘 섞여 들어갔다. 큰 눈에 감정이 그대로 비쳤고, 말할 때면 긴 눈썹이 쉴 새 없이 움직였다. 짧은 시간에도 여러 표정을 지었고, 웃음소리가 아이 같았다.

다희는 스스로를 낮추는 식으로 다른 사람을 대하지 않았다. 실수를 해도 자신이 잘못한 부분에 대해서 깨끗하게 사과할 뿐, 자학하듯 자신을 깎아내리지 않았다. 매사에 눈치를 보고 저자세로 일관하는 그녀에게 다희의 그런 태도는 그녀 자신의 모습을 돌아보게 했다. 누구보다도 앞장서 스스로를 질책하고 과도하게 몰아세우던 자기 모습을. 이상하게도 다희와 함께 있으면 그녀는 자기 자신을 조금이나마 편안하게 받아들일 수 있었다.

그녀는 회식 자리에서 처음으로 다희와 인사를 나눴다. 가볍게 맥주 몇 잔을 마시는 자리였는데 다희의 얼굴이며 목이 온통 울긋불긋했다.

억지로 안 마셔도 돼요.

그녀의 말에 다희는 유쾌하게 웃었다. 그 자리에서 그녀는 다희가 그녀와 같은 나이라는 것, 오래 방송국 피디 시험을 준비했으나 잘되지 않아서 작년에 포기했다는 말을 들었다. 그 후로도 여러 기업에 원서를 냈지만, 끝까지 통과한 건 이 기업의 인턴 자리밖에 없었다는 사실도 알게 됐다.

그런 정보를 스스럼없이 사람들 앞에서 이야기하는 다희를 보면서 그녀는 다희가 솔직하지만 아직 미숙하여 경솔한 행동을 하고 있다고 생각했다. 이런 곳에서 상대에게 미리 자기가 지닌 패를 보일 필요는 없었다. 다희는 인턴 중에서도 나이가 가장 많은 축에 들었고, 여자였다. 그런 경솔한 행동이 득이 될 리 없는 위치였다. 술을 마셔 나른해진 얼굴로 말하는 다희의 모습이 그녀의 눈에는 불안해 보였다.

다희의 솔직함은 그러나 사람들에게 흠만 잡힐 경솔함이 아니었다. 솔직하되 자기를 비하하거나 부정하지 않았고, 웃고 말하는 모습이 자연스러워서 부담스럽지 않았다. 다희와 같이 통근하고 일하게 되면서 그녀는 다희에 대한 우려가 기우였다는 걸 조용히 깨달았다.

사거리에서 우회전하면 농협이 나왔고, 다희는 언제나 그 앞에 서 있었다. 조수석에 앉아, 가만히 귤을 까서 그녀에게 건넸다. 맑은 날에도, 눈이 오는 날에도, 비가 오는 날에도 다희는 귤을 먹는 것이 무슨 의식이라도 되는 것처럼 매일 그 일을 반복했다.

집에서 귤 농사 지어요?

엄마 친구가 지으세요. 십 년 전인가 제주도로 내려가셨거든요.

다희는 한 손으로 귤을 주무르면서 말을 이었다.

이거 노지 귤이에요. 보면 흠이 많고 껍질도 두껍고 예쁘지도 않고, 맛도…… 솔직히 말하면 신맛이 강하잖아요. 처음에는 맛없다고 생각했어요. 근데 이걸 먹다 보면 다른 귤이 맛없어지더라구요. 손바닥 대 보세요.

다희가 귤 몇 점을 그녀의 손바닥 위에 올렸다.

아무것도 먹고 싶지 않을 때가 있었는데, 그때 그 이모가 제 자취방으로 귤 박스를 보낸 거예요. 냉장고도 없는데. 난감해서 방 한쪽에 귤 박스를 두고 있다가 할 수 없이 하나씩 먹었어요. 왜 이런 걸 보내느냐고 막 화를 내면서요.

그래서요?

그렇게 며칠을 귤만 먹었는데, 귤이 이런 맛인 줄은 몰랐어요. 한 박스를 다 먹고 나서는 입맛이 돌더라구요. 그 이모도 참, 제가 자기 친조카도 아니고, 친구 딸일 뿐인데 그렇게 마음을 써요.

다희 씨 어머니랑 가까우신가 봐요.

젊었을 때 같이 일했대요. 각자 결혼하고는 가까이 살지 못해서 실제로는 자주 본 사이도 아닌데, 그 마음이 뭘까 궁금했어요.

다희는 자신의 엄마와 그 이모와의 인연에 대해 이야기했다.

그날 이후로 이야기는 여러 갈래로 뻗어 나갔고, 그녀는 라디오를 듣듯이 다희가 하는 이야기에 자연스레 귀를 기울였다. 그녀는 다희의 할머니에 대해, 부모님에 대해, 다희의 중국 생활과 다희가 만났던 사람들과 동물들에 대해서도 들었다. 돌이켜보면 다희는 타고난 이야기꾼이었다. 분명 슬프고 외로웠을 법한 일조차도 그녀는 가볍고 웃기는 이야기로 전했다.

다희 씨 참 웃겨요. 그녀가 말했다.

다들 처음에는 그렇게 말해요. 너 참 재밌다, 웃기다.

다희는 조금 작아진 목소리로 말을 이었다. 소리가 작아지자 목소리 자체가 다르게 들렸다.

그러다가, 실망하는 거죠. 전 언제나 그 사람들 기대만큼 밝은 사람이 아니었으니까. 아, 너 이런 애였니? 이러고 가버리는 거예요. 아주 어릴 때부터.

그렇게 말하고 다희는 힘없이 웃었다.

그래서 사람을 좋아하게 되면, 잃고 싶지 않으니까 무리를 하게 돼요. 좋은 모습만 보이고 싶어서.

다희의 목소리에 실린 감정이 그녀의 마음에도 가까이 느껴졌다.

그랬더니 이런 사람도 있었어요. 다희 너는 깊이가 없어, 얕아, 그래서 좀 질려.

침묵 속에서 자동차가 지면을 달리는 소리가 들렸다. 그녀는 그 순간 다희가 직장 동료로서의 선을 넘었다고 생각했다.

선배 차에 타면 저도 모르게 이런 말이 나와서…… 다희가 말했다.

아니에요.

죄송해요.

괜찮으니 마음 놓아요. 전 좋아요, 이렇게 얘기하는 거.

그렇게 말하면서도 그녀는 자기 마음을 의심했다. 괜찮다고 했지만 정말 괜찮은지, 좋다고 말했지만 좋기만 한지 확신할 수 없었다. 자신에게 경계를 허물어준 다희에게 고마움을 느끼면서도 한편으로는 다희의 순진한 마음에 어떻게 대응해야 할지 알 수 없었다.

농협 앞에서 다희를 태우고, 둘은 서쪽으로 갔다. 시내를 통과해 아파트 단지와 상가들을 지나서 고속도로를 타고 이동했다. 중간중간 터널을 통과해 마지막 터널을 지나면 인안대교가 나왔다. 인안대교를 지나 작은 마을을 지나 더 서쪽으로 가면 간척지가 나왔고, 세 대의 발전기가 보였다.

그녀와 다희는 발전기가 시험 가동될 때 그 첫 모습을 함께 지켜보았다. 둘은 가깝게 서서 풍력발전기가 움직이는 모습을 바라봤다. 발전기에 달린 발광체에서 레몬색의 빛이 나왔고, 날개가 돌아가는 소리와 바람 소리가 섞여 일정한 리듬을 지닌 목소리가 울리는 것 같았다. 그 소리는 마음을 압도하면서 두렵게 다가왔지만, 한편으로는 시원하고 자유로운 느낌도 줬다.

그날, 집으로 돌아오면서 다희는 커다란 기계가 주는 안도감이 있다고 그녀에게 말했다. 기계는 감정이 없고, 그래서 기쁨도 슬픔도 불안도 느끼지 않고, 변덕을 부리지 않고, 누굴 속이지도 않고, 자기 모습을 감추거나 매번 변형시키지 않고서도 훼손되지 않는 단단한 존재라고, 그래서 발전기를 보고 있을 때면 알 수 없는 안도감 같은 것이 든다고 말했다.

다희는 어느 일 년 동안, 사랑하는 이들을 여럿 잃었다고 말했다. 피디 시험을 준비한 지 이 년 됐을 때의 일이라고 했다. 그런 일을 겪으면서도 나름대로 살아보겠다고 참으면서 스터디에도 나가고 공부도 하고, 그러다 집에 와 혼자 울었다는 이야기였다.

그때 기억은 좀 나요? 그녀가 물었다.

아뇨, 그냥 드문드문. 언론 고시 스터디를 하고 있었는데 스터디에 빠지려면 불참 사유를 말해야 해서 일이 생길 때마다 솔직하게 말했어요.

거기까지 말하고 다희는 고개를 숙인 채로 말을 잇지 못했다. 잠시 침묵하다 다희가 다시 말을 이었다.

처음에는 스터디 사람들도 저를 위로해줬어요. 안됐다고. 그러다 그해 겨울에 저랑 삼 년을 같이 산 고양이가 죽었을 때, 사람들이 그러는 거예요. 다희 씨, 어떻게 다희 씨 주변에는 이런 일들이 이렇게 잦아요? 어떻게 매번 누가 죽어요?

다희가 가방에서 휴지를 꺼내 코를 풀었다.

공채 시즌이어서 다들 예민해졌을 때였어요. 스터디원이 빠지면 모두가 피해를 보는 구조였으니까요. 스터디에 빠지고 싶어서 제가 거짓말을 하는 거라고 생각했나 봐요. 사람들 앞에서 슬픈 사람처럼 보이지 않으려고 그렇게 노력했었는데, 사람들은 그런 제 모습을 보고 제가 의심스러웠나 봐요.

다희 씨.

다희는 그녀 쪽을 보고 웃었다.

이렇게 말하니 좋네요.

다희는 귤껍질을 벗겨서 그녀의 손에 귤 몇 점을 올렸다. 귤은 아주 시고 달았다. 귤을 다 먹고, 그녀가 망설이며 입을 열었다.

저도…… 작년에 할머니가 돌아가셨어요.

거기까지 말하고 그녀는 입을 다물었다. 왜 이런 이야기를 여기서 한 거지, 라는 생각이 들었고, 고작 그 한마디를 했을 뿐인데 눈물이 나와 놀랐다.

그녀는 눈물을 참으면서 한참을 더 운전했다.

저를 키워주신 분이었거든요. 저도 다희 씨처럼, 회사에서는 웃다가 이 차 안에서 많이 울었어요.

그 말을 하고 그녀는 입술을 깨물었다.

외할머니라고 휴가가 하루밖에 안 나온 것도. 부모상이 아니니까 아무렇지 않을 거라고 사람들이 가정하는 것도 마음에 남았어요.

　선배.

　다희가 그녀의 팔에 손을 얹었다.

　자동차 안에서 다희에게 했던 이야기들은 오래도록 그녀 안에서 아우성치며 밖으로 나가기를 바랐던 것처럼 그녀를 밀어붙였다. 그녀는 정제된 언어로, 자신이 이미 정리한 시간들을 이야기했지만, 그 말을 하는 자신의 몸은 다른 말을 하고 있었다. 땀이 나고, 심장이 빠르게 뛰고, 머리가 아프고, 때로는 그날처럼 눈물이 고이기도 했다.

　한 시간 남짓 달리는 자동차 안에서 서로의 이야기에 몰입하는 동안 그녀와 다희는 선후배도, 친구도, 애인도, 우연히 지나치는 사람도 아니었다. 자동차에서 내려 일터로 나가면 둘은 동료가 되었다가, 자동차에 올라타면 다시 서로의 이야기에 몰두하는, 알 수 없는 사이가 되었다.

　유일하게 대화가 끊기는 순간은 인안대교를 건널 때였다. 자동차가 인안대교에 진입하면 둘은 아무 말도 나누지 않았다. 이야기를 하다가도 중단하거나 대교가 보일 무렵이면 대화를 정리하는 식이었다. 자동차가 인안대교를 지날 때, 다희는 오른쪽 창으로 고개를 돌려 바깥을 유심히 바라봤다. 매일 보는 풍경인데도 마치 처음 보는 사람처럼, 다희는 바다와 작은 섬들을, 밝은 하늘을, 일몰을, 어둠을 물끄러미 바라봤다.

　그 시간을 지나며 그녀의 마음은 두 갈래로 갈렸다. 공과 사를 구분해야 한다는, 자신이 어리석은 행동을 하고 있다는 마음이 하나였고, 다희와 계속 그렇게 이야기 나누고 싶다는 마음이 다른 하나였다.

다희와 이야기할 때면 따뜻한 바닷물에 들어가 수영하는 기분이 들었다. 몸에 부드럽게 감기는 물처럼 모든 것이 자연스러웠다. 다희와 만나고 그녀는 지금껏 그녀가 알았던 대화가 사실은 대부분 서로를 향한 독백이었다는 걸 깨달았다. 시간을 메우기 위해, 혹은 최소한의 사회적인 관계를 위해, 자신을 방어하기 위해 했던 말들이 어른이 되고 나서 그녀가 알던 대화의 전부였으니까. 그제야 그녀는 아무 소리도 들리지 않는 조용한 자기 방에서 온전히 혼자가 되기를 바랐던 마음, 그 누구의 목소리도 듣기 싫었던 마음 안에도 사람과 이야기 나누고 싶은 자신이 있었다는 걸 알게 됐다.

할머니는 어떤 분이셨어요? 다희가 물었다.

초등학교 이 학년 때 소풍 가서 보물찾기를 했는데, 제가 찾은 쪽지에 이 층 필통이 나왔어요. 그래서 그걸 받고 집에 가려는데 어떤 남자애가 자기 필통이랑 바꾸자는 거예요. 싫다니까 저를 발로 차고는 필통을 뺏어 갔죠. 버스 타고 학교에 도착했는데 할머니가 기다리고 있었어요. 할머니에게 가서 일렀어요. 쟤가 나 때리고 내 거 가져갔다, 그랬더니 할머니가 그 남자애랑 그 남자애 엄마에게 막 걸어가는 거예요.

그래서요?

처음엔 좋게 말했죠. 그런데 그 남자애 엄마가 자기 아들이 그랬을 리가 없다고 그래요. 그랬더니 할머니가 거짓말하지 말라고, 흥분해서 소리를 지르는 거예요. 당신 아들 가방 열어봐라, 거기 필통 두 개 있다, 뺏어 간 필통은 이러이러하게 생겼다, 이러면서. 가방을 열어보니 그 필통이 나왔어요. 남자애 엄마가 저에게 돌려주고 떠나면서, 어쩜 노인네가 저렇게 못되게 늙었대? 말하고 쳐다봤어요. 벌레 보듯이. 그랬더니 저희 할머니가 이러는 거예요.

뭐라고 하셨어요?

너 같은 사람들 때문에 이렇게 늙었다, 왜! 이…… 씨발년아.

그 말을 하고 그녀는 작게 웃었다.

그때 할머니 모습이 잊히질 않아요. 말로 일격을 가하고 싶으면서도 겁먹은 게 제 눈에는 보였거든요. 씨발년아, 라고 할 때는 목소리가 작아지면서 꼭 울 것 같았어요. 욕도 못 하는 사람이 최대치의 욕을 한 거죠. 할머니 생각하면 그 기억이 자주 떠올라요. 저를 지키려는 매 순간순간이 무서웠을 것 같고, 용기를 냈어야 했을 것 같고. 세상 소심한 사람이 막, 씨발년이라는 말도 해야 하고.

선배.

네.

고마워요, 선배. 말해줘서.

발전소 개소식은 아침 열한 시, 풍력발전기가 멀리 보이는 공터에서 시작됐다. 음향 시설과 연단, 의자들을 실은 트럭이 도착한 건 아홉 시쯤이었다. 맑은 하루가 되리라는 일기예보가 있었지만 어떻게 된 일인지 바람이 심하게 불었고 하늘에도 짙은 구름이 떠 있었다. 접이식 의자를 펴서 세워놓으면 넘어지기도 했고, 본격적으로 비라도 내린다면 행사 진행에 어려움이 있을 것이었다. 별다른 방법이 없어서 그녀와 직원들은 의자가 쓰러지면 다시 펴서 세워두는 식으로, 그 바람이 지나가기를 바랐다.

그녀가 속한 팀 직원들과 인턴들이 개소식을 준비했다. 행사와 식사를 겸할 수 있는 장소를 섭외하고, 초대장을 만들어 부치고, 보도 자료를 쓰고, 플래카드와 당일 나갈 홍보물을 만들고, 전문통역사, 사진작가, 영상작가를 섭외했다. 손님들이 타고 이동할 관광버스와 야외 행사에서 쓰일 비품들을 준비하기도 했다.

손님들로 국회의원, 시장과 고위직 공무원, 시의원, 단체 임원들이 들어섰고 신문사와 방송사 기자들이 왔다. 정장을 입은 남자들이 일렬로 나란히 서 있는 동안 인턴들이 테이프 커팅식에 쓰일 리본을 단 봉을 양쪽에 설치했다. 오색 리본이 일자로 펴진 순간, 치마 정장을 입은 가장 어린 여자 인턴 둘이 양쪽에서 스테인리스 쟁반을 들고 걸어와 모두에게 가위를 나눠 줬다.

그 장면을 보면서 그녀는 신입사원이었던 자기 모습을 떠올렸다. 여기 여직원들 중에 막내가 누구지? 새로운 신입사원이 들어오기 전까지 그녀는 행사 때마다 꽃다발을 전달하는 역할을 담당했고, 사람들은 그런 일을 하는 신입을 '꽃순이'라고 불렀다. 그녀는 자신의 진실한 감정을 드러내지 않기 위해 애썼다. 자기 감정이 조금이라도 표정으로 드러나, 어른스럽지 못하고 사회인답지 못하다는 말을 듣고 싶지 않았다.

열한 시에 시작해서 열두 시에 끝나야 했을 행사가 열두 시 반에도 끝나지 않았다. 중요한 사람들이 차례로 나와서 자기 감상을 말했는데, 마이크가 잘 들지 않을 때면 이거 왜 이래? 라고 직원들이 있는 쪽을 보고 반말을 하기도 했다. 그녀는 쩔쩔매는 직원들 사이에 서서 바람을 맞고 있었다.

직원들에게 소리치거나, 반말을 섞어 쓰는 사람들을 그녀는 자주 보았다. 그러나 그만큼이나 피로한 건 그런 사람들의 입에서 나오는 무의미하고 진부한 말들이었다. 왕년에 자신이 얼마나 진보적인 활동을 했는지, 혹은 현재 자신이 얼마나 이 세계에서 중요한 위치를 점하고 있는지 자랑하는 말들. 자기가 느끼는 감정을 얼굴에 다 드러낼 수 있고 자기가 하고 싶은 말이라면 생각나는 대로 다 할 수 있는, 자기 권리를 과시하는 사람들.

호텔로 이동해서 오찬이 이어졌다. 직원들은 행사장 뒤처리를 하는 팀과 호텔 레스토랑에서 손님들을 의전하는 팀으로 나뉘었다. 그녀는 행사장 뒤처리를 하고, 뒤늦게 호텔로 이동했다. 레스토랑 입구에서 그녀는 다희와 김 상무가 서서 이야기하는 모습을 봤다. 가까이 다가가니 김 상무는 사람 좋은 미소를 지으면서 다희에게 자기가 한 말을 중국어로 통역하라고 지시하고 있었다. 문장은 죄다 불편한 유머였다. 김 상무는 자신이 다희를 불편하게 하고 있다는 것을 눈치채지 못하는 것 같았다. 그녀는 김 상무에게 다가가 행사장 정리를 마쳤다고 보고했다.

여기 다희 씨, 지수 씨 팀 인턴이죠?

네.

아주 재미있는 친구네. 우리 여자 인턴 중에 나이가 가장 많지, 아마?

다희는 고개를 끄덕였다.

간절히 원해야 하는 거예요. 대충대충 해선 안 돼.

알겠습니다.

다희는 김 상무 앞에서 과도하게 상냥해 보였다. 김 상무에게 당신이 그런 말을 해줘서 진심으로 고맙다는 듯이 연기하고 있었다. 그렇게라도 인사권자에게 좋은 이미지를 주려고 애쓰는 다희의 모습이 그녀는 불편했다. 저렇게까지 해야 하나, 라는 마음이었다.

그럼 수고들 해요.

김 상무가 자리를 떠나고, 그녀와 다희는 창가로 가서 행사장에서 남은 생수를 마셨다.

김 상무님 말, 너무 신경 쓰지 말아요. 그녀가 말했다.

아무렇지도 않아요. 다희가 웃으며 답했다.

다희는 창밖을 보며 립스틱이 지워져 테두리만 남은 입술을 손가락으로 만지고 있었다. 창밖으로는 멀리 수평선이 보였다.

팀 선배들이 하는 얘기 들었어요. 김 상무님이 선배 예뻐한다는 말요.

다희가 무슨 뜻으로 그 말을 하는지 알 수 없어 그녀는 마음이 무거웠다.

사람들이 또 무슨 얘기 하는데요?

선배, 일 잘하고 똑 부러진다고, 그래서 어른들도 선배 좋아한다고.

그녀는 멀리 보이는 수평선에 시선을 두고 사람들이 자신과 김 상무를 두고 어떤 태도로 이야기했을지 어림해봤다. 그 정도는 괜찮다고 생각하면서.

온종일 이어진 행사가 피곤했는지 다희는 평소와는 다르게 집으로 가는 차에서 별다른 말을 하지 않았다. 바람이 거세게 불어서 길가 나무들의 가지가 한쪽으로 기울어지고, 쓰레기가 공중에 날렸다.

저…… 아까 한 말이 마음에 남아서요. 다희가 말했다.

뭐가요?

사람들이 뒤에서 선배 얘기했다는 거, 정말 생각 없이 한 말이었어요.

그게 뭐가 어때요.

그녀는 대수롭지 않다는 듯 말했다. 잠시 망설이던 다희가 입을 열었다.

선배와 김 상무님은 전혀 다른 사람이에요.

알아요.

같은 인턴들도 그렇고 선배들도 다 지수 선배 좋은 사람이라고 해요.

다행이네요.

자동차가 인안대교에 진입하자 다희는 고개를 돌려서 어둠 속에서 점점이 보이는 작은 빛들을 바라봤다. 그녀는 멀리까지 이어진 인안대교의 불빛에 시선을 두고 '좋은 사람'이라는 말을 생각했다.

은근한 따돌림이 있었을 때도 동료들은 그녀에게 친절했다. 아침이면 밝은 얼굴로 출근 인사를 했고, 엘리베이터나 화장실에서 만나면 반가운 내색을 했다. 점심을 같이 먹으러 가자고 하기도 했다. 공적인 일에서 그녀를 배제한 것도 아니었다.

그런데도 몇몇 분명한 순간들은 있었다. 모두가 받은 동료의 청첩장을 받지 못했을 때, 회사 내 메신저로 조금이라도 개인적인 감정을 나누고자 했지만 답이 오지 않았을 때, 아주 사소한 주제라도 그녀와는 사적인 대화를 이어가지 않으려는 기미가 느껴질 때, 어떤 말도 없었지만 그녀와 함께 있어서 버겁고 불편하다는 분위기가 감돌 때, 우리의 세계에 온전히 소속될 수 없는 당신을 나는 안타깝게 여기지만 도울 생각은 없다고 그녀를 바라보는 사람들의 얼굴을 볼 때.

그녀는 그런 상황에 체념한 채로, 그 모든 일이 지나가기만을 바랐다. 고통스러웠지만 살아졌고, 그녀는 살아진다는 것이 무엇인지 알고 있었다. 살아진다. 그러다 보면 사라진다. 고통이, 견디는 시간이 사라진다. 어느 순간 그녀는 더 이상 겉돌지 않았고, 그들의 세계에 나름대로 진입했다. 모든 건 변하고 사람들은 변덕스러우니까. 그러나 그 후에도 그녀는 잠들지 못하거나 질이 낮은 잠을 끊어 자며 아침을 맞았다. 가끔씩 스스로에게 벌을 주듯 폭음을 하고는 환한 대낮의 사무실에서 사람들과 웃으며 대화했다.

인안대교를 다 건널 무렵 비가 내리기 시작해서 그녀는 와이퍼를 켰다.

다희 씨에게 따로 얘기한 적은 없지만 내가 직장에서 좀 겉돌았어요. 많이 서툴렀어요, 사람들 사이에서.

다희는 고개를 돌려 그녀를 봤다.

내가 뭘 잘못했지…… 오래 생각했어요. 많이 나아졌다지만 지금도 그런 생각해요.

왜 선배 잘못일 거라고 단정해요? 다른 사람들이 나빠서일 수도 있지.

그런가요.

입사 초기 무렵, 그녀는 자신을 받아주지 않았던 회사 사람들을 어두운 마음으로 바라봤다. 좋은 사람들에게 거절당한다는 경험은 고통이었으므로, 그녀는 차라리 나쁘고 냉혹한 인간들이 자신을 무시하고 있다고 생각하는 편을 택했다. 그들이 자신을 거절하는 것이 아니라, 그녀가 그들을 거부할 이유를 발견하는 서사가 덜 아팠으니까. 그들은 가치 없는 인간들이어야 했다. 네가 뭐라고 날 무시해? 그녀는 회사 사람들의 얼굴, 목소리, 몸짓, 혹은 그들의 존재 자체에서 그들을 혐오할 수밖에 없는 혐의를 발견해냈다. 자기 속이 얼마나 망가졌는지도 모르는 채로 그녀는 그 일을 매일 반복했다. 입사한 지 일 년 정도 됐을 때, 엘리베이터에서 김 상무를 만난 적이 있다.

그는 그녀가 그와 같은 대학을 나온 걸 알고 있었다면서 다정한 말투로 그녀에게 말을 걸었다.

지수 씨 같은 신입은 억울할 거야. 고졸 특채들이랑 같이 신입이라는 이름으로 묶여 들어왔으니.

그는 다 이해한다는 표정으로 그녀에게 웃어 보였다.

겉으로는 같은 입사 동기지만, 다 형식적인 거고, 우린 걔네 후배로 생각 안 해. 그러니까 걱정 마요.

그가 내리고, 그녀는 엘리베이터 거울에 비친 자신의 얼굴을 봤다. 예전의 자신이었다면 김 상무의 그런 말에 억지로라도 웃지 못했을 것이었다. 그러나 그가 그 말을 했을 때 그녀는 분명 안도했고, 그런 식으로라도 자기 존재를 인정해주는 그에게 친근감을 느꼈다. 차별하는 사람의 입장에 설 수 있게 한 그의 말에 위로를 느꼈다. 거울에서 그녀가 본 건 기쁨과 안도가 스민 진짜 웃음이었다.

어쩌면 사람들은 자신의 그런 추한 가능성을 알아보았는지도 몰랐다. 난 그런 사람이 아니야. 날 이렇게 만든 건 다 당신들 탓이야. 모두에게 그렇게 말하고 싶었지만, 그런 생각은 자기 자신조차 설득할 수 없었다.

그때의 자신의 모습을 그녀는 다희에게 말하지 못했다.

발전소가 문을 열고부터, 다희와 그녀는 다른 일을 맡게 됐다. 그녀는 발전소 관련 자료집을 펴내는 일을 맡았고, 다희는 에너지 박람회 준비팀에 보조 인턴으로 참여했다.

다희는 마다했지만, 그녀는 개소식 후로도 출퇴근 시간에 다희를 태우고 운전했다. 다희는 차에 올라타서 과일이나 떡, 견과류, 빵 같은 것을 먹기 좋은 크기로 잘라 그녀의 손바닥 위에 올려줬다.

그 무렵 다희는 주중에 출근하고 주말에 도서관에 가서 취업 준비를 했다. 인턴 생활이 끝날 무렵, 회사는 자체 시험으로 인턴의 삼 분의 일을 신입사원으로 채용했다. 세 명 중 한 명이에요. 다희는 그 말을 농담처럼 종종 하곤 했었다. 세 명 중 한 명. 떨어질 확률이 더 높지만 희망을 주는 조건이었다. 그녀는 다희가 그 셋 중의 하나가 되기를 빌었다.

다희가 그녀처럼 사 년 전 이 회사에 지원했더라면 어렵지 않게 합격할 수 있었을 것이다. 그러나 다희는 더 어려운 선택을 했고, 그동안 취업 조건은 더 까다로워졌다. 다희는 지난 사 년 동안 무리할 정도로 최선을 다했지만, 그 시간은 그녀가 상황 판단을 잘하지 못했다는 인상만을 남길 것이었다. 별다른 실패 없이, 매번 똑똑한 선택을 하여 최대한 빨리 기업에서 요구하는 모든 것을 갖추어도 좋은 일자리를 얻기 어려운 세상이었다. 자신이 어느 정도의 부담감으로 취업을 준비하고 있는지 다희는 구체적으로 이야기하지 않았다.

집으로 돌아가던 어느 날, 터널을 지나며 다희가 말했다.

어릴 때는 터널 지날 때 숨을 참았어요.

왜요?

숨을 참고 터널 다 지나면 소원이 이뤄진다고 해서요.

무슨 소원 빌었어요?

모르겠어요. 잊어서.

그녀는 잠시 고개를 돌려 다희를 바라보았다. 터널 조명이 다희의 얼굴을 스치며 얼룩을 내고 있었다.

숨 참느라 힘들었던 것만 기억나고 억울하네요.

지금은요?

이제 저를 위해 빌지는 않아요. 저에게 바라는 건 있지만, 그 무언가에게 빌지는 않아요.

터널을 빠져나갈 무렵 다희가 말을 이었다.

선배가 행복하길 바라요. 그리고 건강하길.

고맙다고 말하고 그녀는 앞만 바라보며 운전했다. 나도 그렇기를 바란다는 말을 입 밖으로 낼 수가 없어서 입을 다문 채로. 다시 고개를 돌려보니, 다희는 잠에 빠져 있었다.

다희가 일하는 박람회 준비팀의 총책임자는 충동적인 사람이었다. 매번 마지막 순간에 결정을 번복했고, 자기가 개입하지 않아야 할 일까지 개입해서 잘 마무리된 일을 엉클어놓았다. 수습은 인턴들의 몫이었다. 그녀는 책임자가 인턴들의 불안한 상황을 이용하고 있다고 생각했다.

사람이라면 응당 할 수 있는 실수에도 다희는 예전과 다르게 초조해했다. 다희는 좋게 말해서 신중해졌지만, 어떻게 보면 계속되는 체념 속에서 자기 빛을 잃고 있었다. 가끔 멍한 표정으로 사람들 속에 서 있는 모습을 그녀는 멀리서 바라보곤 했다. 분위기를 맞추려고 따라 웃고 고개를 끄덕이기는 했지만, 다희라는 사람의 껍데기만 남아 있는 것처럼 보였다.

그런 다희에게 그녀는 무리하지 말라는 말을 자주 했다. 일을 융통성 있게 해야지, 다른 사람들 일까지 떠맡아서 할 필요 없다, 그러다 보면 다희가 그렇게 일하는 것이 고마운 일이 아니라 당연한 일이 되는 거라고. 몇 번 그런 이야기를 할 때쯤 다희가 웃으며 말했다.

선배 인턴이었던 적 없죠?

장난스러운 말투에 숨겨진 진심이었다. 그 말을 하고 다희는 창밖을 내다보는 시늉을 했다.

다희가 자주 야근을 하면서 그녀는 혼자 집에 돌아가는 날이 많아졌다. 다희는 같은 팀 인턴들과 빠른 속도로 친해졌고, 야근이 없는 날에도 저녁에 같이 어울리곤 했다. 출근은 매일 같이했지만 다희는 아침에 차에서 자주 졸았다.

그 무렵부터 그녀는 다희에게 회사에 관한 것이라면 자잘한 불만도 털어놓지 않았다. 자신이 순전히 운이 좋아 이런 직장을 구했다는 것을 그녀는 누구보다도 잘 알고 있었다. 다희와 같은 위치였다면, 다희가 자신보다 훨씬 더 유리한 입장이었으리라는 것도. 불안해

보이는 다희를 볼 때면, 그녀는 자신의 편안한 처지에 옅은 죄책감을 느꼈다.

그녀의 팀 사람들은 인턴들이 없을 때 인턴들에 대해 이야기했다. 아직 일해본 경험이 없어서 오히려 일을 만드는 경우도 많고, 일을 습득하는 속도도 느리다는 말이었다. 그런 불만들은 '그래도 인턴을 챙겨야 한다'는 시혜적인 말로 끝나곤 했다. '우리'가 그들을 도와야 하고, 이끌어야 한다는 식이었다.

팀 사람들은 그녀에게 다희와의 관계에 대해서 묻곤 했다. 어차피 떠날 확률이 더 높은 사람에게 왜 그렇게 잘해주느냐고. 그녀는 그저 통근하는 경로가 비슷해서 같이 차를 타고 다니는 거라고만 답했다. 대졸 공채 출신 정규직 사원과 친밀하게 지냈더라면 그런 질문을 받을 일도 없었으리라고 생각하면서.

다희를 만나고 얼마 후, 그녀는 회사 내의 대학 동문 모임에 초대받아 참석한 적이 있었다. 몇 기수 위 선배가 인트라넷 메시지로 동문들을 비밀리에 초대했다. 그 자리에 가서 그녀는 인간이 배타적인 공동체에서 얻는 끼리끼리의 저급한 쾌락을 읽는 동시에 어린 여자인 자신이 그들의 '진짜 우리'에 들어갈 수 없음을 알았다. 그리고 더 이상 그들의 '우리'에 관여하고 싶지도 않았다. 왜 그 모임에 다녀와서 기운이 없고 울고 싶었는지 그녀는 다희와 대화하며 알 수 있었다. 그곳에서 사람들은 모두 같은 목소리로 저마다 방백하고 있었던 것이다.

박람회가 이틀 남은 날, 다희는 야근을 했다. 박람회에서 나갈 팸플릿에 오자 두 개가 발견되어서 스티커 처리를 해야 한다고 했다. 마지막 피디에프 파일을 인쇄소에 보낸 것이 다희였기에 그 일은 다희의 책임이 됐다. 원고를 수정한다고 마지막에 손을 대 부정확한 정보를 쓴 팀장은 그 책임을 전부 다희에게 돌리고 퇴근했다. 인턴 몇이 남아서 팸플릿 오백 장에 스티커를 붙여야 했다.

다희를 돕고 싶었고, 그녀 자신도 처리해야 할 일이 있어서 그녀는 잔업을 하며 다희를 기다렸다. 지하철역까지가 아니라 집까지 데려다줘야겠다고 생각했다. 다희는 열한 시쯤 일을 끝내고 그녀의 사무실로 왔다.

선배.

다희는 미간을 찌푸리며 웃는 특유의 얼굴로 그녀에게 다가왔다.

이렇게 기다릴 필요 없었는데. 고마워요.

나도 할 일 있었어요.

더 늦게 끝날 수도 있었는데, 그럼 제가 너무 미안해지잖아요.

다희는 진심으로 난감하다는 표정을 지었다.

다른 인턴들 보기에도 좀 그래요. 제가 무슨 특별 대우 받는 것처럼.

알았어요. 앞으론 그냥 갈게요.

대수롭지 않게 말하고 웃으며 사무실을 나왔지만 씁쓸한 마음을 숨길 수가 없었다. 다희가 원하지도 않았는데 기다려서 오히려 부담이 되었을지도 모른다는 생각 때문이었다. 그녀는 다희에게 서운함을 느끼지 않기 위해 노력했다. 서운하다는 감정에는 폭력적인 데가 있었으니까. 넌 내 뜻대로 반응해야 해, 라는 마음. 서운함은 원망보다는 옅고 미움보다는 직접적이지 않지만, 그런 감정들과 아주 가까이 붙어 있었다. 그녀는 다희에게 그런 마음을 품고 싶지 않았다.

자동차는 어둠 속을 천천히 달렸다.

선밴 안 피곤해요?

다희는 그녀의 손바닥 위에 초콜릿을 올려놓았다. 민트 맛이 나는 다크초콜릿이었다.

한 달 뒤에 인턴이 끝나요.

그렇죠.

오늘 야근하면서…… 내년 이맘때쯤에 제가 어디 있을지 생각했어요.

다희는 그렇게 말하고 백팩에 얼굴을 기댔다.

인턴 셋이 작업을 했는데, 내년에 우리 셋 중 둘은 여기 없겠지…… 그런 생각이 들면서 아, 그 하나가 내가 되어야 한다고 정말 간절하게 생각하게 됐어요.

누구나 그럴 거예요. 그녀가 답했다.

선배.

네.

가끔은…… 제가 커다란 스노우볼 위를 기어 다니는 달팽이 같아요. 스노우볼 안에는 예쁜 집도 있고, 웃고 있는 사람들도 있고, 선물 꾸러미도 있고, 다들 행복해 보이는데 저는 그걸 계속 바라보면서 들어가지는 못해요. 들어갈 방법도 없는 것 같고.

그녀는 어떻게 답해야 할지 몰라 망설이다 입을 열었다.

다희 씨 합격하겠지만, 아니더라도 더 좋은 곳 갈 수 있다고 생각해요.

그 말을 뱉었을 때, 그녀는 뭔가가 잘못되었다는 것을 느꼈다. 변명을 하고 싶어 망설이는 동안 다희가 입을 열었다.

선배는 빈말 안 하는 사람이라고 생각했어요.

빈말 아니에요.

저한텐 그렇게 들렸어요.

그랬다면 미안해요.

말은 그렇게 했지만, 그녀는 다희의 반응도 심했다고 생각했다. 무책임한 말이긴 하지만, 행운을 빌어주고, 조금 마음을 놓으라고 말해준 것인데 그렇게까지 딱딱하게 말할 필요는 없는 것 아닌가. 아무리 그래도 늦은 시간까지 기다려서 집까지 태워다주는 자신에게 다희가 그런 식으로 말해선 안 되는 것 아닌가.

있잖아요, 선배.

자신을 부르는 다희의 목소리가 떨렸다. 다희는 한참을 망설이다 말을 이었다.

며칠 전에 선배가 다른 선배랑 제 얘기하는 거 들었어요.

언제요?

다희는 그녀의 질문에 대답하지 않았다. 그녀는 다희가 말하는 일이 무엇인지 제대로 기억할 수가 없었다.

저는요, 선배. 우리가 그냥 가는 방향이 같아서 같이 통근했다고만 생각하진 않았어요.

그녀는 사람들의 말에 대답하던 자기 모습을 떠올렸다. 방향이 같아서 같이 다니는 것뿐이에요. 네? 아니에요. 별 사이 아니에요. 그러게요, 언론 고시가 워낙 어렵다고들 하잖아요. 그런가요? 나이가 많아서 아무래도 불리한 부분은 있겠죠. 그래요? 그 친구가 워낙 어른들한테 싹싹하잖아요. 그저 다른 사람들의 말에 사무적으로 답한 것뿐이었지만, 다희가 그 말을 어떤 식으로라도 들었다면 달라지는 이야기였다.

다희 씨, 전……

이해해요. 여기 회사잖아요. 제가 선배 입장이어도 그렇게 말했을 거예요.

다희는 손등으로 얼굴 위의 눈물을 닦아내고 있었다. 당신에게 상처를 주고 싶지 않았어요. 내가 왜 그 사람들에게 우리 이야기를 해요. 그렇게 말하고 싶었지만 목이 따끔거릴 뿐, 그녀는 입 밖에 내지 못했다. 그녀가 그렇게 망설이는 동안 자동차가 마지막 터널을 빠져나왔다. 사실 그녀는 다른 식으로도 말할 수 있었으니까. 다희 씨랑은 말이 잘 통해서 친해졌어요. 아, 다희 씨 없는 데서 다희 씨 이야기하고 싶진 않은데요. 그렇게 말하면 따라붙을 질문이 귀찮고, 어색해질 공기가 두려워 그녀는 그렇게 말하지 못했던 것이었으니까.

그날 그녀는 다희에게 미안하다는 말밖에는 하지 못했다. 적극적으로 상황을 설명하는 것이 다희의 상처를 덜어내는 방법이었을까 뒤늦게 생각해보기도 했지만, 성의 없는 변명을 하느니 깨끗하게 사과하는 편이 나았으리라는 판단은 달라지지 않았다. 다희의 상처를 자기 관점으로 다희에게 설명하고 싶지 않았다.

내가 다희 씨를 어떻게 생각했는지는 다희 씨가 제일 잘 알 거예요.

그녀는 다희의 집 근처에 와서 그렇게 말했다.

괜찮아요. 제가 오늘 피곤해서.

다희는 그렇게 말하고 미소 지으며 차에서 내렸다. 서운하다, 어떻게 내게 그럴 수 있나, 상처받았다, 예전의 다희라면 그렇게 말했으리라는 걸 그녀는 알았다. 애정이 상처로 돌아올 때 사람은 상대에게 따져 묻곤 하니까. 그러나 어떤 기대도, 미련도 없는 사람은 자신을 보호하기 위해 마음을 걸어 잠근다. 다희에게 그녀는 더는 기대할 것 없는 사람이었다.

다희가 출근하던 마지막 한 달 동안, 둘은 그날의 일을 화제에 올리지 않고 아무 일도 없었던 것처럼 웃으며 대화했다. 그것이 그녀는 슬펐는데, 다희도 그런 마음이었는지는 알 수 없었다.

다희가 마지막으로 퇴근하던 날, 그녀는 다희를 집까지 데려다줬다. 둘은 그날이 다른 날과 다를 것 없다는 듯이 능청을 떨며 대화했다. 그녀는 다희에게 시험 잘 보라고, 계속 카풀을 할 수 있으면 좋겠다는 말을 했고, 다희도 그럴 수 있으면 좋겠다고 말했다.

그래도…… 오늘이 마지막일 수 있어요, 우리 카풀. 다희가 말했다.

그래요.

선배.

네.

우린 말이 참 잘 통했어요.

그녀는 고개를 끄덕였다.

선배가 저 아껴준 거 알아요. 전 선배한테 아무것도 해준 것도 없는데.

다희 씨는…… 그녀는 머뭇거리면서 말을 골랐다. 저는……

선배.

전⋯⋯ 다희 씨 좋아하면서 다른 사람들도 조금은 좋아하게 됐어요. 그건 아무것도 아닌 게 아니에요.

그 말을 할 때 자동차가 인안대교에 들어섰다. 그곳에서, 둘은 언제나처럼 아무 말도 하지 않았다. 그러나 문득 그녀는 말하고 싶었다. 다희에게 하지 못했던 말을.

다희의 눈썹. 다희가 얘기할 때 눈썹이 자유자재로 움직이는 모습을 보면서, 사람에게 눈썹이라는 게 있었구나, 눈썹이라는 것이 꼭 마음과 통하는 것 같다는 생각을 했었다고. 그리고 사실 그녀는 귤을 좋아하지 않았다는 말도. 그렇게 껍질을 까서 하나하나 손바닥에 올려주던 마음이 고마워서 그 말을 끝까지 할 수 없었고, 결국엔 귤을 좋아하게 되었다는 말도 하지 않았다. 다희가 더 깊은 이야기를 할까 한편으로는 두려워했다는 말도. 사람들은 때로 누군가에게 진심을 털어놓고는, 상대가 자신의 진심을 들었다는 사실 때문에 상대를 증오하기도 하니까. 깊은 이야기를 할수록 서로에게 가까워진다는 것을 그녀는 애초에 믿지 않았다는 말도. 그렇지만 다희가 그녀로 하여금 말하게 했다고, 그 사실을 잊을 수 없을 것 같다는 말도. 그리고 무엇보다도, 나를 떠나가지 말라고 말하고 싶었다는 사실도.

인안대교를 지날 무렵, 가는 눈발이 차창에 내렸다. 둘은 아무 말도 없이 앉아서 조금씩 굵어지는 눈발을 바라보고 있었다.

첫눈이네요. 그녀가 말했다.

자동차에서 내려 백팩을 메고 분주한 걸음으로 걸어가던 다희를 그녀는 어둠 속에서 물끄러미 바라봤다. 다희는 끝까지 뒤를 돌아보지 않았다.

＊

병원에서 우연히 만난 후로 다희는 몇번 그녀를 보러 병실에 왔다. 가끔은 한 시간을 머물다 가기도 하고, 가끔은 오 분을 앉았다 가기도 했다.

선배.

병실 커튼 밖에서 다희가 그녀를 불렀다. 저녁을 다 먹고 해가 질 무렵이었다.

들어가도 돼요?

들어와요.

다희에게서는 차갑고 신선한 겨울 공기 냄새가 났다. 다희는 보조 침대에 걸터앉았다. 치마 정장을 입고, 검은 구두를 신고 머리를 뒤로 묶은 채였다. 예전에는 숱이 많아 고민이었던 다희의 정수리 부분이 조금 비어 있는 모습을 그녀는 지켜봤다. 직장에서 바로 온 것 같았다. 그녀는 몸을 일으켜 앉아 다희에게 티슈를 건넸다.

주스 마실래요? 토마토 주스하고 오렌지 주스 있어요.

다희는 고개를 저었다.

물은요?

그녀는 컵에 물을 따라 다희에게 줬다. 다희는 물 한 잔을 단숨에 마시고 티슈로 얼굴을 닦고, 코를 풀었다. 둘은 아무 말 없이 한참을 서로를 향해 앉아 있었다. 창밖에서 앰뷸런스 사이렌 소리가 났다.

많이 아팠나요? 다희가 작은 목소리로 물었다.

수술한 지도 꽤 돼서, 이제 괜찮아요.

남 얘기하듯 말하는 건 여전하네요. 이런 일에도 선뱀 그저 담담하기만 해요.

그래요.

이런 일에도 아프다고 안 하면 선뱀 언제 아프다고 해요?

모른다는 말을 하려는데 말이 잘 나오지 않아서 그녀는 입을 다물었다.

사람들은 그녀가 곧 나으리라고, 회복되리라고 이야기해주었다. 괜찮을 거라고, 이 시간도 곧 지나갈 거라고 이야기했다. 그녀 자신도 자신에게 그렇게 이야기해왔다. 조금만 참아. 의사 말대로 해. 다 끝날 거야. 어느 누구도 자신에게 아프냐고 물어보지 않아서였을까. 그래서 자기 자신에게도 아프냐고 묻지 못한 것이었을까.

많이 아팠나요? 다희가 다시 물었다.

그녀는 다희를 보며 고개를 끄덕였다.

다희는 자리에서 일어나 그녀의 팔에 자기 손을 가만히 올렸다. 그런 다희를 보며, 그녀는 왜 자신이 팔 년이 지난 지금까지도 그때의 일들을 떠올리곤 하는지 어렴풋이나마 이해할 수 있었다. 다희와 주고받던 이야기들 속에서만 제 모습을 드러내던 마음이라는 것이 있었으니까. 아무리 누추한 마음이라 하더라도 서로를 마주 볼 때면 더는 누추한 채로만 남지 않았으니까. 그때, 둘의 이야기들은 서로를 비췄다. 다희에게도 그 시간이 조금이나마 빛이 되어주었기를 그녀는 잠잠히 바랐다.

그녀가 퇴원하기 전날에도 다희는 그녀 곁에 머무르다 갔지만, 다희도 그녀도 서로의 연락처를 묻지 않았다. 그녀는 다희의 삶에서 비켜나 있었고, 다희 또한 그녀에게 그랬다. 퇴원하던 날은 눈이 많이 내렸다. 그녀는 안방 창가에서 내리는 눈을 오래도록 바라봤다. 창에 달라붙은 눈은 금세 작은 물방울이 되었지만 바닥까지 내려간 눈은 지상의 사물들을 흰빛으로 덮었다. 사라지는 것은 없었다.

그녀는 여전히 그녀인 채로 살아 있었다.

2 0 1 9 년　제 4 3 회　이 상 문 학 상　작 품 집

3부

제43회 이상문학상
선정 경위와 심사평

심사 및 선정 경위

2019년 제43회 이상문학상의 대상 후보작에 대한 추천 및 선정 작업은 2018년 일 년 동안 국내의 문예지에 발표된 200여 편의 중단편소설을 조사하는 것으로 시작되었다. 문학평론가, 문학 전공 교수, 각 언론기관 문학 담당 기자, 문예지 편집장 등을 후보작 추천위원으로 위촉하여 대상 후보작을 추천 받았으며, 그 결과를 종합하여 다음과 같이 후보작을 선정하게 되었다. (가나다순)

김중혁, 〈왼쪽〉

김희선, 〈해변의 묘지〉

백가흠, 〈나를 데려다 줘〉

윤이형, 〈그들의 첫 번째와 두 번째 고양이〉

이승우, 〈하갈의 노래〉

장강명, 〈현수동 빵집 삼국지〉

장은진, 〈울어본다〉

정용준, 〈사라지는 것들〉

조해진, 〈환한 나무 꼭대기〉

최은영, 〈일 년〉

한유주, 〈왼쪽의 오른쪽, 오른쪽의 왼쪽〉

《문학사상》에서는 이들 후보작을 대상으로 심사를 맡게 된 2019년 제43회 이상문학상 본심 심사위원회를 아래와 같이 구성했다.

2019년 제43회 이상문학상 심사위원회

권영민(월간《문학사상》주간)

권택영(문학평론가)

김성곤(문학평론가)

정과리(문학평론가)

채호석(문학평론가)

심사위원들이 대상 후보작의 전반적인 특징을 놓고 토론하는 과정에서 언급했던 소설적 경향은 다음의 네 가지 정도로 요약된다. 첫째, 기존의 소설에서 서사적 갈등의 핵심이 되었던 정치적 · 사상적 이념성이 대부분 제거되고 있다는 점. 둘째, 고통스러우며 견디기 힘든 각박한 현실과 삶의 조건을 문제 삼고 있는 작품이 많은 점. 셋째, 개인적 주관성에 갇혀 있는 주체의 내적 고뇌를 통해 자기 존재를 확인하고자 하는 경향이 강하다는 점. 넷째, 한국 사회의 변화 가운데 주목되는 다문화사회의 특징을 흥미로운 관점에서 접근하고 있는 작품이 많은 점 등이다.

하지만 무게 있는 주제를 깊이 있게 다루고 있는 작품이 부족하고, 서사적 완결성 대신에 이야기 자체가 애매한 상태로 끝나는 경

우가 많으며 전반적으로 침울한 분위기가 강하다는 점을 지적하기
도 했다.

　본격적인 논의 과정에서는 윤이형, 이승우, 김희선, 정용준, 조해
진, 최은영, 한유주, 김중혁, 장강명, 정지아, 장은진 등의 작품에 대
한 언급이 많았다. 각 심사위원들이 최종 대상 후보작을 3편씩 추천
하도록 했을 때 심사위원 전원의 추천을 받은 것은 윤이형의 〈그들
의 첫 번째와 두 번째 고양이〉뿐이었다. 심사위원들은 공통적으로
윤이형의 작품에 대해 자기 주체를 해석하는 방법에 높은 점수를
주었고 섬세한 언어 감각과 그 소설적 감응력을 주목했다.
　이승우가 시도했던 성서의 진지한 해독법은 그 무게에도 불구하
고 현실적 감각과 다소 거리가 느껴진다는 점, 정용준의 경우는 상
당한 문제성을 지닌 작품임에도 불구하고 등장인물들의 고뇌에 깊
이가 느껴지지 않는다는 아쉬움을 표했다. 김중혁의 경우는 이야기
자체가 단편적인 소품으로 느껴지는 점이, 장강명의 작품은 일상적
소재를 해석해내는 힘에 비해 소재 자체의 피상성이 문제가 되었다.
김희선, 최은영, 한유주 등의 작품은 그 새로운 소설적 가능성에 대
해 논의했다.
　심사위원 전원은 2019년 제43회 이상문학상 대상 수상작으로
윤이형의 〈그들의 첫 번째와 두 번째 고양이〉를 선정하는 데에 일치
된 견해를 보였다. 그리고 우수상에는 이상문학상 본심에 새롭게 등
장하게 된 작가들에 주목하여 아래의 작품을 선정했다.

김희선, 〈해변의 묘지〉

장강명, 〈현수동 빵집 삼국지〉

장은진, 〈울어본다〉

정용준, 〈사라지는 것들〉

최은영, 〈일 년〉

2019년 제43회 이상문학상 대상 수상작인 〈그들의 첫 번째와 두 번째 고양이〉는 부조리한 현실적 삶과 그 고통을 견뎌내는 방식을 중편소설이라는 서사적 틀에 어울리게 무게와 균형 갖춘 이야기로 형상화한 작품이다. 이 작품이 저마다 삶의 어려움을 감내하고 있는 모든 독자들에게 위로가 되길 바란다.

이상문학상 대상 수상의 영예를 안게 된 윤이형의 소설적 성과를 높이 평가하면서 박수를 보낸다. 그리고 우수상을 수상하게 된 작가들에게도 축하와 함께 응원을 보낸다.

2019년 제43회 이상문학상
심사평

서사의 중층성 혹은 고통의 현실 속에서 찾아낸 따스한 사랑

— 권영민 · 월간 《문학사상》 주간

지난 일 년 동안 발표된 중단편소설 가운데 이상문학상 후보작으로 예심을 통과한 작품들은 그 소설적 경향이 다채롭다는 느낌을 받았다. 문단 경력이 2~3년 정도밖에 되지 않는 신진 작가에서부터 거의 30년에 가까운 창작 생활을 거쳐 온 작가의 작품이 골고루 섞여 있었다. 단편소설의 단단한 구성과 통일적인 인상에 주력한 작품도 있고, 특이한 서술 기법과 언어적 실험을 통해 새로운 소설 미학에 도전하는 실험성이 짙은 작품도 있었다. 성소수자 문제를 소설적 소재로 끌어들여 그 문제의식을 형상화하고자 하는 작품도 눈에 띄었다.

그런데 대체로 소설적 분위기가 음울하다. 현실적인 삶의 고통이 개별적 주체의 위기와 이어지면서 어두운 분위기를 자아내고 있는 것이 아닌가 생각된다. 특히 죽음의 문제를 소재로 다루고 있는 작품이 많다는 것도 이런 소설적 경향에 한몫을 하고 있는 것이라고 생각한다. 자기 존재의 의미에 대해 깊이 있는 모색을 보여주면서도 타자와의 관계에서 고립된 채 개인의 내면성에 갇혀 있는 경우가 많았다. 그만큼 개별성이 강하다고 할 수 있지만 소설이 요구하는 삶의 전체적인 조망과 그 주제의 무게와 깊이라는 점에서는 지나치게 단편적이라는 느낌도 지울 수 없었다.

이상문학상 대상 수상작으로 선정된 윤이형의 〈그들의 첫 번째와 두 번째 고양이〉는 중편소설이다. 여기서 중편소설이라는 양식의 요건이 먼저 관심사가 될 수밖에 없다. 단편소설이 요구하는 상황성과 장편소설이 추구하는 역사성이 서사적 형식 안에서 특이하게 통합되는 지점에 중편소설의 자리가 생겨난다. 윤이형은 바로 이 지점을 놓치지 않았다.

부조리한 현실적 삶과 그 고통을 견뎌내는 방식이 중편소설로서의 무게에 알맞게 균형 잡혀 있다. 〈그들의 첫 번째와 두 번째 고양이〉라는 제목에서 문제적인 존재는 사실 고양이가 아니라 '그들'이라는 대명사가 지칭하고 있는 인물들이다. '그들'은 따지고 보면 '우리'라는 1인칭 대명사로 묶여야 할 가족이지만 소설 속에서는 결국 서로 흩어져 있다. 여기서 '그들'은 젊은 부부와 그 사이에서 태어난 아들이 전부다. 이들의 만남 그리고 고통의 현실과 힘든 삶이 각자의 관점으로 반추되고 결국은 헤어짐의 과정으로 서사가 이어진다. 하지만 작가는 '그들'이 키워온 두 마리의 고양이를 서사의 전면에 내세우면서 각각의 인물이 공유하게 되는 삶의 문제를 각자의 시선으로 파고든다. 그러므로 서사는 구조적 중층성을 드러내는데, 물론 이야기 자체가 복합적인 양상으로 치닫지는 않는다. 현실적인 삶의 어려움을 '그들'이 모두 서로 나누어 가지면서 그 아픔을 공감하고 있기 때문이다. 그리고 그 공감이 바로 두 마리의 고양이를 중심으로 하여 모든 살아 있는 존재와 그 생명에 대한 따스한 사랑으로 이어지고 있는 것은 물론이다.

이 소설은 이야기의 서두 부분에서부터 중반부의 전개 과정을 거쳐 결말에 이르는 동안 초점 인물을 자연스럽게 바꾼다. 작중 화자가 바뀌는 것이라기보다는 초점 인물이 달라진다. 소설 내적 상황을 바라보는 방식을 달리함으로써 인물의 내면세계를 드러내는 데에 일정하게 성공하고 있음을 알 수 있다. 섬세한 언어 감각과 인상적 묘사로 서사의 품격을 높여주고 있다는 점은 이 소설을 읽는 모든 독자들도 공감할 수 있으리라 생각한다.

우수상을 수상하게 된 작품 가운데 정용준의 〈사라지는 것들〉도 관심 있게 읽었던 작품이다. 삶과 죽음의 문제를 다루고 있는 이 소설에 주목하게 되었던 이유는 '죽음' 자체의 문제성에 있었던 것이 아니라 죽음을 감내해야 하는 살아남은 사람들의 '아픔'을 이야기하는 방식 때문이다. 소설의 이야기가 이와 같은 감정과 그 깊이의 정서를 다루어 가는 일은 그리 간단하지 않다. '아픔'은 시공간의 속성과는 상관이 없기 때문이다. 장강명의 〈현수동 빵집 삼국지〉는 부조리한 현실을 이야기하는 과정 속에 풍자와 비애가 뒤섞여 있다. 이런 특이한 개성의 작가를 만나게 된 것이 반갑다. 소설적 주제의 무게감이 느껴지지 않는다는 불만도 있을 수 있지만 심각한 문제를 이렇게 명쾌하게 그리고 가볍게 이야기해주는 것도 소설의 힘이다. 장은진의 〈울어본다〉는 무미건조한 반복적 일상을 살아가는 인물의 내면을 보여주고 있지만 서사성이 약하다. 김희선의 이야기 방식도 흥미롭고 최은영의 감각도 뛰어난데, 작품 자체가 소품이라는 한계가 있었다.

작고 따뜻한 행복 앞에서
모습을 감춘 거대 서사
— **권택영** · 문학평론가

　2018년 한 해 발표된 주요 작품들 속에서 '이념의 갈등'과 같은 거대
서사는, 이웃과 공감하려 애쓰는 마음과 작고 따뜻한 행복 앞에서 모습
을 감추었다. 일상의 삶이 중요해지면서 직업, 결혼, 이혼 등의 어려움
을 겪는 개인의 심리가 섬세하게 그려진 것이다.

　폭력과 살인이 바로 옆에서 일어나기에 개인은 불안하고 고독하다.
전통적인 가족관계가 해체되고 새로운 형태의 결혼이나 가족이 나타
난다. 여성의 권리를 주장해온 지난 세월의 노력이 자각과 실천으로 방
향을 바꾼다. 남성은 고독하고 여성은 어떻게 자신의 일을 하면서 동시
에 육아를 아우를 수 있는가 고민한다.

　대상 수상작인 윤이형의 〈그들의 첫 번째와 두 번째 고양이〉는 이런
맥락에서 더욱 돋보이는 작품이다. 여주인공 희은이 겪는 상처와 고독,
그리고 새로운 선택은 잔잔한 어조로 서술된다. 어린 시절, 어머니와 딸
을 버린 아버지의 위선과 무책임으로 상처를 간직한 그녀는 이념 투쟁
이나 결혼 같은 기존의 관습과 제도에 회의적이다. 자신이 원하는 번
역 일에 매진하는 등 자유롭게 살고자 하는 그녀는 그러면서도 아버지
와 다른 책임감 있는 삶을 살려고 노력한다. 그런 가운데 성실하고 사
려 깊은 정민을 만났고 아이를 갖게 된다. 자신의 불행을 반복하지 않

기 위해 그녀는 아이를 잘 키우고 싶다. 그래서 결혼이라는 제도 속으로 들어간다. 그러나 정민은 생활비를 벌기 위해 자신의 꿈을 저버린 채 밤낮으로 일해야 했고, 그러한 시간이 흐를수록 둘은 서로에게 마치 가해자가 된 듯 느낀다. 특히 이웃에서 일어난 살인 사건으로 불안장애를 호소하게 된 희은은 다시 홀로서기 위해 정민을 자유롭게 놓아주고자 결심한다. 이혼 후, 아들을 희은 자신이 맡고 정민은 국어교사가 되려던 꿈을 이룬다.

그런데 여기서 질문 하나가 튀어나온다. 이들에게 있어 첫 번째 고양이와 두 번째 고양이는 어떠한 의미를 가진 존재인가? 동물에 대한 지극한 사랑? 이야기 서두에 길게 서술되는 순무와 치커리라는 두 고양이의 죽음은 그녀의 선택에 어떤 역할을 하는가? 고양이의 죽음에 그토록 아파하는 것은 우리가 얼마나 고독했는지, 또 우리가 얼마나 불안한 시대에 살고 있는지, 우리의 사랑과 공감은 얼마나 약하고 실천하기 어려운 것인지 암시하는 것은 아닐까? 제목의 의미를 유추해나가는 과정 또한 이 작품을 읽는 한 가지 묘미가 된다.

정용준의 〈사라지는 것들〉에서도 전통 가족은 해체된다. 아내는 석사 학위를 따기 위해 집에 머무르지 못하고, 주인공의 어머니는 아내를 대신해 두 아이를 돌본다. 그러던 중 둘째가 차에 치여 죽고 만다. 그 사건으로 어머니는 자책감에 시달리고 아내는 그 상처를 견디기 힘들어 결국 둘은 갈라선다. 이 작품의 핵심은 그 사건 자체보다 그 일이 있은 후, 어머니는 늘 그만 살겠다는 말을 하고, 아들은 그런 어머니를 감시하고 달래는 과정에 있다. 우리에게 익숙한 '전통적인' 어머니의 강함은 어디로 갔는가? 아들과 어머니의 역할이 마치 뒤바뀐 듯 느껴진다.

그러나 결국 그 또한 고독하고 기댈 곳이 없다.

최은영의 〈일 년〉은 경쟁사회에서 '일자리 얻기'가 얼마나 어려운지, 그로 인해 사람들이 서로의 가슴을 털어놓는 것이 얼마나 힘든 일이 되어버렸는지를 보여준다. 간척지 발전소 건설 공사에서 만난 인턴사원과 주인공은 매일 출퇴근길을 함께하며 대화를 나눈다. 그들은 귤을 나누어먹고 차를 함께 타고 서로의 속내를 처음으로 타인과 공유하지만, 그들은 인턴사원과 정규직이라는 서로의 자리에서 완전히 자유로워질 수 없다. 진정한 의미의 관계, 공감 그리고 취업의 어려움 속에서 현대인의 소통이 얼마나 제한되는지를 느끼게 하는 작품이다.

이제《삼국지》는 나라와 나라 간의 영토 전쟁이나 영웅적인 전술과 전략에 관한 이야기로 국한되지 않는다. 한 지역에서 같은 물건을 파는 사람들이 살아남기 위해 벌이는 치열한 전쟁과 전술에 관한 이야기도 《삼국지》가 된다. 장강명의 〈현수동 빵집 삼국지〉는 가까운 거리에 있는 빵집들을 둘러싼 갈등과 경쟁의 다양한 모습을 묘사한다. 읽는 재미와 제목이 주는 유머가 돋보인다.

기술문명은 현실의 불확실성을 줄이고 공평한 기회를 제공하지만, 역설적이게도 기술문명이 발전될수록 세상의 불확실성은 늘어나고 경쟁은 더욱 치열해진다. 기술문명이 사람을 움직이는 사회에서는 냉장고의 우는 소리에 사람이 따라 울게 된다. 장은진의 〈울어본다〉에서 냉장고와 지하철은 인간의 신뢰와 사랑의 주체가 된다. 가난했던 시절, 냉장고는 자식에 대한 사랑을 증명하려던 엄마의 마음이었고, 이제 냉장고 소리는 그녀가 잠을 이루지 못하는 밤에 더 크게 우는 존재가 되었다. 독립을 한 그녀는 출퇴근길에서 정기적으로 만나게 된 한 남자와 지하철에서 데이트를 한다. 사랑의 장소였던 지하철은 남자의 배반 후 상처의 장소가 되었고 그녀는 냉장고와 단둘이 남게 된다. 잠들지 못하는 밤, 그녀는 건너편 아파트 불빛을 바라본다. 인간에 대한 신뢰가 사라진 밤에 고독한 현대인은 먼 불빛으로 소통할 뿐이다.

김희선의 〈해변의 묘지〉는 버뮤다 삼각 해역에서 시작된 이상한 사건을 다룬다. 어느 날 동해상에 한 척의 작은 나룻배가 나타났다. 이 배에는 원양 어선에서 조난당한 박홍식과, 과테말라의 쓰레기 산에서 벗어나려던 한 청년이 타고 있었다. 두 사람은 비현실적인 현상에 휩쓸려 공간이동을 했다고 주장한다. 아무도 그들의 이야기를 믿지 않지만 두려운 예감은 현실로 나타나고 만다. 인공지능의 미래가 그렇듯이, 기술 과학은 공포를 예감하지만 그것을 막지는 못한다.

유려한 문장과 빼어난 감수성으로 그려낸 수작

— **김성곤** · 문학평론가

문학이 사회를 반영하는 거울이라면, 혼탁한 국제정세로 인한 불투명한 미래와 극도의 혼란을 겪고 있는 우리 사회를 거시적으로 성찰하고 심도 있게 비판하는 작품이 많이 나와야 할 것이다. 그런데 최종심에 올라온 후보작들은 대체로 미시적이고 사적인 공간에만 머물고 있다는 느낌을 받았다. 그럼에도 불구하고 궁극적으로는 그런 문제에 촉수를 대고 있는 몇몇 눈에 띄는 작품들도 있었다.

김희선의 〈해변의 묘지〉는 선원 박홍수와 바다에서 그를 구해준 과테말라 청년 알레한드로의 이야기를 통해 현재 전 세계적으로, 그리고 한국 사회에서도 문제가 되고 있는 난민 체류 허가 문제를 상징적으로 다루고 있는 점이 좋았다. 더 나아가 이 작품은 한국인과 외국인의 문제를 통해 궁극적으로는 '너'와 '나' 또는 '우리'와 '타자'의 문제를 깊이 있게 천착하고 있는 점이 돋보였다. 우리에게 다시 한 번 휴머니즘과 휴머니티의 중요성을 깨우쳐주고 있다는 점에서도 주목할 만한 작품이라고 생각한다.

장강명의 〈현수동 빵집 삼국지〉는 우리 사회의 소우주라고 할 수 있는 체인 베이커리와 개인 베이커리에서 일하는 사람들의 고달픈 삶을 통해 오늘날 한국 사회가 당면하고 있는 구조적이고도 심각한 문제점을 문학적으로 천착한 흥미 있는 작품이라고 생각한다. 이 작품은 요즘 젊은이들이 선호하는 베이커리의 주인과 종업원과 고객, 그리고 힘없는 체인점 점주와 강압적인 회사 본점과의 관계를 통해 현대 한국 사회의 구조적 문제들을 설득력 있게 짚어내고 있다. 산업화 시대였던 1970년대 서민들의 애환을 그렸던 〈난장이가 쏘아올린 작은 공〉이나 〈아홉 켤레의 구두로 남은 사내〉를 연상시키는 이 작품을 2019년에 읽으며 도대체 그동안 우리 사회에 변한 것이 무엇인가를 반성해보게 된다.

장은진의 〈울어본다〉는 어린 시절부터 지금까지 성장 과정에서 주인공이 늘 인연을 맺고 살아온 냉장고라는 모티프를 통해 현대인의 선망과 실망, 고독과 고립, 웃음과 울음, 그리고 삶의 따뜻함과 차가움의 미학을 심도 있게 성찰한 작품이다. 대학교 학과 선배였던 이기적이고 비인간적인 B와의 비정상적인 데이트가 이루어지는 지하철도 상징적인 냉장고이고, 주인공이 이웃과의 교류를 시도하는 단절된 아파트도 차가운 냉장고의 은유처럼 보인다. 간헐적인 냉장고의 울음과 주인공의 울음, 그리고 '따뜻해지기 위해서는 차가운 게 필요하고, 차가워지기 위해서는 따뜻한 게 필요하다'는 문장은 아무런 생각 없이 날마다 냉장고를 여닫는 우리에게 많은 깨우침을 준다.

정용준의 〈사라지는 것들〉은 세 살짜리 둘째 딸의 교통사고로 인한 죽음으로 각자 죄의식과 책임감을 느끼고 괴로워하다가 결국은 갈라서는 주인공과 아내, 그리고 손녀딸의 비극이 자기 탓이라며 죽음으로 빚을 갚으려는 어머니의 이야기를 통해, 모든 것을 남의 탓으로 돌리며 죄의식과 책임감이 부재한 우리 사회를 은유적으로 비판하고 있는 작품이다. 이 작품은 '사라지는 것들'이 우리가 소중하게 여기는 것을 의미하는지, 혹은 우리의 기억인지, 아니면 죄의식과 책임감인지 다시 한 번 생각하게 한다.

최은영의 〈일 년〉은 취업이 극도로 어려운 오늘의 현실을 배경으로, 자신이 다니는 회사에 인턴으로 들어왔다가 그만둔 다희라는 여성과의 만남을 통해 조직 속에서의 자신의 삶을 돌이켜보는 화자의 심경을 문학적으로 형상화하는 데 성공하고 있다. 우리 사회의 소우주인 회사, 그리고 나중에 화자가 입원한 병실과 수술의 모티프도 적절해 보였고, 마지막에 병원에서 이루어지는 다희와의 재회도 좋은 구도처럼 보였다. 현대인이 처해 있는 복합적인 상황을 은유적으로, 그러나 설득력 있게 그려낸 작품이다. 일상의 한 사건을 다루면서, 이 정도의 심도 있는 문제를 이끌어내는 작가의 솜씨가 돋보였다.

제43회 이상문학상 대상 작품인 윤이형의 〈그들의 첫 번째와 두 번째 고양이〉는 두 반려 고양이의 삶과 죽음을 통해 완벽하게 단절되고 고립된 현대 사회의 삭막함과 현대인의 뼈저린 고독을 유려한 문장과 빼어난 감수성으로 그려낸 수작이다. 그러면서도 이 작품은 오늘날 한국 사회에서 해체되어가는 결혼 제도, 부모 세대와의 단절, 취업의 어려움, 그리고 정부의 공허한 출산 장려 정책에 대해서도 신랄한 비판을 시도하고 있다. 또한 부모 세대에 대한 실망감, 취업난으로 인한 경제적 불안정, 그리고 결혼 같은 사회제도의 억압과 속박 속에서 짧은 인생을 낭비하며 속절없이 나이 들어가고 있다고 생각하는 이 시대 한국 젊은이들의 불안감과 좌절감을 생생하게 그려냈다. 예컨대, 정치적 대의를 위한다는 명분 아래 시민단체에서 일하며 가정을 버린 여주인공의 아버지와, 결혼을 비롯한 온갖 사회제도를 강요하는 시부모는 기성세대에 대한 현대 젊은이들의 거부감과 실망감을 잘 표출해주고 있다.

특히 이 작품은 아내와 남편, 둘 다를 화자로 설정함으로써 독자로 하여금 각기 다른 두 겹의 시각으로 복합적인 현실을 바라보게 해주고 있다는 점에서 주목할 만하다. 왜냐하면, 우리는 자칫 사물을 한쪽의 시각으로만 보고, 이것은 옳고 저것은 틀리다는 식의 이분법적 시각을 가질 수 있기 때문이다. 더 나아가 두 마리의 각기 다른 반려 고양이의 모티프를 통해 오늘날 우리 사회에 편만한 젊은 커플의 심리적 불안과 방황을 중층으로 바라보고 은유적으로 묘사하는 데도 성공하고 있다. 또

한 어린 아들의 육아 문제를 통해 자기 부모보다 더 나은 부모가 되고
싶지만 그러지 못하고, 자신만의 삶의 공간을 갖고 싶어 하지만 역시
그러지 못하는 요즘 젊은 부모의 갈등도 잘 표출하고 있다.

'1인 대 만인의 싸움'이라는 심리적 도식의 정글 속에서

― **정과리** · 문학평론가

  김희선의 〈해변의 묘지〉는 현대 과학의 화제를 오래된 미제 미스터
리와 연결시켜 재미난 이야기를 만들어냈다. 제목도 원 제목의 소유권
자인 발레리의 의도와는 무관하지만, 여하튼 재치가 있어서 아이디어
가 철판 위에 떨어지는 물방울들처럼 통통 튀는 작품이다. 그러나 세목
들이 성겨서 그가 암시하고자 하는 숨은 의미가 제대로 조성되었는지
물어볼 필요가 있다.

  장강명의 〈현수동 빵집 삼국지〉는 한 동네에 거의 동시에 들어선 세
빵집의 긴장과 생존경쟁을 있는 그대로 보여주고 있다. 소속될 수가 없
어서 자영업자가 될 수밖에 없는 사람들의 애환을 부각했다는 의의가
있으나, 이 소설은 말 그대로 도시 풍경의 판박이다. 정보단위, 즉 불필
요한 세목들의 과잉은 이 작품을 사실의 흘수선에 놓인 사실주의로 만
든다.

장은진의 〈울어본다〉는 '마음이 가난한 자'의 삶을 다루고 있다. 그에게 주변의 사물은 쓸모고 생존의 촉매다. 그러나 이 재물들이 만족스럽게 돌아간 적은 한 번도 없다. 마음이 가난한 자는 쓸모없는 재물들과 서서히 동화해간다. 물론 그것은 가난한 마음의 항구적인 운동이다. 그 운동의 유일한 산물은 눈물이다. 변함없는 단조의 촘촘한 묘사가 이 작품의 장점이다. 반전도 없고 이탈도 없다.

정용준의 〈사라지는 것들〉은 사소한 어긋남이 재앙으로 연결되고 그 재앙이 삶의 지속적인 추락으로 이어지는 한 가족을 다루고 있다. 현대사회의 검은 페이지를 꼼꼼히 현상해냈다는 장점이 있다. 한편으론 갑갑하다. 추락에 전념하다 보니 아무것도 생성되지 않는다. 장은진의 경우처럼 눈물도 없다. 이 두 소설을 새로운 소설의 기미로 볼 것인가, 말 것인가?

최은영의 〈일 년〉은 조직사회에서 주변에 밀려나 있는 사람들의 심리적 고통을 다루고 있다. 현대인들은 마음 차원에서 모두 '1인 대 만인의 싸움'(이 용어는 원래 김현이 안정효의 소설을 평하면서 쓴 것이다)을 벌이고 있다는 것을 보여준다. 작품 상황의 근거가 충분치 않고 인물들 사이의 구분이 모호한 게 아쉽다.

'1인 대 만인의 싸움'이라는 심리적 도식은 사실 거론된 작품들의 공통분모라고도 할 수 있다. 윤이형의 〈그들의 첫 번째와 두 번째 고양이〉에서도 그것은 핵심적인 문제다. 다만 그에게 '만인'은 구체적인 사람들이 아니라 불가해하고 위협적인 존재들의 다발이다. 그러니까 이 '만인'의 정체는 아주 가변적이다. 그렇다는 것은 오늘의 작품들 속에서 이것이 지배적인 심리이지 사실을 가리키는 것이 아니라는 것을 뜻한다. 현대의 한국인들은 모두 이 주관성의 렌즈로 세상을 보고 판단하고 응대한다. 그러다 보니 '나'는 그 만인의 바깥에 있었다가 어느새 그 안에 들어가 있게 된다. 그러나 그러한 인식까지 나아간 작품은 많지 않다. 윤이형의 소설은 거기까지 가보았고 거듭해서 가고 있다. 그 '감'은 정글 속을 헤치고 나가는 힘겨운 걸음이라서, 부대끼고 넘어지고 주저앉았다가 일어나고 다시 무릎이 꺾이는 무수한 심리적 경험들을 자아낸다. 그건 마치 용광로 속의 금속들과도 같아서 순도 높은 깨달음을 뱉어내곤 한다. 때로 그 금속들은 환상이기도 하다. 인물들은 거기에 오래 집착하고, 그렇게 해서 주관성의 늪은 끊임없이 순환하며 부글댄다. 그러나 조금씩 조금씩 나아간다. 작품 제목의 '첫 번째', '두 번째'는 'n 번째'의 앞선 사례들이다. 독자로 하여금 깊은 사색의 심연 속으로 밀어 넣는 차례들이다. 수상을 축하한다.

이미 존재하는 것과 아직 존재하지 않는 것 사이의 긴장

— **채호석** · 문학평론가

이상문학상이 지고 있는 무게는 만만치 않다. 이 무게는 한편으로는 시대를 앞서 새로운 '세계'를 창조해내려 고투했던 '이상'이라는 작가에게서, 그리고 다른 한편으로는 43회째에 이르는 이상문학상의 전통에서 온다. 이상문학상을 수상하는 작품이란 이런 전통을 딛고 넘어서는 소설적 힘을 갖추고 있어야 한다. 뿐만 아니라 지금 이 세계에 있으나 눈에 띄지 않았던 새로운 세계를 구상해낼 만한 담대함 또한 필요하다. 이것은 어쩌면 소설의 힘 자체일지도 모른다. 소설의 힘은 아마도 이야기—서사에서 올 것이다. 이야기란 세계를 새롭게 구성하는 것이다. 그렇게 구성된 세계는 이미 있는 세계이면서 또한 아직 존재하지 않는 세계다. 이미 있음과 아직 존재하지 않음 사이에 존재하는 끊임없는 유동과 긴장이 소설을 살아 있게 만든다.

심사 대상에 오른 작품들의 경향은 다양했다. 어떤 작품은 새로운 문체를 통해서 소설의 세계를 해체하려 하고 있었고, 또 어떤 작품은 소설적 전통 속에서 세계의 이면을 드러내려 하고 있었다. 또 이들 작품들은 다양한 방식으로 개인의 내면과 세계의 접점을 모색하고 있었고, 어두움 속에서 작은 빛을 발견하고자 하고 있었다. 물론 그 빛들은 색깔도 다르고, 또 밝기도 달랐다. 어떤 빛이 진정 구원에 닿아 있을지는 알 수 없다.

윤이형의 〈그들의 첫 번째와 두 번째 고양이〉는 그 빛을 제도의 밖에서 보려 한다. 한 남자와 한 여자가 만나 아이를 갖고, 그리고 결혼을 한다. 그들이 원했던 것은 아니지만, 그들은 기꺼이 그 속으로 들어가 그들의 부모가 이루지 못했던 결혼의 완성을 꿈꾼다. 그러나 그들이 결혼 속에서, 아내와 남편이 되고, 부모가 됨으로써 얻는 것은 '자기'의 상실이다. 그리고 자기의 상실은 결혼의 해체에 이른다. 결혼이라는 제도 밖에서 그들은 비로소 자기의 자리를 마련한다.

제도란 관계의 고착물이다. 그리고 사회는 그런 제도에 의해 유지될 것이다. 그러나 그렇게 고착된 관계는 예전의 관계일 것이다. 예전의 관계를 제도로 법제화하고 절대화함으로써 그 안에 존재하는 폭력성은 보이지 않게 되고, 그 제도 밖을 상상하는 모든 행위는 불온한 것이 된다. 윤이형이 이런 제도 안에 숨어 있는, 그리고 제도와 제도의 이념으로 재생산되는 폭력성에 맞부딪칠 때, 그의 소설은 어떤 면에서는 이전의 소설적 전통과 맥을 같이한다고도 할 수 있다. 하지만 윤이형이 꿈꾸는 대안적 세계가 이전과는 같을 수는 없다. 그의 소설에서 비치는 빛은 아직은 희미하다. 윤이형이 '자기'라고 말할 때, 대안 공동체를 상상할 때조차도 그 빛은 희미하며 불확실하다. 물론 소설의 힘이 소설이 보여주는 대안적 세계에서 오는 것만은 아니다. 앞서 말한 것처럼 소설의 힘은 지금 있는 것과 아직 존재하지 않는 것 사이에 있는 팽팽한 긴장에서 오는 것이기 때문이다. 윤이형의 소설이 갖는 힘은 그가 보이는 대안성에 있는 것이 아니라 그 대안성 이전의 긴장, 이미 존재하는 세계에 대한 부정성에 있다.

윤이형의 소설이 보이는 이 긴장감은 매우 소중한 것이다. 헛된 자기기만이 만연하고 있는 현실 속에서 그 자기기만을 가능하게 해주는 것이 무엇인가를 윤이형의 소설은 고통 속에서 보여주고 있기 때문이다. 세계의 폭력성은 개인의 선함과는 아무런 상관이 없다. 세계의 폭력성은 개인의 선함에도 불구하고 존재하는 것이며, 때로는 개인의 선함을 자기의 먹이로 삼고 있기 때문이다. 그러니 세계 속에서 개인의 몰락이란 선함에도 '불구하고'가 아니라 바로 그 '때문에'인 것이다. 그 '불구하고'를 '때문에'로 바꾸어 보여주는 것, 그것이 그의 소설이다. 그렇게

윤이형의 소설은 세계의 수많은 문제들을 이어간다. 하나하나로도 벅
찬 문제들이 이 소설 속에서는 촘촘하게 엮여 있다. 이는 중편이기에
가능한 것이리라. 물론 이로부터 오는 긴장감이 소설 읽기를 숨차게 만
들기도 한다. 그러나 이 숨을 참아내는 것은 독자의 몫이자 의무가 아
닐까 한다.

'이상문학상'의 취지와 선정 규정

한국의 가장 오랜 그리고 으뜸의 문학상으로 평가받는 것은
이 규정에 따른 심사의 공정성과 작품성에 있다.

1. **취지와 목적** :《문학사상》(이하 주관사라고 한다)이 1972년에 제정한
   '이상문학상(李箱文學賞)'(이하 '본상'이라고 한다)은 요절한 천재 작가
   이상(李箱)이 남긴 문학적 유산과 업적을 기리며, 매년 가장 탁월한
   소설 작품을 발표한 작가들을 표창하고,《이상문학상 작품집》(이하
   '작품집'이라고 한다)을 발행하여 널리 보급함으로써, 한국문학의 발
   전에 기여할 것을 목적으로 한다.

2. **수상 대상 작품** : 전년도〈본상〉심사 대상(對象) 작품의 마감 이후인
   발행일자를 기준으로 하여, 당해년도 1월부터 12월 말 사이에 발표
   된 작품을 모두 심사와 수상의 대상에 포함한다. 문예지(월간지의 경
   우 당해년도 1월 초부터 12월 말일 이전에 발행된 것으로 하고 계간지도 포함
   한다)를 중심으로 해서, 각종 정기간행물 등에 발표된 작품성이 뛰
   어난 중 · 단편소설을 망라하여 본심에 회부한다. 예비심사 과정에
   서는 심사 대상에 오른 작품이 대상 또는 우수작상으로 선정될 경
   우, 본상의 규정에 따른 수락 의사 유무를 직접 또는 간접적으로 확

인한다. 중·단편소설을 시상 대상으로 하는 까닭은, 문학의 중심이 장편소설에서 점차 중·단편소설로 이행하는 추세를 감안하고, 작품 구성과 표현에 있어서의 치밀성과 농축성으로, 짙고 강렬한 소설 미학의 향기와 감동을 자아내게 한다고 믿기 때문이다.

3. 상의 종류 : 본상은 가장 뛰어난 작품에 대한 대상(大賞) 1명과, 10명 이내의 대상(大賞)에 버금하는 작품에 대한 우수상을 선정하여 시상한다.

4. 예심 방법 : 예심은 월간《문학사상》편집진이 매 연도에 각 매체에 발표된 작품을 선별하여, 주관사의 편집위원과 편집주간 및 임원으로 구성된 이상문학상 운영위원회에서, 저명한 대학교수·문학평론가·작가·각 문예지 편집장·일간지 문학담당 기자 등 약 200명에게 추천을 의뢰하여 예비심사를 진행한다. 3회 이상 우수상을 받은 작가는 추천을 거치지 않고도 당해년도에 발표된 작품 중 뛰어난 작품을 선정하여 본심에 회부할 수 있다.

이와 같은 독특한 예심 방법은 소수의 예심 및 본심의 심사위원이, 짧은 시일 내에 수많은 작품 속에서 본심에 회부할 작품을 선정하고 다시 본심 심사위원이 단시간에 여러 작품을 심사하고 수상 작품을 선정하는 일반적인 문학상 심사제도의 단점을 보완하고, 되도록 문학 발전에 관심이 깊고, 전문 지식을 지닌 다수의 전문가에 여러 작품을 수시로 검토하여 심사 대상에 망라함으로써, 신중하고 치밀한 예심 과정을 진행하기 위한 것이다.

5. **본심 방법** : 예심을 거쳐 본심에 회부된 작품은, 권위 있는 평론가와 작가로 구성된 5~7인으로 구성될 심사위원회에 넘겨져, 수일간 개별적인 검토를 마친 후 본심위원회의에서 대상과 우수상을 선정한다. 본심은 각 심사위원의 의견을 청취한 후 대체 토론을 통해 본심에 회부된 작품 가운데 10편 내외의 작품을 먼저 선정한다. 이 작품에 대한 심사위원들의 평가를 듣고, 1편의 대상(大賞) 작품을 선정하고, 나머지 작품 중에서 5~7편의 우수상 작품을 선정한다. 수상 작품 결정에 있어 심사위원의 의견이 일치하지 않을 경우에는, 각 위원마다 3작품씩 추천하는 연기명 비밀 투표로써 최종 결정을 한다.

6. **저작권** : 대상(大賞) 수상 작품(이하 '대상 작품'이라고 한다)의 저작권은 본상의 규정에 따라 주관사가 갖는다. 단, 주관사의 작품집 발행후 3년이 경과한 이후부터, 동 대상 작품을 대상을 받은 작가의 작품집에 한해서 그 대상 작품을 수록할 수 있다. 다만, 어떤 경우에도 본 작품집의 표제(대상 작품명)와 중복되거나, 혼동의 우려가 없도록 하기 위하여 대상 수상작가가 발행하는 자신의 작품집 서명(書名, 표제작)으로는 쓰지 않기로 한다.

7. **이상문학상 작품집 발행** : 이 작품집은 본상의 공정성과 권위를 광범위한 독자에게 널리 알리고, 수록된 작품과 그 작가들에 대한 표창과 영예의 뜻을 담고 있다.

8. **이상문학상 운영위원회** : 주관사의 발행인을 위원장으로 하고 월간 《문학사상》의 편집주간 및 이사회가 선임한 위원으로 구성되며, 본

상의 운영에 관한 모든 업무를 관장한다.

9. 이상문학상 심사위원회 : 이상문학상 운영위원회는 각 연도마다 5~7인의 본상 심사위원을 위촉하여 심사위원회를 구성한다.

   동 심사위원회는 본상의 대상(大賞)과 우수상을 선정할 작품을 심의 결정한다.

(주) 문학사상
이상문학상 운영위원회

제43회 이상문학상 작품집

1판 1쇄 2019년 1월 16일
1판 20쇄 2020년 9월 25일

지은이 윤이형 · 김희선 · 장강명 · 장은진 · 정용준 · 최은영

펴낸이 임지현
펴낸곳 (주)문학사상
주소 경기도 파주시 회동길 363-8, 201호(10881)
등록 1973년 3월 21일 제1-137호

전화 031)946-8503
팩스 031)955-9912
홈페이지 www.munsa.co.kr
이메일 munsa@munsa.co.kr

ISBN 978-89-7012-998-3   03810

* 잘못된 책은 구입처에서 교환해드립니다.
* 가격은 뒤표지에 있습니다.

이 도서의 국립중앙도서관 출판예정도서목록(CIP)은 서지정보유통지원시스템 홈페이지
(http://seoji.nl.go.kr)와 국가자료공동목록시스템(http://www.nl.go.kr/kolisnet)에서
이용하실 수 있습니다. (CIP제어번호 : CIP2019000674)